アノスミア

わたしが嗅覚を失ってからとり戻すまでの物語

モリー・バーンバウム［著］　ニキ リンコ［訳］

keiso shobo

...smell and taste are
in fact but a single composite sense,
whose laboratory is the mouth and its chimney the nose...

—— JEAN ANTHELME BRILLAT-SAVARIN,
THE PHYSIOLOGY OF TASTE

……嗅覚と味覚とは
両々相和して一つの感覚を作っているのであって、
口はその実験室、鼻のほうはその煙突なのだ……

ジャン・アンテルム・ブリア＝サヴァラン
『美味礼讃』関根秀雄・戸部松実訳

アノスミア

わたしが嗅覚を失ってから
とり戻すまでの物語

目 次

Season to Taste:
How I Lost
My Sense of Smell
and Found My Way

鴨の脂とアップルパイ
わたし、厨房に入る

duck fat and apple pie: in which I enter the kitchen

1

ほんとうなら卒論を書かなくてはいけないのに、わたしはベッドで料理の本を読んでいた。料理雑誌をめくり、食べ物にまつわる回想録を読み、カリスマシェフの伝記に熱中していると明け方になってしまう。インターネットでとり憑かれたようにレシピを検索しては、台所でパンをこね、フルーツとクリームが何層にも重なるこってりしたケーキを作った。中東風のややこしいタジン蒸しを作り、チョコレートスフレがオーブンのなかでゆっくりとふくらんでいくのを見守った。美術史学科を卒業するために勉強するはずが、もう一年以上も前から、コンロのことしか頭にない。心は決まっていた。わたしはシェフになりたいのだ。

以前、何か月も毎週ちがうアップルパイを焼きつづけたことがある。シナモンとバターの充満した部屋で、毎週ちがう友人たちにプラスチックのフォークとナイフで試食させ、ようやくレシピは完成した。こうしてわたしは、ささやかながらカリナリー・インスティテュート・オブ・アメリカの奨学金を獲得した。シェフ志望者が通う、アメリカ一の料理学校だ。期末レポートからも締め切りからも逃げだしたい。ミケランジェロからもゴーギャンからも逃げだしたい。鴨の骨を抜き、にんじんを刻み、豚肉を塩漬けにする本格的な手法を身につけたい。しかし料理学校に入学するためには、ひとつだけ足りないものがある。プロの厨房での実務経験が必要なのだ。

　卒業するとすぐ郷里に帰り、母とその恋人のチャーリーが住む家に引っ越した。何日もインターネットで求人広告をさがした結果、町でも指折りのレストランに狙いをしぼった。マサチューセッツ州ケンブリッジ市の小さな店、クレイギーストリート・ビストロ。ハーバード・スクエアの近くの住宅街、マンションの一階に入っている。数段しかない階段を下りて黒褐色の板を使ったエントランスに立ち、ドアを開けてなかを覗いてみた。客席は明るくて風通しがよい。鶏肉を焙《あぶ》るにおいが部屋じゅうに満ちている。駐車場で車を降りたときから感じていたにおいだ。若い女の人が花瓶に花を活けていた。

「すみません。求人に応募しようと思いまして」

　女の人は笑顔になったが、ライラックの束から顔をあげようとはしなかった。「ホール係?」「いえ、厨房です」と言いながら、わたしは後ろのドアを閉めた。

　女の人はちらりとこちらを見て、わたしの服装をチェックした。ボタンダウンの白シャツ、スカート、パンプス。わきの下のフォルダの履歴書と添え状に書いてある経歴も、アフリカでボランティアをしたことと、学生食堂で深夜にレジ打ちをしたことだけ。どこかの食堂で調理をした経験もない。女の人はシェフを呼んでくると言って、テーブルのひとつを指した。人もいない、料理も出ていない客席は殺風景に見える。わたしは腰をおろした。

数分後、エグゼクティブ・シェフでオーナーのトニー・モーズが厨房から出てきた。しみのついたコックコートを着て、底の分厚い黒のクロッグサンダルを履き、くるくるとカールした長いポニーテールが背中まで垂れている。輪郭のはっきりした鼻に、上向きの鼻の穴のせいで、こげ茶色の目がよけいに印象的だ。

モーズは素材を地元の農場から仕入れる方針と、「鼻先からしっぽまで」といって、豚や羊を丸ごと一頭で買い、腺や胃といった食べにくい部位までも余さず料理にしてしまう主義とで有名だった。先ごろ『フード・アンド・ワイン』誌で「ベスト・ニュー・シェフ」に名前があがったばかり。アメリカの新進料理人にとっては最大級の栄誉だ。

わたしは立ち上がり、握手を交わした。モーズは履歴書にちらっと目を走らせて、目を見開いた。

「経験は全然?」

ありません、と首をふる。

「で、ブラウン卒業だって」疑わしそうな顔つきだ。

わたしはなにも言わなかった。

「どれくらい本気なのかな」

「思いっきり本気です」そう言った声の大きさに、自分でも驚いてしまった。モーズがじっと見つめてくる。わたしはまばたきひとつしなかった。

「わかった。ただし、いちばん下から始めてもらう」

いちばん下というのは、ようするに洗い場のことだ。油汚れも臭いものともせずに洗い物をしっかりこなせるなら、合間に調理も教えると約束してくれた。教えるといっても、パーティーでの会話のように気楽な調子ではない。グルメ雑誌のようにおしゃれでもない。教えてくれるのは刃物の扱いかた、鶏がらスープが入った自分の胴体より大きくて太い桶の運びかた、バケツの水で何ポンドもの天然きのこを洗い、泥の香りにひたりつつ凹凸の多い表面から土を落とす方法だ。流しでの洗い物から解放されることはないが、わずかな空き時間には料理の作りかたが習えるのだ。

初出勤の日。ウォークイン冷蔵庫のなかで足を止める。重い金属製の扉が背後で音をたてて閉まり、わたしはにんにくと玉ねぎ、酢と塩、まぐろやハタの切り身の鮮明なにおいを吸いこんだ。天井から吊るされた丸ごとの子羊はうねるように曲がり、ピンク色をしている。床では桶いっぱいの鶏がらスープが冷まされているし、枝つきのままの高級生ハーブが大箱に四つ、すみの棚に積んである。レモンタイム、アニス・ヒソップ、モロッコミントといった見慣れない名前のラベルを見ると、自分は母の裏庭菜園とは遠く離れた世界へきたのだとあらためて自覚する。早く触ってみたかった。

卒業式で角帽とガウンを身につけたのはつい二週間前のことなのに、この店では制服の白いボタンつきシャツを着て、巻き毛はバンダナできっちり覆っている。このわたしがほんとうにノートパソコンも携帯電話もない世界、好きなときに寝るわけにもいかず、静かな図書館の片隅に好きなだけこもることもできない世界にいるなんて、ふしぎな感じがした。ここでは思考や言語はあまり出番がない。動きとスピードだけの世界だ。この世界の主役はいくつもの箱に詰められた天然きのこであり、ベネズエラ産チョコレートの大束であり、細心の注意をはらって盛りつけられ、芸術品のような美しさでお客に供されるうずらの料理なのだ。包丁はあまりに鋭利で、指を切っても血が流れてくるまで気づかない。ソテー鍋は使い込まれ、むら気なシェフが台に叩きつけたところでいまさらへこみもしない。一一時間のシフトで全身の布という布はくまなく汗に濡れる、そんな世界だ。

最初の勉強はハーブだった。この店の厨房には毎朝、何十束という有機栽培ハーブが届く。バジルやローズマリー、タイムなどおなじみのものもあれば、パイナップル・ミントだとかシリアン・オレガノだとかいった風変わりなものもある。これは地元の専門農家から届くもので、少量ずつ束ねられ、ラベルも手作業でつけられている。これをディナーにすぐ使えるようごみや汚れを落とし、もつれあった枝から葉っぱや茎をむしりとるのだ。与えられた作業スペースはぎっしりと物が置かれた廊下の、階段の陰。その片隅の小さな金属製の台に背中を丸め、親指と人さし指で、ごつごつした枝から一枚でもたくさんの葉っぱをむしりとる。どのハーブも、指先にしっかりと独特の香りを残す。穏やかな、森林のようなローズマリーの香りもあれば、涼しげなミントの刺激もある。そのすべてが混ざると曖昧模糊とした深緑色となり、子どものころ父に連れていってもらった庭木の育苗園を思い出した。

モーズはつねにくり返していた。「モリー、いちばん大事なのは素材を知ることだよ。ぼくがこうしてチコリの花を見せたら、ひと目でなんだか当てられなきゃいけない。目隠しをされても、舌先に触れた瞬間にわからなきゃいけない」

汚れた皿が山積みで流しを離れられないときを除いて、わたしはハーブを丹念に掃除し、味見した。そしてひとりで実験をくり返した結果、かくも微妙な香りの複雑さをとらえようと思えば、鼻から呼吸する、それも、ゆっくりとていねいに吸いこむのがいちばんいいのだとわかった。これがモーズの言う、シェフになる唯一の道なのだ。

ある晩、その小さな厨房の洗い場の止まり木から、裏口の近くで三〇ポンドのまぐろの片身をいままさに切り分けようと準備しているモーズの姿を見たことがある。モーズはギラギラと光る長い包丁をしっかり握り、鋭い刃を水平にかまえていた。それを顔の前へ持ってくると、包丁の背に鼻を押しつけ、ゆっくりと刃をすべらせていく。ていねいに、端から端まで。ひと息ごとに、鼻の穴が開くのが見える。あの人は道具までにおいを嗅ぐんだ、とわたしは思った。なんでもにおいで理解する人なんだ。

わたし自身は刃物にはめったに触れなかった。それよりも流しの前にいて、汚れたソテー鍋にノズルでお湯を噴きつけていた。汚れひとつない黒エプロンをしたウエイターたちが下げた皿をおろしていく箱と洗い場とのあいだをひたすら往復し、積みかさねた皿の山を持ちあげては、電気殺菌機へと運んでいた。鶏がらスープを濾したし、目がガラスのように澄んだ何百匹もの新鮮な鰯《いわし》から、細い中骨をとり除いた。水と野生きのこの入ったバケツに手をつっこみ、なめらかでつかみにくい傘を洗った。黒らっぱ茸、舞茸、あみがさ茸——何杯洗ったか数えることもできない。冷たい前菜とデザート担当のコックが使う、鮮やかな緑のルッコラをより分けた。届けにいくと、彼の持ち場はいつも、クレームブリュレの表面をバーナーで焙ったときの、焦がし砂糖の香りがするのだった。

楽な仕事ではなかった。腕は慣れない重さにふるえ、脚は熱い油のしぶきがかかってみみず腫れになった。首筋はいつもねばねばしたものがべっとりとこびりついていた。洗い場の仕事で、冷蔵庫の仕事で、夜中にフライヤーを洗うなかで、身体にまとわりついてくる液状の老廃物なのだ。モーズは完璧主義者だったから、ミスをするのも怖かった。でも、厳しいのは最高の仕事を求めているからこそで、わたしはそんな彼を、厨房にいるときはつねに観察していた。モーズの動きは自信に満ち、むだがない。肉を切るのも素早く、すらっとひとなでするだけ。魚の切り身を焼くにも、音だけで焼け具合を測ることができる。ふっくらと煮たハタを、蛍光グリーンの酸葉《すいば》のソースを敷いた上にのせ、オレンジ色のキンレンカを散らした仕上がりは、一枚の絵画のようだった。香りの使いかたは大胆、集中力は強烈、批評家たちの評判も上々だった。開店わずか二年半なのに、クレイギーストリート・ビストロは『グルメマガジン』誌で「ボストンのレストラン・ベスト五軒」に挙げられたし、『ボストン・グローブ』紙では「フレンチレストランのベスト」に選ばれている。

八月のある晩遅く、わたしはコンフィ用冷蔵庫の扉を閉め忘れた。コンフィというのは油のなかでゆっくり加熱した肉をそのまま油に漬けこんだもので、クレイギーストリートのメニューにしては、比較的こってりした部類に入る。鶏のもも、羊や鴨の舌、豚バラの塊がいくつも。その晩のわたしは黄色い脂肪のバケツに肘までつっこんで、この豚バラを何時間もかけてむしり、ほぐしたのだった。二時間後、スーシェフのひとりが開けっぱなしの扉を見つけてシェフに報告したとき、モーズのあごに力がこもるのが見えた。さいわい冷蔵庫の中身は無事だった――「助かった」とわたしは思った――が、もしかしたら何千ドルという食材をだめにしていたかもしれないのだ。わたしは大声で怒鳴られるものと覚悟した。でもモーズは、わたしをじろっと見ただけだった。ほんの一瞬だったが、冷静な、真剣な目だった。

「モリー、ここはお店なんだよ」という声からは失望がこぼれ落ちるようだった。

その晩はずっと、後ろめたさで身体がうまく動かせず、裏でもたもたとにんにくの薄皮をむくのに何時間もかかってしまった。ディナー営業が終わり、洗い場の同僚であるサントスとふたり、すべてが片づいて空になった厨房をくまなく磨き終えた午前一時半、オフィスからモーズの呼ぶ声が聞こえた。

「モリー、ちょっと来てくれるかな」

「はい」

わたしは走った。

「外のごみ置き場で、袋がひとつ破れたんだ」モーズは書類から顔もあげず、こともなげに言った。

「どうやらうじも出てるらしい」ちくしょう、とわたしは思った。

「五ガロン入りバケツ三つ分ある、……見苦しいのは。なかへ運びこんで、洗うしかない」モーズが笑みを浮かべた。「いますぐに」

わたしは破れた袋から出た汁でいっぱいのバケツを空にし、洗った。肉とミルクと、さかんに活動しているかびの酸っぱい臭いがして、流しには細かい白いうじがのたくっている。吐き気をこらえて口で呼吸し、バケツを磨きながら思った。わたし、ここでなにをしてるの？

だが答えはわかっている。学ぶためだ。フライパンの上で肉が立てる音に耳を傾けることを学び、オーブンのなかでナッツが焼けてきたときの、最後に立ちのぼる香りを嗅ぐことを学んだ。色と肌理《きめ》で判断することを学んだし、市販のレシピの安全さを捨て、感覚だけをたよりに仕事をすることを学んだ。たしかにモーズは厳しいが、見ているだけでこちらまでやる気がわいてくる。シェフの御心のままに、厨房は輝く――焼きたてのロールパンさえ、新鮮なバターと酵母の香りを廊下にまで放つ。わたしはハーブと、にんにくと、羊の舌と、濃厚なパテ・ド・カンパーニュととっくみ合った。ビーツやエシャロットの皮をむき、玉ねぎを刻み、ルッコラの水気が遠心力で完全に飛ぶまで、樽くらいもあるスピナーをひたすら回しつづけた。わたしは基礎をひとつひとつ学んでいる最中で、これこそがシェフになる唯一の道なのだ。

ある晩の開店前、ほかのスタッフがそれぞれの持ち場でディナー営業の準備をしているなか、わたしは流しの前に立っていた。ちょうど油の小分けボトルに中身を詰め終わり、シェフの使うバターの補充も終えたところに、自分の持ち場へむかうモーズが入ってきた。彼はわたしのほうを見ると、にやっと笑った。耳まで裂けるかという笑顔で、包丁を持っていたら危険を感じそうなほどだ。もうすぐ入る今宵初のオーダーを、「さぁこい」というポーズで待っているのだ。いつでも作れるぞ。おおぜいの腹を満たすと思うと腕が鳴る。「モリー、おれはこれのために生きてるんだ。人生、こうでなくっちゃ」

こうした汗まみれの長い夜、食べるという行為にはかつてない満足感があった。肉体労働の連続に、食欲が叫び声をあげる。机にむかってばかりいた学生時代には経験したことのない空腹だった。夜の仕事が始まる前には、モーズが従業員のために作ってくれた巨大なフリタータ——太陽のような卵に緑のバジルと赤いピーマンが鮮やかな片面オムレツに、勢いよくフォークを突き刺した。仕事の合間にも、スーシェフたちがバタースカッチのアイスクリームやサワーミルクのパンナコッタの試食品を手渡してくれた。殺菌機に次の皿を詰めこむたびに噴きだす蒸気の雲の谷間で味わう、ちょっとした糖分と冷たさ。ぱりぱりに焼いたうずら、とろとろのマコーマー蕪のピューレ、バターのようになめらかなうさぎ肉のソーセージ、骨の内側からそっと掻きだした骨髄なども、ほんの少しずつ味見した。サガリ肉のステーキの焦げあとを検分し、でたらめなシャーベットの歌を歌った。

こんなこともあった。あるとき殺菌機の前に立っていたら、金髪をバンダナで小さく束ねた若い女性のスーシェフが、トーストを片手にこちらを向いた。その日のわたしは皿を洗った水を一晩で八回も顔に浴びたばかりで、疲れたうえにいらいらしていた。「ねえモリー」スーシェフは笑顔で言った。「おやつ食べない?」そう言ってわたされたのは、フォアグラをたっぷり塗った厚切りのパンだった。サーモンピンクのフォアグラに「塩の華」ともよばれる一番塩を散らし、レインボーペッパーを振ってある。ひと口かじってみる。かさかさと剥がれ落ちそうなパン皮に、しっとりした脂。それは大地の味がした。人を酔わせるその香りは頽廃の歓びを声高に叫び、わたしはたちまちパリでの幸福な昼下がりへと連れ戻された。大学のルームメイトのベッカといっしょに、初めて鵞鳥《がちょう》の肝のパテを食べてみたあの瞬間へ。

ある日の午後、モーズがデニムの半ズボンにおんぼろの青いTシャツというでたちで仕込みに現れた。いつものだぶだぶの白衣を着ていないと、なんだか別人のように見える。ふたりそろって奥のテーブルにかがみこみ、ついさっき箱で届いたばかりのジョージア産小えびの掃除のやり方を教えてもらった。なめらかな灰色の胴体から殻を外し、背中に切れ目を入れ、ちぎれやすい消化管をとり除いていく。えびは箱いっぱいの氷に埋めこんだ金属製のボウルに入れてある。氷はたちまち、海水と魚介のにおいに染まっていく。

「シーフードはね、ぎりぎり凍らない温度で保存するのが理想なんだ。冷蔵庫でも微妙に温度が高すぎる。そんなわずかな差でも、味がちがってくるんだよ」この人の言葉は聞きのがすものか。わたしはうなずいた。

モーズは手際よく仕事を進める。わたしがどんなにがんばっても、彼の指には追いつけない。

一瞬の沈黙ののち、モーズが切り出した。「きみは、料理の本も読むのかな」

「はい、もちろんです」

これまで個人的な質問などされたことはなかったから、驚いてしまった。

「どんな本?」

言われたとたん、固有名詞など残らず頭からふっ飛んでしまった。自宅の本棚を思いうかべようとしてみる。やっとのことで口から出てきたのは、何人かのジャーナリストの名前、それに、料理エッセイだとか、写真中心の肩のこらない本の著者たちの名前だった。

モーズはわたしの顔を見ると、眉を上げてみせた。「雲のなかから出てきなさい。現実の食材について読むんだ。ロマンは後でいい」

翌日の午前中、わたしは出勤前にハロルド・マギーの『マギーキッチンサイエンス　食材から食卓まで』を買った。ソースの化学、パンの歴史、肉を調理するときの温度変化の影響なんかを勉強してやる。「そのほうがだいぶそれっぽいね」重い皿を流しへ運びながら報告したわたしの肩を、モーズはぽんとひとつ、たたいてくれた。

厨房での毎日は飛ぶように過ぎていった。九週間のあいだ、洗えど洗えどなくならない汚れた鍋に耐えられたのも、シェフとの無言のレッスンがあるから、そして、未来に本気で希望を持っていたからだった。わたしは酸葉とにんにくの、みかんとカレーの、舌とほほ肉ともも肉の力強いにおいを吸いこんだ。目を閉じて、集中した。

家に帰るのは夜明け前、全身から鶏がらと鴨の脂のにおいを放ち、脂のしみができた服にはチョコレートがこびりついていた。身体はいつも痛かった。痛むのは関節——とりわけ、重い皿を大量に洗い、持ちあげる手の関節と、大きなスープストックの桶を冷蔵庫へ、また厨房へ、と引きずりまわす腰の関節だった。

そんな毎日がたまらなく好きだった。わたしは、難しい課題を与えてくれる世界、簡単には満足させてくれないが楽しみもある世界、自分が成長できる世界に入ったのだ。初めて、将来が見えたという気がした。やっぱり、これでよかったんだ。

幼いころ、母はいちごとルバーブのパイを焼いてくれた。母の使っているレシピは、もとは母の母のものだった。インデックスカードに手書きしてあって、スパイスと年月で汚れていた。わたしは台所の作業台の前に座って見物していた。

　痩せ型で、まっすぐな金髪をショートカットにした母は台所をくるくると歩きまわり、必要な器や材料を集めていく。そしてルバーブを刻み、いちごをスライスし、粉をふったパイ生地を手早く、きちょうめんにのばしていく。ふだんのわたしは、母の速さが嫌いだった。買い物に連れていかれても、ちょこちょこ走って人のあいだを縫っていかないとおいていかれてしまう。でも、台所では平気だった。作業台の前に座っていれば、わたしもじゃまにはならない。それに、冷たくてすべすべした生地の手ざわりも好きだった。バターの香りにはどこか塩っぽいにおいが感じられるのも好きだった。

　ルバーブの茎は、郊外のわが家の無秩序な裏庭で育てたのを、夏の昼下がりに摘んできたものだった。淡いピンク色に緑の斑点が散っていて、調理台にならべてあると宇宙人の触角のようだった。細かく刻んでいちごと砂糖と和えたくらいでは、きつい酸味は変わらない。生のままちょっとつまんで口に入れると、唇をとんがらかすことになる。

　母は生地を敷きこんだパイ皿に色鮮やかな中身をすくい入れると、ふたにする生地のふちを、指先で底の生地といっしょにきゅっきゅっとつまんでは閉じていく。わたしはいつも、そのようすをじっと見ていたものだった。少し余ったパイ生地からは、決して目を離さない。母が大事に取りのけておくのを、わたしはちゃんとたしかめていた。母はいつもそれをしてくれる。ここが一番かんじんなのだ。

「赤ちゃんパイだよ」と母がいい、「赤ちゃんパイだよね」とわたしが復唱するのだった。

　母自身にとっても、家族との最良の思い出は料理がらみのものだ。わたしの祖父にあたるウォルターは、台所にいるときがいちばん幸せという人だった。出身地であるデンマークの郷土料理、フリカデラも作ったし、どろっとしたお粥も、スパイスの効いたカレーも、すぐに食べられる浅漬けも、豪勢なローストビーフも作った。クリスマスの時期になると、母にショートブレッドの生地をこねさせ、細長い四角に焼かせて、いっしょに卵白を塗り、アーモンドを散らした。

祖母のマリアンは食パンを焼いた。母が妹のエレンと連れだって学校から帰ってくると、パンを焼いた日は酵母の香りで家じゅうが別世界になっていたという。祖母は使いこんだ『ジョイ・オブ・クッキング』を見ながらタピオカプディングを作っては、「お魚の目玉のニカワ寄せだね」と言っていた。同じ本でジンジャーブレッドも作り、温かいうちに新鮮な泡だてクリームを添えて食べたという。そして、パイ。夏は甘い香りのするいちごとルバーブ、冬はシナモンの風味を加えたカスタードのパイだった。

祖母は温かみのある人ではなかった。母に言わせれば、ガーゼのような厚いベールの向こうに隠れて生きていたという。子どもたちが求める情感を表に出すことはできなかったし、母が十代のころにウォルターを失ってからはなおさらひどくなった。そんな祖母だが、どんな種類のパイを焼いても、生地の切れはしをちゃんと集めておくことは決して忘れなかった。生地はいくつもの小さな耐熱ガラスの小鉢に分けて入れ、たっぷりのバターとシナモン、砂糖をのせる。

「赤ちゃんパイだよ」と、祖母は作業台の前に座って見ている姉妹に言うのだった。

オーブンから取り出したミニチュアのパイはぷつぷつと泡が立ち、ブロンズ色に焼けていた。姉妹はひとつひとつ念入りに調査してどれがいちばん大きいかを判定し、崩れやすいパイを壊さず食べるにはどこにフォークを刺すべきか検討するのだった。ニュージャージー州ウエストフィールドのその家での母は、見捨てられ、孤独だと感じることが多かった。それでも、台所の作業台での時間、焦がし砂糖とスパイスの香りに満たされた時間には、無視されていないような気がした。愛されている感じさえした。温かい気分になったのだ。

祖母がパイを焼いている姿なんて、わたしには想像しにくかった。祖母といえば、年老いた、ちょっぴり怖い姿しか思いうかばない。わたしが小学校にあがるころにはもう、アルツハイマー症候群も末期で、すっかり衰弱していた。それに、遠いハワイの老人介護施設に入っていた。エレン一家に近い、オアフ島の施設だった。わたしが祖母に会いに行ったのはある夏のこと、縮れ毛の内気な小学三年生のとき。いとこふたりと、弟のベンと、母がいっしょだった。

祖母はベッドの上に、鳥がとまるようにちょこんと座っていた。小さくて、混乱しているように見えた。わたしは窓からさしこんだ光が床の上でちらつくのを見つめ、ひたひたという廊下の足音を聞き、出入りする看護婦さんのおしゃべりを聞いていた。その日は夏休みで、肌は日焼け止めでつるんとしていた。ココナツミルクのおいしさ、クラゲの恐さ、そして、レイにして首にかけるとしつこすぎるほど香りの強い花を知ったばかりだった。自分がなぜこの部屋に、こんなにベビーパウダーと、レモン汁と、塩と、老年期のにおいのする場所に来ているのか、ほんとうには理解できていなかった。

「カレンなの?」と祖母は静かな声で言った。わたしをじっと見つめている。

わたしは急に怖くなった。

「ちがう……、わたし、モリー」

間があいた。

母が咳払いをした。「お母さんこんにちは、カレンはわたし。お母さんの娘よ」

祖母はなにも言わない。とほうにくれているようだ。

つらい訪問になるだろうということは、あらかじめ聞かされていた。「アルツハイマーってのは、記憶を消してしまう病気なんだ」と、出発前に父が教えてくれた。「おばあちゃんの記憶はほとんど消えちゃって、遠い昔のことしか残ってないんだよ。今日のことを理解するのは、まず無理なんだ」

そう言われても想像がつかなかった。わたしには現在がすべてなのだから。新しいプラスチックのサンダルがタイルの床を疾走するようす。外では海が青く光っていること。母がかすかにティファニーのオードパルファムのにおいをさせていること。おばあちゃんったらどうして、わたしを自分の娘だと思ったりするの？　わたしはモリー。お母さんはカレン。そして、ベッドの上にいるこの、奇妙な、壊れやすそうな女の人は？　わたしが知っているのは、彼女の名前がマリアンであることと、海の近くのこのホームにお見舞いに来たら、唇がかすかに塩からくなることくらい。

それでも、いちごとルバーブの作りかたを書いた、繊細な筆記体のレシピはもともと祖母のものなのだと母は力をこめて言う。「赤ちゃんパイを発明したのは、このおばあちゃんなのよ」と言うのだ。

母がミニチュアのパイを焼くのに使っている耐熱容器は、縦にうね模様が刻まれた白い磁器だ。母も祖母がしていたのと同じように、小さな生地の切れはしを容器に詰め、バターをぽとんと落とす。オーブンから出てくるころには、パイはでこぼこにふくらみ、バターが泡立っている。生地はブロンズ色のところもあれば黒く焦げているところもあり、どれもおなじみの焦がし砂糖の香りがする。母とおばがかつてそうしたように、わたしと弟もパイをひとつずつ検分しては、いちばん大きいのはどれで、いちばんおいしいのはどれかと話し合う。いちごとルバーブのパイ——甘くてちょっぴり酸っぱい、汁の垂れるピンク色が黄金色の皮のなかに入っている——はみんなのものだが、赤ちゃんパイはわたしたちだけのものだった。

パイを焼いた日は、台所じゅうが果物とバターの香りで満たされ、父までが顔を出す。自分の部屋に閉じこもりたくなるような——弟はつられて吠えるけど——両親のどなり合いも、作業台の上を見ていると消えていく気がした。そして、ほとんどバニラヨーグルトしか食べない弟も、フォークがパイ皮を突き刺す音は大好きだった。

時は流れて、二〇歳のとき、わたしは三か月にわたってナミビアの小さな町、カティマ・ムリロに滞在した。ここはナミビアの北端から東へ細長くつき出したカプリビ回廊の先端にあり、同じナミビアの別の町からは何時間も離れている。カラハリ砂漠のなかにひょっこり現れた人里で、渦巻く土ぼこりと灼熱のただなかにある。地面はどこもかしこもにごった茶色の砂におおわれ、節くれだった低木が生えていた。小さな住宅のならぶブロックには葦葺きの小屋も混ざり、きめの粗い舗装道路の脇に、黒くすすけた共用の焚き火穴がならぶ。汗と煙のにおいがする世界で、空までが茶色く感じられた。

ナミビアには、ボランティア教育団体のメンバーとして、ほかの学生たちといっしょに派遣された。簡単なオリエンテーションがすむと、それぞれの持ち場に送られる。カティマ・ムリロに着いたのはわたしを入れて四人。小さな貧しいコミュニティで英語とエイズ予防を教えるのが目的だった。昼間は学校で教え、夜はホストマザーのンブラとなんとか心をかよわせようと苦労する毎日だった。ンブラは学校の先生で、ホストマザーといってもわたしとさほど離れていない。わたしは彼女の住む家賃補助つき住宅に泊めてもらい、ンブラの夫のボニーと、幼い娘のメアリーと生活をともにすることになった。ンブラは輝くような黒い肌をもち、服はどれも鮮やかな緑と黄色の巻きスカートばかりだった。彼女はわたしを見て、そんなことでは結婚相手を見つけられないと心配していた。ちゃんとしたナミビア女性のように料理と掃除と縫い物ができないからだ。わたしは「彼氏だっているもん」と反論した。

嘘ではない。名前はアレックス。アレックスのことを初めて意識したのは、高校で国語の授業がいっしょになったときだった——最初に目についたのは彼その人というより、にんじんのような赤毛だったのだが。わたしたちはたちまち、片時も離れられなくなった。スケートボード、フットボール観戦、ピザ、ひとりで眠らなかった初めての夜。平穏な恋だった。

わたしが南のプロビデンス、彼が北のバーモント州バーリントンの大学に進むときにいったん別れたが、ナミビアに来たときにはよりを戻していた。離れているおかげで、彼の肌のバタースコッチみたいなにおいはなおさらすてきに感じられるようになった。「彼のこと、愛してるもん」わたしはンブラに言った。

「そんな人、どこにいるのさ」

「うちに」

ンブラは首を横にふるだけだった。「まずは料理ができるようにならなきゃだめだよ」と言って、わたしを台所へ連れていく。ここはンブラの玉座だ。ここで彼女は鍋や釜を支配し、家族に三度の食事を食べさせるのだ。

あの夏、ンブラはわたしに針と糸の使い方を教え、バケツで自分の服を洗おうとするわたしを見て、固形石鹸の使いかたの不器用さに大笑いした。とうもろこしの粉を糊状に練った主食、ンシマの作りかたも教えてくれた。わたしたちは大きな寸胴鍋で粉を煮て、木でできた専用の杓子で芋のような楕円形に丸めた。昼食と夕食はくる日もくる日もこのンシマに青菜炒めで、たまにすじ肉がついた。彼女の台所のにおいはどうしても神経にさわった——とうもろこし油と羊脂、山羊肉とケール、それに慣れないとうもろこしの粥のにおいだった。

毎朝五時、太陽が昇って砂漠の空が白く輝きだすころ、ンブラとわたしはならんで台所に立ち、学校へ行く前の朝ごはんに目玉焼きを食べた。毎日、じゅうじゅうと音を立てるフライパンの前で、わたしは不安を抑えこもうと努めるのだった。

村全体が、病気という薄煙におおわれていた。当時のナミビアでは、人口の一五パーセントがＨＩＶ、つまりＡＩＤＳのウイルスに感染していた。日曜の午前中に散歩に出れば、男たちがバーから這い出してきて、そのまま道ばたで意識を失うのを見た。朝の一〇時にもならないのに、もう酩酊している。しなやかな若い女性たちはとうもろこしの袋を運び、市場ではしわだらけのお爺さんが肉を切り、校庭では子どもたちがバスケットボールのシュートをしていた。町は酔っ払いの息と、腐りかけた肉と、暑さで灼ける砂のにおいがした。そんなすべてに、病気の翳がかすかにまとわりついていた。

学校では、抑えこむことが仕事だった——教室ではひしめき合う四十何人の子どもたちをおとなしくさせ、自分のなかでは荒れ狂う不安をなだめる。たった三か月で、道具も資材もほとんどなしにできることなんてあまりにも小さい。そんな焦りがパニックへとふくらまないよう、抑えこむのだった。生徒たちは七歳から一五歳、どの子も可愛くて熱心で、汚くて、服装はばらばら。みんなは目を丸くしてわたしを見るが、それはおうおうにして、困惑の表情だった。ナミビアの公用語は英語だが、わたしのアメリカ式発音はわからないらしい。わたしにもみんなの話す現地の言葉はわからないのだが。

不甲斐ない思いの連続だった。研修を受けたわけでもなく、クラスのまとめかたなど見当もつかない。しつけもどうすればいいかわからない。ただ、体罰はいやだとはわかっていた。ここでは大半の先生が体罰を使っている。ある日の午後など、体格のがっしりした理科の先生が、わたしも教えている子どもたちの後頭部を、木製の黒板消しで順に叩いているところに行き合わせてしまった。でもそういうわたしはしょっちゅう、生徒になめられていると感じていた。

それでもわたしは精いっぱい教えた。必死で授業計画を工夫し、宿題を作った。失敗を経験したことのない二〇歳の楽天性ゆえにできたことだ。教室では、ぼろぼろのノートで文字や数の勉強をした。クレヨンで将来の夢を描かせ、部屋じゅうに壁紙みたいにはりつけた。悪魔みたいな表情で笑う最前列の席のンプンガは、宇宙飛行士になりたいという。ンプンガとよくいっしょにいるシドニーは、新聞社なんかいいかもという。ドクター・スースの絵本の読み聞かせもした。子どもたちの表情を見ながら、ゆっくりとページをめくっていく。みんなは歌のような英語の響きに目を見開き、色鮮やかなさし絵を見ようと身を乗りだした。くすくす笑う少女たちを前に、バナナを使ってコンドームの使いかたを説明したし、校長先生が使いたがらない図書室にも本の山を持ちこんだ。夜になり、家へむかって歩いていると、遠くに生徒たちの住むキャンプの焚き火が見えた。インクのような地平線を背に、焚き火はホタルのようにも、ピンホールのようにも見えた。

優しい声をした理科のリスワニソ先生、職員会議では席がとなりで、静かに両手を組んで座っていた先生がエイズを発症していたことを、わたしはアメリカに帰ってくるまで知らなかった。だれひとり、病気のことは話題にしなかった。町の人びとはまだ、病気が広がっていることをはっきり口にしたくないのだ。リスワニソ先生は半年後に亡くなったが、彼の手——手袋のような、若々しい顔とは不釣り合いにたるんだ手——は目に焼きついて消えなかった。あの身体にしては、あの手はしわが多すぎた。年老いすぎていた。弱りすぎていた。

救いはンブラとの友情だった。掃除をしながら、ンブラの好きなセリーヌ・ディオンをいっしょに歌った。幼いメアリーが台所のすみから、いったいなにごとかと怪しむ目つきでわたしたちを見ていた。砂漠を一マイル行った先にある、ンブラのお母さんの小さなアパートにも遊びにいった。ンシマをわたしがひとりで練り上げ、丸めたときは、みんな大騒ぎしてほめてくれて、それから質素な食卓についたものだった。

それでも夜は泣いた。自分の部屋でひとりになると、お腹もすき、疲れているのに眠れないのだった。メアリーがぐずる声も、ンブラとボニーの怒鳴り声も聞こえる。この家の電話では長距離通話はできないし、インターネットのできるコンピューターまでは、歩いて一時間以上もかかる。アレックスや家族が恋しかった。朝がくるたびに笑顔を作るものの、ひどく孤独だった。帰国してから何年も、目玉焼きは食べられなくなった。油とバターのにおい、とび散るオレンジ色の卵黄はたちどころにあのアフリカの朝食を、朝がくるたびに目がにごってくる強烈な不安を呼びさますのだ。

夏も終わりに近づいた涼しい土曜日の朝、わたしは台所にいたンブラに声をかけた。「わたし、アップルパイ作るから」だめ人間ではないところを、ンブラに見せたい。わたしには過去もあるし、未来だってあるかもしれないと証明したい。

「いいんじゃない」ンブラは気を遣ってほほえんでくれた。

片道数マイルもある食料品店まで、わたしは歩いていった。肩に陽の光を感じながら、砂のなかを進む。子どもたちがサッカーをしている。町にほど近い家の玄関先では、ティーンエイジャーが階段にたむろしている。横を通りすぎると、彼らが声をかけてきた。わたしはほほえんだ。

店に着くと、りんごを一袋――やわらかくて、少し粉っぽかった――と、バターを一包み買った。袋をかかえて帰り、調理台にどさっと中身を出した。それから、ンブラにも手伝ってもらって作りはじめた。初めて作るアップルパイ。ちゃんとできてほしい。

バターと小麦粉、少しの塩と水で皮を作る。手ざわりは冷たくなめらかで、ボストンの母の御影石の調理台を思い出す。りんごをむき、刻む。甘いにおいは、秋のにおいだった。シナモンはない。砂糖はくせのあるキビ砂糖だけ。でも気にならなかった。ンブラとわたしはりんごの上にも生地をかぶせ、ふたの生地と底の生地とを指でつまんでくっつけていく。この数か月で初めて、わたしはゆったりした気持ちになったのだった。

小さなガスオーブンから出てきたパイのなかでは、香り高いりんごの果汁が泡だっていた。濃厚な、いかにもお菓子らしい香りが家じゅうに広がる。思わず笑顔に、顔がゆがみすぎて痛いほどの笑顔になる。嗅ぎ慣れた香り。故郷と家族を思い出す香り。玉ねぎ形に盛り上がったパイの真上からにおいを嗅ごうと、ンブラが身をのり出したときには、やったぞと思った。

パイはみんなで食べた。ボニー、メアリー、それに近所に住むボランティア教師ふたりも集まり、ひしめきあって食べた。メアリーはほどなく、りんごを床に放り投げる遊びに気が移ってしまったが、大人はお祭り気分だった。薄く剥がれるパイ皮も、絹のようにしなやかな甘いりんごも、そしてわたしの過去の香りも、ひと口ごとにその重みを増していった。ともに作り、ともに食べるという行為で、大きな溝が埋められたのだ。生地を少し残しておけばよかった、とわたしは思った。メアリーが喜んだだろうに。

アフリカから帰っても、不安をぬぐい去ることはできなかった。あの小さな町全体にはびこっていた抑うつがわたしにもとり憑いて、胃の片隅に巣食っていたのだ。わびしいことの多かったンブラの家族との食事も、リスワニソ先生の手も、忘れることができない。みんなをおいて自分だけが去ってしまった罪悪感もふり払えない。それからの数か月は、なにを食べるのも苦痛だった。ひと口食べるごとに、責められている気がするのだ。「あの人たちにくらべたら、あんたなんか恵まれているのに」と。

体重はみるみる減っていき、すぐに服が合わなくなった。母は栄養士に相談しにいった。父にはしつこく、なにが不満なんだときかれた。わたしはしきりに料理を作っては、家族や友人に食べさせた。まわりの人たち全員に食べさせたかった。でも自分では食べようとしなかった。

わたしはセラピストのもとへ通うようになった。プロビデンスの学校の近くの先生で、雪のような白髪をおかっぱに切りそろえ、風変わりな靴をたくさん持っている人だった。わたしたちはアフリカについて語りあった。食べるということについて語りあった。おとなしくさせること、がまんすることについて語りあった。大学を終えるまでずっと話をつづけ、アレックスとの別れについても、つのっていく台所への執着についても、とことん語り合った。罪悪感をふり捨てることはできなかったが、折りあいをつけるすべは学んだ。食についても学び、それがなにを意味していたのかも知った。わたしにとって、食は家族と温かさ、滋養と希望。過去でもあり、未来でもある。それはすべてを意味していた。

わたしはンブラと食べた目玉焼きを思い出し、いまも目玉焼きがどれほどつらいかを思った。悲しみに首まで浸かりながら、その悲しみを感じないようにしていた。目の前では、帰宅したわたしのために父がステーキを焼いてくれるグリルの煙のにおいがしているのに、焼きあがった肉がフライ返しから皿へ、きれいにすべり落ちるさまを見ているのに、まだカティマのとうもろこしと酔っ払いのにおいを感じるのだった。

アフリカでのアップルパイの午後のことも、くり返し考えた。あのとき、ひと口ひと口にひそんでいた感情についても考えた。果樹園のにおい、シナモンと無醱酵バターのにおいは、家の記憶と結びついている。いまでは、アップルパイというとまず愛を、次に罪悪感を、それからホームシックと友情を思い出す。たったひと口のパイにこんなにたくさんの思いがこもるなんて、どうしてなのだろう？　もっともっと理解するためにも、料理の技を身につけたかった。

それから二年後、わたしはクレイギーストリート・ビストロにいた。夜の時間はずっと、刻み、洗い、味見し、においを嗅ぐことに費やしていた。たとえ疲れてきても、腰が痛くなっても、にんにくやバターは見るのもいや、食べるなんて論外、という気分になったときも、自分はちゃんと理由があってここにいるのだとわかっていた。もっと大きな世界の、末端にいるのだともわかっていた。ディナー営業中にときおり、厨房と客席を隔てる廊下へそっと出て、ほんの数秒、息をひそめて通路に立ってみたことがある。その場所に立てば、グラスの触れあう音、人びとがどっと笑う声、穏やかなおしゃべり、BGMのジャズが聞こえる。すぐそこは穏やかな空間、すぐそこはエアコンの効いた涼しい空間。ここなら、汚れたエプロンにぼろぼろのスニーカーという姿を見られることなく、沖すずきの料理やサガリ肉のステーキが、何十人もの着飾ったお客の前に届くところを目にできる。手をとりあう恋人たちも、白ワインで乾杯する家族連れも見た。若い女性が驚くほど優雅にあばら肉を骨からかじりとるさまも見た。蝶ネクタイをした年配の男性が、豚のわき腹肉の最初の一切れを口に入れたとたん、だれもいない空間にむかって満足げにほほえむところも見ることができた。ときにはわたしも、そこに人がいるとたしかめたかったのだ。仕事は大好きだが、何週間も夜中まで脂にまみれていると、焦りを抑えきれなくなることもあった。三時間ぶっ通しできのこを洗った後では、ふやけた指先と土で汚れた服の向こうになにかがあることが見えなくなってくる。

七月のある日の夕方、わたしはモーズのオフィスに乗りこんで、いつになったらオレガノをむしり、にんにくの皮をむく以外のことができるのかとたずねた。こんなことをしていて意味があるのか知りたかった。いますぐ料理学校に行ったっていいんじゃないの？

モーズはわたしを見て、ゆっくりと言った。「モリー、にんにくを理解するには、毎日触れるしかないんだよ。味見する。手ざわりを感じる。においを嗅ぐ。季節が移り変わるなかでずっと、にんにくといっしょに成長する。五月のにんにくは一二月のにんにくとは別の生き物なんだ。りっぱなシェフになる道はただひとつ、素材を理解することだ。本能で、経験を通して、いちばん下から。どんなに時間がかかってもね」

わたしはため息をつき、うなずいた。歯がゆくはあったが、納得はいった。汚れた皿の山の前に戻ると、洗わなくてはならないベビーリーフが届いていた。わたしは二、三度深呼吸をして、目的を思いだそうと努めた。自分には、目先の洗い物より大きな目的があるんだ。大切な瞬間がやってきたら、そのときは集中しなくては――先日、スーシェフのひとりになにか細長い葉っぱを舌に乗せられても、その繊細ではっかに似た味で、すぐに「ヒソップ」と言い当てたときのように。

八月末の霧雨の降る朝、わたしはランニングシューズに半ズボン姿で母の家の玄関ポーチに出ると、立ち止まって空を見上げた。とうに夜は明けているのに、薄暗くて曇っている。空気もうっとうしくて、これは本格的に降るなという気がした。iＰｏｄのイヤフォンを耳に押しこみながら、今日は短くすませようと考えた。帰ってきたら、昼まではハロルド・マギーの『マギーキッチンサイエンス』を読みたい。料理学校の入学日が近づいていて、わたしは早くも緊張していたのだ。

走りだしたときは、あたりにはだれもいなかった。近所の高校さえ、夏休み最後の週で静まりかえっている。わたしは舗道を走った。いつ見てもじゃまな場所に停めてある赤いトラックをよけるため角のマンションの壁ぎわによると、足元の換気孔からさわやかな洗濯洗剤の香りが噴きだしていた。短い登り坂を跳ねるようにかけ上がり、木の繁った角を曲がって、交差点で足を止めた。向こう側をちらっと見ると、信号が点滅している。わたしはほんのちょっとためらったものの、四車線の幹線道路をわたりはじめた。

小さなフォードの四ドアが、青になったばかりの信号を走り抜けたのは見ていない。体がバンパーとぶつかったのも感じなかった。頭がフロントガラスを粉々に砕いたときの、骨がガラスにあたる音も聞いていない。はずみで宙を飛んだことも、硬い舗道に叩きつけられたことも記憶にない。わたしから見たら、世界は一瞬で真っ暗になったのだ。

最初に現場に着いた警官の話だと、わたしは救急車が来るまで硬いコンクリートの舗道に横たわり、意識はあるけれども動かなかったという。出勤のためフォードを運転していたのはこのあいだ大学を卒業したばかりの二三歳。過呼吸を起こし、近くで茶色い紙袋を持って袋呼吸をしていたそうだ。

両親はそれから四日間、病院のベッドのかたわらについていてくれた。母の話では、わたしはすっかり錯乱していたという。事故に遭ったこともわかっていないし、一日目の朝に母が集中治療室に入っていったら、子ども言葉で「ママ、痛いの」などと言ったらしい。下品な罵り言葉もしょっちゅう使うし、運ばれたベス・イスラエル病院をシナゴーグだと思っていた。このときのことはほとんど記憶になく、医師たちの白衣、ベッドの頭上のテレビから聞こえたアニメの音声、おまるの硬さと冷たさがぼんやり思い出せる程度だ。左膝の靱帯が切れ、骨盤が二か所割れ、頭蓋骨にひびが入っていた。膝は後日あらためて手術すると決まった。顔の半分と首はいちごのようにまっ赤なあざになって、何週間も消えなかった。

退院して母の家に戻ってからは居間で過ごすことになり、弟とアレックスが二階からベッドを慎重に運びおろしてくれた。アレックスは事故のことを聞くとすぐ、バーモントから来てくれたのだった。わたしはベッドの上で動くこともできなかった。どこもかしこも痛い。薬も数時間おきにのんでいた——大きいの、小さいの、ピンクの、青いの、紫の。のむと頭がふらふらして、いまがいつで、ここはどこかもわからなくなる。目もちゃんと焦点があわなかった。

家族がなにより心配したのは、食べないことだった。母はひっきりなしになにか食べさせようと、ベッドにミルクセーキやスムージーを持ってきた。傷だらけの体に少しでもカロリーを送りこもうと必死だったという。「いらない」とわたしはうめいた。「入らない」

事故から三週間後、膝の手術のためにふたたび入院した。明るく晴れた朝だった。ベス・イスラエル・ディーコネス病院の建物群は丘の上に建っている。車を降りてよろよろとそのひとつに入るとき、風の涼しさに近づく秋を感じた。まだ使い慣れない松葉杖は、わきの下のやわらかい肉に針金のようにくい込んだ。

このときはまだ、頭のけがで霞のかかったような状態を抜けだして日も浅かった。事故以降の記憶はごちゃごちゃに固まっているが、あいまいな断片ばかりだ。母の家の居間ではくる日もくる日もベッドに横になっているだけだった。脚はぐんにゃりと動かず、痛みはらせんを描くように襲ってくる。あるときは母が、あるときは父が枕元についていてくれた。ふたりがこれほど長くいっしょに過ごすのは、七年前に離婚して以来のことだった。ふたりとも出勤しているときは、友人たちが来てくれた。帰省中のアレックスはわたしの退屈しのぎにつきあうために滞在をのばしてくれ、わたしが眠っているあいだもずっととなりで映画を観て過ごした。起きているときのわたしは意識こそはっきりしていたが、ただそれだけ。やることは酔っ払いなみにとんちんかんだし、小学生なみに聞き分けがなかった。

事故の直後には、家族もこれからどうなるのかわかってはいなかった。父は医師だが、例外ではなかった。知らせを聞いて集中治療室へ駆けこんだ父が見たのは、腕に針を何本も刺されて横たわるわたしと、背後で点滅するモニターだった。目につくのはあざだけで一応無事には見えるが、皮膚の下でどこに出血や骨折があるかわからないし、肺に穴があいていないともかぎらないではないか。そんな父も、別の医師が壁に貼っていった全身CTの画像を一目見るとすぐに安心した。ぼんやりした白黒のフィルムにはわたしのけがが写っていて、この骨折なら時間はかかっても治るとわかったからだ。膝も修復がきくだろう。身体に関しては、この子は治ると家族も知っていた。そして、わたしに同じ話を何度も何度も聞かされる目にあいながらも（わたしは毎回、初めて話しているつもりだったのだ）、脳挫傷の影響もじきに消えるものと納得していた。

意識がはっきりするには二週間かかった。その変化は突然だった。九月半ばのある朝、世界がにわかにはっきり見えたのだ。腰も頭も痛くて、わたしは初めて、なぜだろうと思った。霧が晴れていたのだ。なにがあったんだろう、と思った。

その日の午後、中一日おいて訪ねてきたアレックスは、ベッドに座っているわたしを見たとたんに変化に気づいたという。座れるようになったのは、もうだいぶ前のことだったのに。

「調子はどう」

「だいじょうぶ」わたしは一瞬、考えた。「痛い」

アレックスは驚いてわたしを見た。それまでの妙に浮ついた感じが消えている。言うことに筋が通っているし、ふさぎこんでもいる。たったいま、目をさましたようだった。

一か月もたってしまったなんて信じられなかった。自分の身体がかくも壊れやすいものだったとはショックだった。こんなこともありうるんだというのもショックだった。最悪の事態がこれほど近くをかすめるなんて。自分が不死の存在ではなかったことにも驚いた。若者らしい身軽さが意外にもろかったことにも、自分がもう機敏に動けないことにも驚いていた。

だから、ようやく手術というときは、かなり救われた気がした。少なくとも、前進はしている。事故で切れた腱だとか靭帯だとか、左脚の外側を走る繊維や組織を修復してもらえるのだ。あの車に横からぶつかられたとき、膝は力まかせに引っぱられ、床に置いたマリオネットのように無理な角度に曲げられてしまった。ラインバッカーが横からぶつかられたときにも似ているらしく、主治医は「こういう壊れかたは、ほんとならフットボール選手でしか見ないんですけどねえ」と小さなため息をもらしながら言ったものだ。

手術台に寝かされて、わたしはゆったりと呼吸していた。マスクで口を覆われ、麻酔薬が流れだすと、すんなり意識を失った。もっと後になって初めて――五時間にわたる再建も終わり、形成外科医の手で、それから何年も赤と白に光ることとなる切開創が縫われ、薬に強いられた眠りがさめて初めて――ほんとうの痛みを味わうことになったのだった。

最初に痛みはじめたのは、先生が腱を引っぱり、突き刺し、つなぎあわせた深くうねる穴の奥と、太ももを走る骨だった。その切迫した激しい痛みは、たちまち全身に広がった。悲鳴をあげる爪先、こわばった首、むかつく胃のこと以外、なにも考えられない。四方から包囲されるような責め苦だったから、このときの記憶には焼けつく赤の縁どりがついているほどだ。一晩じゅう、看護師たちが何度も小さな紙コップに入った薬をくれたが、体力を奪う痛みは少しもおさまるようすがない。廊下で父が怒鳴る声が聞こえた。薬に手違いがあったので怒っていたのだ。父は医師を、看護師を、雑用係を怒鳴りつけた。娘が痛がっていることに、それをだれも助けられないことに腹を立てていたのだ。脚を動かそうとすると、過呼吸になってしまった。

「ゆっくり息して」と看護師に言われるが、うまくいかない。

それでも、厚いベージュ色のカーテンと薄いポリエステルの毛布に囲まれ、次々と補充されるゴシップ雑誌を母が朗読してくれるのを聞きながら一週間もたつと、容赦のないパニックもおさまってきた。

のちに、わたしは静養のため、ニューハンプシャーの父の家へ移った。

ようやく外界をしっかり見られるようになったのは、この家にいたときだ。わたしは緑色のやわらかな掛けぶとんのかかったベッドに寝ていた。目の前の壁には、大型のテレビが取りつけられている。ある日の午後『プリンセス・ブライド・ストーリー』を観てみたら、五分たっても眠ってしまわなかった。しかも翌日になっても内容が思い出せた。物ごとは上向いている。

一方で、自分のおかれた現実もたちまち見えてきた。生きているのは運がよかったのだ。家族が近くにいたのも運がよかった。そうはいっても、骨盤が砕け、脚も縫ったばかりで身動きがとれず、家族や友人にべったり依存するしかない気分は最悪だった。落ちこみで声までが男性なみに低くなり、自分の声に聞こえなかった。クレイギーストリート・ビストロの厨房にいるモーズのことも、もうすぐ始まる料理学校のことも、考えないようにしていた。目先の苦痛とくらべたら、遠い世界のことのような気がする。まだ、恐怖にむきあう覚悟ができていなかった。

しかしわたしはほどなく、失ったものはそれよりはるかに大きかったと気づくことになる。

きっかけはシンディのアップルクリスプだった。父の奥さんのシンディはいつも物静かで冷静な人だ。涙を見せたのはただ一度、わたしがシャワーを浴びられるように、初めて包帯の上からビニールをかけようとしてくれて、結局ふたりして泣きだしてしまったときくらい。

そんな彼女がアップルクリスプを焼いてくれたのは、一〇月初旬のある日の午後だった。ちょうど週末で、親友のベッカが泊まりにきていた。本とCDをたくさんかかえて現れた彼女は、ますます落ちこんでいくわたしを前にしても、断乎として明るい態度を崩さなかった。

ベッカと出会ったのは大学一年のときで、わたしたちはそろって色白で縮れ毛というコンビだった。ベッカはその当時から、人を安心させ、くつろがせるのがうまかった。骨まで凍える真冬の週末、いっしょに車でモントリオールを旅したことがある。ちょうど、つらい別れかたをしたアレックスとわたしがよりを戻す前の週のことだった。ある晩、ベッカがラ・クロニークというレストランに誘ってくれた。テーブルにちゃんとクロスがかかっていて、ひかえめな照明が揺らめくような店だ。ふたりとも気合いを入れてドレスアップし、わたしはタイトスカートとハイヒールで優雅な気分になっていた。

担当のウエイターが抜いてくれた白ワインを嗅いでみると、フルーティで熟成の進んでいない感じがした。ちょうど、実家で食べ慣れていない新しい味に挑戦しはじめたばかりだったわたしは、ひと口すすり、ゆっくりと呼吸してみて、その香りの深さに驚いた。わたしたちは鮭を食べ、コクがあってなめらかなシーフードのリゾットを食べた。あんこうを食べ、フォアグラを隠し味にした鴨のラビオリを食べた。一品運ばれるごとに、ひと口食べるごとに、そして、若くて元気だという以外になんの理由もなく笑うごとに、緊張が消えていった。デザートの前に、ウエイターが小さな皿を二つ持ってきた。それぞれ種類のちがうチーズがのっている。ベッカのは小さくてごつごつした丸ごとのブルーチーズ。わたしのはもう少し見覚えのある、くさび形に切ったブリーだった。淡い黄色の外皮の下から、中身が流れだしている。においを嗅いでみる。身をのり出して、ベッカの分も嗅いでみる。表面がかびに覆われたチーズなんて、食べたことがなかった。牛乳が傷んだような強烈な刺激臭に、わたしは顔をしかめた。

「いいから味見してみなさいよ」

おそるおそるかじってみる。そして、またしても驚かされた。つんとするのになめらかでもあり、香気が口のなかで踊りだす。

このモントリオール旅行以来、わたしたちはプロビデンスでも、パリでも、プラハでも食べ歩きをした。パルメザンたっぷりのリゾットも、レモンのタルトも、ふわふわのにんじんのスフレも、糸を引くチーズ入りクレープも食べた。ベッカはトリュフとパテを教えてくれた。一年間台所と冷蔵庫を共有して、学生の予算が許す範囲で最大限に珍しい料理を作ろうと、ともに工夫したこともあった。四層のバナナチョコレートケーキも作ったし、セージとバターを茶色くなるまで火にかけた、香り豊かなソースを生パスタにたっぷりまぶして食べた。食の楽しみは、ベッカとの友情といっしょにやってきたものだった。わたしたちは、何度となく食事をともにしてきた仲なのだ。

その日ニューハンプシャーの父の家でシンディがアップルクリスプを焼いてくれたのは、この秋らしいお菓子がわたしの好物だと知っていたからだった。ここ一か月のわたしは、なだめられ、おだてられてようやく食べるというありさまだったから、これで食べてくれればと思ったのだ。となりの台所でシンディがオーブンからクリスプを取り出すと、みんなは大声をあげた。「いいにおい！　きっとおいしいよ」とみんなは言う。

わたしは鼻をひくつかせてみた。なんの話だろう？

「クリスプだよ」と、ベッカが台所を指さす。

「クリスプがどうかしたの？」

「においがしてこない？」

もう一度、くんくんと嗅いでみる。きっと、座ってる場所が悪いんだ。なにか障害物があるのよ。息を吸いこみ、また吐く。

「クリスプでしょ？」ベッカが指さす。

「なにが？」またも聞き返す。まるで、相手の言葉を聞きもらしたみたいに。

わたしにはなにもわからなかった。

ほどなく、シンディが湯気のたつ耐熱皿を持って居間に入ってきた。焼きたてのりんご、よく熟れたりんごにシナモンと砂糖とスパイスを足して焼いた皿を、わたしの顔の前に差し出してくれる。身をのり出し、吸いこんでみる。熱さはあごでも、鼻の内側でも感じられる。空気の感触も普通とはちがう。どんよりして、湿気が多い。でもにおいはまったくない。

「においがしない」わたしはぼそっと言った。

みんながしんとなった。あの沈黙はいまも覚えている。焼けつくような、長い沈黙だった。だれひとり、なにも言わなかった。

「なんにもにおわない」

口に入れてみる。事故の前でさえ、口のなかのものにこれほど集中したことはなかった。感じるのはほとんど食感ばかりだった。焼いた果物のやわらかさと、トッピングのかりかりはわかる。でも、味は？　味はぼんやりした甘さ、砂糖を弱くした感じだ。シナモン、ナツメグ、レモンは消えていた。はちみつも探しあてられないし、オーツ麦もなくなっている。バターの芳醇なミルク味はどこ？

「味がわからない」とわたしは言った。

その晩遅く、わたしは自分のベッドの上でベッカとふたり、クッションと毛布に埋もれて座っていた。装具をはめられた脚を大きく広げて、まっすぐ投げ出して座っていた。

「これっきり、二度とにおいがわからなかったら、どうしよう？」

サワーミルクと紅葉

わたし、一から出直す

sour milk and autumn leaves: in which I start from scratch

2

鼻の内部のはたらきは繊細かつ複雑だ。分子レベルの信号が順々に受けわたされ、次のスイッチを入れる。科学者たちは嗅覚のしくみを解きあかそうと、何世紀も苦労を重ねてきた。その一方、古くはギリシャの哲学者アリストテレスも、人間の感覚のなかでは嗅覚がもっとも役にたたないと考えていたように、視覚や聴覚や触覚にくらべたらたいした存在ではないと片づけられることも多かった。

そして今日でも、まだまだ謎は多い。

どんなにおいも、はじまりは一個の分子だ。夏の宵にバーベキューグリルから漂ってくる炭火の煙も、母の家にあった食器洗い洗剤のレモンの香りも、ゴミ置き場の悪臭も、みんな目に見えない分子でできている。ひとつのにおいが百種類以上の分子でできていることもある。その組み合わせで、シャネルの五番やクリスマスの豚ももロースト、メイン州の海といった複雑なにおいができあがる。

　嗅覚はもっとも直球の感覚でもある。においが意識によって識別されるためには、文字どおり体内に入らなくてはならないのだから。息を一回吸うたびに、分子は鼻孔に始まるせまく険しい洞窟を抜けて、脳へと近づいていく。そして、鼻腔の天井のてっぺんにあたる嗅裂《きゅうれつ》というところで嗅覚受容体に取りつく。受容体は、嗅上皮《きゅうじょうひ》とよばれる黄褐色の粘膜のそこここからとび出している何百万本もの神経細胞の先端に位置している。

　ヒトの受容体はおよそ三五〇種類あり、それぞれに形のちがうタンパク質だ。左右の鼻腔の天井にあるこれらの受容体を起点として、認知という複雑なダンスが始まる。受容体は、届いた小さなにおいの分子と結合すると、その情報を化学的な信号に変換して脳へ送りだす。ヒトの鼻にはこの仕事をする神経細胞がだいたい六〇〇万個から八〇〇〇万個ある。たくさんの神経細胞が同時にさまざまな信号を発し、音譜が集まって楽譜となるように、あるいはＨＴＭＬがウェブページとなるように、脳がそれらを組み合わせてひとつのにおいとして解釈する。

　こうしてできるパターンは複雑で精密だ。炭素原子が一個ちがうだけであとはそっくりという二種類の分子でも、においは明らかに区別がつく。たとえばノナン酸は炭素が九つつながった分子で、チーズの塩辛そうなにおいの正体だが、炭素がひとつ増えたデカン酸は汗の腐ったようなにおいになる。

　パターン化された信号が進んでいくのは神経細胞で作られた通路だ。神経細胞は鼻を出発すると篩板《しばん》という薄い板状の骨のすき間を抜け、脳のいちばん底にある嗅球《きゅうきゅう》という部分につながる。嗅球は届いた信号のパターンを、ちょうどピアノ曲の楽譜や子守り歌の歌詞を読むように解読して、読みとり結果を嗅皮質《きゅうひしつ》へ送りだす。皮質はそれを視床《ししょう》（意識による知覚にかかわる）や辺縁系《へんえんけい》（感情による反応を起こす）へ伝えることになる。

　事故に遭うまでの二二年間、わたしの鼻から入ったにおいの分子は、じゃまされることなく脳まで届いていた。クレイギーストリート・ビストロで鶏がらスープのにおいを吸いこめば、脂の多い家禽類に由来する微粒子が嗅覚受容体にぶつかり、それをきっかけにたくさんの信号が脳へ向けて送りだされていたのだ。わたしは足を止め、鼻をひくひくさせ、「これは鶏がらスープだな」と考えただろう。途中経過など考えもしなかった。鶏の煮汁と子牛の煮汁、ラードとバターが区別できるしくみも考えたことはない。難しいし、とるに足りないことだった。そもそも目に見えないし、興味もなかった。

　ところがそれは、現代の科学者たちの熱い関心を集めているテーマなのだ。化学的感覚の世界は、脳のなかでどのように再現されるのだろうか？

　あるにおいが鼻から脳へ伝わるところまでは、そのすべてのプロセスが解明されている。わからないのは、分子から始まったものを「これは鶏がらスープだ」と意識するにいたるしくみだ。これは知っているにおいだと気づき、なんのにおいか判断する部分、つまり、最初の神経信号から脳の高次のはたらきまでの部分は、最先端の専門家にもよくわかっていない。

　最初は一個の分子だということはわかっている。ばらの花から、濡れた犬から、図書館のいちばん上の棚にある古い本から発せられたたった一個の分子が、鼻孔を進み、嗅覚受容体に届く。謎はそこから始まる。

　嗅覚受容体がどのようににおいの分子を見つけ、結びつくのかについてはいくつもの仮説があり、何十年も論争が続いている。いまのところわかっているのは、三五〇種類の受容体がキャッチできる分子の種類はそれぞれに決まっているということだ。四種類、五種類と結びつくものもあれば、特定の一種類としか合わないものもある。においの分子の側も同様で、一種類の受容体としか反応しないものもあれば、たくさんの受容体に取りつくものもある。そして今日では、受容体と分子が結びつくには形が手がかりになるという説が広く信じられている。

「鍵穴と鍵という比喩は、正確ではないけれどもいい線はいってます」と語るのはスチュアート・ファイアスタインだ。においの科学の研究では屈指の存在であり、コロンビア大学では神経生物学の教授を務めている。ここは大学と通りをはさんで向かい側にあるレストラン「ル・モンド」で、テーブルにはチーズの盛り合わせがおかれている。ファイアスタインは左手をゆるく握り、つぼのような形をこしらえた。そして、右手の人さし指と中指をそろえ、ゆっくりとすべり込ませる。鼻の奥で分子と受容体が結びつくようすだ。精巧なパズルのピースがあうように、たがいに正しい相手に出会うと結合が作られ、信号が発せられる。しかし、正しい相手がどのように見つかるのかはまだわかっていない。

「受容体の発した信号を脳はどう解釈しているのですか」とも質問してみた。「それもわかってないんですよ」というのが答えだった。いまのところわかっているのは、先端に受容体をそなえた神経細胞――何百万もある――は鼻腔の上皮組織一面にランダムに散らばっているが、そのひとつひとつが嗅球のなかの決まった場所へ信号を送っているということだ。嗅球に届いた信号は、糸球体とよばれる小さな神経細胞の束でほかのよく似た信号といっしょにまとめられる。だがわかっているのはここまで。ここでどんなパターンが織りなされ、それがどうやって読み解かれるのかはわかっていない。

「嗅覚というシステムには、専用の地図がないんですよ」とフィアスタインは言う。「別の方法で考えるしかない」

大きな進歩がみられたのはここ二〇年のことだ。一九九一年にリチャード・アクセルとリンダ・バックのふたりが科学雑誌『セル』に画期的な論文を発表し、のちにノーベル医学生理学賞を受賞する。嗅覚受容体は遺伝的性質で決まることを発見したのだ。

嗅覚にかかわる遺伝子ファミリーは、アンバランスなほどに大きい。まずはマウスで得られた成果を人間に応用して調べたところ、嗅覚がらみの遺伝子は千種類をこえる。これはヒトの全遺伝子の三パーセント近い。ひとつの神経細胞では嗅覚受容体の遺伝子は一種類しか発現しないので、一個につきかぎられた数種類のにおいしか検知できない。これほどたくさんある遺伝子の多くは偽遺伝子といって、実際に役にたつ受容体のタンパク質は作らない。それで千種類ではなく三五〇種類になるわけだ。

アクセルとバックの発見、そして受賞がきっかけで、それまで小規模で地味だった嗅覚という分野に注目が集まる。ふたりの発見は、においの認知の舞台裏を支える生物学の解明へ近づく重要な一歩だった。においの認知はじつに複雑なプロセスで、もとは神経細胞がそっと発する無音の合図なのに、それが意識に届けば華やかな気分を盛り上げることだってあるのだ。

フィアスタインは「アクセルとバックのおかげで、人の見る目が変わりました」と語る。ひとつには、深い謎に包まれた鼻の科学が、ここで解明に大きく近づいたせいもある。だがそれ以上に大きいのは、ふたりの仕事がメディアでも、科学の世界でもおおいに話題になったことだった。世界じゅうの研究者が興奮した。においの科学が注目を浴びるなんて、そうそうあることではない。にわかに、研究資金の提供も増えた。ブームがなければほかの分野を目ざしていたかもしれない若手も集まってきた。さまざまな疑問が出され、解明が始まった。業界の規模がふくれあがったのだ。

フィアスタインによれば、こうした発展に大きな意義があるのも、嗅覚の科学は新しいモデルになりうるからだという。「つまり、嗅覚でわかったことは、脳のほかの部分のしくみにも応用できるかもしれないんです。ひとつの神経細胞につき嗅覚受容体の遺伝子はある一種類、一個しか発現しないしくみがわかったら、また、神経細胞が再生するしくみがわかったら、あるいは、脳がひとつひとつのにおいをまとめあげ、処理するやり方がわかったら、脳機能のほかの分野についても解明できる可能性があります」

ノートパソコンで二〇〇四年のノーベル賞受賞記念講演の動画を再生してみた。アクセルは痩せた長身の男性で、一本の葦のように背を丸めて演壇にかがみこみ、自分たちの発見の遠大な可能性について語っていた。「分子生物学と遺伝学は、いまにも神経科学と結びつくかもしれません。これまではっきりしなかった遺伝子と行動や認知、記憶、情動、知覚の関係に迫るものとなるでしょう」

かつてのわたしの脳がにおいをどのように処理していたにせよ、そして、それによってわたしにだし汁や香水の大切さを教えてくれていたにせよ、すべてはあの八月の朝、あの車のフロントガラスに頭をぶつけた瞬間に終わった。嗅覚受容体が脂っこい鶏のにおい分子とどうやって結びつこうと、もはや関係はなくなった。信号の行く先がなくなったのだ。頭が車にぶつかったとき、頭蓋骨のなかでゆすられた脳が篩板にあたってこすれ、神経細胞の末端が、芝刈り機で刈られる芝生のようになで切りにされた。つまり、衝撃によって、鼻と脳をつなぐ神経細胞が切断されたわけだ。脚の腱がちぎれたように神経もちぎれ、においのパターンは脳に届かなくなった。一瞬の衝突によって、わたしの嗅覚は消え失せた。

わたしのケースは完全なアノスミア（嗅覚脱失）だった。においを感じる能力がないという意味だ。事故から何年もたったある晴れた日、わたしはＩＣレコーダーとノートの詰まったかばんをかかえ、列車に乗ってフィラデルフィアへむかった。味覚と嗅覚の研究のための非営利団体、モネル化学感覚研究所のビヴァリー・カワートとその共同研究者たちに会うためだ。カワートは当時、モネル＝ジェファソン味覚嗅覚クリニックの科学部長も務めていた。こちらは二〇一〇年に閉所になるまで、味覚と嗅覚の異常を診る数少ない臨床施設のひとつだった。

研究所はペンシルベニア大学のキャンパスに隣接する、どっしりしたれんが造りの建物だ。玄関先に門番のように立つ彫刻の前で、しばし足を止める。アーリーン・ラヴの手になる人の顔だけの像で、金色に輝き、高さはドアの丈ほどもある。額と両目は紙くずでも裂くように引きちぎられ、鼻、割れたあご、かすかに開きぎみの唇だけが浮かんでいる格好だ。その表情は悲しげでもあり、いかめしくもある。わたしは不安だった。深い傷から包帯をむしりとろうとしているような気がする。

「ほら、行くわよ」となかへ入る。

クリニックができた一九八六年以来、カワートはアノスミアを数百例、ハイポスミア（嗅覚減退）はゆうに千例以上も診てきた。そのほかにも嗅覚錯誤といって、たとえば、前から知っていたバタークッキーの焼けるにおいがアルミのように硬い金属質のにおいに変わってしまった人もいれば、実体はないのに内部からにおいを感じる、幻臭という現象もある。アメリカに嗅覚を失った人が何人いるかという大がかりな調査はまだないそうだが、あちこちの研究で得られた数字から推しはかると、嗅覚になんらかの異常がみられるのは六五歳未満人口の一ないし二パーセントらしく、この比率は加齢とともにはねあがる。さらにカワートの話によると、スウェーデンでは、二〇歳から九〇歳までの一九・一パーセントになんらかの嗅覚の不具合があり、完全なアノスミアは五・八パーセントだという論文も発表されているそうだ。ということは、嗅覚が消えたり、ゆがんだり、ひどく薄れたりした人は、全世界では無数にいることになる。

カワートの診てきた人のなかには、朝のコーヒーの香りが日に日に薄れていった人もあれば、一瞬にしてすべてが消えた人もいた。原因は結局わからないまま終わる人も多いが、「うちで診ているかぎり最大の原因は三つあります。現在、副鼻腔に病気があるか、過去に上気道上部の感染症にかかったか、頭部外傷です」とカワートは言う。

わたしが自分と同様においのわからない人に初めて出会ったのは、事故から何年もたってからのことだった。この目に見えない喪失にはさまざまなかたちがあると知ったのも、数年後のことだった。でもカワートはよく知っていた。わたしはひとりではないのだと。


膝の手術の後で静養したニューハンプシャーの父の自宅は、父が自分でインテリアを考えたマンションで、れんが色とオーク材で統一してあった。わたしにはわからない野球選手のサイン入りポスターがいくつも、祖父の描いた油彩の肖像画のとなりに飾られていた。祖父の絵は、素人ながらかなりの腕前だった。

この家は、父が離婚してから住んだ二軒めのマンションだった。最初のマンションはわたしと弟が育った郊外の住宅地にあったが、暗くてかび臭く、やたらと細かく仕切られた間取りだった。わたしはその家が気に入らなくて、父といっしょに暮らす期間はずっと自分の部屋に閉じこもり、本に鼻をつっこんではかすかでやさしい紙のにおい、学校のにおいを吸いこむのだった。

父がニューハンプシャーに引っ越したのは離婚して三年後。わたしは高校三年生で、もっぱら母の元で生活していた。父の新しい家はゴルフ場のすぐ外で、近くの小さな湖は、午後も遅くなると陽の光を受けてちらちらと輝いていた。初めて訪ねたのは、父が入居した直後だった。行きたくなんかなかった。父に腹を立てていたから。ほんとうはたいした恨みでもなかったが、離婚を告げられた一五のときから、とにかく父への恨みにしがみついてきたのだ。あの寒い一一月の週末、両親はわたしと弟をソファーに座らせて、自分たちは離婚するのだと言った。ふたりはやさしく説明してくれた。ソファーにおかれた、たたんでいない洗濯物の籠を見おろすように、ふたりはならんで立っていた。父はその翌日出ていった。

新居を訪ねた日の父は、いくぶんきまり悪そうではあったが幸せそうで、家のなかを一部屋ずつ案内してくれた。わたしはしりごみしてばかりだった——どの部屋も、新品のにおいがするのだ。新しすぎる。床みがき剤と漂白剤。新しい絨毯に、台所のぴかぴかのステンレス。家はソファーのやわらかい革のにおいと、塗ったばかりの壁のペンキのにおいがした。なじみのないにおいで、こんなのは願い下げ。ちっとも父らしくない。

じゃあ、父さんらしいにおいってどんなのだっけ？　家を見終わったわたしは、食卓の椅子に堅苦しく座ったまま考えた。いまのにおいじゃない。もちろん、いまのにおいはわかる。芝生に積まれた、湿った落ち葉のにおい。抱きしめられたときの、洗濯洗剤のにおい。父の車の、古い布張りシートのにおいもわかる。石鹸で磨きあげられたいま、泥のとび散ったゴルフシューズのにおいはわかる。でも、わたしたちの過去はどこ？

昔を思い出させる証拠の品なら、新居にもあった。クルミ材の本棚は、かつてはわが家の居間、わたしが何年かおざなりに練習したピアノのとなりにあったものだ。レコードプレーヤーもある。幼稚園のころ、父がレッド・ツェッペリンやジミ・ヘンドリックスを大音量で鳴らし、すごいステップで踊ったときのプレーヤーだ。父はわたしの両手をとり、自分の足の甲にわたしの足を乗せて、いっしょにぴょんぴょんと跳ねたものだった。前はガレージ側のホールに敷いてあった東洋調のラグもあるし、戦争史の本の一大コレクションもある。急斜面を滑る弟、フロリダでカメラにむかって大げさな表情を作る祖父母、どこか南国にいる父とシンディの写真もある。なにもかもが場違いで、冷たくて、無言だ。暗黙の了解に支えられた、共通の過去から切りはなされている。

「で、どう思う?」自信ありげな顔つきだった。

「いいおうちだね」

間が空く。

「まだ手を入れなきゃなあ」と、父は言い訳するようにつけ加えた。

「ここなら、もっと来てくれるかな」

わたしはうなずいた。「いいよ」

でも、ここはペンキと漂白剤のにおいがする。よそよそしくなった、記憶の脱け殻でいっぱいだ。わたしはどうやったらくつろげるのかわからないまま、ただ座っていた。ここはいつになっても、わが家だと感じられることはないだろう、と思った。

そのマンションへ身体を休めにきたのは、膝の手術を受けた翌週のことで、頭は痛みと薬の両方で朦朧としていた。父が引っ越してきてからの四年間でわたしの怒りも力を失い、無視できるほど小さくなっていた。いっしょに過ごす時間も次第に増えていた。だから、何週間か父の厄介になって静養することにためらいはなかった。

今回着いたときには、家のにおいなど意識しなかった。この家のにおいは、父が入居してからの年月で、少しずつ成長していた。ダークウッドのにおい、暖炉の燃えかすのにおい、父が毎朝大きなポットにドリップする、自分で挽いたコーヒーの香り。

　自分の過去のことも、父の過去のことも考えなかった。昔の父のにおいといえば、瓶入りのバジルペーストか、スモークサーモンと卵と玉ねぎの盛り合わせのにおいがした——父に作れるのは、それが限界だったから。あとは、父が毎朝食べていた、グレープナッツブランドのシリアルのにおい。

　わたしの幼いころから父が丹念に世話をしていた植物が、木や葉っぱのにおいと鮮やかな緑色で激しく自己主張していないことにも、気がつかなかった。なぜなら、ひとりではベッドから出られなかったから。香りの強いラベンダーのシャンプーが水のように無臭になっていることも知らなかった。なぜなら、シャワーは怖かったから。足の包帯をビニール袋に包み、ぐらつくプラスチックの椅子に座ってシャワーを浴びているあいだはずっと、転ぶのが怖くて、動くのが怖くて、痛みがひどくなるのが怖くて、ほとんど呼吸もできなかったから。シーツからレモンの香りが消えていることにも気づかなかったし、かさぶただらけの膝を覆っていた包帯がひどい悪臭を放っていて、先生が包帯を交換してくれるときには吐き気をこらえたくなるほどだとも知らなかった。

　わたしと外界を隔てるベールのようなものは、膝が治ってきたら、そして、いまは数時間おきにのんでいる薬でぼんやりすることがなくなったら、なくなるのだと思っていた。義理の母がこんがり焼いてくれた鶏肉に食指が動かないのも、マウスウォッシュで舌を洗ってもすっきりした気分にならないのも、痛みと薬のせいだと思っていた。

　ところがあの日シンディがアップルクリスプを焼いて、わたしは、すべてが変わってしまったことを知ったのだ。

　夜はたいてい、父がとなりにいてくれた。ふたりで映画やニュース番組を見た。父は本を読み、わたしは眠った。父はにんにくを持ってきたり、シナモンやクローブ、バジルやオレガノの瓶を開けたりした。わたしの鼻の下に持ってきては、嗅いでごらんと言うのだった。

「全然?」

「だめ」

「こっちは?」

「だめ」

ついこのあいだの夏には、モーズのレストランでひたすらにんにくの皮をむきつづけたことを思い出す。にんにくのにおいはどこへ行ってもついてきて、てのひらにしみつくと何日もとれなかったのに。でもわたしは泣かなかった。首を横にふると、うなだれて自分の太ももを見ているだけ。父のアフターシェーブの香りが消えてしまったのといっしょに、感情も消えていたのだ。

一日の大半は、ベッドから窓の外を見て過ごした。向こうの小さな湖は、乾いた気候のなか、水かさが減っていた。周囲には緑と黄褐色の葦が生え、鴨が岸辺を行ったり来たりしている。脚は分厚い包帯と添え木で固められ、骨盤は痛み、背中の筋肉はひっきりなしにけいれんする、そんな状態でベッドに座り、木々の葉が緑から深い赤や黄色に変わるのを見た。季節が移ったのだ。

わたしにとっては、夏がじわじわと、一しずくずつ秋に変わっていく時期こそ、ニューイングランドの季節のなかでも最大の魅力だった。八月といえば、手の切れそうなノート、削りたての鉛筆を思い出し、気持ちが新たになる月だ。酸味の強いりんご、ホットアップルサイダー、台所でローストされるかぼちゃの種のにおいで、自分までが生まれ変わったような気分になる。子どものころに住んでいた家の近くには果樹園があって、毎年りんご狩りに行っては、湿った土のにおいと、自然に落ちるにまかせてある、醗酵したりんごの香りを吸いこんだものだった。ハロウィンのにおいはチョコレートとピーナッツバターのにおい、玄関先の階段にならべたキャンドルから立ちのぼる、かすかに渦巻く煙のにおい、キャラメルアップルのなかからりんごが出てきたときの鮮烈な香りだ。そして八月は、わが家では初めて暖炉に火を入れる月でもある。煙と燃える薪の甘い香りで、暖かい火に引きよせられるのだった。

でもにおいがなくなると、自分の周囲がにわかに見慣れない、よどんだ世界に見えた。まるで、映画のなかで動いている自分を見ているようだ。この場にいながら、完全には参加していない。興味はあるが、夢中にはなっていない。

父の家で静養しているあいだ、母は見舞いにくると、わたしを車椅子に乗せ、ドライブに連れ出してくれた。母はいつもセーターにジーンズ姿で、わたしの脚にフリース毛布をていねいに巻きつけてくれた。わたしは、いつもなら母の髪はローズマリーとミントの香りがすること、特別な日には首筋にライラックの香水を一滴つけていることを思い出した。あの香水は、わたしがイタリアに留学していたとき、フィレンツェはサンタ・マリア・ノヴェッラ教会の近くの専門店で買ってきたものだった。あのときは、十何種類もの香りを嗅ぎくらべた――レモン、ばら、クローブ、あとはもうわからないけど、たくさんあった。

母の足が、茶色い枯れ葉や松葉の層をさりさりと踏んでいく。秋らしい秋の日で、土と草のにおいがぴったりあうはずだ。なのに、雨も、苔も、地面に敷きつめられた木の皮もにおわないのでは、わたしの世界は空っぽに見えた。ひどい鼻風邪をひいたときのことを思い出す。鼻が詰まって息ができなくなってみると、景色までがぼんやり見えて驚いたものだった。なにもかもが突然、二次元になってしまったのだ。でも今回は、空気はやすやすと鼻孔を通りぬける。それだけにわたしは、一分、一分と時がたつにつれ、車椅子のシートに深く沈みこんでいくのだった。秋は薄暗くて茶色い、肌寒い日々としてすぎていった。かつては活気にあふれ、カラフルだった季節が色あせて、灰色の濃淡になってしまった。

そのことを両親になんと説明したものだろう。ふたりとも、心配で目を細めてわたしを見ているではないか。無のにおいなんて、どう描写すればいいのか。それは強烈だ。そして空虚だ。ものすごい勢いで人を圧しつぶす。

ある日の午後、父が仕事に行っているあいだに、母と母の恋人のチャーリーが近所のファーマーズマーケットに連れていってくれた。ふたりが車椅子を押してくれて、わたしたちはかぼちゃと、シーズン最後のトマトを買った。そこここに山積みされたひょうたんのあいだを、金切り声をあげながら駆けまわっていた幼い子どもたちが、みんな止まってじっとわたしを見つめる。がりがりにやせた女の人が、お年寄りでもないのに大きな金属の車椅子に座っているのだから。不愉快ではあったが、気にしないようにつとめた。膝も腰も、そのうち治る。いつかは歩けるようになる。それより怖いのは、向こうの屋台で沸騰している、スパイス入りアップルサイダーの鍋だ。ちゃんと見えてはいる。金属製の寸胴鍋から、さかんに湯気が立ちのぼっている。醗酵した甘い香りだろうなと想像してみる——ドイツのクリスマスマーケットのような、陽を浴びた果物の香りと、シナモンスティックにクローブの香りがするはずだ——喉元まで出かかった言葉を思い出そうとするように。でも、嗅いでみてもなにもない。あれはただの熱湯で、パスタを茹でる準備をしているだけかもしれない。それどころか、ほんとうは空っぽでもおかしくない。このときようやく、涙が出てきた。わたしの世界はもう、わたしが覚えている世界じゃないんだ。

料理はどうすればいいの？　何度も何度も自問した。ただし心のなかで。口には決して出さなかった。

そこまではまだ無理だった。

車椅子で過ごすこと二週間、骨盤がくっついて、右脚になら体重をかけられるようになった。これで、松葉杖を使えば、ふらつきながらもベッドからソファーへ移ることができる。頭蓋骨のひびも治り、目の焦点が合い、字が読めるようになった。わたしは国じゅうの友人や親戚にEメールを書きはじめた。この二か月、部屋を埋めつくしてくれた、色はきれいだが香りのしない花束のお礼状を出すためだった。万事に人の手を借りなくてはならない生活を卒業するのはうれしかった。だが、恐怖を言葉にするのはまだむりだった。台所には一歩たりとも足を踏み入れようとしなかった。

わたしはブルックラインにある母の家に帰った。理学療法士のオフィスに近いからだ。ここでわたしは、膝を曲げては伸ばすという苦痛の日々を送ることになる。動かせずにいるあいだに蓄積した瘢痕《はんこん》組織を壊していくためだ。先生が脛に力を加えるたび、瘢痕組織がちぎれていくのがわかり、わたしは焼けつく痛みに身をよじった。涙が止まらなかったが、つづけてくださいとお願いした。痛いけれども、痛さに救われる。せめて脚だけは、回復を自分で感じられるから。

母の家に帰ってみると、前は慣れ親しんでいた部屋が知らない場所に見えた。手術の前の日々、眠っているわたしの横にアレックスがついていてくれた日々のことは、ほとんど記憶にない。かつては、何時間も生パスタの生地をこね、家族にふるまった家、指には小麦粉と卵がこびりつき、かたわらの鍋ではバターと玉ねぎがとろけていた家がうつろな空間になっているのはつらかった。ときには、ここはたしかにあの家よ、と自分に言い聞かせなくてはならなかった。急な階段を松葉杖でのぼり、初めて自分の部屋にたどり着いてみると、見た目は変わっていなかった。四角い空間は同じだ。料理の本はまだ本棚にある。机も白塗りのままだ。でも、なにか大事なものが足りない――ブラインドが曲がっているせいか？　スタンドを新調したせいか？　入り口に立ったまま大きく息を吸ってみる。貧弱で、白くて、まったく未知のにおいだ。

ある週末、ニューヨーク州北部の大学に行っている弟のベンが泊まりがけで帰ってきた。ベンは背が高く冗談好きの青年で、事故の後、わたしのベッドの近くのカウチに座っていた記憶はうっすらと残っている。

その日、弟とわたしは父の家で夕食の約束があり、沈んでいく夕陽のなか、ニューハンプシャーへ通じる幹線道路を走っていた。

「このにおい、わかる？」ベンがいかにもむかむかするというように顔にしわを寄せている。

「わかんない」わたしはうんざりして答えた。「わかるわけないでしょ」

「困ったな、ひどいんだよ。臭いんだ。下水処理場で汚水が漏れてるみたいな」

ここはマサチューセッツの郊外だ。こんなところに下水処理場があるとは思えない。それでもなんだか落ちつかなくなってきた。わたしは、なにか大事が起きているのに気づいていないらしい。いろいろ考えてしまう。もしもひとりのときに、ひどいにおいに気づかなかったら？　下水じゃなくて、火事の煙だったら？　コンロがガス漏れしてたら？　父の家に着くころにはすっかりおびえてしまい、自分はいつか、腐った食べ物で食中毒を起こすだろうと考えていた。となりの部屋で煙が出ていても手遅れになるまで気づかず、焼け死ぬだろう。お葬式では、だれもが「モリーに煙のにおいがわかりさえすれば」と言うだろう……。

車を降りると、わたしは松葉杖でよたよたと玄関へむかった。家に入るとすぐ父に、ブルックラインとナシュアのあいだに下水処理場があるかどうかをたずねた。「空気中に下水みたいなにおいが出ちゃった場合、健康に危険はある？」そう言って、カウチにどさっと腰をおろした弟のほうを見た。すると、弟は声をあげて笑っているではないか。

「ばっかだなあ、下水処理場なんてないよ。おれ、ガスがひどくてさ。おならが出ちゃったんだよ。ほんとうにばれなかったかどうかたしかめたくて」父もくすくすと笑いだすのが見えた。わたしは力ない笑顔を作った。ふたりの声が部屋じゅうをはね回るなか、なんて変な音だろうと思った。人の笑い声なんて、長らく耳にしていなかったのだった。


そのころはまだ、わたしのベッドが一階の居間を占領していて、母は毎朝、ベッドに座っているわたしのところに、湯気のたつお茶のマグを持ってきてくれたものだった。ミルクと砂糖が入っている日もあれば、ストレートの日もあった。ときおり母は、「なんのお茶かわかる？」と聞く。ベルガモットもチャイも、ジャスミンもカモミールも、それぞれの特徴ある香りがなかったら、まったく同じになることを知っているからだ。母は、あたかも「たいしたことじゃないのよ」とでもいうように用心ぶかい笑みを浮かべ、つとめて何気なくきく。そしてわたしは、なにかわかれば見のがすまい、なんでもいい、と念じながら吸いこむ。でも、そこにはなにもない。ただ、湯気の湿り気と、カップの鋭い熱さがあるだけだ。

「イングリッシュ・ブレックファスト？　ペパーミント？」見当もつかなかった。

　食べ物といえば、ついこのあいだまでは身を焼きつくすほどの情熱だったのに、味なしの食感だけになってしまった。食べることが怖かった。口も開けたくない。ひと口ごとに、においがなければなんにもならないと突きつけられる。自分がなにを失ったかを実感させられる。まだ直面したくないのに。だからといって、食べないわけにはいかない。

においがなかったら、味蕾だけでは塩味、甘味、苦味、酸味だけしか検知できない。そのほかに、第五の味として「うま味」を数える人も多い。これは一九〇八年に日本の池田菊苗が発見したもので、数種類のアミノ酸、とりわけLグルタミン酸に感じられる味だ。風味のよい味とされることが多く、マッシュルームに肉、トマトやチーズ、それにグルタミン酸ナトリウムなど、さまざまな高タンパクの食品に含まれる。二〇〇九年、モネル化学感覚研究所でおこなわれた研究で、ヒトにはたしかにグルタミン酸の検出を助ける受容体が遺伝的にコードされていると確認された。しかし、わたしもたちまち思い知ったとおり、口に入った食べ物の味は、この五つを除き、すべて嗅覚でわかるものなのだ。

アイスキャンデーを食べれば、砂糖の甘味はわかる。ポテトチップも、塩がついていることはわかる。水にレモンを絞れば、酸の酸っぱさだけはわかる。モーズに教えられたとおり、息を吸って、吐いてをやってみた。これにも神経学の裏づけがある。においの知覚には、鼻から空気を吸ったときに感じる鼻先香と、口の奥からゆっくり鼻に抜ける口中香の二種類がある。どちらも重要で、においがそれぞれちがった経路から嗅覚受容体に届けられるわけだ。わたしの場合はどちらも白紙だった。

アイスクリームはぼてっとした冷たい泥。カフェラテは熱い、ときにゼラチン質の液体。ヨーグルトを食べるのはなめらかな冷たさを感じるため。辛さはわかるから、パンをタバスコにひたして食べた。食事は楽しみな時間ではなくなった。母が夕食を作っていると、なにかの焼ける音や器のぶつかる音は聞こえてくるが、にんにくを炒めるにおいや肉の焼けるにおいを吸いあげるのは、死んだトンネル、死んだ神経なのだ。いざ食べてみても、ステーキは暖めた段ボールと区別がつかなかった。

たった二か月前には、プロの厨房で長い夜を過ごし、オレンジの皮のにおい、ぐつぐつ煮える鶏の骨のにおいにひたっていたのに。塩と油に漬けこんだ鰯、しなやかなリーキのスープ煮、串に刺したガーリックトーストのポーチドエッグ乗せなどの、人を酔わせる香りを呼吸していたのに。なんということのないきのこだって、口に入れれば何層もの香味が吹き出した。着ていた服はバターのにおいになった。手にはタイムとスープストックのにおいがこびりついた。たくましい、ちゃんと歩ける脚でウォークイン冷蔵庫と厨房とを走って往復し、苦いルッコラの束やら、子羊の脚の入った容器やらを運んだ。羊の脚はピンク色にきらめき、赤い血でまだら模様になっていた。

そんなわたしがいまや、台所に近づこうともしない。コンロになどさわる気になれない。だんだん身体の自由がきくようになり、松葉杖でも機敏に動けるし、片脚で跳んで歩くこともできるようになったのに、台所にだけは一歩も入る気はなかった。まだ、恐怖を認めることができなかったのだ。

アノスミアの原因はたくさんある。炎症を起こした鼻の粘膜にポリープができれば、においが脳へ届く道がふさがれる。季節性のアレルギーでも、においの分子が途中で止まることはある。わたしのように頭に衝撃を受けたとたん、ごひいきのチョコレート店の香りも、高校の更衣室のかび臭さもわからなくなることもある。

同じアノスミアでも、外傷のように突然起こるものもあれば、何年もウイルスに冒されるうちじわじわと進行するもの、手術の後遺症で起こるものもある。はじめから嗅覚をもたずに生まれてくる人もいる。事故の数週間後、包帯だらけの脚を台に乗せたまま、父のパソコンで「嗅覚　なくなる」と検索したときには、生まれつきの人たちも喪失を切実に感じているなんて想像できなかった。春の朝の刈りたての芝生のにおいなど一度も経験していないはずなのに。

ペンシルベニア大学味覚嗅覚センターのリチャード・ドーティ所長と同僚たちは、六年余で診察した七五〇人の患者(アノスミアの人もふくむ)について、味覚や嗅覚の異常によってどんな影響があったかを調べた。その結果によれば、嗅覚のない人は調理と摂食に問題をかかえるほか、気分の変動に悩み、安全の感覚をおびやかされているという。ドーティはうつ病も多いのですと言っていたが、意外には思わなかった。

意外に思わなかったといえば、ダニエル・V・サントスらがバージニアのクリニックで治療を受けた患者四四五人を対象におこなった調査の結果も同様だった。この調査でわかったのは、鼻に機能障害のある人びと――アノスミアにせよハイポスミアにせよ――では、日常の事故のリスクが高いことだった。事故といっても骨折とか、すべって転ぶとかいうことではない。サントスが調べたのは、においと関係のある危険だった。嗅覚に異常のある患者の三七パーセントがなんらかの危険な事態を経験しており、これは異常のない対照群の二倍にあたる。この件については、トーマス・ハメルとスティーヴン・ノーディンが二〇〇三年に嗅覚研究所の依頼で書いた「嗅覚障害者の生活の質」の導入部にまとめている。「嗅覚が失われると、単に段ボールとハンバーガーの区別が難しくなるだけでなく、火災、腐敗した食物などの危険を知らせてくれる感覚も失われる」

わたしにはよくわかった。その恐怖はすでに経験していたから。口に入れる食べ物はしつこく調べるようになった。この牛乳は新鮮か、腐っているか。このほうれん草は新しいか、古いか。たよるものは視覚しかない。においがわからないのでは、味は塩気・甘味・苦味・酸味・うま味しかわからなくなる。においの役割がこれほどだとは、失ってみるまで気づかなかった。自分が失ったものの大きさも、夕食やお茶のひと口ごとに目の前に突きつけられるまでわからなかった。

モネル化学感覚研究所で出会ったなかに、マーシャ・ペルチャットという感覚心理学者がいた。食品の香味と食の嗜好を研究している。彼女はよく、味とにおいの関係を実感してもらうため、ゼリービーンを使ったデモンストレーションをおこなっている。目をつぶって、ボウルいっぱいのゼリービーンから一個を取り出す。色は見えないから、口に入れるまで何味なのかはわからない。次に鼻をつまみ、口でしか呼吸ができない状態にしたところで、ゼリービーンを口に入れ、咀嚼してみる。なんの味がするだろうか？　ほとんどの人が、ただ甘いだけで単調な味だと答える。そこで手を放し、ふたたび鼻で呼吸をしてみる。今度は味がわかるはずだ。においでさまざまな味のちがいが生まれるというのは、こういうことなのだ。

ペルチャットはニューヨークの公共ラジオ、WNYCの番組でインタビューされたときにもこの実験をしたことがある。被験者になったのは、いまは廃刊になったグルメ雑誌の編集者、ルース・ライチルと、ニューヨークで人気のフレンチのシェフ、ダニエル・ブールーだった。ふたりは鼻にクリップをつけて、何味かわからないゼリービーンを口に入れた。無言で噛んでいると、さあクリップをはずしてください、と言われる。「あらやだ、びっくり」と、ライチルはおなじみの低音で言った。「最初はなんの味もしなかったのに、はずしたとたん、まじりっ気なしの、強烈なバナナ味になったじゃないの」「果物を例にとりましょう」とペルチャットは説明してくれた。味覚だけだと、酸味のないバナナ以外はどれも、甘味と酸味の組み合わせだ。「なのに人は、たくさんの果物の味を識別できます。桃とマンゴー、りんごとぶどうのちがいもわかる。果物だけじゃない。牛肉と羊肉、とうもろこしのトルティーヤと小麦のトルティーヤだってわかる。食感の差もありますが、ほとんどはにおいでわかるのです」

事故に遭ってからは、クリップをつけようがつけまいが、なにを口に入れてもまったくの無だった。

わたしは取り乱し、孤独だった。のちにアノスミアについて調べるようになって初めて、これがさほど珍しい現象ではないと知ることになる。だれに話をしてみても、知り合いにひとりくらいはにおいのわからない人がいるものらしい。調べているうちに、意外な名前がいくつも浮かび上がってきた。

わたしはある日の午後、ベン&ジェリーズ・アイスクリームの創業者コンビの片方、ベン・コーエンに電話してみた。インターネットで調べていたら、あちこちのウェブサイトに彼の名前が出てくるのだ。彼にはにおいがわからないらしいという噂だけが方々でくり返されていて、確証がない。一パイント容器のラベルのなかではひげ面で陽気に笑っているコーエンが、本当にアノスミアなのだろうか。

わかる気もする。なぜならベン&ジェリーズの製品は、ただ味だけで売っているのではない。くるみの粒やファッジの塊といった具がほかのどのメーカーよりも多く、食感にかけては一人勝ちなのだ。

事故の後、わたしはベン&ジェリーズのアイスクリームをよく食べた。食感が楽しいからだ。具がなかったら冷たくて甘いだけの死んだ味になるところに形のおもしろさが加わる。大小の塊のおかげで興味が持続するし、多少なりとも楽しみが残る。でもそれは、ここにきて発見したことではなかった。ベン&ジェリーズの食感のおもしろさなら、小さいときから知っていた。いつも、なかに埋まったごつごつのクッキーばかりをスプーンでほじくり出してしまうので、最後は溶けかけた、甘いバニラアイスしか残らないのだ。

子ども時代の夏休み、週末に家族で北隣のバーモント州へ行くと、ウォーターベリーにあるベン&ジェリーズ本店の工場にはよく行ったものだった。解説つきのツアーがあって、見学客はガラスで覆われた中二階を歩いて生産ラインを見学し、焼き上がったコーンや焦がし砂糖の香りが漂う部屋をいくつも抜けていく。そこでは、できたカートンが次々と長いコンベアに乗せられ、包装コーナーへ運ばれるのを見た。弟もわたしも無料の試食品をもらおうと必死で、「チャビー・ハビー」ほしさに手を上げた。これは麦芽入りバニラアイスで、なかにはファッジと、チョコがけのピーナッツ入りプレッツェルが練りこまれている。売店で頼むのはいつも、お気に入りの「ハーフ・ベイクト」、クッキーのせいでざらざらしていて、粗く刻んだファッジ・ブラウニーが入っている。父の食べっぷりはすごかった。ワッフルコーンに乗せたダークチョコレートのアイスクリームが、たった二口か三口でなくなるように見えた。わたしはゆっくりなめるものだから溶けてしまい、手首を伝ってきて手に負えなくなるのだった。

「もしもし?」ざらつく電話回線の向こうからコーエンの声がした。低くてどら声で、わたしの想像どおりだった。カジュアルで楽天的な感じ、ラベルに印刷されている顔にぴったりだ。コーエンはわたしに、すぐに本題を言うようにと言った。

「コーエンさんはにおいがわからないとのことですが」

彼は笑った。「ほんとだよ」

興奮で喉の奥がちくちくしてきた。学校のレポートでAをもらったときと同じ。あてられて正解したときと同じ。自分の考えがあたっていたときの感覚だ。

「嗅覚はいまいちでね。いや、いまいちどころじゃなく、さっぱりなんだ。昔からずっとこうだった」

「少しもわからないのでしょうか」

たまに一種類か二種類感じることはある、とのことだった。ただし、十分な量のうっ血除去薬を使っているときだけだという。

原因は炎症かアレルギーだろうかと思ったが、自分でも知らないそうだ。それ以前に、病院で相談したこともない。思い出せるかぎり昔から、ずっとにおいなしの生活をしてきたのにである。「小さいころ、みんなが鼻先に花を突きつけてきたのを覚えてるよ。とにかくなんのにおいもしなかった」

アノスミア当事者の大半がそうであるように、コーエンも腐敗した食べ物、汗臭い服、ガソリン漏れやガス漏れに気づかない心配をかかえていた。「でも、赤ちゃんやイヌのウンチを始末するときには断然有利だね」とくすくす笑う。

だがなによりも大きいのは、食の楽しみかたへの影響だった。白紙のスメルスケープ(嗅覚環境)に生きる彼には(「初めてオレンジの香りがわかったのは二十代のときでね、一瞬だったけど、すごかったなあ」という)、香味以外の手がかりが必要だった。相棒のジェリー・グリーンフィールドとふたり、バーリントンのガソリンスタンドを改装した店でアイスクリームを作りはじめたときも、ただのフレーバーなど求めてはいなかった。ほかの要素がいる。塊がなくちゃ。

「ぼくは食感にはものすごくうるさくてね。とにかく、食感のバリエーションがほしかった」

「ジェリーは変に思わなかったんですか?」事故に遭ったばかりのころ、パンをタバスコに浸して食べていたときの、母の目つきを思い出したのだ。

「食べてもフレーバーの区別がつかないところはちょっとふしぎがってたけど、それ以外は別になかったなあ」

この人、運がいいんだわ、とわたしは思った。

電話の最後にコーエンが言った。「『全米嗅覚障害者連盟』って聞いたことあるかな?」

「ありません」わたしは恥じ入りながら白状した。そんな大規模な団体の存在に、いままで気がつかなかっただなんて。

「いや、ぼくもない」コーエンは大笑いした。「だって実在しないもの。でも、もしあったら絶対入るね」

カリナリー・インスティテュート・オブ・アメリカの授業は一二月に始まることになっていた。それなのに、事故の一か月半後、わたしは携帯を片手に、入学手続き書類を前にカウチに座っていた。ごつい装具をつけた左脚をクッションの上に投げ出して、窓の外で激しい風にもまれる木々をじっと見つめる。聞き慣れたマイルス・デイヴィスの「カインド・オブ・ブルー」のリズムが、ぱらぱらという雨の音と優しく混ざりあっていた。

電話しなくちゃ、とは何週間も前から思っていた。味のしない母のビーフシチューを食べるたび、紙のような味になってしまった好物の黒糖クッキーを食べるたび、考えてきたことだった。自分には料理はむりだということはわかっていた。家でさえむりなのだ。プロの厨房なんてむり。わたしはプロになりたいのに。

今度こそ決断するしかないと悟ったのは数日前、父が訪ねてきた日のことだった。カウチに座っているわたしのところへ来ると、厳しい表情で、いっしょに座っていいかなときいた。驚いたことに、母もいっしょに腰をおろすではないか。いつもなら、父が来ているあいだは席をはずすのに。

「モリー、話がある」父は小声で言った。

「いいわよ」わたしは父の顔をまっすぐ見た。なんの話かはわかっている。

「おまえの嗅覚のことだが……」

でもわたしは聞きたくなかった。いやだ、と首を横に振る。なのに父は目もくれず、どんどん話を進める。「見通しはかんばしくない」

父はずっと、アノスミアについて、手に入るかぎりの文献を読んでいたのだ。コネチカット大学の味覚嗅覚クリニックにも電話してみたが、あまり詳しいことはわかっていないとの返事だったそうだ。ただ、これだけはわかっていると言われた。嗅覚の脱失は、治療法のないケースが多いこと。そして、そのまま治らない可能性もあること。「これからのことを考えないと」

涙が顔を伝っていく。濡れた鼻からしずくがしたたり落ちる。でも、かぶりを振るのはやめた。そんなことはとっくにわかっていた。

電話は、ひとりになるのを待ってからかけた。

快活な声で電話に出た女性にわたしは言った。「入学を延期しなくてはならないのですが」

「ああ、全然問題ないですよ」

問題がないですって！　問題なら大ありでしょう。わたしの人生、これからどうなるのよ。

それでも、淡々と自分の名前と、本来の入学予定日とを伝えた。話しているあいだにも、バックには彼女がキーボードを打つ音が聞こえていた。この人のオフィスの窓からは、どんな景色が見えているのだろう。ニューヨークはハイドパークのまだ見ぬキャンパスに建つ、古く厳めしい建物から見える景色を想像してみた。黒い包丁ケースを持った若い学生の群れが目に浮かぶ。みんな、ぱりっとした白いシャツを着て、笑いながら緑地を横ぎっていく。

あれほど必死で合格を望んだ学校なのに、入学を取り消すのは一瞬だった。相手が電話を切ってからも、すぐには携帯を耳から離せなかった。かちゃっという固い音に、震えが身体中をかけめぐった。

「さ」、わたしは無人の家にむかって言った。「片をつけたわよ」

一日、また一日、孤独な時間がゆっくりと過ぎていくにつれ、身体は着実に治っていった。傷痕も色が薄れはじめた。

理学療法には週に三回ずつ通った。まずは室内自転車でペダルを漕ぎ、次にベンチでの筋力トレーニングに移る。最初の数週間は、自転車にまたがっても、ほとんどそれらしい動きにならなかった。まだちぎれていない瘢痕組織にじゃまされて膝が十分に曲がらないため、一周回すことができないのだ。

それが、一一月初旬のある朝、ぐいっと力を入れたとたん、なにかが引っぱられる感触があった。さほど鋭い痛みではなかった。最後にどうしても上げられなかった数センチが上がり、ペダルはまるで氷の上を滑るようになめらかに回った。ペダルが一周したのだ。わたしは驚いて顔を上げた。

「モリー、できたじゃない！」若い陽気な先生が部屋の反対側で声をあげた。「順調に回復してるってことよ！」

回復ねえ、とわたしは思った。そもそも、回復するってどういうこと？

膝は日増しによくなっていくし、外を歩いても知らない人に憐れみの目で見られることもなくなったのに、意気消沈ぶりはいまのほうがかえってひどかった。よくなったねと言われるのがつらかった。このまま脚がよくなったら、鼻しか考えることがなくなってしまう。鼻の損傷は目に見えないが、強烈だった。松葉杖のような道具もない。理学療法もない。それでも、その「ない」ということが――色のない空白、においを失った風景の、言葉では説明できないぼやけようが――手術の後で過呼吸を起こした夜以上に痛かった。なのにこんどの痛みは、だれに言っても通じない。

鼻がなかったら、わたしは何者なの？

「ベートーベンだって耳が聞こえなかっただろう」と父は言う。「でも成功したじゃないか」

わたしはうなずき、機械的に笑顔を作った。

「味のわからないグルメにだってなれるさ！」と父は言うのだった。

歯がゆさは日に日につのっていく。うるさいほどの膝の痛みのほうが、共存しやすかった。少なくとも、膝の痛さは目に見える。まわりの人にも理解できる。でもいまでは、友人も家族も、わたしが治った、健康になったといって祝福する。その実、わたしの生は――毎日の生活は――麻痺したようにぼんやりとしか感じられないのだった。

一方、怒りも感じていた。母がなにかほしいものはないかと聞くのにも腹が立った。父がわたしを見る目にかすかな同情の色がみえるのにも腹が立った。弟には、存在自体に腹が立った――楽しそうに食べるから。電話で笑っているから。友人たちが普通にそれぞれの人生を歩んでいるのも気に入らなかった。そして、そんなことを気にしてしまう自分にも腹が立った。

一〇月のある午後、母と車で外出した。スーパーマーケットへ行くとちゅうで、わたしは買い物リストを作っていた。赤信号で車が止まり、わたしは顔をあげた。そこは九号線とウォーレン通りの交差点、わたしがはねられた場所から数フィートしか離れていなかった。以前のわたしの亡霊が、ふわふわと道を渡っていく。母が深呼吸をした。

「ほんとうに怖かったわ」母が舗道に目をやって言った。

「わかってる」

わたしは言葉を切った。ほんとうにわかっていると言えるんだろうか。家族にあれほどおそろしい思いをさせた日のことは、まったく覚えていないのに。この交差点を通るということでは、わたしよりも母のほうが反応しているではないか。

なんとか緊張を和らげたい。これではいたたまれない。「植物状態とかになってたら、大変だったものね」とぎごちなく言って、笑おうとしてみた。

母は本気かどうかたしかめるような目でわたしを見た。「モリーは運がよかったのよ」

「わかってる」わたしは力なく答えた。「毎日そう思ってる」

「ほんとうに？」母の意外そうな声は、針の束になって喉の奥を突き刺すようだった。

わたしはうなずいた。そして、ゆっくりと息を吸い、ゆっくりと吐いた。手術の後、看護師たちに言われたとおりに。そして、厨房でモーズに教えられたとおりに。

自分のけがは目に見えないということが、見通しのきかない濃い霧のようにわたしを包んでいた——かつてウィリアム・スタイロンが、動けなくなるほどのうつ病体験を指して「濃霧に閉ざされる恐怖」と表現したように。暗い不在、不可解な無だ。

裂けた膝の腱や、首筋の真紅のあざとはちがって、鼻の損傷はだれの目にも見えない。足を引きずるわけでもないし、悲鳴をあげるわけでもない。しりごみすることも、震え上がることも、弱ってしまうこともない。痛みはない。行動も変わらない。外から見える要素はなにもない。

わたし自身にさえ見えない。ありもしないものを感じるのとはちがう。外界の認識がまちがっているわけではない。手足を切断された患者が幻肢を感じるような、異常な感触はない。幻覚が見えたりもしない。頭のなかでシンフォニーが勝手に鳴り出すこともない。純粋に、あるべきものの不在だけ。自分の世界から大切な要素が消えて、空白になってしまったのだから。

家族は努力してくれたが、どうがんばってもわからないらしかった。わたしも、この「無」を説明しようとはしてみた。でもそのためには、いまここにないものを描写しなくてはならない。ところがわたしはたちまち悟った。描写しようにも、においを指し示す単語など、最初からないではないか。もともと記述不可能とされてきた存在を、どう記述すればいいというのか。

ほかの感覚とちがって、においは言語を寄せつけない。においを表現する言葉はいずれも、厳密にはほかのものを表す言葉、ほかの感覚で知覚されるものばかりだ。においとは比喩で表現される感覚であり、つねに、もっと具体的でわかりやすいほかの感覚との比較で語るしかない。使われるのは味覚の用語が多い（芳醇な、みずみずしい、酸っぱい、甘い）が、視覚（鮮やかな、濁った、緑色の）、触覚（温かい、やわらかい、涼しげな）の用語もあれば、音や音楽を思わせるもの（のびやかな、メロディアスな、深みのある）もある。

『感覚の博物誌』の著者ダイアン・アッカーマンは、においのことを「沈黙の感覚」とよぶ。「驚くべき出来事が言葉で切り分けられるのを待っている豊饒な世界を口を使って説明しようとしても、匂いの名前は舌の先端にまで達しながら、口の外に出ることはない。匂いは一種の魔術的な距離を与えられ、神秘のままとどまり、名前がないままの力、聖なるものとなるのである」

しかし、身体の痛みでさえ、いったん消えてしまうと思い起こすことは難しくなった。膝の手術を受けて数か月でもう、あの痛みがかつてどれほどせっぱ詰まったものだったかがわからなくなっていた。ついこのあいだまで、灼けるような拍動痛が容赦なく全身をかけめぐり、筋肉にも骨にも響いていたのに。実体験の感覚もはかないものだが、記憶も同様にはかないものだった。本人でさえ自分の痛みに共感できないのなら、他人はなおさらだろう。ハーバード大学のエレイン・スカリー教授は、その著書『痛む身体』のなかで、他人の身体的苦痛を心にとどめることについてこう記している。「人が他者の身体的苦痛について聞くとき、相手の体内で起こりつつあるできごとは、どこか目に見えない土地、兆しばかりでまだ一度も地表に姿を現したことがないがゆえに現実感のない土地に属する深い地底のできごとという、よそよそしいものに感じられてもおかしくない」

においも痛みと同じく原始的な感覚で、これといった形ももたず、ただ激しさと切実さがあるだけだ。どちらも同様に言語表現になじまないとしてもふしぎはない。ヴァージニア・ウルフの『病むことについて』というエッセイには、病気になった人は「自分で言葉を造語することを強いられるから、片手に自らの痛みを、もう片手には純粋な音声の塊をとり（中略）両者をぶつければ、ついには新しい単語がこぼれ落ちるのだ」という記述がある。この記述はそっくり、初めてのキスのときにつけていたコロンにも、ペンシルベニアの蒸し暑い夕べに吹き込んだみずみずしい香りにもあてはまってしまう。

言語と感覚について、かつてアメリカ合衆国の桂冠詩人だったロバート・ピンスキーと話をしてみた。ピンスキーは作家でもあり、翻訳も手がける詩人で、音声の力を信じている。詩は「身体を使う芸術」であるととなえ、詩作は作曲に似ているという意見の持ち主だ。

「わたしが『椅子《チェア》』って言うと、あなたの耳のなかの小さな骨が震えるでしょう」そう語るバリトンの声は深く、その抑揚は修練を積んだものだった。「『チェア』と言うときは、息を出しますね、『チ、』『チ、』ってね。『とても《ヴェリ》』と言うときは、喉の奥で『ヴーーー』と響かせますね。身体を使います。言葉とは、抽象を身体的経験に乗せたものなのです」

「それに対して、においはほぼ対極にありますね。カテゴリーもなければ、普遍性もない。まったくちがった感覚です。分子が身体に入ってきて、出ていくんですからね。どうしたって直接的な体験になります。それを記述しようにも、言語は抽象です。においはあまりに固有だ――それがコーヒーになったり体臭になったりアセトンになったりするのは、分子に固有の配置があるからなんです。ほとんど比喩で表すしかないのも当然ですよ」

ボストン大学の教員でもあるピンスキーは、なにかにおいの出てくる詩の例を挙げようと思ったが、すぐには思いつかなかったという。しばらく考えて浮かんできたのが、ウィリアム・カルロス・ウィリアムズの『作家をさがすソネット』だった。彼はそれを、電話ごしに朗読してくれた。ゆっくりと、明快に発音された言葉が受話器を震わせる。始める前に、ピンスキーは説明してくれた。「ソネットといっても本物じゃないんですよ。ジョークですが、でもすてきな詩です」

出てくるのはふたりの人間——森のなかの「皮を剥がれた丸太のように」裸のふたりだ。「これでソネットが一つできたってよかろう……」とカルロス・ウィリアムズは書く。「過剰の香り／松葉の香り、その香りは／皮を剥がれた丸太のもの、無臭の香り／たれ下がった無臭のスイカズラの／ほかにはなにもなく、裸の女性の香り／ときとして男性の香り」

ピンスキーはひと息ごとに「香り」という単語を振りおろした。何度も何度も、ハンマーで叩くように振りおろした。重みを乗せて、正確に、リズミカルに。ピンスキーいわく、作者がこの単語をくり返しているのには目的がある。「この反復は、自分はにおいを感じているのだという強調です。それも、においは言葉では説明できないのだと言わんばかりにね」

わたしはたずねてみた。ご自分の作品のなかでは、においをどのように表現していらっしゃいますか。ピンスキーの詩といえば華麗で、肉感的でもあり暗喩的でもあり、音声の仕掛けがたっぷりという作風だ。問われて、彼は即答できなかった。「考えてみたけども、においについて書いたことなんてあったかなあ……」沈黙。「そうだねえ、書いたことがないのかも」

桂冠詩人ともあろう人が、自作のなかでにおいを描写した覚えがないなんて。ありえないことのように思えた。それでいて、いかにもありそうにも思えた。

わたしは自分の見つけた一か所を教えた。それは「幽霊のいる廃墟」という詩のなかで、彼がコンピューター、半導体、機械のにおいを「母乳のような／そして冷汗のような」と描写した部分だった。ピンスキーは笑いだした。意外がっているような声だ。「そうだった。それは『ジャージーの雨』に載ってるんだったかな」そのとおり。わたしはその記述を、十年前に出た詩集のなかで見つけたのだった。電話の向こうで、棚から本を抜きだす音がした。

一瞬の間をおいて、彼は言った。「コンピューターにはたしかににおいがあるんだ。細かいにおいがたくさんあってね。ほとんどはろくでもないが、たまに、ちょっぴりさわやかなやつもある」

後に、自分の机から離れた場所で、わたしはそのにおいの記憶を呼びさまそうとしてみた。目を閉じて、配線とプラスチックのにおい、ノートパソコンにかじりついていた深夜の大学のにおい、電流と金属のにおいを考えてみた。思いうかばない。香りを想像するのは難しく、たいがいの人には不可能だ。『あなたはなぜあの人の「におい」に魅かれるのか』の著者、ブラウン大学のレイチェル・ハーツ教授がかつて、一四〇人の学生にいくつもの身体感覚を思いうかべてもらうという実験をしている。学生たちに車の外見、目ざまし時計の音、サテン地の手ざわり、レモンの味、チョコレートの香りを想像してもらったところ、においを想像する力だけが目立ってたよりなく、ずさんだった。

視覚や聴覚については、刺激を想像しただけでも、脳はほんとうに刺激を経験したときとよく似た活動を示すことがわかっているが、においについてはそうではない。「本物のかぼちゃパイのにおいを嗅ぐのに使われる脳の部位は、かぼちゃパイのにおいを想像したときに活動する部位と、ぴったりとは重ならない」とハーツは記している。

わたしはにわかに、想像の追いつかない世界に生きることとなった。知っていたはずのにおいを、思い起こすことのできない世界。自分の喪失について、言葉で描写することがほとんど不可能な世界。わたしは抵抗した。避けて通った。嗅覚がないと、自分が何者なのかわからなかった。神経科医で作家のオリヴァー・サックスがノルウェーの人里離れた山中で脚に大けがをしたあとの日々を記録した『左足をとりもどすまで』のなかで書いていたのと同じく、「地図から、認識可能な世界からころげ落ちてしまったのである。空間からも時間からも放りだされてしまった。もうなにもおこらない。知性、理性、感覚。そんなものはなんの意味も持たない。記憶、想像力、希望もおなじだ。私は以前の足場をすべて失ってしまった。いやおうなしに、魂の暗い夜に入りこんでしまって」いる状態だった。

十月も終わりに近づいたある日の朝、母はわたしを車に押しこみ、松葉杖は後部座席に危なっかしく立てかけて、ボストンの耳鼻咽喉科へむかった。

そろそろ専門家の意見を聞くべきだ。父の言うような悲惨な予想は信じたくない。嗅覚はいつごろ戻ってくるのかを知りたい。

予約してあるのは事故の直後に恐怖の数日間を過ごしたのと同じ病院だが、そのときのことはほとんど覚えていない。車のなかでも気持ちは張りつめていたが、外は晴天で、高速道路の両側の木々は褐色や黄金色に染まっている。カリナリー・インスティテュート・オブ・アメリカにやはり予定どおりの日程で入学するなら、電話一本するだけですむのだ。

母とふたりでエレベーターで耳鼻咽喉科の階へ行き、受付をすませる。おとなしく腰をおろして呼ばれるのを待っているうちに鼓動が速くなってきて、心臓が鎖骨にぶつかるような気がした。スキャンダル雑誌、さんざん踏まれてけばだったラグ、鈍い灰色のドア、なにを見ても興味がわかない。怖くもあるが、興奮してもいた。知る準備はできている。

数分で名前が呼ばれ、ふたりで診察室に入る。小さくて窓のない部屋だ。入口を背に腰をおろし、待つ。ノックをして入ってきた医者は自信ありげな若い男で、にっこり笑うとわたしたち親子と握手をした。そして腰をおろすと、カルテをめくりはじめる。一枚、また一枚とめくるばかりで、わたしのほうを見もしない。急に、自分がひどく小さくなったような気がした。

「においがわからないんです。車にはねられてから」と言ってみる。

医者はまたしても紙をめくりだす。胸がじわじわと締めつけられていくようだ。

医者がようやく口を開いた。「そういう例は聞いたことがあります」ぺらり、ぺらり、ぺらり。そして、鉛筆をばち代わりに太ももをぽてぽてと叩く。

唐突に「お気の毒ですが」と言いだした医者はまだ自分の太ももから目を離さない。「においの感覚は消えてしまってますすね」

室内は沈黙に包まれた。母に目をやると、あまりのことに声も出ないらしい。どんな場面でもなにか気のきいたことが言える人なのに、今日はちがった。わたしも動けなかった。まっ白で殺風景なこの部屋で、椅子に釘づけにされているみたいだ。検査は？　質問は？　薬は？　なぜそうだって言えるの？

やっとのことで、声をしぼり出す。「なんて？」

「申し上げたとおりです。自動車事故で同じようになった例はいくつも聞いたことがあります」あまりに軽い口ぶりなので、最初はジョークだろうかと思った。「衝撃で嗅覚の神経細胞が壊れたんですね。回復したという話は聞いたことがありません」

わたしは麻痺したようにただ座っていた。なにか言いたいという気もしない。胸が痛くなってきて、そういえば呼吸をしていないと気づく。目に涙がたまってくる感触があった。でも泣くのはいやだ。髪をきちんとセットしたこの医者に、そしてその性急な判断に、腹を立てたかった。思いやりってものはないの？　わたしの希望はどうなるの？　なのに悲しみばかりが表に噴き出し、頬を伝うのだった。医者が顔をあげた。人の感情にふれて驚いているみたいだ。

はじかれるように立ち上がってわたしの背中を抱いていた母が、そっけない声で説明した。「娘はシェフ志望だったんですよ。においがなくちゃ、味がわからないでしょう」

医者がわたしの顔を見て――まっすぐこちらを見るのは初めてのような気がした――そっとわたしの腕にふれた。「気を落とさないで。でも、お話ししたことはたしかですよ」

ローズマリーとマドレーヌ
わたし、折り合いをつける
rosemary and amadeleine: in which I make adjustments

3

耳鼻咽喉科を受診してまだ日も浅いある日のこと、わたしは台所の調理台にもたれかかって、サルサの瓶を開けた。

ぱこん。

身を乗りだして、嗅いでみる。空気が鼻腔をあがってくる。生ぬるくて空っぽだ。もちろん、ただそれだけ。トマトもにんにくもハラペーニョも見つけられず、なんのためにこんなことをしたのだろうと思った。

でもかつては、わたしにとってサルサのにおいといえば、単にタコスをぱりりんとかじりたくなるとか、ビールとチップスのパーティーを思い出すとかいうだけの存在ではなかった。子どものころ、陰鬱な冬の日曜の夜は、父とふたりで映画を見るのがおきまりだった。映画ならなんでもいいというわけではない。父の集めた膨大なビデオとレーザーディスクのなかから――父はレーザーディスクのことを「これからの映像テクノロジーだ」と言っていたものだった——よりすぐったお気に入りばかり、それも、同じものを何度も何度も見るのだった。たまには、若き日のロバート・デニーロの『ミッドナイト・ラン』や、もっと若いメル・ギブソンの『マッドマックス』のこともあったが、父とわたしの時間のほとんどを埋めるのはトルティーヤチップスの袋と、具の大きいレッド・サルサと、ボンド。ジェームズ・ボンドだ。

わたしたちはカウチの上に居心地のいい巣をこしらえて、『007は殺しの番号』や『007／消されたライセンス』、それに『死ぬのは奴らだ』を見た。わたしは『ゴールドフィンガー』が大好きで、美女が皮膚を金色の塗料でふさがれて殺されるシーンにうっとりした。見るときは、かぎ針編みの古い毛布——ベージュ色で、ややすり切れていて、かすかにクローゼットのシダー材のにおいがした——を頭からすっぽりかぶった。かさばる分厚さに守られながらも、かぎ針編みの編み目から怖いシーンを覗きみることができた。そんな夕べにはかならず、ぽりぽりという規則正しい音と、袋のかさかさいう音がつきものだった。チップスとサルサは、ジェームズ・ボンド体験の欠くべからざる一部分であり、それから何年もたった後も、サルサのにおいを嗅げばたちまち当時に引き戻されるのだった。両親が離婚して父が出ていってからも、なんでもいいからトマトとハラペーニョとにんにくのしょっぱくて辛い瓶詰めを開ければ、あのときのカウチ、あのときのかぎ針編み毛布の下に戻ることができた。若き日のショーン・コネリーやロジャー・ムーアが現れ、わたしはパパのいる幸せな少女に戻れるのだった。

だが事故の後では、サルサを食べても、シダー材のにおいに守られた父との思い出も、ジェームズ・ボンドを見て感じた恐怖の甘美なうずきも、思い出すことはなくなった。サルサは単なる瓶詰め、汁が垂れやすくて、具が入っていて、赤いどろどろになった。

それでもサルサを食べつづけたのは——このころはほんとうによく食べた——思い出のためではない。

わたしにも感じられるからだ。辛いトウガラシが容赦なく喉の奥を蹴りつけてくるのは、ささやかな生命のしるしだった。顔面と口から感覚を脳へ送る三叉神経を、辛味はほどよく刺激してくれる。スパイスの効いた「アトミック・ウィングズ」の手羽元を食べた後で唇や舌がひりひりするのも、ヴィックスヴェポラッブを吸ってすうっとするのも、三叉神経のはたらきだ。敏感な人にとっては苦痛の源だが、トウガラシ中毒の人や、わたしのようにほかの楽しみがほとんどない者にとっては歓びの源となる。

なにを食べても味のしない食事のたび、なにか楽しみを見つけなくては、なんでもいいから楽しまなくてはとあがいた後だけに、とにかく感じたかった。口のなかに、なんらかの感覚がほしかった。タバスコは塩のように使った。フライにはタイのシラチャーソースをケチャップのようにかけた。ハーブもスパイスも微妙な味もわからないわたしだが、サルサの辛口と甘口なら目隠しをされても区別できた。どちらもひりひりした——どちらも痛くて、おいしかった。

一〇月のその日の午後は、トルティーヤチップをスプーン代わりに、サルサをすくっては口へ運び、背筋を伸ばして咀嚼した。においを嗅ごうとするのはもうやめた。鼻をひくひくさせたところで退屈だし、がっかりするだけだし、くだらない。小さいけれども楽天的な希望のシャボン玉は、あの耳鼻咽喉科の診察室ではじけてしまった。現実に適応するには、なにか別の方法が必要だった。

だからわたしは、努めてほかの感覚に意識を向けるようになっていた。食べるときは、目の前の食べ物の食感、温度、色彩に集中した。食が香味だけではないことくらい、以前から知っていたではないか。モーズがカリフラワーを冴えた白に、にんじんを軽快なオレンジに、酸葉のソースを輝くグリーンに仕上げるところも見てきた。こんがり焼いたそば粉のブリヌイになめらかなサワークリームを塗ったそのうえで、キャビアが口のなかでぷつぷつはじけるのも楽しんだ。子どものころは、シナモンの入ったアップルソースを食べて育った。コンロからおろしたばかりで湯気のたっているアップルソースに、凍らせたバニラヨーグルトをたっぷり乗せる。こうして熱さと冷たさを同時に楽しむのがおきまりで、弟などは長年、果物と名のつくものはこれでしか食べなかったほどだ。

そんなわたしだが、食感と温度と色彩に猛烈に集中するようになったいま、それらは、これまで以上に重要なものとなった。なにかをひと口、口に入れるたび、目も、指も、舌の神経も、新しい使命を負わされることになった。そうさせずにはおかなかった。

そして驚いたことに、それは成功したのだ。

羽根のように薄いネッコ社のウエハースが歯にあたって割れる音が、突然、口のなかにこだまするようになった。ピザの最初のひとかじりから糸を引いて伸びる熱いチーズが歯にはりつき、唇にやわらかくあたるたび、笑みがこぼれるようになった。完熟プチトマトが口のなかではじけ、舌の上に汁が飛び出すのが気に入った。スパゲティを前にして、かつてはバジルとバターのほのかな隠し味を予期したのと同じように、この食感はどんなだろう——きっとつるつるして、なめらかだろう——などと予想するようになった。まだ松葉杖で歩いていたころ、勇気をふるって初めて家族と一緒に外食したときには、色とりどりの焼きビーツの盛り合わせに見入った。ビーツは深い紫の、燃えるオレンジの光を放ち、わたしは目から吸いこんだ。

自宅では、硬いおやつに凝った。トルティーヤチップス、ポップコーン、ビスコッティ。ベーグルはゴマ付きのが、表面がざらざらしていい。全粒粉のウエハース、トリスキットが口のなかでふやけるのを待ちながら、表面の小さな四角いくぼみに舌をすべらせて凹凸を感じた。コーヒーにはクリームでとろみをつけ、瓶からじかにすくったピーナツバターのねっとり感を楽しんだ。ある晩、母がカスタードクリームを作った。大きなパイ皿に浅く水を張って小さな磁器製の耐熱容器を並べ、オーブンのなかで湯煎しながら焼いたものだ。自分が食べているそれがバニラなのか、バタースコッチなのか、レモンなのかはわからない。でも気にならなかった。やわらかくて、舌で押すとつぶれる食感はすてきだったから。

そしてわたしは少しずつ、勇気をふるって台所に足を踏み入れた。松葉杖でバランスをとりながら、流しの前に、オーブンの近くに、コンロの近くに立ってみた。まずはテストというつもりで、おそるおそる立ってみた。料理はしなかった。したくなかった。それでも、食の楽しみという細い光の筋がかすかに戻ってきたいま、近寄るくらいならこわくはなかった。ふつふつとお湯が沸騰する鍋の上に身を乗りだして、息を吸い、吐いてみた。湯気が顔をやさしく撫でてくれるのを、湿った熱が太い帯となって鼻孔を通過する感触を求めたのだ。いまでは、湯気の感触も前とはちがって感じられた。この熱ににおいがあると想定して、ひと息ごとにイメージを描いてもみた。温かさのにおいは、冬の夜の、重ねた毛布の下の二つの身体のにおい。冷たさは、バーモントのスキー場の、がちゃがちゃいいながらわたしを頂上まで運んでくれるリフトのにおいだ。

わたしは空想ばかりしていた。朝食に気の抜けたトーストを食べながら、学生のときに行ったフランスのパン屋さんを思いうかべた。あのときは、ドアを開けたとたんにバタークロワッサンのぜいたくな香りが襲いかかってきたっけ。こんどは、コーヒーショップに入るところを想像する。チョコレートのように黒っぽい豆のにおいを吸いこみカウンターで泡立てミルクの甘い香りを楽しむ自分。目を閉じて、バーモントで冬の週末を過ごすたびに使っていた薪ストーブのにおい、おば一家が住むハワイの海岸の塩水のにおいを蘇らせようとしてみた。刈ったばかりの芝生のにおいもやってみたし、母の庭のふわふわしたピンクのばらの香り、青く繁ったバジルの香りでもやってみた。

でも、夢は夢でしかなく、形もなければ、脈絡もなかった。どれほど時間をかけて目をつぶり、想像しても、具体的なイメージ、真に迫ったイメージはまったく描けない。『女捜査官グレイス』の悲しげなテーマソングや、モネが暗い背景で描いた、わびしげな『積みわら』を思いうかべるようにはいかない。においの記憶はひとつもとり戻せなかった。そして、においと結びついていた人や場所、できごとの記憶も、同時に消えていることがわかった。とり残されたわたしは、記憶がひとつ、またひとつどこかへ消えていくのをじっと見送った。みんな、どこへ行ってしまったのだろう？　焼き菓子や煙のにおいの鮮明な記憶は、いままで訪れたすべてのベーカリー、いままで過ごしたすべての秋を貫く共通項だったのに。クレヨンのにおいの記憶は、祖父のアトリエで、祖父といっしょに魔法のような風景画に色を塗った記憶だったのに。屋台の綿あめやファンネルケーキのにおいがついた記憶も、耕したばかりの土のにおいの記憶も、湖から上がってきたイヌがぶるぶると水を振り飛ばしていたにおいの記憶も、どこへ行ったのだろう？

鎮痛剤を完全にやめたのは、一〇月の二週目だった。薬をのんでいると無気力になってしまうし、自分の身体、自分の痛みなのに自分のものではない感じがしていたから、自分を完全にとり戻せる日が待ち遠しかった。

お祝いのため、ベッカが時間を作って訪ねてきてくれた。前回会ったときとちがい、松葉杖で動き回っても痛くなくなっていたし、減った体重もかなり戻っていた。外を歩いても、知らない人に同情の目で見られることもなくなった。外見的には、卒業を祝って、双方の家族も一緒に食事をした五月と変わらなかった。あのときのわたしは黒いワンピースに鮮やかなオレンジのハイヒールを合わせ、髪はてっぺんでふんわりしたお団子にまとめていた。みんなで芳醇なバーガンディをすすったレストランは、にんにくとぶどうのにおいがした。あの日はみんなで「乾杯！」と言ったものだった。なのにいまのわたしは空っぽになってしまった。

ベッカがボストンに着いた金曜の晩、母とチャーリーの家の小さな食堂で、ろうそくの揺らめく光のなか、四人でテーブルを囲んだ。わたしたちはワイングラスを手に取った。グラスの中身は、母とチャーリーが特別な日のためにとっておいた上等の赤。みんなでグラスを掲げ、全員が全員と乾杯した。みんなの笑う声は奇妙にも響き、聞きなれない感じもしたが、それでいて安心感もあった。

わたしは縦じまの切りこまれたクリスタルのグラスに、用心深く鼻を近づけた。ふたたび離して、手首のバネで中身をくるりとゆすってみる。グラスの内側のカーブに沿って、赤いワインは陽気な回転をみせた。グラスをさらに離し、光にかざして深い色彩を楽しんでから、また顔に近づけた。深く吸いこむ。一回、二回、三回。なにかあるんだろうか。もう一度吸ってみる。喉の奥にも、鼻の穴にも、息が強くあたる。わたしは目をつぶって、濃い赤色をした雲のようなものが立ちのぼる絵を思い描き、香りの囁きが聞こえないかと耳をすました。まぶたの裏で渦を巻くそのイメージは、野外を、頭上に広がる枝からぶら下がった果実を、そして、森でキャンプをしたときに聞いた、耳ざわりなバンジョーの音を思い起こさせた。

顔をあげると、みんながわたしを見つめている。家族もベッカも、じっと見守っている。わたしににおいがわかるだろうか、味がわかるだろうか、あるいは、あんたたちだけわかってずるいわと怒りだしはしないか、案じているのだ。

わたしはひと口すすってみた。つかの間、口のなかにとどめて、舌を浸す。唯一感じられるのは甘味、まぎれもない果物の糖分だった。酸味もわかった。喉の奥で弱々しくきらめいている。それだけだった。グラスの中身は、かつて慣れ親しんだ存在のよそよそしいこだまでもあり、未知の存在が奇妙に引き裂かれた片割れでもあった。

日曜の晩、はるばるニューヨーク州北部まで帰るベッカが出発してしまうと、わたしはベッドに座って深く息を吸いこんだ。感じるのは、喉の奥に住みついていまやおなじみになってしまった、孤独のにおいだけだった。

わたしが育ったのは、ボストンから放射状に広がる郊外のかなり奥まった住宅街のひとつ、りんご園の向かいに建つ赤いよろい戸のついた灰色の家だった。最初は両親と弟と、のちには母だけと暮らし、二〇〇一年に進学のために家を出た。広々とした明るい家で、四人でにぎやかに暮らしていたころでさえ大きすぎるくらいだったから、わたしはしょっちゅう、未知のすき間やすみっこを求めて探検していた。母は精神分析家として開業していて、ガレージの向こう側、長い廊下のつき当たりが診察室になっていた。母の蔵書の多くはそこに置いてあり、壁ぎわにならべられた大きな木製の棚二つに、ていねいに整頓してあった。ときおり、だれもいない家で不安になったときなど、わたしは母のデスクに座って本棚をながめるのだった。背表紙はひび割れ、題字はざらざらになり、色は日なたに忘れた色画用紙のように褪せていた。一冊抜き出してページをめくり、かび臭い、外国を思わせるにおい――きっとパリやロンドンには、いや、ニューヨークでもいい、いつか行ってみたい遠くの街には、こんな古本屋があるんだろう――を吸いこんだ。わたしのお気に入りのなかにはマルセル・プルーストの『失われた時を求めて』があって、全七篇がちょうど目の高さ、いちばんいい場所にならんでいた。母が大学時代に読んだもので、黄ばんでかびの生えたページの余白の書きこみをじっくり見ていくのが楽しみだった。筆跡はていねいで冷静そうで、いまの母のすさまじい殴り書きとは似ても似つかない。よく選んだのは第一巻の『スワン家の方へ』。右下の隅に印刷された「一ドル九五セント」という価格表示には笑ってしまう。とはいえ、高校生になっても中身を読んだのは最初の一ページが限界。美しいがわかりにくいことばの遣いにおそれをなし、大切に棚に返すのだった。

作りもやわで、傷みのひどいこのひと揃いがじつは特別な存在だったと知ったのは、母が引っ越して、わたしの寝室の壁一面に造りつけられた本棚に蔵書が移されてからのことだった。母がブラウン大学の書店でこの本を買ったのは一九七二年の秋、二年生のときだった。わたしが持っている当時の母の写真は痩せた金髪の少女で、ベルボトムにピーコート姿。キャンパス中央の芝生《メイングリーン》の立ち木にもたれ、なにかに憧れるような笑みを浮かべている。本を買ったのはプルーストのゼミのためで、三〇〇〇ページ以上もあるこの半自伝的な作品が中心に扱われる予定だったからだ。母はほかの学生のグループとともに、細長い木の机をかこんで座った。担当していたのはアーノルド・ウェインスタインという若く精力的な教授で、彼の講義ではプルーストの言葉が生命を得て動きだしたという。母はこの小説のなかに登場する夢のシーンに魅了された。夢を見れば、外からは見えない著者の内面の生活の豊かさがわかるからだと母は後に語ってくれた。「あの授業がきっかけで、お母さんは精神分析の道を選ぶことになったの」

事故の後のある日の午後、わたしは、いまは無臭になった母の『スワン家の方へ』を読みはじめた。「ちょうどいいわよね?」と思ったのだ。においと味と記憶のつながりを示すシーンはさまざまな文学作品に描かれているが、なかでもとりわけ有名なエピソードがこの第一巻の冒頭、母の持っている一九二二年のC・K・スコット・モンクリーフ訳だと、五〇頁もいかないうちに出てくるのだから。

ここで語り手が描写するのは、なんということのないひとときだ。冬の日に母親の家に帰ってきたら、お茶とお菓子を出された。「『プチット・マドレーヌ』と呼ばれるずんぐりしたお菓子、まるで帆立貝の筋のはいった貝殻で型をとったように見えるお菓子を一つ」だった。彼はスプーンでお茶をすくい、菓子のかけらを浸して口元に運んだところ、にわかにある感情に襲われ、「素晴らしい快感」に圧倒された。何度もお茶をすすり、菓子を口に運んで、数分後にようやく語り手は理由に気づく。子どものときにコンレーのおばを訪ねたとき、リンデン・ティー、菩提樹の花のお茶に浸した菓子を出されたのだった。

「けれども、人びとが死に、ものは壊れ、古い過去の何ものも残っていないときに、脆くはあるが強靭な、無形ではあるがもっと執拗で忠実なもの、つまり匂いと味だけが、なお長いあいだ魂のように残っていて、ほかのすべてのものが廃墟と化したその上で、思い浮かべ、待ち受け、期待しているのだ、その匂いと味のほとんど感じられないほどの雫《しずく》の上に、たわむことなく支えているのだ、あの巨大な思い出の建物を」

マドレーヌのシーンはその後たくさんの作家、ときには科学者までもが引用したために陳腐なものと見られるようになってしまったが、いまもその力を失わない、大切な瞬間だ。だれもがプルースト同様、思いがけずににおいに記憶を——完全に忘れられてはいなかった記憶を——呼びさまされる経験をもっている。

母が教わったウェインステイン教授はその後、たくさんの著書をものした。そのなかの『あなたの物語をとり戻す』ではプルーストを取り上げ、『失われた時を求めて』を「究極の富と宝、つまりわれわれ自身の生の追求に捧げられた」作品だとしている。わたしたちのほとんどは、自分自身の生《なま》の過去との近さをとり戻せずにいるのだとウェインステインは考えている。たとえできごとや日付、名前は脳のなかのカードファイルにしまわれていても、記憶の本質は飛び去ってしまいかねない。大切な部分——感情にまつわる部分——は注目もされず、気づかれないままにこぼれ落ち、ときには永遠に失われる。プルーストが書いたのは、それをとり戻す方法だった。それが焼き菓子から始まる。

「あたかもこの方程式にみられるグロテスクな格差——味やにおいの、気まぐれでかすかで移り気な貧弱さと、過去の人生の銀河のような壮大さとの格差——を強調するかのように、プルーストはわれわれに、記憶の巨大な寺院（フランス語でそのとおりに書いている）は一粒の小さなしずく、“gouttelette《グトレット》”にこそあると気づくよう求めているのだ」

においが人の過去、自我にかかわる記憶を掘り起こすそのさまは、ときとしてどぎつく、私的な領域に割りこんでくる。埋もれていた感情や記憶、長く忘れていた感覚をわしづかみにする。招かれてもいないのに現れた記憶は、言葉もともなわず、文脈もわからないことがある。かと思えば特定の日の特定の場面の記憶で、喜びで身を締めつけたり、痛みで肌を突き刺したりすることもある。

ヘレン・ケラーはその随筆「感覚と感性」のなかでこのことを雄弁に語っている。「においは強力な魔術師で、人を何千マイルもの彼方にでも、そして、誕生以来のいつの時代へでも運ぶことができる。果物の香りがするとわたしはふわふわと漂い、南部の生家へ、桃畑での幼い戯れへと連れ戻される。果物のほかにも、ただちに、かつ、つかの間、心臓が喜びでふくらんだり、悲嘆でちぢこまったりするにおいがいくつもある。ただ思い浮かべるだけでも、わたしの鼻はさまざまなにおいに満たされ、過ぎ去った夏、はるか彼方の実りゆく穀物畑の甘い思い出を呼びさましはじめる」

ふたたび料理を始めたのは一一月のある朝のことだった。最後ににおいを感じてから三か月たっていた。

そのころは毎晩、母やチャーリーが夕食を作るあいだは台所でいっしょに過ごしてはいたが、自分でフライパンをふり回そうと思ったことはなかった。やりたくないから、と自分に言い聞かせていた。松葉杖をつきながら鮭の切り身やお粥の鍋を運ぶなんて危ない。どうせ台なしにして捨てる材料がもったいない。する必要もない。やりたくないのよ、と人にも言っていた。

ところが。一一月のある暗い朝、わたしは窓を打つ雨の音と鋭い背中の痛みで目をさました。事故以来ずっと、横向きに寝たことがなかった。膝を固定するためにはあお向けのままで寝返りも打てないため、毎朝、こわばった身体の痛さで起きてしまうのだった。この日は慎重に膝を掛けぶとんから抜いて、ベッドからおろした。ベッドはようやく、二階のわたしの部屋へ戻ったばかりだった。

わたしは松葉杖と手すりでバランスを保ち、もう片方の脚ではねながら一階の居間へ下りると、大きなひじ掛け椅子に身体を沈めた。いつもと同じ、またもや無人の家で過ごす単調な一日の幕開けだ。家族はもう出勤した後だったのだ。

毛布にくるまって膝の上に本を広げたものの、文章に集中できなかった。雨音はわずらわしく、湿気はあるのに肌寒くて落ちつかなかった。退屈なのだ。またしてもむりやり身を起こし、松葉杖でこつん、ぴょこん、こつん、ぴょこん、とうろつくうち、わたしは台所へ引き寄せられていた。台所に着いたもののの、なにしに来たのかわからず、あたりを見回した。コーヒーでも淹れたかったのか。視線はオーブンに止まった。

お菓子を焼こう、と思った。

この発想はいきなり飛び出してきたので、自分でも意外だった。でも、いいわよね。お菓子やパンというのは、料理とは別ものだ。分量も時間も計測しなくてはならない。温度も数字で守る科学の世界なのだ。味見も工夫もお呼びではない。嗅覚もたいして使わない。

わたしは松葉杖を片方だけわきの下にはさみ、折り印だらけの『クックス・イラストレイテッド』誌を片手に、冷蔵庫と戸棚のあいだをよろよろと往復して材料を集めた。電動ミキサーがのんびりとうなり出すと、銀色のボウルに砂糖を一カップと棒状バターを二本放りこむ。薄黄色のクリーム状になったところで塩とココア、それに小さじ一杯のインスタントエスプレッソを足す。予熱が進むにつれ、オーブンからときおりかすかな金属音がしてくる。動きにだんだん自信が出てきた。卵とバニラ、ベーキングパウダーを加え、小麦粉をふるい入れてどろどろの種にする。粉末アーモンドとシナモンを少し、ついでに、トウガラシも放りこんだ。別にいいわよね？　少なくとも、トウガラシだけはわたしにもわかるもの。

オーブンの天板を運ぶ、汚れたボウルを流しへ下げる、一番上の棚のスパイスに手を伸ばす、といった動作には多少のこつが必要だったが、ほどなくリズムができあがった。松葉杖のままボウルを持てば、何歩までバランスを崩さずに進めるか、左脚を浮かせて右脚だけで無理なく立っていられるのはいつまでか、きっちりわかってきたのだ。

一時間たってタイマーの金属音が響くと、わたしはミトンをはめて天板二枚分のクッキーを取り出した。焼きたてのお菓子につきものの、慣れ親しんだ陽気な香り――ネスレのコーヒーの、母の、クリスマスの香り——こそないものの、押すとちゃんと固い。見た感じも、火は通っていそうだ。見た目は悪い。泥色のごつごつした丸い塊で、片手で不器用にすくったせいで不規則にならんでいるが、焼けてはいる。熱いままかじると、口のなかで砂利のように崩れた。できたクッキーはあとになって、家族のためにていねいに皿にならべた。わたしにも分けてあげられるもの、わたしにも見せられるものができたのだ。事故の日以来、家族は全力で、疲れもみせずに気づかい、世話してくれた。ささやかではあるが、これでわたしにもお返しができるのだ。

それからのわたしは、前とはちがう目的をもって台所に入るようになる。することのなかった昼間の時間を、調理台から立ちのぼる小麦粉の雲で埋めていたのだ。最初はアーモンドケーキやかぼちゃパイ、チョコレートとペカンナッツのクッキーから始め、ピタパンに挑戦し、でこぼこした全粒粉の丸パンも作ってみた。ある日の夕方、ちょうどメープルシュガーのアイシングをかけたフレンチレモンブレッドをオーブンから出しているところに、母が仕事から帰ってきた。「すごくおいしそうなにおいなのに」と母はため息をついた。

すぐにわかったことだが、レシピを厳格に守っているかぎりは、パンもお菓子もみごとにできあがり、家族や友人が笑いながらがつがつと食べつくす。ちょっとでも実験したり、気を抜いたりしようものなら、いつまでもテーブルに残り、硬くなっていく。わたしにはもはや味気なさとおいしさを見分ける力はないのだから、粉も塩も慎重に量った。クレイギーストリート・ビストロでは、レシピを捨てること、自らと自らの感覚だけで勝負することを学んでいた。それが直観を信じるわけにいかなくなり、書かれた文字の世界、細心の注意を払って記録された分量の世界に舞い戻ったのだ。たしかに、かつて台所での即興は興奮の源だった。レシピに縛られていては、官能的なまでの独創性は発揮できない。それでも、着実にふくらんだ食パンだって、結果としては食卓に笑顔をもたらす。これで十分よ。いまのところは。

味つけの必要な料理も作りはじめた。まずは単純なもの、これならとちゅうであまり味見が必要ないだろうと思えるものから始めた。焼けていく肉の色を見、ソースがふつふつと煮つまる音を聞くため、前かがみになってコンロに顔を近づけた。それでも、スパイスやハーブ、ニュアンスや奥行きに関しては、判断の手だてをすべて失っていた。口に入れても、個々の材料の持ち味のバランスを測ることができなかった。

「モリーの作るものは、なんていうか……いびつなのよね」ある夜の食卓で、母が思いやるような笑顔を作って言った。その日食べていたのは学生時代に作り慣れたパスタで、ソースは羊乳のヨーグルトとパルメザンチーズ、それに、あめ色になったたっぷりの薄切り玉ねぎだ。ベッカとわたしは、バターで炒めた玉ねぎのコクとにおいの強い乳製品とが織りなす生気あふれる味に夢中になって、毎週かかさずこれを作っていたのだ。わたしは、母がひと口食べてなんの気なしに皿を押しやり、サラダに気を移すのを見てしまった。なにが気に入らないのかときくと、「なにか……足りないのよ」と言う。わたしはその場で固まった。にわかに腹が立ってくる。「なによ！」言葉が勝手に口から飛び出した。

「なにが足りないっていうのよ！」わたしは椅子を押しのけると松葉杖をつかんだ。母は謝っているが、聞く気はなかった。身体を引きずるように階段を上がり、部屋に戻ると、小声で罵り言葉を吐いたのだった。

松葉杖を使わずに歩けるようになったのは一一月の最初の週だった。左脚は長く休んでいるあいだにすっかり細くなっていた。使っていなかった筋肉は、いまから歩くんだと考えただけでも悲鳴をあげんばかりだったが、主治医からはもう体重をかけてもよろしいというお墨付きが出てしまった。片手で持つ一本杖を選ぶため、父が介護用品店へ連れていってくれた。

「七〇歳未満でこんなもの買いに来たのなんて、わたしが初めてですよね」わたしはたくさんならんだ商品を見渡して言った。なるべくシンプルな品をと思い、色は黒、形はクリスマスツリーに吊るす飴みたいに曲がったのを選んだ。つやがあって、先端には塗装した金属がはめてある。使い心地をたしかめるために店内を歩いてみたのだが、転びはしないかと怖くてたまらず、握りを両手で持って、のしかかるように体重をかけずにはいられなかった。先端が地面にあたるたび、硬い音がする。車に乗りこむときは父に手伝ってもらった。

翌日の午後にアレックスが来たときは、玄関で出迎えた。わたしは笑顔を作った。両脚で立っていることは誇らしいが、ここまで目標を下げてしまった自分が恥ずかしくもあった。「なんだかおばあちゃんになったみたい」と言って杖を振って見せる。なんとかこんな気分をふり払いたかったのだ。

アレックスはいつもの声で笑った。「だいじょうぶだよ」

事故以来、アレックスが頻繁に訪ねてきてくれたのがありがたかった。家にいると一日が長かったが、相手がいると、一時的に孤独から逃れることができた。彼はわたしを笑わせ、表情筋を動かすことを思い出させてくれた。

ふたりで過ごすといっても、たいしたことはしなかった。ただカウチでごろごろしてテレビを見るか、おしゃべりをする。近所のレストランでテイクアウトした、ワカモレと豆ではち切れそうなブリトーを食べる。ハロウィンには小さなかぼちゃをいくつもくりぬいて、不格好な顔のランタンを作った。

一〇月のある日の夕方、アレックスは松葉杖とわたしを助手席に押しこんで、となり町の映画館へむかった。着くのが遅くなり、冒頭を見のがしはしないかと気が気ではなかった。映画館から数ブロック離れた駐車場に車を停めると、アレックスは飛び降りて、力いっぱいドアを閉めた。ほんとうは走りだしたいのをぐっとこらえているのが見てとれる。わたしは必死についていて行こうとしたが、ゆっくりとしか動けないのが申し訳なかった。アレックスが謝るような顔でうなずいたので、わたしは先に行って、という合図に杖で前方をさした。「いいや」とひと言、彼はわたしの両腕を持ちあげて肩にかつぐと、わたしの身体を背負いあげた。けがをした膝に気をつけながらも、しっかりとおんぶして映画館まで運んでくれたのだ。わたしはアレックスの首に顔を押しつけ、固くしがみついた。こうして笑いながら座席に倒れこんだそのとき、映画が始まった。

初めて松葉杖なしで一日過ごした一一月のその日は、ニューイングランドではほとんど冬と言っていいほどのきりっとした午後だった。わたしたちはアレックスの車に乗りこみ、ふたりの育った郊外の町を目ざした。車を停めたのはオールド・ノース橋のむかいにある駐車場だ。木造のこの橋は独立戦争初期の戦跡のひとつだから、気候のいい日には観光客であふれかえるが、わたしたちにとってはただの橋だった。ここはアレックスの家からわずか数分のところにある、近所の高校生のたまり場なのだ。

アレックスはエンジンを切り、こちらを見た。黒く分厚いコートを着て、鮮やかな赤毛の頭にはスノーボード用の帽子をかぶっている。彼は最近モヒカン刈りにしたばかりなので、この人が帽子を脱いだらわたしの杖なんかよりよほど人目を引くんじゃないかと心配だった。「もう出られる?」とアレックスがきく。

「うん」わたしも帽子をかぶり、手袋をはめた。松葉杖をやめてからの二四時間で、母の小さな家の幅くらいしか歩いていない。車を降りてみると、下は凍った地面だった。怖くて胃がちぢこまる。自力でバランスをとるやりかたなど忘れていた。ひと足歩くたび、膝の曲げかたが思い出せなくなる。「歩くって、どうやるんだったっけ?」わたしは緊張をまぎらすように笑った。氷で滑って転ばないだろうか。風が吹いたら、棒みたいに飛ばされないだろうか。でも、痛みをこらえながら一歩一歩進むあいだ、アレックスはずっとぴったり寄り添っていてくれた。車から橋までの距離はフットボール場ほどもなかったが、何マイルもあるような気がした。

わたしたちは氷に覆われたでこぼこの地面を進んだ。脚にはまだ、足首から太もものまん中まで頑丈な金属の装具がはまっているし、力も入らない。こんな細い杖では体重を支えられないのではという気もするし、ぎくしゃくとしか動けない。足が凍った水たまりを踏むと、アレックスが腕をとって土の地面に導いてくれた。

暗くなった川面すれすれにかかる低い橋に着くと、わたしたちはいちばん高くなっているまん中でしばし足を止めた。この日最後の光が、川辺の柳らしき木々の向こうに沈んでいく。葉の落ちたその枝に、最初の粉雪がひとはたき、力なく舞い降りるのが見えた。冷たい風に頬を打たれながらアレックスとならんで立っていると、自分が別の時間にいるのだと空想するのはたやすかった。

ここは高校の友人たちとよくいっしょに来た場所でもある。みんなで橋の上に立って、笑い、冗談を言い、家にいないという自由を楽しんだ。林のなかを歩き、池に石を投げた。わたしたちはあまり反抗的な若者とはいえなかった。マーチングバンドで演奏し、フットボールの試合の応援に出るか、だれかの自宅でビデオを見るくらい。だれかの家の酒棚にあったウォッカを盗み飲みしても、不安でついつい笑ってしまうありさまだ。そんなわたしたちも、ここに来れば、樹の皮や濡れた石、波立つ流れのにおいにかこまれて、ひたすらぶらぶらするだけだった。

アレックスとよく来たのは知り合った当初、ふたりともおとなしい高校一年生だったころだ。つき合いはじめで照れてばかりいたあのころ、わたしたちはよく外を歩き回っていた。初めての恋の目ざめは、枯れ葉のにおいと、耕したばかりの土のにおいとともに訪れた。わたしたちのお気に入りの場所は、町のまん中の緑豊かな植物園だった。ふたりで昼下がりの砂利道を歩いた日もあれば、芝生に毛布を敷いて、初秋の空に星が輝きだすのを待った日もあった。あの草地のにおいは覚えている。青くさくて甘いにおいのなか、わたしたちは呼吸もできず、初めてのキスをしようと身を寄せあったのだった。

六年後に同じオールド・ノース橋に立ってみると、ふたたびアレックスのそばにいるつらさが身にしみた。事故をきっかけにようやく友情が芽ばえたのはうれしいが、それでもアレックスは「元彼」なのだ。彼は初めての恋人だった。彼との自然体の関係が恋しかった。高校から大学時代を通して、自然消滅したりよりを戻したりをくり返しながらも、いつだって、自分はほんとうは愛されているのだと実感していられた。いっしょにスキーをした冬、森のなかのコースを走った夏を失ったのがつらかった。わたしが運転していると、助手席からうなじに触れてくる手が恋しかった。

でも、失っていちばん悲しいのは、もはや存在しないものだった。アレックスの愛用のTシャツのにおいだ。大学へ上がるときにも持っていき、最初の一学期は毎晩それを着て、慣れ親しんだ故郷のにおいに包まれて眠ったのに。彼の肌のほのかな香り、運動した後は塩辛く、ひげを剃った後はこぎれいな香りが消えたのもつらかった。彼の抱擁、彼の家、昔のたまり場が、自分の知っていたものだという実感——においという奥行きと質感があって初めて生じる見覚え感——を失ったのがつらかった。においがなくなって、においという現在、においがもたらす過去との結びつきがなくなって、わたしはアレックスの一部分を失った感じがした。もしかしたらそれは、いちばん大切な部分だったのかもしれない。

アレックスのにおいがしなければ、アレックスはほんとうの意味でアレックスではなかった。あの人に関するわたしの記憶も、事故によって失われてしまったのだ。

わたしたちは黙って橋の上に立っていた。わたしは車のほうをふり返り、距離を目測した。「歩いたのがここまでなんて、信じられない」というのが、ようやく出た言葉だった。「ほんのちょっとの距離だったのね」

「上出来だよ」とアレックスはわたしの背中をたたいた。「すぐに走れるようになるさ」

歩きはじめてから一週間後、わたしは料理の本を広げ、包丁を片手に調理台の前に立っていた。杖は台に立てかけてある。痛みは薄れていて、調理台とコンロのあいだを往復するのに躊躇することはほとんどなくなった。

このごろでは毎晩、母やチャーリーが夕食を作るのを手伝っていた。わたしが作ると味気ないものができることもあったが、なにか生産的なことができるのはうれしかった。この日の予定は羊の脚のローストで、みごとな肉が冷蔵庫で出番を待っていた。わたしは目の前のまな板に、新鮮なローズマリーの大束を置いた。かつてモーズの店で毎晩やっていたように尖った葉っぱをむしってしまったら、細かく刻んで、肉を漬けこむ漬け汁を作ろうというのだ。わたしは手ぎわよく作業を進めた。ぷちっ、ぷちっ、ぷちっ、とんとんとん。包丁は快い速さでハーブと板とを叩く。刻みながら、ぼんやりと考えごとをした。料理学校のことを考え、アレックスのことを考え、午前中に読んだ手記を思い出した。ニューヨークに住む女性が書いたもので、ジュリア・チャイルドの最初の本に載っているレシピを、ひとつ残らず実作していった記録だった。そのとき、急に手が止まった。息をゆっくりと吸い、吐いてみる。空中になにかある。なにかいつもとちがうものだ。なにか意外で奇異なもの、目覚めたまま夢の世界に入ってしまったように、どうにもちゃんと把握できないなにかだ。

においがしている。

吸ってみる。

吐いてみる。

ある。絶対になにかがある。

吸う。

吐く。

薄くはあるが、まちがいない。ひと息ごとに、わたしの鼻にちゃんと入ってくる。それはやたらと目立った。白黒の風景のなかに、いきなりネオンが点いたようなものだ。わたしは声もなく立っていた。なにをすればいいかわからない。

もしかして、幻覚?

吸う。

吐く。

まだ消えていない。森のにおいだ。地面のにおい。土のにおい。暗いにおい。暗い深緑。すばらしいにおいだった。

わたしは自分の手に目を落とした。まだ片手には包丁が、片手にはハーブの山がある。やっぱりそうよ。これはにおいだ、本物のにおいだ、ローズマリーのにおいだ。わたしはまな板にかがみこんで、あらためてゆっくりと鼻孔に空気を通した。香りで鼻がいっぱいになり、一瞬、ほとんど息ができないほどになった。いきなり襲われたような感じだった。不意を突かれ、圧倒されてしまった。

「これ、においがする」と口に出してみた。

あたりを見回す。台所にはわたししかいない。

「これ、においがしてるよ！」と、もっと大きな声で言った。

もう一度吸って、吐いてみる。まだわかる。においがわかったんだ！

それはぴりっとした刺激があり、豊かで、温かかった。長年会っていなかった友だちにも似て、このにおいは身近でもあり、それでいて、見慣れないものでもあった。その可能性にぞくぞくする。わたしは目を閉じ、またも吸いこんだ。

たしかに感じた。でもなにを？　思考？　記憶？　この香りはわたしをどこかへ連れ去った――どこか、この包丁の音と同じくらい身近なところへ。それはわたしを子ども時代へ引き戻した。家族で旅行したコロラドへ、生まれて初めて馬に乗り、ローズマリーの藪を抜けるコースを走った日へ。

わたしは何度も何度も、手を顔に当ててみた。わたしの手は一晩中、その香りがしていた。指先に残った香りを嗅ぐと、うれしさで鳥肌が立った。この香りはわたしに家族を、自分の過去を思い出させてくれた。夏の自由さと、休暇の香りを思い出させてくれた。ジェームズ・ボンドを思い出させてくれた。


ローズマリーのにおいで、たちまちコロラドでの乗馬の場面に飛ばされてしまったのはなぜだろう？　事故に遭う前は、サルサを開けると父と過ごした日曜の晩に連れ戻されたのはなぜだろう？　おがくずのにおいで西部のロデオを、友だちの息に混じるシナモンガムのにおいで中学時代の片想いを思い出すのはなぜなのだろうか？

それは空想でもなければ、文学の世界にかぎったことでもない。科学的な根拠もあるのだ。

においの知覚は扁桃体にまっすぐつながっており、側頭葉の内側に位置する海馬にもつながっている。どちらも、長期記憶、感情、行動をつかさどる辺縁系への入り口とされる部分だ。聴覚や視覚、味覚や触覚などの情報も入ってはくるが、これほど直接のルートをたどるのは嗅覚だけなのだ。だとすれば、ダイアン・アッカーマンが『感覚の博物誌』で書いているように、においが「長い年月と経験という雑草におおわれた地雷のように、音もたてずに爆発して心を刺激する」のも無理はない。「匂いの罠にはまるとたちまち記憶が弾け出る。いくつもの光景が重なりあって藪の中から飛び出してくる」たしかに複雑だ。

つまり、においは脳の配線というたしかな手で感情とつながっているとはいえる。だが、だからといってそれが個別の記憶とどう関係するのだろう？　このふしぎだがたよりない感覚が、どうやって特定の場所や人物、日にちと結びつくのだろう？　そこを支えるのが、プルーストのマドレーヌほどロマンチックではない営み、学習だ。

記憶がにおいと結びつくのは、母がプルーストをくり返し読むことで夢の象徴的意味を学んだのと同じしくみ、わたしがイタリア語の文法用語を書いたカードを何度も見て、ついには裏返さなくとも定義が言えるようになったのと同じしくみによる。においが特定のできごと、人物、場所と結びつくのは、結びつくように学習するからだ。二〇〇九年に亡くなったブラウン大学の心理学教授、トリグ・エンゲンは、もっとも早い時期からにおいの記憶と学習についての仮説を考えた数人のうちのひとりだった。エンゲンは考えた。においの学習が始まるのは子どものとき、子宮から出た瞬間ではないか（あるいは、もっと早い可能性もある。子どもには生まれつき好みの香りがあり、母親が妊娠中に摂取したのと似た香りを好むらしいという研究結果はいくつも出ている。おもちゃを二つ与えたら、どちらも新品なのに、バニラではなくアルコールの香りをつけたほうを選んだ例さえあった）。いずれにせよ、ヒトの胎児は妊娠一二週で早くも嗅覚が完成するにもかかわらず、誕生の段階ではにおいについて予備知識もなければ価値判断もないというのがエンゲンの意見だった。生まれたときは白紙の状態であり、良い香りだとか臭いにおいだとかいった発想は学習しないと身につかない。汚れたおむつのにおいも、ばらの香りに負けない快感なのだ。エンゲンが調べてみると、新生児は腐った玉ねぎにも甘草のお菓子（リコリス）にも同じ反応を示したし、四歳児も脂の劣化したチーズとバナナによく似た反応をした。人間は経験によってにおいを学習する。その多くは、なにもかもが初めてで、なにもかもが巨大で、強烈な印象を受ける幼いうちに脳にプログラムされる。こうして得た記憶があとあとまで焼きつくのだ。

この白紙はたちまちいっぱいになる。たとえばわたしなら、父をまねるうちにしみついたアンチョビ好き。その父の嗜好も、ピザにはチーズといっしょに塩辛いアンチョビをたっぷり乗せていた祖父から学んだものだ。熟れたバナナを嫌うことは母から学んだ。母の場合は重症で、茶色い斑点が浮き、軟らかく香りも強くなった皮と同じ部屋にいることもできない。以前ニューヨークで知り合ったある女性シェフからは、相手の女性も東南アジアの臭い果物、ドリアンの味を好むと知ってからその人と恋に落ちたと聞いたことがある。「ま、彼女には、においの良さも覚えてもらわなきゃならなかったんだけど」と彼女は笑いながら話してくれた。

こうした学習は、部分的には生理的なしくみによるものだ。なにかを食べた後で体調が悪くなったら、脳はそれを危険信号として記憶するようにプログラムされている。わたしは家族旅行で食べたニューヨークスタイルのチーズケーキを一生忘れないだろう。あの日は夜通しホテルのバスルームで便器をかかえ、冷たいタイルに座りこんでいるしかなかった。ふたたびチーズケーキを味見する気になるには何年もかかった。あのクリーミーな香りがただよってくると、どんな遠くからでも吐き気がしてしまった。

では、こうした記憶はどれくらい長続きするのだろうか。プルースト描く主人公が思い出したのはほんとうに、そんな昔にコンブレイのおばの家を訪ねた特定の日の、特定の菓子だったのだろうか。

エンゲンはにおいの長期記憶について最初に研究を始めた科学者のひとりだ。一九七三年、被験者たちに新しいにおいをいくつか覚えてもらった後で定期的にテストをくり返したところ、想起の成功率は数か月たってもあまり下がらないことがわかった。ただし、未知の単語の記憶と比較すると、最初に覚えられる個数ははるかに少なかったのだが、それでもエンゲンは、においの記憶は長く残るものだと考えており、「プルースト的な洞察が確認できた」と記している。

後年、最初に記憶させるときに二つのにおいをつづけて嗅がせると、ひとつめのにおいの記憶が明らかにたよりなくなることがわかったものの、エンゲンの発見をさらに押し進める研究は多くの人びとによってつづけられた。二〇年後、ウィリアム・ゴールドマンとジョン・シーモンがウェスリアン大学の学生たちに、子ども時代を最後に長らく嗅いでいないにおいを嗅がせ、あててもらうという課題を与えた。使われたのはシャボン玉用の液、フィンガーペイント用の絵の具、クレヨン、安全粘土など、多感な幼年時代には大きな意味をもっていたにおい、殺風景な実験室とは正反対の場所でであったにおいばかりだ。後になってこれらのにおいを思い出してもらう実験をおこなったところ、課題に参加した学生たちの成績は、平均より統計的に有意なレベルで高いことがわかった。

話はまだ終わらない。人は昔のにおいを思い出せるばかりでなく、においを手がかりに昔の記憶を思い出せるのだ。一九九九年、カーディフ大学のジョン・P・アグルトンとルイーズ・ワスケットは、六年前にとある博物館を最低一回（多い人だと三回）訪れた人たちの記憶を調べた。といっても普通の博物館ではない。バイキングに特化した、マニアックな博物館だ。

イギリスのヨーク州にあるヨービック・バイキング・センターの展示は視覚だけにとどまらない。学習の助けにするため、展示のテーマに応じて、燃える薪、りんご、ごみ、牛肉、魚市場、ロープとタール、土という七種類のにおいがパイプから送りだされるしくみになっている。ふたりは、六年前に見学したときの具体的かつ詳細な記憶を思い出してもらうため、被験者を三つの班に分けてアンケートに答えさせた。最初の班は、まずは先の七種類のにおいを嗅ぎながら、つづいて、比較のための無関係なにおい（コーヒー、ミント、ばら、抗菌用洗剤、ココナッツ、メープルシロップ、ラム酒のやはり七種類）を嗅ぎながら記入させた。第二の班では順序を入れかえ、先に無関係なにおい、次に博物館で使ったにおいという順に流し、第三班はにおいなしで解答させた。すると、無関係のにおいを先に、つづいて博物館のにおいを流した班では、正答率が目に見えて上がった。燃える薪やりんごのにおいが過去のある時間を蘇らせたというわけで、プルーストが聞いたらさぞ喜んだだろう。

一方、科学の文脈なのにプルーストをもちあげすぎることには異論もある。嗅覚を研究する科学者で『匂いの人類学　鼻は知っている』という著書もあるエイヴリー・ギルバートは、エンゲンはまちがっているという。においの記憶も普通の記憶と変わらない。完全でもないし、時間がたてば劣化するというのだ。過去との情動的つながりを強調する科学者たちのことを、ギルバートはプルースト派とよび、「いくらうまく書かれているからといって、一冊の小説が、どうしたら科学研究における真理の基準になりうるのか？」と記している。

たしかに、二〇世紀のフランスの小説家をそこまで重視するのはばかげているのかもしれない。彼がテーマにしたのは夢の世界や超自我なのだし、彼が意を用いたのは言葉の韻律であって、科学的にありうるかどうかではなかった。大切なのは、そのにおいの記憶をめぐるいくつもの着想、仮説、説明に、多くの人が魅せられてきたということだ。科学者たちはにおいの記憶の寿命を、情動との関係を、正確さを、何十年も研究してきた。書き、語り、論争してきた。いまもなお、新しい人が参入してくる。そして、プルーストはいまも読みつがれ、引用される。においによって掘り起こされる記憶というテーマに人びとがこれほど夢中になるのは、なぜなのだろう?

森林を思わせるローズマリーの濃い香りに不意を突かれてから数日間、わたしは鼻をひくつかせながら家中を歩き回った。冷蔵庫の中身はひとつ残らず、順に嗅いでいった。マスタード、マヨネーズ、牛乳、ニース産の種抜きオリーブの瓶詰め。シャワーに入れば、シャンプーのボトルを片っぱしから嗅いだ。自分のベッドの毛布、地下室の洗濯機、カウチの上にあるテレビの画面。次のにおいが戻ってくるのを心待ちにしながら、息を吸い、吐くにも注意を払い、気を使うのだった。料理もパン作りもつづけた。期待で全身を緊張させながら、鍋やフライパンの上にかがみこんだ。でも吸いこむ空気は相変わらず白紙で、日々がぼんやりと過ぎるうちに歯がゆさがつのってくる。いったいどこに隠れてんのよ。

次に現れたのは予想外のものだった。

ある暗い冬の午後、わたしは台所のテーブルで本を読みながら苦いコーヒーをすすっていた。そのにおいは、ゆっくりとやってきた。ローズマリーがいきなり襲ってきて、その強烈さでわたしを舞い上がらせたのとはちがい、今度のにおいはわたしの意識のなかにしみこんできた。後ればせながらその存在に気づいたときには、前々からあったにおいで、一度も消えたことなどなかったような気がした。それでも、立ち止まってあたりを見回した。これはなに？　中空をただよう繊細なそれは、手のなかで湯気を立てているコーヒーではない。テーブルに広げた本でもない。スタンドもちがう。コンロの上で沸騰しているものはない。目をつぶってみる。集中すればするほど濃くなっていく。甘美な、土っぽい香り。覚えのない香り。自分は正気を失いつつあるんだろうか。

台所を出ても、においは居間までついてきた。わたしの部屋にも。シャワーにも、外に停めてある車のなかにも。眠りにつくときも、掛けぶとんのなかでそのにおいがした。翌日、お茶のお供にするレモンパウンドケーキを焼いていても、オーブンの上にただよっていた。庭でも、玄関先でも、地下室でも、階上のリネン棚でも。それは何週間もつづいた。

なんだろう？　思いつく答えはひとつしかない。

母に言ってみた。「自分の脳みそのにおいがする」

わたしはベッドの上に座っていた。かたわらには水のボトルがあり、本が積み重ねてあった。

「なんの話？」母は笑った。そして、笑うのをやめた。「脳みそ？」

「そう。自分の脳みそのにおいがわかるの」疑っている顔つきだ。わたしは肩をすくめる。信じてもらえないだろうとは自分でもわかる。わたしはがまん強くくり返した。「ほんとうなの。脳みそ。自分の脳みそのにおいがわかる」

「で、脳みそって、どんなにおい？」

「林みたい。木とか」

母は娘がおかしくなったかというようにわたしを見た。もしかしたら、ほんとうにおかしくなったのかも。でも、だからといってにおいが消えるわけではない。ちゃんとそこにある。不安定だが、ひと息ごとに感じる。草を、雨の後の庭を思い出すにおいだ。有機的で、真に迫っていて、強さは一日のなかでも変動する。周囲から来るものではない。これだけのことがはっきりしている以上は、と母に説明した。なかから来るもののはずでしょう。

「脳みそじゃなきゃおかしい。ほかになにがある？」

母に疑われても、わたしは相手にしなかった。不快なにおいではない。逆に好きなくらいだ。休みなく感じるこの香りは、いつだったかペンシルベニアのおばの別荘の近くの森のなかをぶらついたあの日の、木の葉が燃えていた地平線の、足もとの黒土の思い出だ。

それに、連れがいるような感覚もうれしかった。この感覚は小さなペットで、わたしの後をついてきてはしょっちゅう踵に歯を立ててくる。内面の香りが現れたことで、世界はもう、あんなに平板ではなくなった。どっちかといえば、ずっとつづいてほしいくらいだ。

ある日の午後に父がようすを見に立ち寄ったときも、説明してみた。

「自分の脳のにおいだなんて、そんなことがありうるとは思わんがねえ」父は説明しようとした。配線のまちがい。信号のまちがい。幻臭。

「なんとでも」わたしは手で払うまねをした。父の語る科学、医者らしい知識になど用はない。

大学から週末だけ泊まりにきたベンは、もう少しちゃんと聞いてくれた。

「すごいや。おれには脳みそのにおいがわかる姉ちゃんがいるってわけだ」

でも三週間後、においは弱りはじめた。ひと息ごとに、少しずつ消えていく。そしてある日、それはなくなっていた。

パンと焼き菓子の店で働きたいと頼みにいったのは、生地作りはにおいと関係ないからだった。小麦粉やバター、ベーキングソーダは、味見をしなくてもいいはずでしょ、とくり返し自分に言い聞かせた。パンもお菓子も計量が命。正確さの科学と、デコレーションの芸術だ。「できます」と、わたしはオーナー兼職人頭のビルに言った。ここはマサチューセッツ州コンコードの小さなベーカリーだ。わたしはクレイギーストリート・ビストロの後は一度も働いていない。歩けるようになった以上、働き口がいる。

雇ってもらえたのはビルの好意だった。ここでは前にも働いたことがあるのだ。大学進学で家を出る前の夏休み、わたしは朝早くから焼けた食パンを窯から出し、ビルに見張られながらガラスケースにクッキーを補充した。においのきついビル特製のツナサラダ——カレーと酸味の強いマヨネーズのにおいで、あまりおいしそうじゃないなと思った——を大鍋に何杯となくかき混ぜたし、りんごとブリーチーズのサンドイッチを山のように作るのも手伝った。とけそうに暑い夏にウォークイン冷凍庫に逃げこめば、そこだけ別世界で冬のにおいがしたけれど、慌ただしくペカンナッツの袋をかかえて出てきたものだった。

ビルに連絡をとったのは一本杖で歩きはじめたばかりのころだった。もうすぐ不自由なく動けるようになるのだから、仕事がほしい。家にいるのはいやだし、もう一度厨房に立ちたい。ビルもクリスマスには人手が必要になるから、こんどは焼く仕事もさせてくれることになった。焼き方はビルが教えてくれる。でもわたしの本音は? つらいかどうか、たしかめてみたかったのだ。もちろん、膝のことではない。

初出勤は一一月末のある朝だった。地面には雪が積もっていて、駐車場から店まで歩くのに時間がかかった。力はなるべく右脚にかけて、かすかにぐらつきながら、ゆっくりと進んだ。まだ氷が怖かったし、重さ六ポンドもある装具を二四時間つけてはいても、うっかり転べばまたけがをすることになる。

店は街の中心部、歴史的景観を保存しているブロックの角にある。わたしはきしむ木製のドアを開けた。目まいがしてきて、手が震えだして人に見られはしないかと心配だった。でもなかに入ると、たちまち身体が暖まった。数人の買物客が狭い店内を歩き回り、パンやお菓子でいっぱいのケースを覗きこんでいる。黒髪のレジ係は大声で笑い、赤いセーターの男性に挨拶をしながら小銭や紙袋の音を立てている。わたしはカウンターを通りすぎ、アーチ形の出入口を抜けて奥へ入った。周囲をざっと見回すと、何段も積み重ねられたオーブン、色とりどりの型抜きクッキー、棚にならんだ黒パン、何本もならんだ金属製のミキサーが目にとまった。

ビルが地下の材料置き場から出てきたので握手を交わした。ビルの頭は、くたびれたレッドソックスの野球帽でぴったりと包まれている。やや猫背ぎみで、目は笑いじわに囲まれ、清潔な白いエプロンが細いおなかを隠している。わたしはすぐに仕事にかかった。

感謝祭のパイに使うりんごをむき、刻んでいく。過去のパイ、過去のりんごのことは考えないようにして、手作業の反復に没入した。デニッシュや二つ折りパイの生地を伸ばした。シナモンを振りかけ、追加のりんごを手早く準備した。パンプキンパイとココナツのマカロンを焼いた。においはひとつも感じなかった。

その夜、帰ったときには疲れて、いらいらしていた。服はすぐに洗濯機に放りこんだ。きっとバターと油のにおいがしみついているはずだ。翌朝は目をさますと、また出勤した。

一週間、また一週間と過ぎても、店にいると違和感があり、自信がもてなかった。活気のある店で、光があふれ、棚には外皮がぱりぱりに焼けたパンがぎっしりならんでいる。マフィンもクッキーも、ひっきりなしに焼きあがる。壁ぎわの巨大なマシンでは新しいコーヒーが入り、ビルはいつ見てもカップケーキにアイシングをかけているか、誕生日ケーキに絵や字をしぼり出している。

でもわたしは身体がうまく動かせなかったし、膝につけた装具はたえずじゃまになった。地下室から重い小麦粉の袋を運び上げることができないし、レモンとけしの実のパンを焼いていても、ナッツのような香りに気づかず、焼けたかどうかわからなかった。冷蔵庫の牛乳が腐っているかどうかもわからないし、火にかけたカラメルが煮えても、鍋を覗くまでわからなかった。

毎朝、言いつけられたものを指示どおりに焼き終えたころになると、ビルはきまって「ケーキのできはどうかな?」と言って笑う。こちらまでつられそうな笑顔だ。

わたしはいつも、口ごもり、つっかえながら、「わかんないんです。見ていただけますか」と答えるのだった。ケーキはちゃんとできている。指示も守れている。それでも、いつもなにか忘れていそうな気がする。

作業をしながら、味見もした。パンは相変わらず、ざらざらのスポンジだった。コーヒーは苦くて熱いだけ、牛乳はとろみとべたつきのある水だ。毎日、ビルが昼食に出してくれるチキンのサンドイッチは段ボールの味がする。カラメルソースを一さじすくってみても砂糖の味しかせず、苦痛なほど甘かった。なにをしてもきちんとできた気がしない。自分のやることなすこと、すべてが信じられない。

腹も立った。ビルが野球帽をいつでも前後逆にかぶっているのがカンに障る。レジ係が事故のことを訊ねるときの目つきが気に入らない。お客も大嫌いだった。中年男も、中年男が連れてくる陽気な子どもたちも、孫のいるおばあさんも、店に入るや「わあ、いいにおい！」とうれしそうな声をあげる勤め人の女性も憎らしかった。そんな客の食べる品物には、つばをかけてやりたくなる。毎日午後になると苦労してフルーツタルトをならべるガラスケースも、叩き壊してやりたくなる。そしてある日、ほんとうに壊しそうになった。一二月のある日、本来なら、真新しくきらめく包丁を片手にカリナリー・インスティテュート・オブ・アメリカに入学していたはずのその日のことだった。わたしはガラスを割るかわりにビルのオフィスへ行き、もうパンの仕事はできませんと言った。先へ進むしかなかった。

クリスマスの前の週、霜の降りた朝早く、わたしはコネチカット大学健康センターに着いた。車だとボストンの母の家から二時間はかかるのに自分で運転していったのは、ナショナルパブリックラジオのニュースを聞きながら行きたいからだった。足元の換気口からは乾いた温風がふき出し、やや大きすぎる容器でいまも守られた左脚は、ドア脇の空間に具合よくおさまっている。すっかり落葉して寒々しい州間道路から三九番出口で下りると、丘の頂上に病院の建物が見えてくる。不安がひっそりと首筋を這いのぼってくるのがわかった。

味覚や嗅覚の障害を診断し、ときには治すこともある医療機関は全米でも数えるほどしかないが、コネチカット大学味覚嗅覚クリニックもそのひとつだ。父には、行ったたって治りはしないよ、帰るときも、景色は行きと同じ無臭だよ、と念を押された。でももしかしたら、どこが悪いのか正確に教えてくれるかもしれないね。これからの見通しも聞けるだろう。そしたら次はどうする気だい？

待合室で名前が呼ばれるのを待っているあいだ、思いうかぶのは、あの店で燃やしてしまったクッキーだった。オーブンでかりかりにするはずが、煤にしてしまったベーコンだった。様子がおかしくなりはじめたときににおいがわかっていれば避けられた、あらゆる失敗のことだった。これからどうなるのか、知りたかった。

検査は三日間だという。スクラブを着た看護師に名前を呼ばれると、わたしはすぐさま立ち上がった。覚悟はできている。「行きましょ」と彼女は言った。

残る二日間も、裸になった冬の木々を見ながらコネチカットとボストンを往復しては、神経科、歯科、耳鼻科、外科、内科を回った。味蕾を調べるため、小さなプラカップに入ったさまざまな強さの「苦味」「塩味」「甘味」「酸味」のサンプルを口にふくみ、舌の上で転がす検査は、何時間にも感じられた。七〇種類ものフレーバーを一（弱い・ほのかな塩が口の奥に隠れている感じ）から一〇（強い・キニーネの苦さに圧倒され、危うく吐きそうになる）までの一〇段階で採点した。鼻先に出されたラベルのない瓶から立ちのぼる空気を深く吸いこみ、強烈な薬品臭のするものと無臭のものを区別するように言われた（まず区別はつかない）。かつてはおなじみだった食品のにおいが入った瓶も嗅いでみた。指先で鼻のてっぺんを触り、まっすぐな線の上を歩き、喉をのぞかれながら「あー」と言い、歯や舌の検査に顔をしかめた。頭部のMRI、副鼻腔のCT、それに、事故のときにたくさん撮った頭部のX線写真も見てもらった。どこかに詰まりがないか調べるため、鼻孔に感覚を麻痺させる薬を垂らされ、細長い器具を脳まで届くかと思うほどつっこまれた。

そんななか、わたしはひょろっと痩せたひげ面の医師の診察室に腰をおろした。先生は中身を厚手の寒冷紗《かんれいしゃ》で隠した白い謎のプラスチック瓶をひとつずつ開けては、わたしの鼻の下につき出してくる。わたしは左右の嗅覚を別々に調べるため、鼻の穴を片方ずつ指で押さえて吸いこんでいく。外からは見えないが、瓶の中身は木くず、コーヒー、シナモン、ゴム、石鹸、ジャムなど、ありふれたものばかりだ。

この検査も、ひたすら無臭の空気を嗅ぎつづけてがっかりするのだろうなと思っていたし、「ほんとに中身入ってるんですか?」と、軽く笑いながら言ったくらいだ。

ところが、そう言った次のことだ。わたしは残り少なくなった瓶のひとつを嗅いだ。見た目はほかの瓶と変わらない。きれいな白いプラスチック、寒冷紗のメッシュ。ところがこれにはにおいがある。よく知っているにおいだ。人さし指で左の鼻の穴を押さえて吸ったとたん、右の鼻孔を激しく駆け上がってきたのだ。もう一度嗅いだ。

「チョコレート!」大声を出したら、先生をどなりつける格好になってしまった。先生はわたしの目の高さに立って、しかも、一フィートしか離れていないのに。

先生は一瞬うろたえてわたしを見た。

「チョコレートですか?」と疑いの目つきで訊く。「わかりますか?」

「わかります!」わたしは大喜びだった。同じ側でもう一度嗅いでくださいと言われる。「まちがいない。たしかにチョコレートです」

先生はにっこり笑って、こんどは左で嗅いでくださいと言う。わたしは右の鼻の穴を手でふさいだ。嗅いでみる。がっくりと肩が落ちてしまった。

「だめです、こっちは全然わかりません」

先生は顔をそらし、宙を見つめて考えこんだ。当惑しているようだ。だが口角が上がっている。かすかではあるが、明らかに笑顔だ。

「予想外ですね」と先生は言った。「一般的に言って、チョコレートってのは、最初に戻ってくるにおいじゃないんです。じつに珍しい。でも、なんにせよ、たとえ右だけでもすばらしいことですよ」

わたしは輝く思いだった。新しいにおい！　すてきなにおい！　チョコレートを満たしたプールに飛びこんで、香りに溺れてしまいたい。

「チョコレートの味といってるのは、ほとんどが香りですからね」

わたしはうなずいた。そのことなら知っている。

最終日には、センターの主任医師との面談があった。年配のお医者さんで、快活で親切な人だった。

「回復の可能性もあります」と、検査結果をあちこち見ながら話してくれた。「右側の嗅覚減退と左側の嗅覚脱失、原因はほぼまちがいなく交通事故による頭部外傷と考えられる」と報告書には記されている。

「ただし、可能性は低いです。そして、回復するとしても、何年もかかるかもしれません。うちでも、九年間なんにもにおわなかった人を診たことがあります」

「九年ですか」とわたしはぼんやりくり返した。

「回復する可能性はあります」先生はくり返した。「ただ、あまり見こみはありません」

「でもローズマリーは？　チョコレートは？　わかるようになったものもあるのに！」

先生はうなずいた。「聞きました。いい徴候です。ただ、この先どうなるかは断言できないんですよ」

「どうしたらいいんでしょうか。わたし、シェフを目指してたのに」

「仕事は薬ですよ」先生はわたしの目をしっかり見て、優しく言った。「忙しく過ごすことです」

焼きたてベーグルと彼氏のシャツ

わたし、試行錯誤する

fresh bagels and a boyfriend's shirt: in which I improvise

4

二月の凍てつく土曜日、わたしはニューヨーク市へ移った。早朝のボストンの駅で、車のなかから手を振る母に見送られ、大きなダッフルバッグを二つ引きずって列車に乗りこんだ。ニューヨークのペンシルベニア駅に着くと、雪と氷が渦巻くなかでタクシーを捕まえる。タクシーの窓から見るビルは大きくのしかかってくるようで、舗道は厳しい天気にもかかわらず人であふれていた。ブルックリン目ざして車がマンハッタンブリッジを渡りだすと、わたしはまるで絵画でも見るように摩天楼のシルエットに見入った。

タクシーはフラットブッシュ通りをゆっくりと進み、ごった返す車の喧騒のなか、小さな商店や低層のビルを通りすぎると、右へ曲がってがらんと広い四番街に出た。そこからさらに左折すると、並木にふちどられ、古い砂岩造りの建物がならぶ六丁目。パーク・スロープとよばれる閑静な住宅街で、わたしはここの三DKアパートメントのなかの一部屋を借りてあったのだ。

ブロックの角にあるれんが造りの建物に着くと、わたしは荷物を引きずって、玄関前の階段をのぼった。ジーンズの下ではまだ装具がとれていない左膝をひねらないよう用心してのぼり終えると、呼び鈴を鳴らす。これからのことを思うと鼓動が速くなり、顔がほてるのがわかった。ルームメイトになる人たちとは、ずっと前に一度顔を合わせたことがあるだけだ。これからわが家になる場所に着いたとたん、知らない街で新しい生活を始めるプレッシャーがにわかにふくらんできた。

黒い巻き毛が縁取りのように顔を取りまいている男性が、四階から下りてきてくれた。ジョンという国際リスクアナリストで、わたしと同じアパートメントの、廊下を隔ててむかい側の部屋を使っている。鍵の束をくれて、荷物を運び上げるのも手伝ってくれた。笑顔で握手を交わしたところで気づいた。この人が、ニューヨークで会う最初の人だ。事故の後で友だちになるのも、この人が最初だ。この人はけがをしたときのわたしを知らない。打ちのめされて、落ちこんでいたときのわたしも知らない。わたしはなるべく脚を引きずるまいと心がけた。

「ようこそ」とジョンは言った。

部屋に入ると、かばんの中身を次々と放り出した。壁は鮮やかな赤で、古い木の机には埃が積もっている。先住者からあらかじめ買ってあったフルサイズのベッドに腰をおろし、窓の外を見た。葉っぱを落とした裸木の枝と、装飾のない街角が見えた。壁では暖房器具が必要以上の音を立てていた。

最初の一か月は、ひたすら歩き回って過ごした。仕事もなければ計画もなかった。ただ、なにか物を書く仕事がしたいという漠然とした思いがあるだけで、出版社の求人ならなんでも手当たり次第に応募した。地下鉄でマンハッタンに出ては、チェルシーの大きな倉庫を使った会社で、ミッドタウンの小さな暗いオフィスで、ローワーイーストサイドのアパートメントにある会社で面接を受けた。料理雑誌、美術雑誌、ティーン雑誌、なんでも受けた。「のちほど電話しますね」とは何度も言われたが、インターンもしていなければ経験者でもないわたしの電話が鳴ることはなかった。

面接の合間もずっと、あてどなく歩き回っていた。ウエストビレッジのコーヒーショップでは、新しもの好きの人びとがカプチーノを飲み、ノートパソコンをかたかたと叩いていた。わたしは本と湯気の立つマグを持って低いテーブルに陣どり、このコーヒーは熱いだけじゃなくて豆とミルクの香りもするんだと想像してみた。午後は何度もメトロポリタン美術館で過ごしたが、よくある大理石のにおい、美術館のにおいがないと、モネの「水蓮」もなにかが足りない気がした。友人たちとバーにも行ったが、ジンにはあのぴりっとした感じがなかった。店では推測をゲームにして遊んだ。あの男たちのうち、コロンをつけてそうなのはどの人かしら？

街に出ても排気ガスもホットドッグもコーヒーもにおわないため、街の印象はどこも白紙だった。悪臭に耐えられないこともなければ、すてきな香りに引っかかって失敗することもない。ペンシルベニア駅の公衆トイレも、ハドソン通りにあるジャック・トレスのチョコレート店も変わらない。角のベーカリーも、毎朝多目的マシンを漕ぐことにしたブルックリンＹＭＣＡのジムも、ちがいがわからない。

ニューヨークという街にも、わたしにはわからない意味があるだろうことは承知していた。ボストンの街にだって、ダンキン・ドーナツのコーヒーや、母の家の近くの工事現場で流しこまれる生コンのにおいがあった。春にはアーノルド植物園にライラックが咲き、近所の高校のそばにはいつでも満杯のごみ集積場があり、フェンウェイ球場の外のバーには樽から供される黒ビールがあった。でもニューヨークでは、自分にわからないものは無視するよう努めていた。忙しく暮らすようにしていた。

ある三月の午後、ようやくわかってきた地下鉄に乗って、ユニオンスクエアの近く、一四丁目にある会社へ面接を受けに行った。さほど乗り気ではないわりに面接は予想外に長引き、終わったときには頭痛に加え、風邪の前兆のような感じまでしていた。わたしは数ブロック歩いてストランド書店に入った。ここなら新刊と古書の両方がたっぷりそろっている。なにか気晴らしに、長めの散文に没頭してみたかったのだ。ニューヨークに来て一か月になるのに、まだ仕事が見つかっていない。頭のなかで自問自答する声はしだいにピッチが上がり、語調も鋭くなり、大声になっている。このままではたいへんなことになるかも、と思うと倒れそうだった。

心配ごとは就職だけではない。数日前の晩に、背が高くて金髪のブロンクスの学校教師とためしにデートをしてみた。ダウンタウンのレストランでワインとパッタイを頼み、旅行や音楽や本の話をした。でも、なにも感じなかった。この人の顔がつるんとしすぎているせいだ、身のこなしがぶざまなせいだ、と自分に言い聞かせてもみた。自分がまだ脚に装具をつけているからだ、雨が降ると骨盤が痛むせいだ、とも思ってみた。でもわたしは、ひそかにおそれていた。

わたしはもう、男の人に心を惹かれることはないんだわ。

嗅覚がリビドーと、魅力と、そしてセックスと関係があるという話は知っていた。フェロモンの話も聞いたことがあったし、香水業界の広告も長年気にしてきた。アレックスのシャツのにおいも覚えていた――「オールドスパイス」の消臭剤と汗のほのかなブレンドだ。アレックスはわたしがニューヨークに来る前の月にカリフォルニアに引っ越していった。最後に会った晩、わたしたちは抱きあった。たっぷり一分は固く抱きしめあって、ようやく離れた。鼻から息を吸い、また吐いてみたが、過去のにおいはしなかった。彼の顔に顔を押しつけ、その皮膚の人間くさいにおいを吸いこむのが好きだった、あのころのにおいはまったくしなかった。

祖母はアルツハイマーに全身を乗っ取られてもなお、幼年時代の記憶のきらめくしずくを何粒も大切に持ちつづけていた。それに引きかえわたしときたら、現在のにおいまでが過去のにおいといっしょに消えてしまった。この虚ろさをどうすればいい？　落ちこむ以外に、どこへ行けるというの？　嗅覚とは単に、焼きたてのパンの香りのような目先の喜びにとどまるものではないことは知っている。その影響が、意識でとらえうるいま、ここ以外にもおよぶことも知っている。でも、わからなくなってきた。恋愛にかぎらず、自分の生のいったいどれくらいまでがにおいの知覚と結びついていたのだろう。

ストランド書店では、就職のことも男性のことも頭から追い出そうと、数えきれないほどの本を立ち読みした。棚と棚の間で立ち止まり、いまにも崩れそうな古本の『流れよ、川』を広げた。これはジョーン・ディディオンの手になる冷え冷えとした小説で、かねてから憧れていたものだ。小口に鼻を近づけ、トランプを切るときのようにばらばらとページをめくる。そして、高校時代の図書館での幸福な午後を思い出しながら、ゆっくりと息を吸い、また吐いた。

わたしにとっては、古い本のかび臭い香り――紙とインクと、表紙の堅い厚紙のハーモニー――は昔を思うよすがであり、かつてこの本を読んだ人たち、かつてこの本が置かれた場所たちに思いを馳せるきっかけだった。図書館や古書店のかびのにおいは慰めでもあり、友でもあった。いまでは、それも消えてしまった。わたしは本を棚に返すと、店を出て家路についた。

「もし、回復しなかったら？」その晩わたしは、ワードの新しいファイルにそう打ちこんだのだった。

嗅覚の喪失がどれほど広範囲に影響するものなのか、事故直後のわたしに調べる勇気があったなら、においとセックスの関係については古くから研究が重ねられていると知ることになっただろう。古代ギリシャの人びとはすでに、動物が人間にはわからない方法でコミュニケーションをとっていることを知っていた。ただ、その方法はなんなのかがわからなかったのだ。このテーマが近代的な手法で研究されるようになったのは、一九世紀の後半。それは一匹のガから始まった。

五月のある朝のこと、プロバンスに住む無骨な風貌の博物学者、ジャン＝アンリ・ファーブル（一八二三〜一九一五）が一匹のガを手に入れた。雌のオオクジャクヤママユだ。大きな個体で、首には白い毛皮の襟巻きをつけ、翅はつややかな褐色の模様におおわれ、黒と黄金色の目玉模様が見る人をにらみつけている。ファーブルの研究室の仕事机に置いてあった繭から羽化したもので、すぐに金網を伏せて閉じ込めてあったのだった。

しばしば近代昆虫学の祖とされるファーブルは、それきり夜になるまでガのことは忘れていた。この夜のことを彼はのちに「オオクジャクヤママユの夜」と名づけることになる。その日の九時ごろ、一家が寝るしたくをしていると、息子のポールが大騒ぎを始めた。「来て、ガを見に来て！ 鳥みたいに大きいやつが、部屋じゅういっぱいいなんだよ！」

息子と一緒に研究室へ行ってみると、ガが雲のように群がっていた。大型のガだ。その朝羽化したのと同じオオクジャクヤママユが家に入りこみ、そこらを飛び回って親子を興奮させた。

ファーブルは書いている。「蝋燭を手に持って私たちは部屋に入った。そのとき目にした光景は、一生忘れられないものであった」（『完訳ファーブル昆虫記第7巻下』）。部屋はガでいっぱいだった。みんな、夜の訪れとともにどこからかこの家に集まってきて、雌の籠をとり囲んでいた。「ガたちは蝋燭に襲いかかり、翅ではたいて消してしまう。我々の肩にぶつかり、服に止まり、顔のあたりをかすめる。そのさまは、まるでヒナコウモリの舞い飛ぶ降霊術師の巣窟のようである。幼いポールは恐がって、いつもより強く私の手をぎゅっと握り締めている」

ファーブルはこの日羽化した雌をしばらく飼いつづけた。そして、翌年からは何匹もの雌を飼育して、夜な夜な音もなく集まってくる雄たちを観察した。雄はラプンツェルの城に殺到する貴公子の群れのように、何マイルも彼方からやってくる。交尾が目的だというところまではわかるが、どうやって行き先を知るのかがわからない。地図もなければ、人にわかる音もにおいもしないのだ。「ガに雌の居場所を教え、夜の探索を導くのは、どの感覚なのだろう?」と彼は記している。

ファーブルはいくつもの仮説をたてては実験をくり返す。信号は空気に乗って伝わるにちがいない。不透明でもすき間のある容器に雌を入れれば雄は集まるが、完全に密閉した容器だと集まってこないからだ。雄の触覚を切りとってもみたが、満足のいく結果は得られなかった。室内にナフタリンやスパイクラベンダー、石油、硫化水素——腐った卵と防虫剤とガスが混ざったようなにおいだ——などを充満させてもみたが、それでも雌の信号を覆いかくすことはなかった。電波や磁力といった可能性も考えてはみた。「……一種の無線電信を用いているのだろうか。この点に関して私は、それが不可能なことであるとはまったく思わない。昆虫はこういう驚くべき発明をしょっちゅうやっている」しかし最終的には、やはり雌はにおいで男たちを惹きつけているのだと結論づけた。ただし、通常のにおいではない。「私はこれで確信をもつことができた。あたり一帯の雄を婚礼の宴に招くために、つまり遠くから雄のガたちに自分の存在を知らせ導くために、適齢期の雌は、我我人間の嗅覚では感じ取ることのできないきわめて微妙な匂いを発散させるのである。鼻を近づけても、家の者は誰ひとりとして何の匂いも感じ取ることができなかった。まだ嗅覚の鈍っていない、いちばん小さい子供たちでも駄目であった」

ガの交尾の習性にはにおいが大きくかかわっているとファーブルは考えた。完全に正解とはいかないが、いい線ではあった。

ファーブルの観察が出発点となって、目に見えない化学物質――多くの種の個体間を飛び回り、さまざまな行動に影響を与える物質――の研究はいまもつづいている。雌ヒツジが産まれたばかりのわが子を見分けるのも、アリが群れに危険を知らせるのも、雄のガが交尾相手の元へと呼ばれるのも、こうした化学物質のはたらきによる。今日では、こうした化学的やりとりは、動物の相互作用を知るうえで非常に重要な鍵のひとつだと考えられている。

フェロモン。この言葉が登場するのはおよそ半世紀後、ちょうど、のちに性ホルモンの研究でノーベル化学賞を受賞するドイツの科学者、アドルフ・ブテナントが最初のフェロモンの化学構造を特定したのと同じころだった。ブテナントは長年にわたってカイコガの研究に力を注ぎ、まずは五〇万匹ものカイコガから性ホルモンを単離していた。雌のガが恋人たちを呼び集めるしくみを、ファーブルはずっと疑問としてあたためていた。そんな力をもつのはどんな信号だろう？　答えを出したのはブテナントだった。彼は雌のガが雄を呼ぶべく分泌する化学物質を単離し、「ボンビコール」と命名した。

一方、「フェロモン」という言葉の生みの親は別にいた。やはりドイツの科学者、ペーター・カールゾンとマルティン・リューシャーだ。ふたりがこの名前を考案したのは一九五九年、ちょうどブテナントの論文が発表されたのと同時期だった。彼らは、化学信号で行動に影響を受けるのはガだけではないと気づき、この現象全体を代表する独自の用語の必要性を感じたのだった。そこでギリシャ語で「運ぶ」を意味する「フェレイン」と「興奮させる」を意味する「ホルモン」をつないで新語を作り、それがいまに残ったというわけだ。

ふたりは一九五九年に書いた「フェロモン――生物に反応をひき起こす物質群の新しい名称」のなかで、フェロモンとは「ある個体によって体外に放出され、同種の別個体が受け取って特定の反応、たとえば限定的な行動や成長のプロセスなどをひき起こす物質群」と述べている。ずいぶん広範囲な定義だが、これくらい広くてよかったのかもしれない。その後の研究で、フェロモンは藻類からゾウにいたるまで、金魚にもロブスターにも発見されることになった。恐怖や攻撃の信号もあれば、交尾を導くもの、親族を見分けるもの、なわばりを示すものもある。性的成熟の開始、ホルモン、情動に影響するものもある。フェロモンは動物の生涯のかなりの部分を支配するものであり、嗅覚と直観、神秘と科学、進化と常識の境界線をなすものでもある。天然に分泌されるこれらの化学物質は目には見えないが強力で、独自の言語として、原始的な生命維持行動をひそかに支配している。

こうした化学物質の作用メカニズムは、そう簡単なものではない。たいていの動物では、複数の物質がある組み合わせ、ある比率の場合だけ反応すると厳密に決まっている。正体さえ不明のものも少なくない。たとえば、雄イヌを発情中の雌に引きつける物質については、まだ化学構造もわかっていない。

一方、成果もあがってはいる。たとえば、インドゾウの雌は、雌のリーダーを中心とする小さな群れで生活しているが、一九九六年、この雌たちの性フェロモンは（Z）-7-ドデセン-1-イルアセタートといい、さまざまな昆虫のフェロモンと同じ物質で、用途がちがうだけだとわかった。

伝達の手段もさまざまだ。尿のなかに排出されるものもあれば（イヌは尿のにおいを嗅ぎ、木に自分の印を残す）、ガのように空中を伝わるものもある。魚は泳ぎながら水溶性の物質をキャッチする。ジョオウマダラというタテハチョウの雄は、雌の触角にフェロモンを付着させる。陸生のサラマンダーのなかには、雄が自分の顎から雌の鼻孔に直接フェロモンを放出する種類もある。

では、動物たちはキャッチしたフェロモンをどう処理しているのだろうか。場所は鼻なのだろうか。ただ嗅ぐだけでいいのだろうか。

多くの四足動物には通常の嗅覚系とは独立した鋤鼻器《じょびき》（VNO）という管がそなわっており、これが大きな役割をはたしている。これは一八一一年にルードヴィッヒ・ヤコブソンが発見した小さく目立たない器官で、第二の鼻のような存在でありながら、多くの種では鼻腔にはない。彎曲したトンネルは化学物質をとらえる受容体タンパクで満たされており、信号は嗅球ではなく副嗅球を経て、そこからそれぞれに対応する脳の部位へ届けられる。

かつては、フェロモンをキャッチできるのはこの鋤鼻器だけだと考えられていた。鋤鼻器こそ神秘の根源であり、化学的コミュニケーションへの唯一の入口にちがいない。ところがのちに、従来の嗅覚系、つまり通常のにおいも同様に重要であることがわかってきた。たとえば一九九七年、キャスリーン・M・ドリーズらは外科用の接着剤で雌ブタの鋤鼻器をふさぎ、ブタの性ホルモンであるアンドロステノンに対する反応を調べた。すると、鋤鼻器をふさいだ雌もふさいでいない雌も同じように興奮し、交尾の態勢に入った。鋤鼻器は化学的コミュニケーションを担う唯一の経路ではなかったわけだ。

つまり動物の脳は、鋤鼻器と通常の嗅覚系の両方から信号を受け取っていることになる。動物の世界とは、鼻と脳、化学物質とにおい情報に規定される世界なのだ。

ニューヨークに移り住んだ当初のわたしは、化学物質を放出するだけで夫を見つけるカイコガのことも、州北部の農場でアンドロステノンを吸いこんだとたんに交尾の準備が整うブタのことも知らなかった。知っていたら、嫉妬を覚えたことだろう。ガやブタは「オールドスパイス」の香りについて悩むこともないし、恋人の体臭に苦しむこともないのだから。ところが、人間のフェロモンについてはよくわかっていないうえ、とかく論争がかまびすしくなりがちなのだ。

厳しかった冬の冷えこみもようやく和らぎはじめた四月も下旬のある午後、わたしはひとりの男の人と出会った。ここでは仮にデイヴィッドと呼ぶことにしよう。がっしりして背が低く、巻き毛を奔放に伸ばしたその人は、わたしが入居するずっと以前に同じアパートメントの住人だった。本を執筆中のライターで、いまは数ブロック先の一DKに住んでいる。この日の彼は、青銅色の麻のシャツに灰色のズボン姿で、廊下のトランクルームに置きっぱなしにしていた荷物を引き取りにきたのだった。

ノックに応えて玄関に出てみると、その人はにっこり笑ってわたしの手を取り、握手をした。指は暖かく、てのひらは分厚いのを感じた。

その人が荷造りをしているあいだ、わたしは壁にもたれて、なんということのないおしゃべりをした。納戸から出して廊下に積み上げた雑多な荷物を整頓しながら、彼は「もう何年も置いてあったんだよね」と申しわけなさそうに肩をすくめた。本の入った箱があり、プラスチックの衣裳ケースがあった。陶器と藁でできた、茶色い厚手の仮面があり、以前ナミビアの市場で見た品物に似ていると思った。仮面のことを訊ねると、これまで方々を旅したことや、平和部隊に参加していたことを話してくれた。話はそのまま彼のジャーナリストとしての仕事のことへと移り、わたしは固唾を呑んで聞き入った。華々しい話に圧倒されて気おくれしながらも、うっとりと心を奪われてしまう。

そんな相手に仕事はなにをしているのと聞かれて、わたしはぐっと詰まった。どぎまぎしながらもようやく、就職につまずいていることを白状した。そのころはちょうど、美術雑誌で無給のインターンを始めたばかりで、窓のない部屋におとなしく座って郵便物の山を開封する毎日だったのだ。職場では自分の未熟さを痛感し、家に帰っても自分は未熟だと思った。そんなわたしは、気がついたら思いがけずデイヴィッドに打ち明け話をしていた。厨房の仕事は絶対に無理だとなったいま、自分にはこの先、食と無関係の分野で好きになれる道が見つかるのだろうか。そんな話を聞かせてしまったのに、彼は優しい目でわたしを見て、にっこり笑った。そして、きっとだいじょうぶだよと言ってくれた。

その一週間後、わたしたちは近所のバーの薄暗い片隅で、むかいあって座っていた。彼の指はワイングラスのフットにそっとおかれ、近くでは煙草の煙がうねうねとよじれながら立ちのぼっていた。わたしたちはこの日も、ものを書くということについて、そして、旅について語りあった。仕事について語りあった。そのあいだずっと、わたしは彼の目を見つめていた。黒い目で、かすかな違和感があった。そうか、ゆがんでいるんだ、とわたしは気づいた。右目は水平なのに、左目は目尻が物憂げに下がり気味になっている。左右の非対称はある種の弱さを思わせる――発生の過程で身体が順調に形成されなかったわけだから。これまでのわたしはずっと、全身から自信がにじみ出るような、身体頑健な男性にばかり夢中になってきた。デイヴィッドはそんなタイプではないのに、わたしは目をそらすことができなかった。彼の弱さに、わたし自身もやはり弱かったことをみてしまうのだった。

デイヴィッドがキスしてくれたのは、わたしのアパートメントの玄関外の階段で、六月の夜のわびしい霧雨のなかでのことだった。彼は両手でわたしの顔を支えた。その息のにおいはわからなかった。肌のにおいもわからなかった。でもこの日は、わたしもなにかを感じた。それも、たっぷりと。

六

〇年代の末、ウェルズリー・カレッジの学部生だったマーサ・マクリントックは、ドレスと長い髪と乳房がひしめく学生寮に住んでいた。女ばかりの環境で、彼女はおもしろいことに気づく。仲間うちのけんかや化粧のテクニックよりおもしろいことだ。同じ部屋で寝起きするうち、同室者の月経周期がだんだんとそろってくるのだ。なぜだろう、というのが疑問の始まりだった。

現在はシカゴ大学の教授であり、精神生物学研究所の創設者でもあるマクリントックは、卒業後ほどなく、この現象をテーマに論文を発表している。友人どうし、同居人どうしでなぜか月経が同調するという現象は、本人も意識していない化学的コミュニケーションによるものだと彼女は結論づけた。ヒトのフェロモンである。

寮生たちが定期的に近しく交わるあいだに、分子レベルで情報が伝達されていたのだった。一回一回の情報量はわずかだが、時間とともに内部から身体に影響を与えるレベルになり、女性たちの生殖システムを同期させてしまう。マクリントック症候群として有名になったこの現象は、さまざまな動物と同様に化学的な反応として起きるのだろう。種を同じくする個体のあいだで音もなくひそかに伝わり、受け手の行動に影響を与えるものだからだ。では、実際に同期を起こす物質はなんだろう？　それはどうやって伝わるのだろう？　においか？　味か？　接触か？

それから一世代分の年月が経過したが、これらの疑問の多くは未解決のままだ。ひとつには資金不足のせいもある。また、ヒトの皮膚から発散される物質の種類がとにかく多すぎることもある。聞いた話だと、ブテナントがガでおこなったようにひとつひとつを単離して作用を特定しようと思ったら、たいへんな年数がかかるという（そんなたくさんの分子が身体から休みなく発散され、みなさんの秘密を同席の人びとにこっそりささやいているなんて、想像できるだろうか？）。それに、この種のテーマはどうしてもうさんくさい目で見られやすい。ヒトのフェロモンの研究は何十年も、危惧の念をもって迎えられてきたのだ。

マクリントックの最初の論文を契機に、この不可思議でとらえにくいテーマの研究に火がついた。新しく参入する研究者も増えた。人気はいまもつづいている。

マクリントックは一九九八年、今度はキャスリーン・スターンと共同で、フェロモンと月経周期に関する二度目の論文を発表した。今回は被験者の女性たちの鼻の下に、別の女性のわきの下から採集された無臭の化合物を塗り、知らず知らずのうちに吸いこんでもらうという実験だった。あるグループの被験者には、ちょうど月経が始まりかけている女性のわきから拭きとったものを嗅いでもらったところ、ホルモンが急激に分泌され、次の月経までの日数が短縮された。別のグループの被験者にはもっと後の時期、排卵日の女性から採取したサンプルを吸入させたところ、結果は正反対。ホルモンの分泌が遅れ、月経周期が長くなったのだ。「排卵の時期は操作可能であることを本格的に対照例をもうけた実験で示したことによって、この研究はヒトのフェロモンの決定的な証拠を提供するものといえる」この論文にはわたしもぎょっとした。つまり、わたしの体内時計や生殖能力は、ほかの女性のにおいで動かせるってこと？　いや、いまはそうでもないのかもしれない、と不安がささやく。嗅覚がない以上、わたしはもはや、身近な女性たちに対しても反応しないのでは？　では男性に対してはどうだろう？

現に、ジョージ・プレーティが二〇〇三年に発表した論文では、女性の生殖リズムは男性の汗のにおいにも影響されることが示されている。この実験では、周期の最初の七日間にある女性たちを二群に分け、一方には男性の汗の、もう一方には無臭のサンプルを二時間ごとに鼻の下に塗って吸入してもらった。つづいて六時間後、両者のサンプルを入れ替える。その間、全員から一〇分おきにごく少量の血液を採取したところ、男性の汗を嗅いでいるグループでは、黄体形成ホルモン（毎月、排卵の直前に濃度が急上昇するホルモンだ）の値がはね上がり、嗅いでいない女性の二割増しに達することがわかった。

ニューメキシコ大学の進化心理学者ジェフリー・ミラーは二〇〇七年、ストリップダンサーが稼ぐチップの金額を二か月にわたって追跡し、排卵との関係を調べたところ、もっとも生殖力の高い時期（排卵中）に一時間あたりに受けとるチップは、月経中よりも平均三五ドル、それ以外の時期にくらべても平均二〇ドル多かった。ピルを服用している女性たちではチップの総額が有意に少なく、周期的な増減もみられなかった。

こうなると、ヒトが発してヒトが受けとり、受け手に変化をひき起こす目に見えない信号は実在しそうな気がしてくる。本人も気づけないほど静かな変化、出産と子育てという、首尾、不首尾がほかの個体に大きく左右される分野における変化だ。

では、それはどんなしくみで作用するのだろうか。変化をひき起こすのは、実際のところ、なんなのだろうか。フェロモンで月経周期を動かせるということは、ほかのものも動かせるのか。ヒトも動物と同じ枠でくくられる存在ということなのか。わたしは汗で仲間に危険を知らせることができるのか。デイヴィッドがキスしてくれたのは、わたしが自分でも知らないうちに、皮膚の小さい穴からなにか強力で原始的な物質を発散させていたせいなのか。ほんとうのところはわかっていない。

「チャールズ・ウィソッキとジョージ・プレーティが二〇〇九年に嗅覚研究所の報告書に寄稿した「どんな主張があり、どこまで裏づけられているのか」という一文には、こう書かれている。「インターネットではいろいろと宣伝されているし、査読のある学術誌でさえ存在がほのめかされることはあるものの、科学的に組み立てられ、生物学的に定量された研究によって、人体に見られる多数の化合物の織り成す迷路をくぐり抜け、フェロモンとしての力をもつ物質にたどりついたとして論文が印刷された例はひとつもない」

動物のフェロモンについては、登録と分類が進められている。そのはたらきがヒトのふるまいとの比較で語られることはしょっちゅうだし、共通点を見いだそうとする試みも重ねられてきた。しかし、その大半は激しい論争の的になっている。『フェロモンと動物の行動』の著者、トリストラム・ワイアットは二〇〇九年に『ネイチャー』誌に寄せたエッセイ「フェロモンの五〇年」のなかで、「ヒトのフェロモンをめぐる論戦は、敵対するワオキツネザルが分泌物をふりかざして威嚇しあう〈悪臭合戦〉にも劣らぬ激しさをみせている」

同じフェロモンでも、マクリントックが研究したもののように長期的な作用をするものを「プライマーフェロモン」という。体内のホルモンの量を上下させたり、思春期をスタートさせたりと、身体への影響はゆっくりしている。一方、「リリーサーフェロモン」は効きめが素早い。雄のガが風向きに逆らってまで飛ぶ、雄のイノシシが発情中の雌に反応するなど、即時の反応をひき起こす。ヒトに関してなにもわかっていないのはこちらだ。若いふたりがパーティーで目と目を見交わした瞬間に化学物質の稲妻が走るのはこれじゃないのかと思えるかもしれないが、ヒトについて証拠がそろっているリリース反応の例はいまのところただひとつ、赤ちゃんは生まれつき、母親の乳房の方に積極的に顔をむけるというものだけだ。

そのほか、情動や気分に微妙な変化を与える「モジュレータ」という概念は二〇〇〇年にマクリントックのチームが提案したものだ。この分野についてはことのほか情報が少ないが、プレーティの二〇〇三年の実験では、鼻の下に六時間男性の汗を塗られた女性たちは、塗られていないときにくらべ、落ちついて、くつろいだ気分だと自己申告している。

一方、「シグナラー」は情報を発信するものをさす。動物なら、周囲の個体のうち、警戒すべき相手はだれか、自分の家族はだれか、健康状態が良好なのはだれか、といった情報だ。ヒトについては意見が分かれるものの、母親と赤ちゃんは誕生したその日からもうたがいをにおいだけで区別できることがわかっている。ただしこれははっきりわかるにおいによるものであって、本人たちも自覚しない化学物質によるものではない。となると、ひとつの疑問がわいてくる。フェロモンの定義はどこまで広げてよいものなのだろうか？

動物とちがい、ヒトにはちゃんと機能する鋤鼻器はない。いちおう、口蓋から脳へむかう管の痕跡があるにはあるが、なかにはなにもない。最初からそうだったわけではなく、胎児期のある段階までは鋤鼻器がちゃんと成長することがわかっている。ところが内部の感覚神経は命短く、誕生前に消えてしまう。もしかしたら、大昔には——まだ色覚もなく、言語も感情ももたず、それでもひそかに、化学的に情報を伝えあう必要があったころには——鋤鼻器も機能していたのかもしれない。しかしいまはちがう。

では、残る疑問はこうだ。ヒトは通常の嗅覚経路でこうした物質を検出できるのか？　これまたフェロモン同様、まだはっきりしていない。

なかには、嗅覚心理学者のレイチェル・ハーツのように、別の説を考える人もいる。ハーツは二〇〇七年にその著書『あなたはなぜあの人の「におい」に魅かれるのか』のなかで、フェロモンは皮膚を通りぬけるのだという仮説を提唱している。マクリントックの寮で同室者どうしのリズムが同期したのは、接触が原因だったというのだ。「私の解釈からすると、「におい」は必要ではなく、さらに私たちには鋤鼻器や副嗅球がないという論点をあらかじめ排除することができるため、経費節減の上でも魅力的です」

一方、ペンシルベニア大学味覚嗅覚センター所長のリチャード・ドーティは先頭に立ってこの説に疑義を呈する。二〇一〇年の著書『壮大なるフェロモン神話』のなかで、フェロモンは定義からしてヒトには存在しないものだと主張する。「ヒトフェロモンが存在するとする証拠は、経験的にも、概念的にも、方法論的にも薄弱だ。たしかに芳香や香料にも、音楽や照明と同様、気分や心理的覚醒度などに変化を与えることはできる。これがフェロモンだと言われている各種の物質によって、それぞれに固有の決まった変化がひき起こされるかというと議論の余地がある」

しかしそれでも、人間はたがいに、フェロモン的としか言いようのない反応をする。わたし自身、あのニューヨークに移った最初の数か月は悩んだものだ。嗅覚のないわたしは、人間関係にかかわる重要な、人間なら本来わかるはずのサインを逃すことになるの？　恋人や家族を親しいと感じる能力もなくなるの？　いつか子どもができても、わが子を見分けられないの？　においがなかったら、性生活もなくなってしまうの？

科学者にして香りの専門家、『香りの愉しみ、匂いの秘密』の著書もあるルカ・トゥリンによると、「ここで思考実験をしてみよう。あなたが嗅覚を失ってしまったとする。五年前にひどい風邪をひいたときと症状は同じだが、この場合は、ときたま起こるように、嗅覚は二度と戻ってこないとする。食べ物はまるで味も素っ気もないものになってしまうだろう——いっそのことウェイト・ウォッチャーズのような低カロリーダイエットの会に参加して、マッシュルームでつくったものを食べたほうが、鼻がきかないことに不満をもたずにすんでいいかもしれない。しかし嗅覚がなくても、目や手や耳（「～するときのあなたが好き」）はまだ働いているので、セックスには支障はないだろう」とのことだが、わたしはなかなか信じる気になれなかった。

陽ざしのうららかだったその年の夏、わたしたちはデートをした。

デイヴィッドは何年も前からニューヨークの住人だったから、この街の楽しみかたをいろいろと教えてくれた。ある金曜日には仕事帰りに近代美術館で待ち合わせ、壁の白い、ほら穴のような部屋をいくつも歩き回った。わたしは一か月のインターンシップの末、同じ美術雑誌の編集助手に昇格していた。父は「大学で美術史を専攻して美術関係の仕事に就ける人なんてめったにいないのに」と笑っていた。ウォーホールやルドン、ノーマンやゴーキーについてとりとめもないおしゃべりをするのは楽しかった。

夕暮れのプロスペクト公園ではよくピクニックをした。だんだんと暗くなっていくなか、ワインとパンとチーズを楽しんだ。ローワーイーストサイドのサンシャイン劇場では映画を見たし、彼のアパートメントの近くのバーではハンバーガーを食べた。彼の部屋のカウチで抱きあったままＤＶＤも見、彼がろくに使わない台所で食事を作り、日曜の朝はコーヒーショップで本を読んだ。

そして、わたしたちはいっしょに寝た——ふたりの体がぴったりとはまり合い、また離れる夜は、心地よくて刺激的だった。彼はわたしの左脚の外側を走るまだ赤い傷痕に、人さし指をそっと走らせるのだった。わたしは彼の腕のなかで目を覚ますのが大好きだった。わたしは何度も思った。この分なら、においなんかわからなくてもやっていけるかも。だって、この人のにおいなんて必要ないもの。

すべてが順調だったとは言わない。デイヴィッドは自分が会いたいときにしか電話をよこさないし、なにがあろうと手をつないではくれなかった。わたしはことあるごとに自分の未熟さを感じていた。それも、強烈に。彼には指導者と恋人という、両方の役割を求めていた。わたしの想いは日ましに強くなっていくのに、ふたりの関係は浅いままだった。

仕事にも時間をとられるようになってきた。才能はあるが気性の激しい編集者の指導のもとで、長時間の勤務がつづいた。毎日学ぶことが多すぎていちいち咀嚼している暇もなく、とにかく急いで動くせがついた。記事の内容をチェックすることを学び、見本刷のまちがっている箇所に赤を入れることを学び、ライターと編集者の間に立って仲介することを学び、締め切りや校了の狂騒のただなかでも平穏な笑みを崩さないことを学んだ。ずうずうしさも身についてきた。わたしは、言葉のもつ可能性と恋に落ちた。

職場の近くにはブラアント公園があり、夏がくると生足の女性たちが群がり、無臭の花が咲き乱れた。六月から七月に移っても、ごみが腐り、乗客が汗ばむ地下鉄の駅の悪臭には気づかなかった。舗道のコンクリートが陽ざしに焙られるにおいもわからないし、屋台で香り豊かなソーセージやケバブを売っていても気づかなかった。

それでも変化はあった。ささやかな変化、微妙すぎておいそれとは気づかないような変化だが、興味深いものではあった。その夏のある霧深い日の午後、アパートメントを出て息を吸い、吐いたところでなにかを感じたのだ。なにかちがう。変わった。においだ。いや、においともちがうな、とわたしは思った。においといえるほどはっきりしたものではない。わたしの息のどこか周辺部で起きた変化だ。知覚のしかたはたしかに変わったのに、記述もできず、定義もできない。においそのものというよりは、においの観念、においをとりまくオーラに近かった。

一週間、また一週間とたつうち、この感じ――一般論としてのにおいそのものという感じ――に気づくことが増えてきた。自宅でも会社でも部屋から部屋へと歩き回り、それが曖昧ながら変化するようすに注意を払った。そのたびに、居合わせた人なら誰彼かまわず「これ、なんのにおい?」ときくのだが、相手はたいてい困惑の表情で鼻をひくつかせ、「さあ。これといってにおわないけど」と言うのだった。これまで忘れていたが、においとは本来、どこにでもあるものなのだった。どの部屋にも、どの通りにも、どの知り合いの頭上にも、なんらかのにおいはただよっている。

だが、このオーラを感じるのはうれしい以上につらかった。いつまでたってもおぼろげですぐ消えてしまうし、手も届かず、触れることもできない。わたしの毎日は白黒映画のままで、ただ灰色のコントラストが深まっただけ。色がついたわけではない。もしかしてこれは、自分ででっちあげたものなんだろうか。

デイヴィッドとの交際はつづいていたが、会う機会はどんどん減っていった。五か月のあいだ、言い争いひとつしたことがない。喧嘩もしなかった。たがいの友だちをまじえて会うこともまずない。ふたりともも一歩踏みこまずにいることはわかっていた。ときおりデイヴィッドは、予告もなしに何日も連絡がつかなくなる。ほかの相手でもいるのだろうかとも思ったが、問いつめる勇気はなかった。いっしょにいるあいだは心地よかった。嗅覚がなくとも、デイヴィッドとの時間には影響しない。わたしだって完全に壊れちゃったわけじゃないんだから、と、笑いながら考えるのだった。彼に出会うまでは、自分にはもう、心臓がうきうきと弾むことも、緊張で胃の奥がざわつくこともないのではないかとおそれていた。腕にそっと触れられても、笑みがこぼれることはもうないのかと思っていた。だれかに服を脱がされたいとか、鎖骨に指を這わせてほしいとか思うことも、二度とないかもとおそれていた。デイヴィッドがそれを、まちがいだと証明してくれたのだ。わたしは彼の手が頬にあたる感触が大好きだった。

「ぼくはコロンをつけてるんだよ」デイヴィッドがそう言ったのは九月末のある朝のことだった。そこは彼の部屋のベッドの上、デイヴィッドはわたしのとなりで脚を大きく広げている。「何年も前からだよ」肘は折り曲げて、両手は頭の下、相変わらず雲のように広がった茶色の巻き毛に埋もれている。横向きになって、こんどは片頬を白い枕に沈めると、彼はわたしを見た。「モリーがそれを知らないなんて、すごくふしぎな気がするよ」

エアコンのうなる音がしていて、脚にあたった彼の脚は暖かく、足先がシーツと擦れあう乾いた音がしていた。わたしは笑顔を作ろうとして、鼻からゆっくり息を吸いこんだ。なにもにおわない。

「コロンなんてつけてるの?」と、おずおずときいてみる。「ほんとに?」

「ほんとうさ。ま、コロンって言ってもアフターシェーブだけど。毎日つけてるよ」

「なんてやつ?」

「クールウォーターさ」

彼はわたしを見ていたが、わたしは顔をそむけて壁を見つめた。壁はミルクのようなオフホワイトで、下の漆喰にさざ波のような模様があるのが、ペンキの上からでも見てとれた。

「どうしたんだよ」

「なんでもない」と言ったものの、にわかに涙を抑えられなくなった。

かつての知り合いにも、コロンをつけている男性は何人もいた。紹介された瞬間にゴルチエなりアルマーニなり、ラルフ・ローレンなりの香りがふっとただようだけでも、その人の人となりについて、いくばくかのことがわかったものだ。かならずしも悪いことではない。アレックスも高校時代の後半はヒューゴー・ボスをつけるようになって、わたしも気に入ってはいた。でも、香りをつけるという行為にはなにかがある。手がかりになるなにかが。三十代前半の男性がコロンをつけているとしたら、そのことは、彼についてなにかを教えてくれるはずだ。皮膚と石鹸だけという、未加工の人間のにおいをさせている人とはちがうなにかを語ってくれるはずだ。それは、わたしの予想とはちがっていた。

わたし、この人のことをほんとうには知らないんだ、そう思った。

人にはひとりずつにおいがある。その人に固有の、ほかのだれともちがうにおいだ。といっても、自分の意志で選ぶ消臭剤や洗濯洗剤の話ではない。香水やシャンプー、石鹸の話でもない。どれくらい激しい運動をしたとか、シャワーを浴びて何時間たったとかも関係ない。鋤鼻器があろうとなかろうと関係ない。

それは、その人に特有のにおい、ありのままのにおいのことだ。彼氏のTシャツや奥さんのバスローブ、子どもの髪の毛を嗅ぐと嗅ぎなれたにおいがする、あれだ。わきの下のにおい、首すじのにおい、皮膚のにおい。いくらかは食事の内容に、いくらかは細菌に左右されるため住む土地や文化によってちがってくるが、基本的には遺伝的性質で決まる。

この「臭紋」ともいうべき固有のにおいについて初めて知ったのは、モネル化学感覚研究所を訪れたときだった。研究所の会議室、二階にある明るく風通しのいい部屋で、チャールズ・ワサッキから聞いたのだ。ワサッキはヒト、動物両方の化学的感覚とコミュニケーションを研究する第一人者だ。彼の話はまず、免疫系をつかさどる遺伝子領域のことから始まった。この遺伝子領域は主要組織適合遺伝子複合体（MHC）とよばれるが、免疫系のほかに体臭もここの遺伝子情報で決まる。この体臭はひとりずつちがい、一致するのは一卵性双生児だけだという。指先の渦巻き模様と同様、人にはにおいの指紋がそなわっているのだ。

彼もかつては、MHCで決まる体臭をフェロモンに分類していたという。同じ種の別個体に情報を送るのだから、フェロモンの定義に合うではないかと考えたのだ。しかし「いまではフェロモンとはいえないかもなと思うようになりました。へたをしたら何百種類という化合物の混合体ですからね。それに、ひとりずつ種類がちがうわけですし」

「ただし、フェロモンじゃないからといって、情報を発信してないということじゃありません。実際、発信してますよね。その個体についての情報を伝え、その情報が、ほかの個体との社会的な相互作用に影響する可能性がある」

MHCの力を示すのに最適な例が、スイスのクラウス・ヴェデキントが一九九五年におこなった〈汗つきTシャツ実験〉だろう。ヴェデキントはベルン大学の男子学生四四人にまったく同じ無加工木綿一〇〇パーセントのTシャツを配り、二晩つづけて着てもらった。着用は日曜と月曜の晩で、昼のあいだは口を開けたままのビニール袋に入れておく。参加者には入浴用とシーツの洗濯用として無香料の石鹸と洗剤も配り、においが強い食品、においのつくような活動も控えてもらった。

火曜日、ヴェデキントはこのシャツを四九人の女子学生に嗅いでもらい、においだけを基準に好感度を採点してもらった。参加者は男女ともにあらかじめ主要組織適合抗原のタイプを調べてあったのだが、結果はじつにおもしろいものだった。女性たちがもっとも強くひきつけられたシャツは、抗原が遺伝的に自分と遠い男性が着用したものだったのだ。

これは進化の観点から考えると理にかなっている。においの好みがMHCに左右され、さらにそれが配偶者の選択に影響するならば、たがいに抗原のタイプがちがう両親がそろい、免疫系がより強力な子どもができるからだ。また、においがちがい、免疫系も遺伝的に遠い相手に惹かれれば、近親婚を避けるのにも役だつ。

興味深いことに、経口避妊薬を服用している女性は、においの指紋がちがう男性には惹かれなかった。それどころか結果は正反対になった。「本来なら妊娠中に分泌されるステロイド類はにおいの好みを変化させ、家族や親類に似たにおいを好むように仕向けることがわかる」と、ヴェデキントの論文「ヒトにおけるMHCに依存した配偶者選択」には記されている。これもまた、進化の観点からは納得のいく話だ。妊娠中の女性に親やきょうだいの近くへ寄りたいという欲求が高まれば、保護や世話を受けられるのだから。ワサッキとその同僚たちは二〇〇五年にここからさらに一歩進めて、においの好みは血縁の遠近だけでなく、ジェンダーにも、さらには性的志向にさえ影響されるとつきとめている。

こうしたにおいの好みに、かならずしも本人が気づいているとはかぎらない。脳のなかには、持ち主にもほとんど知りえないかたちではたらいている部位はいくつもあるからだ。二〇〇八年にヨハン・ルンストロムと同僚らがおこなった実験では、健康な女性一五人が見知らぬ人の体臭、友人の体臭、そして、人間の体臭とほぼそっくりに合成した人工的なにおいのサンプルを嗅いでいる最中の脳の活動を調べたところ、ものすごい結果が出た。みんな自分の鼻では本物の体臭と合成の体臭を区別できなかったのに、PETスキャンで脳を撮影したら、情報の処理にかかわっている部位がサンプルごとにちがっていたのだ。本物の人間の体臭では、情動がからむ刺激を処理する部分や、注意を払う努力をするときに使う部分が活動していたのに対し、合成の体臭では、においに名前をつけるなど、高次の処理に使われる部位が働いていた。どんな方法で知ったのか、どこでわかるのか、身体は本物と作り物の体臭の区別をはっきりと知っていたことになる。感情にも影響をおよぼすだろうし、重要な情報ではないか。

ワサッキの話を聞きながら、わたしは考えていた。「ということは、においもほかの人とかかわる方法のひとつなのね」いままで知らなかったわけではない。一回目のデートのときに相手のにおいを嗅ぐだけで、好きになれる相手かどうかはわかるものよと言う女性は何人もいたから。

それでも思わずにはいられなかった。「わたしはどうなるの?」フェロモンの話ならまだ、あまりにも不確実なおかげで無視しやすかった。でもこれは、通常の嗅覚の話だ。においを感じなくなってわたしが失ったのは、オーブンでパンが焼ける香りだけではなかった。ヒトに鋤鼻器があろうとなかろうと関係ない、空中を漂う無臭の化学物質とも関係ないなにかを、わたしは失った。自分の住む世界とかかわり、理解し、処理する手段のひとつを失ったのだ。

ワサッキに質問してみた。「では、においのわからないわたしは、反応しないということでしょうか」

一瞬、間があいた。

「ええ、そういうことになるかと」

夏の暑さが日増しに厳しくなり、それがまた退いて今度は秋のつややかな赤にとってかわられるあいだ、恋の迷いのことは考えないようにしていた。なにかがうまくいっていないと認めるのはいやだった。そんな必要ないわよ、と思っていた。ちょうど、わくわくするできごとのまっ最中だったのだから。

これまで知覚の周辺部をふわふわしていたにおいのオーラが結晶しはじめ、ひとつ、またひとつとにおいの針先でわたしをつつくようになったのだ。本物の、明瞭なにおいだ。変化はいつも瞬時に起こるため、わたしは毎朝、希望と期待でぞくぞくしながら目ざめるのだった。

ある日わたしは、きゅうりのにおいを感じた。サラダにしようと、アパートメントの調理台で刻んでいたときだった。濡れて、冷たくて、かすかに甘いにおい、パステルグリーンの波線がまぶたの裏でゆらめいているようなにおいだ。わたしはすぐそばのカウチに座っていたルームメイトにわめいた。

「ジョン、きゅうりきゅうり！」

ジョンが顔を上げた。心配しているのだ。「だいじょうぶ？」

「きゅうりのにおいがわかるの」今度は声を小さくして、きゅうりを鼻の下で魔法の杖みたいに振ってみせた。

地下鉄のなかでは突然、少し離れた席でだれかが食べているM&Mのチョコレートのにおいがわかった。わたしは目を見開いて、まるまる二駅分、M&Mを見つめていた。こんなに強く、こんなに深い香りだったとは信じがたくて目を離せずにいるうちに、そのだれかはすっかり食べ終わり、しわの寄った黄色い袋を丸めて立ち去った。

数週間たったある日の午後、マディソン街と一七丁目の角で香水の香りに気づき——優雅さと裕福さの香りがした——足が止まった。香菜《シャンツァイ》が現れたのはまたサラダを作ろうと刻んでいた六月末の夕方で、それは尖った刺激があり、涼しくて、ぜひともワカモレが一緒にほしくなった。朝のお茶のなかのジャスミンは、息を吐いたときにやってきた。カンタループ・メロンの夏らしく新鮮な甘さは、五フィートも向こうから手招きした。ある男性の制汗剤のスパイスは——たちどころに、鮮明にアレックスを思わせる——七月の朝の地下鉄のなかで姿を現した。

ゆっくりと、着実に、目立つことを嫌うのかと思えるほどに、においはひとつずつ戻ってきた。どれもみな、孤立して現れる。以前、ローズマリーやチョコレートがわかったときと同じだ。やってくるのは一度に一種類ずつで、わかるものもあれば未知のものもあってまごついた。ひとつわかるたび、わたしの風景に色がついていく。どんなにおいもうれしかった。

全部が戻ってきたわけではない。なにもない夜道にひとつだけ立っている街灯の鋭い光のように、それらはぽつんと浮かび、間隔はまばらで、そしてやたらと目立つのだった。なにも感じない日が何日も続いたかと思うと、突然「ぽん！」と洗濯物の、バターの、石鹸のにおいが鼻に侵入してくるのだった。

信じられない思いだった。可能性は低いはずなのに、どうやら回復しつつあるらしい。混んだ地下鉄でとなりに押しつけられている人に、大声で叫びたかった。わたしにあんな見捨てられた思いをさせた耳鼻咽喉科の医者に、叩きつけてやりたかった。ほら、きゅうりよ、と言ってやりたい。きゅうりなんてありふれていて、以前は気にもとめなかったのに、とり戻してみたらうっとりする香りで、天上の食べ物かと思うほどだった。メロンの香りには涙さえ出た。

そして、においがひたひたと戻ってくるにつれ、着いたときには嗅覚環境が白紙だったニューヨークという街に、いままで見えなかった意味の層が現れた。街が新たな意味をもって脈打ちはじめたのだ。公園とは、煙のいがらっぽさ、木や花の香り、噴水の暗くて金属質な湿り気があり、どこかから炭火やバーベキュー、ナッツを煎るにおいがただよってくるものだったのだ。道を歩けば驚き――ホットドッグだ！　コーヒー豆だ！――でいっぱいだし、タクシーに乗れば古ぼけた革が、新しい煙草が、わたしの前に乗った人がつけていたシャネルの五番の、有名な粉っぽいアルデヒド香が呼びかけてくる。チャイナタウンを通り抜ければ、塩っぽい革のハンドバッグ、氷の上にならべられた生魚、円錐形の紙包みで売っている甘い揚げ団子のにおいに次々と迎えられ、かすかなオレンジの皮のにおいと尿のにおいとが、どこからか同時にただよってくる。自宅はレモン系の食器洗い機用洗剤と、湿った段ボールと、バジルの深緑のにおいがする場所になった。いずれもすばやく、けたたましく戻ってきて、いままでなにを失っていたかを思い知らされた。友人の部屋では、にんにくの雲がゆらめいていた。デパートの香りは冷たいけれどもフローラル系で、たったいま平らに均したばかりのスケートリンクに似ていた。観光客やビジネスマンをよけながら職場の近くを歩くときは、まっすぐ前しか見ないくせがついていたはずなのに、気がつけばしょっちゅう意外なにおいで——わかるもの、わからないもの、どれもたったいまの、この場のにおいばかりだ——自分の内面から引っぱり出され、周囲を見回しているのだった。気づくにおいは増えていき、わたしもこれまで以上に必死で集中するようになった。

なんのにおいもしなかった三月のあの日以来、ずっと避けていたストランド書店も再訪してみた。古書の棚の奥深くに分け入ると、足を止めて本のにおいを次々と嗅いだ。大切に、ていねいに、もっともっと吸いこみたくてしゃにむに嗅ぎつづけた。八月のある夕方、ニューヨーク公立図書館で堅くなった昔の本を開いたときは、突き刺さるようなかびのにおいに背筋を震えが走った。九月の土曜日にグランドアーミープラザのファーマーズマーケットで買い物をしていたら、同じブロックの少し先のブースからただよってくるホットアップルサイダーのスパイスの香りに気づくことができた。秋はもとどおり、かぼちゃの種が香る季節になっていた。地下鉄のなか、その悪臭で全員をとなりの車両へ追いやったホームレスの男性にも、にわかに、単なる汚さを上回る悲しみが見えたのだった。

ある日曜日の朝、ジョンとブルックリンの七番街を散歩していると、急になにかのにおいが現れた。強い、かすかに甘いにおいだ。覚えているはずなのに、もう少しというところで手がとどかない。

「あれ、なに?」深く息を吸いこみ、あたりを見回しながらわたしは訊ねた。

「なんのこと?」ジョンは面食らっている。

「あのにおい」

「ああ」ジョンはとなりのブロックを指差した。店の外に行列がうねうねと伸びている。ラ・ベーグル・ディライト。混んでいる店で、前はよく通るが入ったことはなかった。

「ベーグルだよ。焼き上がったんだ。いつもあんなにおいがしてるよ」

言われて納得がいった。イーストと胡麻の合わさった、温かくて食べごたえのありそうな香り。もしかしたら、州北部に住んでいた祖父母の家の、週末の朝食もこんなにおいだったかもしれない。一年以上も見ていないながらわたしは初めて、日曜の朝こんな早くから店の外に行列ができていた理由を知ったのだった。

嗅覚神経細胞はずる賢いチビ助だ。鼻から脳へ通じる細い道を形づくるそれらは、なりも小さく、華奢で、簡単に切れてしまう運まかせの存在だ。ところがこれが、勇ましくて図太い。ぐんぐんと伸びるし、死んでも生き返ることもある。わたしの場合も、どうやらそれが起こっているらしい。

嗅覚神経細胞は鼻腔の天井から篩板のすき間を通って脳に達しているわけだが、わたしの事故のときには、おそらく衝撃でこのどこかが断ち切られたのだろう。事故の後、病院のベッドに横たわり、CTをとられたり母に意味不明のことをしゃべったりしていた何日かのあいだに、細胞の切り株は次第にちぢんでいった。そしてついに死んでしまった。ヒトの体内にあるたいていの神経細胞なら、これで一巻の終わりだったはずだ。しかし鼻では事情がちがう。

鼻のなかでは、健康なときでさえ、嗅覚幹細胞が休みなく補充されている。嗅覚神経といえば、ゼロから再生する能力をもつ、人体でも数少ない神経細胞のひとつなのだ。それは母の花壇を彩る四季咲きの花のように次々と生まれてくる——ただし、スピードははるかに速い。ラットの嗅覚神経細胞は三〇ないし六〇日で完全に新しいものと入れ替わることがわかっている。ヒトではラットより時間がかかるだろうという意見が有力だが、正確な日数はまだわかっていない。

においが戻りはじめた当初は、別の宇宙に連れ去られたような気がした。目の前で感覚世界がぐにゃぐにゃと形を変え、液体のように流動する宇宙。この世のものならぬ力にとり囲まれ、でたらめな運に翻弄されては押しつぶされる感じだった。なのにこのときはまだ、自分の鼻のなかでなにが起きているのだろうとは考えなかった。

嗅覚神経細胞は、人体でも数少ない、再生可能な神経細胞だ。でも、なぜだろう？　嗅覚異常の専門家であるネブラスカ大学医療センターのドナルド・レオポルド先生に電話してみた。忙しい先生は、会合から会合へと移動しながら、テニスの球を打ち返すようにぽんぽんと話をしてくれた。

嗅覚神経細胞が死んでは再生するのは、強烈に外界にさらされる場所だからかもしれないという。このように外界からの物理的な刺激と実際に接触する細胞など、頭部の神経ではここにしかない。末梢の感覚神経だって、皮膚という緩衝材に守られている。「神経細胞もすり減ってくるんですよ。弱ってしまうんです。それに、においに含まれている汚染物質や危険物の代謝にも、嗅覚は積極的にかかわっていることがわかっています。これはまだ推測にすぎませんけど、嗅覚神経は汚れ仕事を引き受けることが多いから、次々と入れ替わるようにできているのかもしれませんね。再生するのは、人体を守るためってわけです」

通常の入れ替わりだけじゃないわよね、とわたしは思った。この能力――本来そなわった複雑な成長システム――のおかげで、わたしのような人間には回復の可能性が与えられるのだ。頭部外傷の後にも、あるいは、ウイルスによる損傷や手術の合併症の後でも、神経細胞が再生することはあるだろう。それまでに何万回と再生をくり返してきた細胞なのだから。

モネル化学感覚研究所にはずいぶん通ったが、そんなある日、わたしはモネル゠ジェファソン味覚嗅覚クリニックの院長、ビヴァリー・カワートに細胞の再生について質問してみた。どんな患者でも、回復の可能性はあるんでしょうか。

「ありますよ」と彼女はあっさり答えた。それから、言葉がとぎれる。一分近くもたっただろうか。いつでも次のひと言が喉元まで出ていそうな勢いの人なのに、その彼女が黙って座っているのだ。わたしは待った。

「驚くのは、回復するにしても大変な時間がかかるケースもあるということです。わたしは通常、二年以内がチャンスだと考えることにしています。二年以内に多少なりとも回復がみられない場合は、その後も回復する可能性はほとんどないと考えた方がいいでしょうね」

「部分的にでも感覚が戻ってきたなら、ほんの少しでも戻ってきたなら、それは残りの部分も回復するってことなんでしょうか」わたしは息を詰めて待った。頭のなかをあの可能性のことばかりが駆けめぐる。もしかしたら、まだ、シェフになれるかもしれない。

「そうともいえません」カワート先生はそう言って、脳のなかの神経細胞が傷ついていた場合にはたくさんのハードルがあるのだと説明してくれた。まず、篩板にはスイスチーズのように穴があいていて、再生した神経細胞はこの穴を通って伸びていくのだから、瘢痕組織が多すぎて穴がふさがっているとよくない。次に、神経細胞が篩板を抜けられても、うまく嗅球と再結合をはたさなくてはならない。最後に、受け取る嗅球の方も十分に健全で、実際ににおいを認識する脳の高次の部分へ信号を届けることができなくてはならない。原因が頭部外傷である場合、脳の内部にも損傷が起きている可能性がつねにつきまとう。これだけハードル続きの道のりなのだから、結果を予測するなんて不可能なのだ。そして、カワートはありとあらゆる例を見てきた。まったく回復しなかった人もいるかと思えば、ごくわずかずつ、じわじわと回復がつづき、本人にもどのにおいが抜けているか自覚できないほどたくさんのにおいがそろった人もいたという。ため息をつくしかなかった。

ペンシルベニア大学味覚嗅覚センターの所長で『壮大なるフェロモン神話』の著書もあるリチャード・ドーティは、予後を予測できる要因を探る研究をしている（論文は二〇〇七年、アメリカ神経学会の会誌に掲載された）。ドーティが分析の対象にした患者は五四二人。いずれも、自身のクリニックで初診時に嗅覚能力のテストをおこない、のちに（最短は三か月、最長は二四年後に）再びテストをした人ばかりだ。その結果、嗅覚が部分的にであれ戻った人は、三分の一から半分くらいだった。回復者の比率は、まず年齢に依存する。また、嗅覚の喪失が始まってから初診までのタイムラグにも依存する。そして、初診のときにどれくらいのにおいがまだ残っていたかにも依存する。年が若く、受診が早く、検査時にすでに回復していたにおいが多い人ほど、回復の可能性は高い。わたしは読みながら考えたものだ。そうね、わたしは若いし、二年以内という枠にも入ってるし、コネチカット大学健康センターで検査を受けたときには、チョコレートとローズマリーがわかるようになっていた。いい話じゃん。

しかし考えるべき要素はもうひとつある。カワートが自身のクリニックで気づいたことだが、そもそも嗅覚を失うにいたった原因も予後に影響する。「まあ、このクリニックでは、という話ですけどね」とは言われたが、ここでも、嗅覚に障害の出た患者は何千人も診ているのだ。「ウイルス性の損傷を受けた人の方が、頭にけがをした人より回復の可能性が高いことははっきりしています」問題がウイルスの場合、神経細胞が切断されるだけで、それ以上の被害のリスクは少ないからだ。わたしは身震いした。

あの日フロントガラスに頭をぶつけたとき、ほかにどんな損傷をこうむっているかわからない。あの日から毎日のように、自分は運がよかったと思ってきたわたしだが、その運はどこまでつづくのだろうか。

「完全にもとに戻るという可能性はあるのでしょうか」

またしても、沈黙。

「回復はずっとつづくものらしい、とはいえます。でも、それで正常な状態にまで戻るかというと疑問ですね」


一月のある日の夕方、わたしはミッドタウンの職場のあるビルを出た。その日は雑誌の仕事が深夜までかかりそうなので、コーヒーが必要だったのだ。いつものカフェイン補給所へむかって歩きだしたが、そのとき、にわかに足が止まった。なにかのにおいがする。また新しいやつだ。ひどくきつい。でも、これはどこかちがう——粘っこくて、冷たくて、下品というのに近い感じ。曖昧だけど、よく知っているはずのなにかを思い出す。何年も会っていない旧友の名前みたいだ。わからないままあたりを見回す。すると、それが目に入った。

ごみだ。いくつもの容器に満杯の、腐ったごみだ。近くの舗道に山と積まれた袋がいくつも、継ぎ目のところで裂けている。わたしはしげしげと見入った。ひどいにおいだ。たしかに、ほんとうにひどいにおいだ。腐った魚のような、夏の暑い日の澱んだ水のような、よく見ずに口に入れたらぬるぬるになっていた古いきのこのようなにおいだ。これこそ、ここ一年以上の日々で初の、ちゃんと把握できた「悪臭」だ。すばらしい。わたしは深呼吸をしてそのにおいにひたった。

悪臭とも次々と再会をはたすにつれ、むかつくという感覚とも再会した。地下鉄はにおい軍団の要塞で、飽きるほど豊かな経験が約束されている。ほかの乗客たちは慣れたようすで受け流している悪臭を、わたしだけが大まじめに嗅ぎ、いつまでも引きずっていることもあった。せっかく感じるようになっても、なんのにおいなのかまでは、なかなかわからない。においといっしょに、ことばがついてきてはくれなかったのだ。なにを嗅いでも、ひとつも特定できないときさえあった。別々のにおいもよく混同したし、いつも自分の判断に自信がもてなかった。

あるとき、連休を利用して母とマーサズ・ビニャードを旅行した。わたしたちは車の窓を開けて、細い砂利道を走っていた。暖かい空気を吸いこもうと、わたしは窓から顔をつき出した。

そのとき突然、バターっぽいなにか、甘ったるいなにかに襲われた。「あれ、なんのにおい？　焼き菓子かなんかかな？」

母がわたしの顔を見た。

「ちがうわよ」当惑しているのだ。「あれはスカンク」

これには面食らった。わたしの皮膚の表面の下で、いったいなにが起きているのか。コーヒーの分子を見つけて信号を送る神経細胞がいったん死んで再生した後でも、やはりコーヒーをコーヒーのにおいだと感じるためには、新しい神経細胞は嗅球のなかの前と同じ場所に接続しなくてはならないはずだ。そうでないと、脳に同じ信号を送れないだろう。でも、その行き先がどうやってわかるんだろう？

一度、コロンビア大学の神経生物学の教授、スチュアート・ファイアスタインに質問してみたことがある。ユニオンスクエアの近くのバーでウィスキーを飲みながら、ファイアスタインは「謎だらけなんですよ」と両手を上げ、「お手上げ」のポーズをした。「再生は発生をくり返すのか？　それとも、まったく別なのか？　再生と発生では、途中経過は同じなのか？」

「ただ、入れ替わった細胞は非常に長持ちするし、非常に安定していることはわかっています。でも、理由はわからない」

そもそもにおいはどうやって、同じにおいでありつづけるのだろう？　年月とともににおいが変わってしまうのなら、綿あめのにおいを嗅いだところで、子ども時代のお祭りの日に引き戻されはしないはずだろう。

「おそらくは、再生した神経細胞も、脳の同じ場所につながっているんでしょうね」ファイアスタインは肩をすくめた。「わからないことがいっぱいなんです」

デイヴィッドとわたしは、初めてキスしたのと同じ、玄関前の階段で別れた。

遠ざかる彼の足音が消えてしまうと、わたしは階段をのぼり、ベッドに倒れこんで、服を着たまま眠りに落ちた。翌朝目をさまし、枕元のカーテンを透かして陽の光がさしこみ、廊下の向こうでルームメイトたちがコーヒーを入れる音に包まれたときに初めて、冷たいパニックの波が押し寄せてきたのだった。

シナモンガムと硫黄

わたし、料理を始める

cinnamon gum and sulfur: in which I get cooking

5

それから何か月もたったある晩、わたしはトマトスープを作った。スウェットパンツに古びたTシャツを着て、髪は頭のてっぺんでまとめた。携帯電話の電源を切り、コンピューターも切った。火の上で煮たっている大きな金属の鍋をのぞきこみ、湯気で眼鏡をくもらせながら、木のしゃもじでかきまぜる。もう何週間も前から、作ろう作ろうと思っていたのだ。缶詰のトマトとひよこ豆、ローズマリーとにんにく、鶏がらスープ、それに砂糖、塩、胡椒をひとつまみ加えた、どろりと濃い混合物だ。シンプルだが、滋養がある。まな板と包丁が奏でるリズミカルな子守り歌も、コンロの上で料理ができていくコトコト、ぶくぶくという音も、こんなに好きだったなんてすっかり忘れていた。

土曜の晩をひとりで家で過ごすのは数週間ぶりだったし、自分の食事を作るのはさらに久しぶりだった。デイヴィッドと別れた直後の急激なパニックがおさまると、今度は抑うつがやってきた。いままで知らなかったような消耗。深く、暗い無気力。睡眠は長くなり、まるで凍りついたように夢もみずに熟睡した。じわじわと這いよってくるこの抑うつは、もちろん孤独のせいもあるが、やはりなんといっても恐怖のせいだった。自分の知らないなにかが怖かった。嗅覚以外にも同時に失ったであろうなにかが怖かった。厨房での仕事を失ったことはわかっている。デイヴィッドとも別れた。でも、人とのつながりは？　香味は？　愛は？　わずか一年半前、クレイギーストリート・ビストロでのわたしは、自分の正体も、自分の夢も、自分の将来もわかっていた。選んだ道に迷いはなかった。天職を見つけたのだ。自分の人生を生きていた。それがいまでは地図も失い、空しくて、混乱している。夜はむりにでも外へ出て友だちに会い、演技し、交流するように努めた。映画や外食で気を散らし、嗅覚のことは考えるひまを与えなかった。考えたら、回復のペースが落ち、いまはわずかになっていることを認めなくてはならないから。何週間も、もしかしたら何か月も新しいにおいには出会っていないし、すでに回復しているにおいも、わかりはじめた当初の騒がしさにくらべたらくすんだものになっている。思いあたる理由はなかった。

でもこの晩は、かきまぜたり刻んだりという機械的な動作が、炒めたにんにくがぱちぱちとはぜる音が、そっと顔にあたる熱が、神経をなだめてくれた。ひとりで食べるということ、自分だけのために料理をするということには、どこか治療効果がある。わたしはコンロと流しに、野菜を洗う作業に、ゆっくりと缶切りを操る動きに、意識を集中した。新鮮なローズマリーの小枝にも、軽快なバッハを聞きながら刻んだごつごつのにんにくにも集中しようとしたが、そのにおいは鈍く、薄く思えた。煮えたスープは淡く、おだやかな赤色をしている。ひよこ豆をつぶし、口当たりをなめらかにするため、少しずつ分けて裏ごししていく。台所のテーブルで、その日の朝にファーマーズマーケットで買ったサワードウブレッドといっしょに、ふちの欠けた白いボウルで食べた。ぼろぼろのウォーレス・ステグナーの小説を読み、一杯の白ワイン——サンセールだった——をすする。ワインは夜が更けるにつれて香りも味も深まっていくように思われた。わたしはほんのしばらく、自分もそれほどひとりきりではないんだなと感じた。

パーク・スロープのとあるカフェで神経学者のオリヴァー・サックス博士に手紙を書いたのは、七月のあるむしむしする午後のことだった。ちょうど、『ニューヨーカー』誌に博士が書いた、雷で顔面を撃たれてからピアノ曲にとり憑かれてしまった男性の話を読んで、その話をしたくて母に電話したところだった。機能異常を介して人体の神秘をみせていくサックスの腕前に、わたしは魅了されてしまったからだ。

「手紙書いてみたら?」

「だれに? オリヴァー・サックスに?」

「そうよ」

「どうして」

「あの人ならモリーのことわかってくれるかも」

サックスの著作は高校生のころから愛読していた。初めて手にとったのは『妻を帽子とまちがえた男』という事例集で、自閉症の人から新しい記憶を作れなくなった人にいたるまで、さまざまな患者の話を集めた、格調高い著作だ。この神経学者にして作家である人のことは、その著作の登場人物のひとりくらいにしか思っていなかった。もたもたと試行錯誤をするが頭は切れる、白く濃いひげをたくわえた有名人でしかなかった。彼なら、「ただよう船乗り」でジミーが新しい記憶を形成できなくなった理由を解説したように、「機知あふれるチック症のレイ」でトゥーレット症候群について解説したように、わたしの体内でなにが起きているかを説明してくれるのだろうか。

でも、たしかに彼ならできるのかもしれない。だってサックスは、スティーブン・Dという若い医学生の話も書いている。ある薬でハイになっていた数日間だけ、まるで道で見かけるものはなんでも嗅いでみる猟犬のように、異常ににおいがよくわかるようになってしまった話だ（サックスは後になって、この「皮をかぶった犬」は自分自身の話だったと明かしている）。彼はそのときのことを「きわめて具体的な世界でした。個が重要だったのです。ひとつひとつがおそろしく直接的で、すべてを生《なま》で感じるんです」と書いている。

電話を切ってしばらくは、ぼんやりと窓の外を見ていた。自分になにが起きているのかは、たしかに知りたい。においに関するわたしの知識は穴だらけで、その穴があちこちで噴火口のようにぱっくり口をあけている。いままではずっと、これ以上知るのが怖かった。でも、もういいじゃない。

「サックス先生」とわたしは書いてみた。

手が止まる。

わたしはなにを質問したいのだろうか。まだ形になっていない、自分でも認めずにいた疑問がいくつも、頭のなかで絡まりあう。においの大切さはよくわかっているが、具体的なことはなにひとつ知らないのだ。自分の喪失というレンズを通して、また、苦労のはてにわたしの鼻へ戻ってきてくれた個々の香りのおかげで、においのはたす役割は知った。ほかに知っていることといえば、嗅覚は一度だめになっても、回復するかもしれないこと。回復のしかたは謎めいていて、感情によって増減があったり、名前がつくと好転したり、色や音がきっかけで変わったりすること。でも、もう二年近く、科学的にきちんと知ることは避けてきた。においのない、質感のない世界に住んでいたあの麻痺したような日々には、とにかく知るのがいやだと思っていた。においが次々と戻ってきてわくわくしたあの鮮やかな日々には、しくみや理由はどうでもいいと思っていた。戻ってくるんだから、それでいいじゃないと思っていた。それが、回復は思ったより遅く、思ったよりつかみどころがないとわかったとき、もっと根本的な好奇心が姿を現した。わたしの体内で起きているこのふしぎなできごとは、なんなの？

いまのわたしは、コーヒーから立ちのぼる乳白色の湯気にもにおいを感じるし、右隣に座った女性が発する香水の、フローラル系のもやもや感じられるが、完全復旧とはほど遠い。かつては毎日のように扱っていたシリアン・オレガノやレモンタイムの複雑な香りには気がつかない。以前ははっきり感じていたのに、いまでは色あせて、曖昧ではかない記憶の亡霊になってしまった。そのつらさは一時期ほどひどくはないものの、あるべきものがないということはやはり感じる。台所に入るたび、〈不在〉は空気のように、コンロの上をおおっている。料理をしようと思いたってわくわくしていても、いつまでも孤独にひたってなんかいないぞと決意しても、どこかにその〈不在〉が隠れている。デイヴィッドがいないことはさびしくないのに、なにかが足りなくてさびしい。足りないのはなんなの？ 疑問のせいで、朝早く目がさめてしまう。答えをただ待っていると、不安がくり返し肩をたたきにきて、逃げられない。

「どうしてつきとめないの？」と、それはささやく。ほんとに知る気あんの？

知る気ならある。

お医者さんにはむりですと言われていたのに、なぜにおいが戻ってきたのかが知りたい。まずはいいにおいから先に戻ってきた理由、気分が落ちこむとにおいが薄れてしまった理由も知りたい。以前は考えなくてもなんのにおいかわかったのに、いまは正体がわからず、記憶できず、名前を言えない理由が知りたい。そもそも嗅覚のしくみとは、そして、嗅覚はなぜこんなに大事なのかを知りたい。わかってしまえば、忘れて先へ進むこともできるだろう。そして、説明できる人がいるとしたら、それはサックス博士だろう。ニューヨークタイムズ紙をして「現代医学の桂冠詩人」と言わしめた博士なのだから。

「サックス先生」

わたしはキーボードをたたきはじめた。

「わたしはしばらく前から不可解な神経学的現象を経験している当事者です。ところが、その症状はいらだたしい一方でじつに興味深く、わたしは憂うつと希望とを同時に味わうこととなりました……」

家に帰るとその日のうちに、プリントアウトしたページをぴしっと三つ折りにして封筒に入れた。博士のウェブサイトに載っていた連絡先を書き、切手をはると歩きだした。郵便局の前の青い大きなポストに、それを投函した。

返事を待つあいだも、ニューヨークという街のすさまじいスピードに遅れまいと必死だった。休むことを自分に許さず、自宅、職場、友人たちのあいだをとび回る。息をつくひまさえ与えなかった。

ところが、台所がいれたてのコーヒーの香りに満たされていたある土曜日の朝のこと、ふと、オーブンに目がとまった。めったに扉を開けることのないオーブンだが、そういえば、かつてはバターを刻み、粉をふるい、パン生地をこねていれば穏やかな気分になったっけ。うなるミキサーのものうげなリズム。オーブンが暖まるときにたてる硬い金属音。そうだ。パンを焼こう。

こうして、パンで出直すことになった。

まずは電動ミキサーを引っぱり出す。弟がくれたまっ赤なミキサーだが、事故にあってからはほとんど使っていなかった。朝の光のあふれる台所で、ぬるま湯を入れたボウルのなかではイーストが静かに泡だっていく。遠くでルームメイトたちが順にシャワーを浴び、ドアが開いては閉まる鈍い響きにつつまれて、慎重に粉を量り、加えていく。生地をこねるあいだは、心を自由に遊ばせる。作業台の上では、最初はべたべたしていた生地も、この手でひとこねするたびにしなやかになっていく。そして、パンが焼けるにつれ、台所にはナッツのような甘い香りが広がった。

イーストを加えたはちみつの香り、オートミールの全粒粉の香りはわかった。もしかしたら、この香りも完全には把握できていないのかもしれない。だけど、これでも十分、温かい気分にはなれる。肺が破裂するほど吸いこんだ。

その日の夕食は友人のベンの自宅に招待されていたので、できたてのパンを持っていった。シェフ志望のベンは、ふだんの夜はアップタウンの最高級レストランで働いていて、わたしとは食について語り合う仲間だった。ベンの恋人のフィリッサもまじえ、三人でよく料理をしては食べていた。ふたりが住む部屋の食卓で、わたしたちは鴨肉のバターソテーに、きめ細かで薄いバジルのパンケーキに、家で手ずから塩漬けにした鮭にかぶりついた。そば粉のクレープもあれば、ウイキョウのサラダもあれば、こんがりと揚げてかりかりの砂糖がけで包んだシナモンドーナツもあった。でもなによりも、笑い声があり、友情があった。ベンとフィリッサの食卓で、わたしは新しくとり戻したばかりの香味に意識を集中した。そして、自分にはまだ全部の味はわかっていないのだろうなと思いながらも、そもそも自分がなぜ料理を大切にしたのかを思い出した。食卓という場所は人を集めるから、陽気にするから、親しくさせるから。そういえばそうだった。食べものが人の糧となるのは、決して味や香りだけの力ではない。香りは楽しいと強くなり、友の存在によって生気を帯びるのだった。

あるとき、ベンが「ぼくらはもっとおおぜいに食べさせなきゃなあ」と言いだした。「お店みたいに、だけど、おうちで」

わたしはバジルのパンケーキにかぶりついた。夏の味、ハーブの味がした。

「あなた、やるべきよ」わたしはフォークをふり回した。「だって、おいしいもの。これなんか最高だし」

「ぼくじゃなくて、ぼくらが、だよ」とベンが指さしたのは、わたしのパンの残骸だった。できた当初は分厚いブロンズ色の皮につつまれ、中身は気泡がたっぷりでふわふわだったやつだ。「モリーはパンとお菓子をやればいい」

わたしは目を見開いてベンを見た。料理はひっきりなしに味見をしなくてはならないから、まだお客に出す勇気がないが、パンなら安心だった。嗅覚が完全に戻っていなくても、正確さと根気さえあればいい。でも、友だち以外の人にまで食べさせる自信があるだろうか。

「まじな話さ、ぼくらは作るのが好きだし、人に食べさせるのも好きだろ。この家で、かぎられた仲間だけを相手に小さなレストランをやったらどうだろう？　ディナーパーティーと同じで、ただ人数が多いだけ。個人の家で、食べることが大好きな連中だけの実験ってわけさ」

ベンはすっかり気が乗っているようだ。手作りレストランですって？　わたしは笑顔になった。おもしろいじゃない。

それから一か月後、わたしは朝の六時に起きた。うっすら黄色い朝の光が台所の窓からようやくさしこみはじめるころには、腕は粉にまみれ、オーブンは生地でいっぱいになっていた。ミキサーも出番を待っているし、やかんから吹きだす湯気で、近くの窓ガラスがぼんやりくもっている。前夜から冷蔵庫のなかで発酵させておいたフォカッチャの生地もテーブルに出して、表面に指でくぼみをつけ、オリーブオイルとローズマリーをたっぷりふりかけてある。あとは焼くだけだ。

わたしはてきぱきと、無言で動き回った。ベンの部屋に着く約束の正午までに、パンを一二斤焼かなくてはならない。今日は「夕食クラブ」の第一回を主催する日なのだ。やることは山ほどある。

ベンとわたしが友人や知人にEメールを出したのは、あの話が出た直後のことだ。反響は驚くほどだった。食べるという行為のもつ、人を結びつける力を愛しているのは、わたしたちだけではなかったらしい。友に囲まれるという栄養、だれかの家のくつろぎを愛しているのも、わたしたちだけではなかったのだ。われらが第一回「アンダーグラウンド」ディナー――五品のコースにわたしの焼きたてパンと手作りデザートつき――の定員は二八人と決まった。これだけの大仕事、うまくこなせるからしら？

わたしたちは一週間かけて準備をした。ベンはさまざまなだし汁を試作し、スープを試作する一方で、野菜のピクルスを漬けた。バッファローにしようかビーフにしようか、鱒にしようかまぐろにしようか、と迷った。コーングリッツのお粥か、リゾットか。アミガサタケか、成熟してかさの開いたマッシュルームか。わたしも、仕事から帰るたびにラズベリーのゼリーを、ピリ辛ビスコッティを、生姜のクッキーを、ショートブレッドを試作した。アイスクリームのベースは、ほろ酔いかげんの金曜日に作った。イタリアのパンによく使われる「ビガ」というパン種をいくつものプラスチック容器に保存していたら、冷蔵庫は容器だらけになってしまった。結局デザートは、一人前ずつ別々に焼くチョコレートケーキに決めた。スプーンを突きたてるとなかから溶けたダークチョコレートが流れだす。焼きたてのケーキにキャラメルアイスクリームを添え、てっぺんにほんのわずかの塩を散らす。熱さと冷たさ、塩味と甘味。においがわかる人も、わからない人も楽しめる。

その日の作業場になるのはブルックリンにある三DKで、広くはないが開放的な部屋だった。着いてみるともう、鮮やかな黄緑色をした豌豆《えんどう》のスープが煮えるにおいがしていた。草色のアスパラガスと、テーブルに置かれた、むいて房に分けてあるオレンジのにおいもしている。大きなショッピングバッグに詰めて山ほど持ってきたパンのなかから、ひとつを試食してみた。ひび割れた表面はぱりぱりと音をたてる。皮も中身も上々だ。これほど自信をもてたのは数年ぶりだった。

「さあいくぞ」とベンが言う。ある人はひとりで、ある人はカップルで、とお客がぽつぽつ集まりはじめた七時ごろのことだった。みんなわたしたちの友だちか、友だちの友だちだ。ティーンエイジャーもいればお祖母さんもいる。ダンサーに作家、ビジネスマンに銀行家、同じ会社に勤める同僚たちにお笑い芸人。みんなはワインのボトルをたずさえて食堂に集まってきた。ベンとわたしは目隠しがわりにつるしたタペストリーの後ろ、狭い台所に閉じこもって最後の準備をする。背景では、みんなの笑い声やグラスのふれ合う音が聞こえている。アドレナリンが全身をかけめぐった。開店直後のクレイギーストリート・ビストロを思い出す。モーズが自分の持ち場に立ち、包丁を構え、わざと静かに最初の注文を待っていた時間だ。

「いくわよ」とわたしは言った。

わたしたちは数ある作業を全力で駆けぬけた――帆立貝をあぶり、肉を焼き、ナッツたっぷりの茶色いロメスコソースをよそい、アスパラガスを茹でた。うつ伏せに倒した本棚の背板に、前日にパーティー業者から借りておいた厚手の白い皿をならべ、背中を丸めて料理を盛りつけていった。せまい空間に、オーブンのほてりに、止むことのないスピードへの欲求に、モーズのかくれ家を思いだした。お客のおしゃべりとお皿の音のくぐもった響きを背に、目の前の焼き音と焼き色に、蒸しかげんと茹でかげんに集中した。オーブンの発する熱も、鍋やフライパンをつかむ一瞬の熱さも、笑顔の客に料理を運ぶときの皿の重さも感じることができた。息を吸い、吐いた——嗅ぎ、触り、働いた。時間は飛んでいく。

コースの最後に、みんなが熱々のミニ耐熱容器にスプーンを突きたてる瞬間を、わたしは見ていなかった。見るかわりに、台所に立って耳をかたむけていた。反応が待ちどおしい。スプーンが皿にあたる音のほかに、早くなにか聞こえないだろうか。

部屋は静かだった。ひどく静かだった。

「静かすぎない?」とベンにきいてみる。

「いんや」と、ベンは外をのぞき、見回して言った。「顔が笑ってる。器もぴかぴかだ」

オ

リヴァー・サックスと待ち合わせたのは、マンハッタンはウエストビレッジの伝説的な店、赤い日よけが鮮やかなコーネリア・ストリート・カフェの前の舗道で、それはサックスからの返事が届いて数週間後のことだった。八月の末に厚手の封筒で届いたその手紙は、郵便受けのなかで、請求書や雑誌のあいだにはさまっていた。玄関先の階段で封筒を破ると、入っていたのは便箋二枚にわたる、クモが這うような走り書きだった。サックスはわたしの鼻に興味をもっていた。わたしに会いたがっている。

夏の終わりのしのぎやすい夕方、指定された時間にカフェに着いた。ひりつくほどの期待でいっぱいだった。カフェに通じる舗道を、わたしはさまざまな街のにおいを嗅ぎながら進んだ。煙、ごみ、ひと吹きの甘い空気。自分が大切な場へむかっていることはわかっていた。だってわたしは、恐怖にうち勝って、人に助けを求めたのだ。しかも、その願いはききとどけられた。わたしは嗅覚について学ぶための、スタート地点へむかっている。サックスなら、なにが起きたのか言い当てられるだろう。これからどうなるのかもわかるだろう。そして、わたしに教えてくれるだろう。だって、彼の書く本はそれをしているではないか。それに、手紙をくれたではないか。

サックスは舗道に立っていた。長年の助手でもあり編集者でもあるケイト・エドガーといっしょで、手にはシート用クッションを提げている。やさしい丸顔で、濃いひげは灰色をしている。よく見ると、着ている水色のTシャツは、コロンビア大学のものだった。サックスはつい先だって、この大学で「アーティスト」という地位に任じられたばかりだ。胸に大きく印刷された校章にはくっきりとたたみじわがついていて、まるで袋から出したばかりのように見えた。

わたしは近づくと自己紹介した。「モリーです」と言って、顔いっぱいの笑顔で握手をする。サックスも笑みを返してくれた。わたしは「お招きありがとうございます」と言った。

「こちらこそ」というサックスは七五歳で、穏やかなイギリスの発音で話す。ロンドン生まれの彼がニューヨークにきたのは一九六五年、ブロンクスにあるベス・アブラハム病院で顧問として働くためだった。そこで彼は、のちにその著書『レナードの朝』の主題となるパーキンソン患者たちに出会う。この本はさらに、ロビン・ウィリアムズとロバート・デ・ニーロの主演で映画にもなった。

わたしはなんと言っていいかわからず、黙ってふたりのあとについてカフェの地下室へ通じる階段をおりた。今日はみんなで、トークイベントを見にきたのだ。このカフェでときおり開かれている「たのしい科学」というシリーズで、サックスが手紙で知らせてくれたものだった。この日の催しは「香りと

感覚　あなたの鼻はいかにして知るか」。手紙には「あなたの参考になるかもしれません」と書かれていた。

わたしたちは縦に一列になって階段をおりた。踊り場で曲がるとき、サックスはちらりとこちらをふり返った。「そのう、あなたのお手紙にはおおいに興味をひかれましたよ」声は小さくて、ややどもり気味の口調だ。そういえば以前、ナショナルパブリックラジオのインタビューで、自分はあんまり内気でまいってしまうほどなのだと語っていたっけ。

「嗅覚と関係のある仕事はまったくしていないのだけれど」彼はふりむくと、わたしの頭上を見て目を細めた。もしかして、わたしの視線を避けているんだろうか。「でも、嗅覚というのはじつにおもしろい」

わたしはにわかに寒さを感じた。なんて無とんちゃくな言葉だろう。わたしが求めているのは「じつにおもしろい」なんて話じゃない。この人は知らないの？

地下室に着くと、サックスは壁ぎわに陣どり、持参のクッションを敷いて座った。暗くてやかましい部屋の雰囲気に、いくぶん気圧《けお》されているようにも見える。まわりの観客の話し声はどんどん騒がしくなるし、となりとの距離もつまってくる。わたしに話すのに、サックスはテーブルの上に身をのりだした。その声は小さくて、わたしは自分の返事が聞こえるようにと、どなるような大声をだした。サックスが言うには、わたしの手紙にこれほど興味をひかれたのは、自分自身も、片目の視力がここ数か月で急激に落ちているからだそうだ。ときには、実際にはないものが見えることもある。パイナップル、海の生きもの、草のなかに咲きみだれる花のようにうねる曲線。われわれはともに喪失の物語を生きる者どうしなのですよ、と彼は暗に語っているように思えた。自分のまわりの世界を変えてしまうような、喪失の物語を。

赤いブラウスにスラックス姿の中年の女性が近づいてきた。「すみません、わたし、先生のご本にとても感激したんです。それだけお伝えしたくて」と、喧騒のなか、女性は大声であいさつした。

サックスは奥ゆかしくほほえんだ。「ありがとう」

照明が落とされ、わたしはなにか言わなくてはと思った。でもなにも思いつかない。この人にもわからないんだ、というフレーズが頭のなかにこだまする。最初の発表者が階段をのぼった。サックスがまたもやわたしのほうへ身をのりだしたかと思うと、「これは」と手で示して、「おもしろいはずだよ」と言った。スポットライトが舞台を照らす。この人にもわからないんだ。

最初に話をしたのはスチュアート・ファイアスタイン、コロンビア大学で生物学を教える教授で、においの科学者だった。次がクリストフ・ローダミール、インターナショナル・フレーバー・アンド・フレグランス社でもトップの調香師だった。ふたりとも、テーマは鼻という器官の複雑さとすばらしさだった。ファイアスタインは神経の立場からみた鼻孔、鼻腔、副鼻腔の構造について語った。ローダミールは香料の化学的な構造を説明し、香水の魅力は生得的なものだと説いた。いずれの話にも、「謎」という言葉が紙ふぶきよろしくそこここに散っていた。

においというテーマについて専門家が話すのを聞くなんて、初めてだった。においについて学ぼうと集まった人びとのただなかに座るのも初めてだった。わたしは熱心に聞きいり、専門家にもわからないことがこんなにあると知って驚いた。照明が暗くなると同時にカチンと芯を出しておいたボールペンで、ノートに走り書きのメモをした。この地下室の薄暗がりのなかでは、自分の文字などひとつも見えなかったのだが。目は発表者の背後でふわふわ動くパワーポイントに釘づけで、いきなり大量にとび出したデータや知識に圧倒されていた。自分の無知にぬくぬくと守られていたのに、知識はその隠れ家を激しく攻撃してくる。

においについてはずいぶん前から考えていながら、わたしは嗅覚受容体がなんのためにあるのか知らなかった。においの知覚が遺伝子で決まるなんて、少しも知らなかった。アクセルとバックという人名も、初めて耳にする。でも、サックスがいてくれると思うと気分が落ちつくのだった。この人も知らない。でも、専門家の人たちだって知らない——わたしが知りたいようなことは。もしかしたらわたし、これからは自力でなんとかするしかないのかも。

レクチャーも終盤という段になって、ローダミールは観客に、自分が一から作ったという香水のサンプルを配った。香水といっても特殊なもので、デパートでふつうに売っているようなのとはちがう。彼がここのところとりくんでいたシリーズものの香水は、先だって映画にもなった、ドイツの作家パトリック・ジュースキントのベストセラー小説、『香水　ある人殺しの物語』の世界をもとにしているという。この小説は一八世紀のフランスを舞台にした、陰謀と殺人と謎解きの物語だ。主人公はグルヌイユという男で、生まれつき体臭がなかったが、人間ばなれした鋭い嗅覚をもっていた。ローダミールは物語のなかのさまざまなシーンをテーマにした香りを作った。主人公が隠れていた洞窟のにおいは、石とコケと寒さの湿ったにおいだ。主人公が作中で再現してみせる、当時大流行の香水「アモールとプシケー」も作ったし、グルヌイユに異様なまでの陶酔をもたらした処女の体臭も作った。おもしろがってくすくす笑う聴衆も多いなか、ローダミールは、この香水を作るには、ミッドタウンの実験室で本物の処女のへそから採集し、テストし、確定した化学的情報を使用していますと説明した。白く小さな紙片がいくつも客席に回され、わたしたちは念入りににおいを嗅いだ。これらの香りは会場全体をぼんやりと甘ったるく覆っていたが、その細かいニュアンスは、もう少しというところでわたしには知覚できなかった。音が出るほど吸っては吐いたが、不安だったし、自分が場ちがいなところにいるような気になってしまった。そんなわたしにもはっきりわかったサンプルはひとつ、「パリ一七三八」というものだった。この香水は、ジュースキントが作品の冒頭で描写した、グルヌイユが生きたパリの街角の悪臭に満ちた繁栄をしのばせるものだという。パリの道は下水でぬかるみ、濡れた石が腐臭を放っていた。このサンプルは汗と汚れとむかつきのにおいがして、そこにカシスとオースト香のする化合物ピラジンが渦を巻いて絡みついている。ローダミールがこのサンプルを配ったときの、まわりの人たちの表情をわたしはずっと見ていた。みんなが身じろぎしながらあげる、驚きのあえぎ声も聞いた。不快でありながら、同時にうっとりしてもいる声だ。

すっかり夜になってカフェを出ると、サックスとわたしは店の外の混雑した舗道で握手をした。いまのレクチャーの感想を少し話し、今後も連絡をとり合う約束をした。わたしは地下鉄の駅へむかって歩きだした。かすかに消え残った夕方の光も、まばゆい車のライトやネオンサインにかき消されていくところだった。歩きながら考えた。サックスのことと、においのこと。科学と、科学のかかえる謎のこと。科学を追求する人びとと、彼らの動機のこと。そして、自分は次になにをすべきだろうかと考えた。

二〇〇七年秋、わたしは大学院に進んだ。一年かけて、ジャーナリズムの分野で修士号をとる予定だった。わたしの秋は、片手で持てる上綴じの縦形ノートとシャープペンシル、新しい知人に新しい友人、ブルックリンから学校までの長い地下鉄通学で読んでも読んでも次が補充される課題図書とともにおとずれた。突然の過密スケジュールに、くたくたに疲れるようになった。やりがいも感じ、やる気も刺激された。

そうしたらなんと、鼻までが大暴れをはじめた。

かつかつとヒールを鳴らしてわたしを追いこしていった女性のつけている、かすかにクローブの入った香水がわかった。ジムにいけば、ずっと向こうにあるプールからただよってくる塩素のにおいを感じてしまう。じゅうたんのようにぼってりとして、サマーキャンプの記憶のせいで冴えないにおいだ。ある朝、朝食のトーストのしたくをしようと冷蔵庫からバターを出したときは、バターってこんなに甘いクリームと塩の香りを放っていたのかと信じられない思いで、しばらく手に持ったまま立ちつくした。

わたしの鼻はいきなり、大量の情報を、しかもすばやくキャッチするようになった。おかげで集中をさまたげられることさえあった。取材の実習で南ブロンクスのハンツ・ポイントに行ったときも、水辺の近くに腰をおろしたはいいが、汽水のにおいにむかむかして、気がついたら口で呼吸をしていた。毎晩、ルームメイトが共用の台所でキャットフードの缶を開けると、その許しがたい悪臭のこと以外、なにも考えられなくなった。報道の倫理についての講義で習ったことは、シャワーを浴びたばかりらしいとなりの席の男性がつけている消臭剤によってぬりつぶされてしまった。

この二か月で、それまでの二年よりたくさんのにおいが戻ってきた。まるきり新しいにおいばかりというわけではない。最初の秋から冬に、突然わかったときとはくらべものにならない。でも、今度のにおいのほうが濃くて、強烈だった。襲いかかるように、乱暴に現れるのだ。デイヴィッドと別れた後の数か月とはまさに正反対だった。「いまは幸せだからよ」と、母への電話では言った。

九月のある日曜の朝にバスルームを片づけていて、掃除用洗剤のにおい——シャープで痛い、すり傷にレモンジュースがかかるようなにおい――を吸いこんだときも幸せだった。ユニオンスクエアのベンチで本を読もうとしているのに、近くにいた女の人が厚紙の容器から勢いよくほおばる娼婦風《プッタネスカ》スパゲティのスパイシーな香りがじゃまで、ひとことも理解できなかったときも幸せだった。そして、マットに出会ったときも、幸せだった。

マットを紹介されたのは、大学院が始まって二週間めの終わりだった。それから一年、金曜の午後といえばたいていそうだったのだが、その金曜の午後にも、おおぜいのクラスメートがいつものバーに集まっていた。早い時間だけ割引きになるビールを片手に、たがいに交流する時間だった。

初めて見たときのマットは、一〇八丁目のパブの前の舗道に、同級生数人にまじって立ち、ほの暗い夕方の光のなかで談笑していた。茶色がかった金髪を短く刈っていて、ベージュのボタンダウンシャツにジーンズ姿。みんなのなかではいくぶん後ろに引っこみがちで、ハンサムで、飾りけのない感じだった。

わたしは彼のいたグループに加わった。みんなが交替で、知っている人を手みじかに紹介していく。マットがわたしの視線をとらえると、わたしはほほえんだ。

ほどなくわたしたちはぽつりぽつりと店のなかへと移動し、おおぜいの客とホップの味、煙のにおいにのみこまれた。騒ぎのなか、わたしも一度はマットを見失ってしまった。

ところが後になって、新しく知り合っただれかが、部屋の反対側にいたマットを指さした。マットはカウンターにもたれて、わたしが知らないおおぜいの人たちにむかってなにかを話していた。

「彼ね、戦争にいってたんだって」彼女の声は、ないしょ話といえども大声だった。

「ほんと?」

彼をちらっと観察してみた。興味がわいてきたのだ。この国はもう何年も前から戦争をしている。新聞でも毎日、戦争の話を読んでいる。でもわたしはまだ、軍隊の経験者と知り合いになったことがない。「イラクに行ってたって、だれかが言ってた」と、彼女はつけ足した。

イラクだなんて、なかなか想像がつかなかった。

それから数週間後、別のパーティーでもいっしょになったので、本人に直接きいてみた。そこはクイーンズのとあるビヤガーデンで、わたしたちは屋外のテーブルに陣どり、ピッチャーで頼んだブルックリン・ラガーを飲みながら、クラスメートや友人たちにまじっておしゃべりをしていた。マットとは話しやすくて、ふたりの会話はすぐにうちとけた調子になった。ジャーナリズムの話、ニューヨークの話、過去に行った旅行の話、そして将来の計画。朝ごはんにチョコアイスクリームを食べちゃってさ、とも、後ろめたそうに笑いながら話してくれた。「ぼくも、なくしてた感覚をとり戻すようなことがあったら、まっ先にわかるようになるものがチョコレートであってほしいなあ」とも言っていた。

ニューオリンズにいる彼の家族の話もしたし、一八歳で軍隊に入ろうと決意したときの話もした。それからイラクでの戦争、マットの人生を決定づけるできごとでありながら、わたしの人生とは無縁だった戦争の話もした。彼はわたしに、二回にわたる一年間の任務で体験した砂漠の熱さ、砂の上にゆらめくかげろうについて語ってくれた。慌ただしいのは数時間で、待ち時間は何日もつづくこと、戦車のこと、制服のこと、故郷から届く慰問袋のことを語ってくれた。わたしは身をのり出して聞いていた。彼の吐く息にふくまれるアルコールと、泡のたつような石鹸のにおいが感じられた。

彼がキスしてくれたのは地下鉄タイムズスクエア駅のホームの上、ふたりがそれぞれの家へむかう別々の列車を待っているときのことだった。彼の皮膚のにおいがわかった。アフターシェーブの香りがして暖かく、かすかな汗のにおいもしていた。息のにおいも感じた。この日はシナモンのガムのスパイシーな香りがまざっていた。キスの味は彼の口の熱と、わたしのリップグロスのキャンディー味だった。キスの合間に息つぎをしたら、鼻と鼻が軽くふれ合った。彼のてのひらは、わたしの後頭部にそっとあたっていた。

自分の嗅覚が情緒の状態と深くつながっているという確信はあった。落ちこんでいるときは、においの知覚も、ステレオのボリュームを絞ったみたいにかすかになる。陽気なときは、新しい、はっきりしたにおいが次々と姿を現すものだから、ますます興奮し、敏感になる。まるで世界の色彩が急に誇張されたように感じられる。それはたしかなのだが、理由が皆目わからない。サックス博士といっしょに行った講演会に出ていた専門家たちも、説明してはくれなかった。説明できる人はほんとうにいるのだろうか。わかるのはただ、自分の内なる風景がおもしろくてたまらないこと、激しくつき動かされ、調べたくなってしまうということだけだ。

においと感情に関係があることは古くから知られていた。古代ギリシャで哲学者たちが活躍した時代よりもさらに古い。パトリシア・デービスの『アロマテラピー事典』によれば、それは煙から始まった。「低木や高木の枝が火の中に投じられたとき——最初は燃料をつぎたすためだけに——その枝から発する煙と芳香が、人びとを眠くさせたり、幸せに感じさせたり、興奮させたり、場合によっては「超自然的」な経験をさせたりすることもあったでしょう」という。「患者を『煙でいぶす』ことは、医学のもっとも初期の形態の一つでした。そして宗教と医学はおたがいに緊密な関係にありましたので、特別な煙を使うことはまた、原始的なあらゆる宗教の一部にもなりました」古代エジプトでは、遺体に防腐処理をほどこし、故人を死後の世界へ送るためにシダーなど香りのよい植物を漬けこんだ精油が使われていた。香りは精神性や神々に匹敵する扱いを受けていたのだ。古代ギリシャ、古代ローマの人びとも大量の香水を使い、なかでも花の香りが優雅さと結びついていた。ギリシャ神話のなかでは、香水は神々が発明したことになっている。こんにちでも、気分を調節する手段としての香りは、マッサージ屋さんから百貨店、自信満々な香水の宣伝文句にいたるまで、あらゆる場所にみられる。たとえば、ウェスティンホテルチェーンは二〇〇六年から、客に心の安らぎを与えようと、ロビーにホワイトティーの香りを放出している。

わたし自身も、カモミールとアーモンドの香りを使ったプロのマッサージでくつろいだ気分になった経験がある。一六歳でネパール旅行をしたときには、頭上でお香の煙がものうく渦を巻く寺院で腰をおろして、意識は冴えているのにどこまでも静かな心持ちになったこともあった。ケーキの焼き上がるにおいがすれば、どこにいようと安全な自宅にいるように快活な気分になってしまう。でも、これらの香りはひそかに意識へ忍びこんで、わたしに無断で感情をいじっているのだろうか？　そのしくみは？　科学者も素人も、これまでおおぜいが抱いてきた疑問だ。

アロマセラピーの科学的妥当性は、ひいき目にみてもたよりないものだ。精油を皮膚につけて身体に生理的変化が起こりうるという研究結果はあるものの、オレンジの香りを吸入して身体が元気になる、ばらでストレスが除かれるなどの主張に科学的根拠はほとんどない。ただし、だからといって、においと情動がつながっていないということにはならない。

においと記憶の結びつきと同様、情動との結びつきも脳の構造に根ざしている。嗅覚系は、記憶と情動を処理する扁桃体とも、ほかのさまざまな役割とともに反射も司る視床下部とも、すぐとなりあっている。脳の活動のようすを調べるには、fMRIという方法で血流の変化をていねいに記録して画像化するのだが、嗅覚心理学者のレイチェル・ハーツはこのfMRIを使った実験の結果を見ていたところ、においをきっかけに記憶を思い出したときだけは、ほかの感覚をきっかけに思い出したときにくらべ、扁桃体――ヒトの脳における感情の泉だ――が活発に活動することに気がついた。また、とくに思い入れのないにおいを嗅いでいるときにくらべ、個人的に大切なできごとと結びついたにおいを嗅いでいるときのほうが、扁桃体はさかんに働いていた。

表面的には、そう説明の難しい話ではない。においと記憶の関係でも出てきた、同じ説明が通用する――学習の力だ。ハーツが『あなたはなぜあの人の「におい」に魅かれるのか』のなかで述べているように、「芳香（アロマ）は嗅ぐ人が学習した関連性を呼び起こすことから、その治療的なマジックを起動させます」というわけだ。そして、やはり記憶の場合と同様、「この学習された関連性とは、実際に情動的、身体的な影響を及ぼすことから、転じてムードと思考、行動、一般的な健康観に影響を及ぼすのです。ラベンターの香りはリラックスを促し、ペパーミントを嗅ぐと活力が戻ってきます。それはこれらの芳香には嗅ぐことをきっかけとして思い出す、すでに取得された情動的な関連性があるからなのです。私たちはバラの香りが『良く』て、スカンクのにおいが『悪い』と学習したのと同様に、ラベンダーに結びつく情動的な関連性がリラックスであることを『学習』しています」という。

においと感情について、ハーツは数々の実験をおこなっている。たとえば二〇〇四年に発表された研究では、嗅覚をきっかけに想起した記憶を、視覚、聴覚、触覚、それに単語をきっかけに想起した記憶と比較した。場所はワシントンDCのスミソニアン協会。七歳から七九歳までの七〇人に、「ポップコーン」「刈ったばかりの芝生」「キャンプファイア」という三種類の単語を聞いてもらい、それぞれにまつわる個人的な記憶をひとつずつ思い出してもらった。このときに、三つの記憶について、どれくらい強い感情をともなうものか、どれくらい鮮明な記憶か、簡単に思い出すものかどうか、特定の場面やできごとに結びつくかどうか、などの項目について採点してもらっておく。それからあらためて三つのアイテムを、今度はさまざまな感覚情報として呈示する。たとえばポップコーンなら、最初は容器から白いポップコーンがあふれ出すアニメーションで、次にコーンのはじける音で、最後にバターたっぷりのできたてポップコーンのにおいで、というぐあいだ。参加者たちは、それぞれの刺激を受けるたびに同じ記憶を想起し、最初と同じ基準で採点をくり返す。その結果、においを使ったときは、映像や音を使った場合にくらべ、感情の強さと思い出しやすさにおいて明らかにまさっていた。においと結びついた思い出は強く迫ってくるのだ。

においと情動には、もっと具体的な結びつきもあるかもしれない。においには気分を変える力がある。ウィリアム・レッドとシャロン・マンは一九九三年、がんの疑いで来院した患者がＭＲＩを受ける部屋に、バニラに香りの似たヘリオトロピンという物質を放出させてみた。患者たちは閉所恐怖症になりそうな空間に閉じこめられ、がんかもしれないという不安と闘いながら、独りぼっちで横たわることになる。試してみると、香りを嗅いだ群の患者たちの自己申告では、いつもどおりに加湿しただけの空気を吸った群にくらべ、不安が軽くなっていた。そもそもバニラからの連想でもっともポピュラーなのは、菓子の焼き上がる場面だろう。お菓子作り、デザートの時間、実家。それがくつろぎの効果をもたらしたのだ。

反対方向の作用もある。レンセラー工科大学で経営心理学を研究するロバート・バロン教授は一九九七年、ニューヨーク州北部地方のとあるショッピングセンターで調査をおこない、ミセスフィールズ・

クッキー、シナボン、コーヒー・ビーナリーなど、「心地のよい」香りがバックに漂う場所でのほうが、買物客が他人の落としたペンを拾ったり、細かい釣り銭を寄付したりといった行動が多くなることを発見した。また、二〇〇九年にライス大学の心理学者、デニーズ・チェンとウェン・ジョウが発表した論文によれば、嗅覚の能力が高い人のほうが、人の感情にまつわるスキルも高いのだという。この実験では、女子大生たちにルームメイトの着たシャツと未知の人の着たシャツとを嗅いでもらい、においだけでどちらがどちらか判別してもらった。この課題に合格した学生の方が、感情に気づくテスト、表情と感情を結びつけるテストのいずれも点数が高かった。嗅覚が優れていると、共感能力も発達するということなのだろうか。

一方で、においに対する情動の反応には、だまされやすい面もある。場所やタイミング、もともとの気分などによって変化を受けやすいのだ。意味を教えられたり、ほのめかされたりすることでにおいの知覚がどれほど変わるかについては、いくつもの研究が重ねられている。一九九〇年、モネル化学感覚研究所のスーザン・ナスコーらの実験では、参加者たちを部屋に入れ、この部屋には「良いにおい」「悪いにおい」「どちらでもないにおい」がしていますと告げた。部屋は実際には無臭だったが、参加者に自己採点してもらった機嫌や体調のよしあしは、部屋に漂っていると思いこまされたにおいのよしあしと連動していることがわかった。良いにおいがしているとだまされたグループの参加者の方が陽気な気分を申告したし、偽の悪臭にさらされた参加者は身体的な症状をたくさん訴えた。前後関係をいじるだけでいい。

ハーツも説明してくれた。「においに対して即時に反応するのは感情ですが、この反応は、においの正体がわかっていなくても起こります。大好きなにおいとか大嫌いなにおいである必要はない。知らないにおいに好奇心を刺激されるとか、不審を抱くとかいうのだって反応です。どこかのレベルで情動が揺り動かされてるわけですからね。過去の経験や解釈、文脈なんかに左右されるのは、好き嫌いの評価にかかわる部分ですね」

においと感情の関連はおもしろくて、ちゃんと知りたくなった。陽気な日にはにおいがよくわかり、落ちこむとかすむのはなぜだろう？

両者に関係があると気づいてから何年もたった八月のある蒸し暑い午前中、わたしはロードアイランド州プロビデンスの小さなカフェ「ティーラックス」でハーツを待っていた。ハーツは二〇〇〇年からブラウン大学で教えていて、わたしも講義に出ていたことがある。つかの間ではあったが、母と同じ心理療法士になるという夢に燃えていたころのことだった。いまでも思い出す。背もたれが硬くて座り心地の悪い大教室の椅子。気の抜けたコーヒーと蒸れた足のにおいが立ちこめた、かび臭い教室。春、最終試験の直前になって季節性アレルギーがピークに達し、鼻も詰まり、頭もかすんでしまったこと。先生がにおいについて、そして、においと子どもの発達の関係について講義していた日のことも覚えている。それまで鼻のことなど深く考えたことのなかったわたしは、この若い先生がそんなテーマにこれほどの情熱を傾けているのを奇異に感じていたものだった。

「わたしはスカンクのにおいが大好きなんですよ」と先生が言っていたのは、学習の重要性を説明していたときだった。「状況が許すなら、香水としてつけてたでしょうね」

ティーラウンジで注文したのはクレーム・ド・ラ・アールグレイ。茶葉に青い花びらを混ぜ、かすかにクリームの香りをつけた甘いフレーバーティーだ。その香り――砂糖を焦がした、カラメルの香り――は以前なら、不安をかかえて勉強していた時間、黒くて堅いカウンターテーブルに読み終えていない教科書を積み上げ、背中を丸めて読んだ時間と内臓感覚で結びついていたものだ。マグをかかえて吸いこんでみる。いまではすてきな、やさしい、ケーキのような香りがする。飲むデザートだ。

数分でハーツが入ってきた。キャリアの大半をにおいと心理の関係に捧げてきたこの人に、わたしは率直に質問した。気分の明るいときのほうがたくさんのにおいがわかったし、強く感じました。なぜですか？

「においと感情の関係はほかに類を見ないものだし、とにかくものすごいのひと言です」そう言ってハーツは、自身で「抑うつ—嗅覚ループ」と名づけ、『あなたはなぜあの人の「におい」に魅かれるのか』で初めて述べた仮説について解説してくれた。うつ病と診断されている患者の嗅覚が鈍くなっていることは、すでに数えきれないほどの研究で確認されている。一方、わたし自身もいやというほど思い知ったことだが、アノスミアの人にもうつ状態は多い。当然、両者には相関がある。「そこをわたしは、この二つがたがいにフィードバックするシステムがあるんじゃないかと考えたわけです」

嗅覚を失うと抑うつに襲われるのは、それまでつねに扁桃体を通過していた鼻からの情報が消えてしまうからではないかというのだ。影響は心身両面におよび、時間の経過とともにどんどん悪化しかねない。たとえば、デューク大学のスーザン・シフマンが調べたところでは、加齢とともに嗅覚が衰えた高齢者にはうつ状態が多いし、なかには栄養失調に陥る人さえいるという。

この関係の逆もある。うつ状態にあるときは扁桃体が正常に機能していない。脳の組み立てとはじつに緻密なものだけに、扁桃体の異常が嗅覚系に影響しかねない。ドイツの科学者ベッティーナ・パウゼが二〇〇一年に発見したことだが、うつ病の診断を受けている被験者たちは、健康な被験者たちにくらべて嗅覚がひどく低下していた。ところが、治療が成功してからテストをやり直すと、元患者たちの成績は目立って向上したのだった。扁桃体と嗅覚系の関係は目を見張るほどだとハーツは言う。パウゼは先の研究の報告、「大うつ病患者における嗅覚能力の減退現象」のなかで、「そのことから、うつ病患者にみられる嗅球の機能異常は、嗅覚機能の低下のみならず、扁桃体の脱抑制を介して、悲哀や恐怖の悪化の原因にもなるのではないかと考える」と記している。

ハーツも「これはまだまだ仮説の段階だし、頭のなかで考えたものでしかないんですけどね」と断ってはいる。それでも彼女は、嗅覚を失った後で重いうつ状態に陥った人びともみてきたし、うつ病の患者が嗅覚を失うのもみてきただけに、そこにはなんらかのループがあるはずだと言う。

わたしにとっては、納得のいく話だった。

九

月、わたしたちはブルックリンのプロスペクト公園で、バーベキューグリルから煙のにおいがただよってくるなか、まっ赤な凧をあげる子どもたちをよけながら散歩した。一〇月には車でハドソン川ぞいを五〇マイルさかのぼり、ウエストポイントの陸軍士官学校を訪れた。マットが大学課程を卒業して五年になるので、その同窓会だったのだ。その日は、制服もこざっぱりと、真剣な面持ちの候補生たちのパレードを見物し、フットボール場のスタンドでは色の淡いエールを飲みながら、日が暮れるまで陸軍対チューレーン大学の試合に声援をおくった。一一月にはバスでボストンへ行き、わたしの家族と感謝祭の食卓を囲み、シャンパンで乾杯をした。わが家は七面鳥のローストとかぼちゃのパイの、いかにもおなかのふくれそうな香りでいっぱいだった。

一二月のある月曜の晩、わたしたちは腕をくみ、寒さで鼻をまっ赤にしてマンハッタンのダウンタウンを散歩していた。昼の光は薄れてきて、ウエストビレッジじゅうの商店の窓の灯が輝きはじめるころだった。わたしたちはクリストファー通りのコーヒー専門店に入った。黒光りする木造りの店は、麻袋やらガラスケース入りの茶葉やら、炒りたてのつややかなコーヒー豆やらがいっぱいで、ココアとコーヒーの香りでむせ返るようだった。その濃厚な香りは、指をすべらせれば空気に溝でも彫れそうだった。「毎日、さぞ出勤が楽しみでしょうね」マットは大きく息を吸いこむと、カウンターの男性に声をかけた。「これだけいいにおいだもの」

店員はわたしたちの豆を挽きながらにっこりとほほえんだ。

「この仕事は大好きですが、においがいいからではないんです。わたしどもはもう、香りがわからなくなってるものですから。人間、なんにでも慣れるものでしてね。勤めだして一週間もしたら、香りは感じなくなってしまうんです」

店を出ると、角を曲がってブリーカー通りを南へ進んだ。曲がり角では、茶色い厚手のコートを着た男の人が、飾りのついていないクリスマスツリーを一本、これから持ち帰るカップルのために網で包装していた。赤いリボンのついた松の枝の飾りものが積みあげられ、森のようになっている横も通りすぎた。わたしは深呼吸をした。新しいにおいだ。

「このにおい、わかるの?」とマットが枝の束に顔を近づけた。

「わかる」わたしは笑顔で言った。「クリスマスだよね」

ふたりの関係はゆっくりと、慎重に育っていった。ブルックリンではふちの固いピザをかじり、タイムズスクエアの映画館ではマスタードたっぷりのホットドッグにかぶりつき、学校の階段ではスーパーで買った寿司を食べながら。彼は「前の」わたしを知らない。ぼろぼろに壊れ、新鮮な牛乳と腐った牛乳の区別もわからなかったころのわたしを知らない。

料理を作る機会は増えた。以前なら、何度も味見しなくてはならないのがこわかったような、凝ったごちそうも作った。簡単なものも作ったし、時間さえかければいい一品も作ったが、なにを作っても自信がもてなかった。ときには、うまくできたこともある――赤ワイン入りのボロネーゼを作ったときは、マットのワンルームはにんにくの香りと、よく煮こんだ牛肉のにおいでいっぱいになったものだ。でも、成功はまれだった。ある晩のこと、わたしは鶏肉を焼くことにした。ローストチキンのひよこ豆添え、それに色鮮やかなピーマンのサラダというつもりだったのだが、どうしたわけか肉はゴムみたいに歯が立たなくなり、豆は焦げついて、わたしはわが身のふがいなさにいらだちながらすっかり捨ててしまった。失敗した材料を再利用する気にはなれなかった。固くなった肉でスープストックをとろうとも、煮こんでシチューに作りかえようともしなかった。それどころかマットにむかって、鶏肉なんてうんざりよと吐き捨てるように言ってしまった。鶏肉なんて大きらい、見るのもむかむかする、どうせわたしには味だってろくにわかりゃしないんだから。わたしが地団駄をふんでいると、マットが声をあげて笑うではないか。なにかと思ったら、彼は冷蔵庫をあけて、小さなガラス瓶をとりだした。てっぺんのふたが金属のちょうつがいで閉じてあるやつだ。

「ほら、これ。特別な日のためにとっておいたんだ」

瓶の中身は、パンかなにかにぬる、スプレッドのようなものだった。色は鈍くて淡い茶色をしている。最近、フランスへ行ったときに買ってきたのだという。

「フォアグラじゃない！」フォアグラなんて久しぶりだった。この脂肪たっぷりの鵞鳥《がちょう》の肝臓のパテを最後に食べたのはクレイギーストリート・ビストロで働いていたときで、あのときのフォアグラは、味覚の新しい世界を見せてくれたのだった。

わたしはどうにか気をとり直し、朝に市場で買ったアスパラガスをローストした。わたしたちはそれを手で折りながら、指先をオリーブ油でぎとぎとにして食べた。わたしはその新鮮な野菜の草のような味を、塩味の強いおろしチーズの味といっしょに、味わうことができた。厚く切ったパンをトーストして、フォアグラをべっとりとぬりつけた。それは濃厚で、豪華だった。自分がその味を完全に感じとれたかどうか、それはわからない。なるべく気にしないようにしていた。第一、マットだって完全にはわかっていないのだから。

マットといると、わたしは落ちついていられた――走らなくていいし、つねに動き回っていなくてもいいし、忙しすぎて考えるひまのない状態を保たなくていい。呼吸ができた。彼のにおいを嗅ぐこともできた。彼の味もわかった。心配がなかったわけではない。彼とわたしはあまりにちがっていたし、彼はいまもイラクでの二年間から持ち越した怒りをかかえていて、ときにはそれが血のように赤く、熱くふき出すこともあった。わたしはわたしで、なにかというと自分のなかに閉じこもり、心をかたく閉ざしてしまうのだった。自分はなにか大切なものを見落としているのではないか？　わたしがフェロモンを検知できなくても、わたしたちはだいじょうぶなのだろうか？　かすかな体臭の指紋や、目に見えない信号がわからないことは？　見当もつかなかった。わたしにわかるのはただ、彼のにおいは最高だということ、わたしの好きなセーターのにおいに石鹸とひげそりクリームと、走ったあとに感じる空気にさらされた塩のにおいを混ぜたような、すてきなにおいだということだけだった。味はミントのようで、キャラメルのようだった。心配ごとは頭から追いだすようにしていた。

三月はじめのある日の朝、わたしたちは自転車でマンハッタンの西側を南下していた。この日は一面のくもり空で、ただでさえたよりない朝の光が、雲にさえぎられてなおさら暗かった。舗道のはしには雪がしぶとくとけ残っていたし、薄すぎる木綿の赤い手袋のなかでは指がかじかんでいた。わたしたちはラサール通りに面したクリーニング店の上にあるマットの小さなワンルームを出発して、リバーサイドパークを抜けていった。西側のハドソン川の水面には、背後でのぼる朝日にかかった暈が映っていた。犬をつれて散歩する人がわずかにいるだけで、人の姿は少なかった。

目ざす先はペンシルベニア駅。そこから列車に乗って、ロングアイランドへ行こうというのだ。

学校は一週間休みだった。まだ暗いし、まだ寒いけれども、それでも「春休み」にはちがいない。これからの一〇日間の大半は図書館に閉じこもり、ぼろぼろの修士論文と格闘することになるけれど、四八時間だけは休養にあててもいいだろう。行き先はイースト・ハンプトン。海辺の超高級避暑地にある小さな町だが、三月末の寒々しい景色を見におとずれる人などいない。道路だって、ふたりの自転車で独占できるにちがいない。

わたしたちは八番街に入った。タクシーやSUVで混んでいたが、背中に風を受け、スピードを出して進んだ。わたしはマットのあとについて車のあいだを縫い、赤信号になれば自転車をとめた。あと数ブロック走ればタイムズスクエアというところで、道路の西側に二重駐車された大型トラックの近くを通りすぎるとき、マットがこちらをふりむいた。

「あれ、イラクのにおいがする」

わたしは鼻をひくつかせてみた。ディーゼルの排気のにおいが広がっている。わたしにとってそれは、どぎつくて不快ではあるが、わくわくするにおいでもあった。幼いときの学校の遠足のバスを思いだすからだ。この日は風があるのに、排気のにおいは数ブロック離れるまで鼻に残った。

前にマットから聞いた話だと、イラクでは燃料のにおいが強かったそうだ。イラクのにおいは燃料と人の体、燃える油、土、そして病気のにおいだった。気候は暑く、それも燃えるように暑く、しょっちゅう顔のまわりに巻き上げられる砂がちりちりちりと刺さるのに悩まされる。暑さで悪臭はよけいにひどくなる。

ロングアイランドへむかう列車のなかで、マットが話してくれた。たったひと嗅ぎ、排気ガスか燃料のにおいを吸うだけでたちまち、侵攻にそなえて待機していた二〇〇三年のクウェートへ、崩れるモルタルを見つめて二〇〇六年の大半を過ごしたラマディへ戻ってしまうのだという。燃える油。ずっと体を洗っていない人間の体臭。二度めに戦場へ戻るときには、出発する飛行機に乗りこんで最初のひと息を吸ったらもう、長いあいだ抑えこんでいた記憶が一度によみがえったそうだ。機内の臭さで、前回へ引き戻されたのだった。

燃える油のにおいを、わたしは知らなかった。思いうかぶのは、人の排泄物が強烈な陽ざしにあぶられ、乾いていくにおいくらいだった。もっと教えて、といってもマットは肩をすくめるだけだった。

「ことばで説明できるものじゃないさ」

それから二年近くもたってから、ニューヨーク市からフィラデルフィアへむかう列車のなかで、わたしはこのときの会話を思い起こすことになる。それは二度目のインタビューのためにモネル化学感覚研究所へ行くとちゅうだった。前の週にハイチで大きな地震があったばかりなので、新聞をめくると、遺体の散らばった道路、全身が土まみれの骨折した子どもたちなど、悲惨な写真でいっぱいだった。どの記事を読んでも、悪臭のことが出てくる気がする。のちに読んだCNNの特派員、アーサー・ブライスのレポートにもこんな記述があった。「ハイチの人びとの多くは、死臭対策としてマスクをしたり、バンダナで鼻を覆ったり、さらには、オレンジの皮を小さく切って鼻に詰めたりしている。取材陣もマスクをする者が多いが、マスクで食い止められるような臭いではなく、せいぜい勢いが弱まるにすぎない。ホテルに帰っても臭いはついてくる。服に、髪に、肌につけて持ち帰ってしまうからだ。悪臭を洗い流したい、とりわけ死臭を落としたいと思って洗ったところで落ちはしない。石鹸やお湯ではだめなのだ。臭いは記憶にしみついてしまったのだから」

ハイチの人びとにとっても、援助に入った人びとにとっても、これからの年月、どんなおそろしい光景が、どんなトラウマ的な記憶が、この臭いと結びつくことになるのだろうか。

嗅覚にはダークサイドがある。コパトーンの日焼け止めで青春時代のビーチを思い出すとか、しっとりとやわらかい香水で母親のおやすみのキスを思い出すとかいうのとは話がちがう。においにも危険な一面はある。裏の顔は乱暴で冷酷かもしれないのだ。

「においは人にスイッチを入れますからね」と語ってくれたのは、ジョナサン・ミューラー。サンフランシスコで開業する神経精神科医で、オリヴァー・サックスの友人でもある。医院のウェブサイトは遊び心にあふれ、ニーチェの名言やら神経科学者エリック・カンデルの引用句やらが浮かんでは流れていく作りになっている。このサイトによると、ここでは心理療法と薬物療法の両方を使って、不安やうつ、疼痛などの治療にあたっているらしい。そのほか脳外傷も診るし、認知症の検査もする。なにより、嗅覚も対象にしている。「においには美をもたらす力があります。失われていた、気楽で快活な世界を呼び戻す力です。でも一方で、死や恐怖、無力さの象徴にもなりえます。外傷的なエピソードを体験してから何日も、何週間も何か月も、ときには何年も経っているはずの人を、いきなり恐怖のただなかへ放りこんだりもする。自宅が全焼するのを目の当たりにした人が、後で煙のにおいを嗅いだときとかね。

自動車事故に遭った人が血のにおいを嗅いでもそうです。はっと目が覚め、口のなかに血の味がしてくる。となりには子どもさんの遺体が見えてしまう。においには扉を開く力があります。扉のむこうは美や崇高さの、あるいは栄誉の聖堂かもしれない――プルーストの表現を借りるなら、大伽藍かもしれない。でも一方で、開かれるのは拷問室の扉かもしれません」

わたしはモネル化学感覚研究所に着くと、認知心理学者のパメラ・ダルトンににおいと外傷体験の関係について質問してみた。彼女はこの問題を探るため、数々の実験を重ねてきた人だ。返ってきた答えは、脳のなかであるにおいと負の感情を結びつけるには、たった一瞬、たった一嗅ぎ、たった一度の体験で十分なんですよというものだった。

ダルトンはたとえば、心臓がどきどきする不安と、初めてのにおいとを故意に結びつけるという実験もおこなっている。まず、本人にはにおいの研究であることは伏せたままで、参加者たちにスピーチのテーマを与え、五分で内容を考えて審査グループの前で発表してもらう。スピーチが終わったと思ったら今度は、だんだん数字の増えていく数列を聞かせ、これを逆の順序で唱えてもらう。数字は桁が大きいうえ、メモをすることも許されない。言いまちがえると、最初からやり直さなくてはならない。このような社会的ストレスは、自律神経系が活発にはたらきだす絶好の条件だという。鼓動は速くなり、てのひらは汗ばむ。闘うか逃げるかという状態だ。そしてその間、室内にあるにおいを送りこむ。参加者がこれまで嗅いだことのない新しいにおいで、かすかではあるがそれとわかる程度に、そこにあるけれどもじゃまにはならない程度の濃さだ。

それから三、四日たった別の日に、こんどは一人ずつ部屋に通し、ただリラックスしていてくださいとだけ言っておく。その間に、前回使った同じにおいを、ただしこんどはもっと少量、ほとんどわからないくらいの薄さで部屋に流しはじめる。すると、参加者の心拍数は大きくはね上がった。コルチゾル反応が亢進したしるしだ。対象はにおいなのに、まるでストレスをかけられたように反応したのだ。

みんな、においが流されていることに意識では気づいていなくても、身体は気づいていたことになる。人前でスピーチをするストレスでもこうした反応が引き出せるのだから、これが死や暴力を目撃したとかだったらどうだろう？　苦痛やレイプだったら？　戦争は？「この現象は実在するんですから」とダルトンは語る。

ダルトン自身、もう何十年も前の大学時代に、においと結びついた心的外傷後ストレス障害を経験している。この障害は一般にＰＴＳＤとして知られているもので、自分自身や近くにいた他者の（身体的、性的、精神的）安全が脅かされる体験がもととなって、強烈な不安の反応が起こる病気だ。学生時代のダルトンはニューヨークで友人の住むマンションを訪ねたとき、エレベーターのなかで強盗に遭ったのだった。「男はナイフを抜いたんですよ。抵抗したことを覚えてます。一度は大声を出そうとしたことも」エレベーターが上に着くまでの時間は一分半か、もっと短かったかもしれない。その間に男は彼女の首筋をつかみ、前かがみに押さえつけ、財布と時計、それに指輪をとり上げたのだった。

それから数か月後、別の友人の家でのことだった。友人の子どもが飛行機のプラモデルを組み立てていたらいきなり不安に襲われ、初めてのパニックが始まったという。「なんの脈絡もなく心臓がどきどきしてきたんですよ。気が遠くなるのを感じました。気絶すると思ったし、なにが起きているのかさっぱりわからなかった。心臓発作かなって思いましたね」

それがふたたび起きたのは何週間もたってから、今度はおじさんのヨットを見にいったときだった。おじさんはデッキで作業をしていた。それがヒントになって、彼女は共通項に気づいた。におい。接着剤のにおいだ。犯人は接着剤に含まれるトルエンの常習者だったにちがいない。それで手ににおいがついていたのだろう。その特定のにおいが引き金になって、このような恐怖の症状が起きたのだ。

「どうやって回復なさったのですか？　どうやってにおいを消したのですか？」ダルトンのとったやりかたには、科学の根拠があった。

「こういう反応を消すには、脱感作っていう方法があるんです」脱感作を使った治療のなかには、かなり大がかりな装置を使うものもある。たとえば「バーチャル・イラク」というプログラムもそのひとつだ。これは南カリフォルニア大学のアルバート・〝スキップ〟・リッツォが考え出した試みだが、現在アメリカでは国防総省の資金も得て勢いに乗りつつある。ＰＴＳＤに悩む帰還兵を装甲車や砂漠の見える三次元シミュレーション空間に入れ、ちゃんと振動する作り物の銃、人工的に合成したにおい（たとえば焦げるゴム、火薬、人間の体臭、煙）など外傷的記憶と結びついた強烈な感覚刺激にさらしながら、少しずつ慣らしていく装置だ。一方ダルトンは、これを一人でやった。「店へいって、接着剤を買ってきましたよ。まず気分を落ちつけて、瓶を少しずつ近づけて……」そう言って彼女は、腕をいっぱいに伸ばして瓶を持ち、においを嗅いでは顔をしかめるまねを見せてくれた。「鼓動が速くなりかけたなと思ったら、そこでやめる。今回は終わり、ということにして肩の力を抜く」ダルトンはこれを何度も何度もくり返して、反応しないことを自分自身に教えこんでいったのだった。

イラクから遠く離れて、そして、戦争とはまったく無縁の理由で、わたしはさんざん携帯を見つめた末に、ようやく手にとって電話をかけた。番号を押すあいだも、ほとんどわからないくらいとはいえ手が震える。わたしは電話を耳におしあてて呼び出し音を聞いていた。

「もしもし?」フランス語っぽい発音だ。

電話の相手はクリストフ・ローダミール。コーネリア・ストリート・カフェで話をしていた、まっ赤なモヒカンヘアの若い調香師だ。サックスと初めて会ったあの日からほどなく、わたしは自分で行動をおこしはじめたというわけだった。

ローダミールと話す約束をとりつけたのは、香水を作るまでの経過がじつにおもしろそうだと思ったからだ。わたし自身は、なにかと難しかった一三歳かそこらのときに、香水をつけるのはやめてしまった——ck-1をつけるのは仲間はずれにされない手段であって、緑茶を思わせるかすかに南国風の甘い香りをほんとうに楽しんではいなかったと気づいたからだが、それでも、香水作りという芸術には、ずっと感嘆していたのだ。

ローダミールに電話したのは、彼の嗅覚について知りたかったからだ。わたしが調べたところでは、ローダミールは香水の天才であり、クリエイティブな神童だという。先日の小説世界の香りなど、彼の能力のほんの一端にすぎない。彼もグルヌイユと同様、生まれつき非凡な能力に恵まれていたのだろうか。それとも、ふつうに一から練習した結果なのだろうか。わたしはそれが知りたかった。

「そりゃ、みんな訓練ですよ」そう言ってローダミールは、嗅覚の訓練を作曲家の修業にたとえた。作曲家だって、まずは何年も勉強しないと交響曲を書けるようにはなれない。作曲家はまず、あらゆる音を知っておかなくてはならない。調香師も、あらゆるにおいを覚えなくてはならない。「作曲家は勉強を重ねて、オーケストラのなかではどんな楽器がどんな役割をはたすのか、個々のパートにうまくいかない箇所があるときはどうすれば直せるかを覚えてきたわけでしょ。ぼくなんか音楽のことはさっぱりわかんないけど、香水なら、嗅いだだけでどこをどう直せばいいかばっちりわかる」

香水に興味をもった理由をローダミールに聞かれたので、わたしは答えた。自分の喪失と中途はんぱな回復の物語はこれまでさんざん話してきたから、人びとの反応にはすっかり慣れていた。気まずくなって黙りこむ人たち。すごい勢いで言い訳をする人たち。いまいち理解できないままにとりあえず同情する人たち。しかしローダミールの反応はちがった。すんなり理解したのだ。それも、たちどころに。

「たいへんな悲劇じゃないですか。ぼくだったら、とほうにくれちゃいますよ」

そのうえ彼は、手を貸しますよとまで言ってくれた。わたしは驚きながらも——サックスのときも同じだった——その物惜しみしない態度に心を打たれたのだった。

「たとえば、ちょっとしたテストなんかどうです? あとはほら、においを嗅ぐ練習、トレーニングをしてみたっていいんだし」とローダミールは言ってくれた。訓練なんかして効くんだろうかとは思ったが、相手はいかにも自信ありげだ。

「やってみます。お願いします」

そんなわけで、四月のある晴れた午後、わたしはローダミールのオフィスに座っていた。そこはマンハッタンのミッドタウン、インターナショナル・フレーバー・アンド・フレグランス社のビルの八階にある、ハドソン川がよく見える部屋だった。わたしはローダミールのデスクの前に、彼とむかいあって腰をおろした。デスクの上には箱がおいてあり、においのもとのガラス瓶がぎっしり詰まっている。いずれも香水の素材であり、実際に商品化する香水の開発に、日常的に使われているものだ。

これからなにをするのかよくわかっていなかったせいもあって、わたしはローダミールの手もとを興味しんしんで見つめていた。彼は小さな白い紙片をとり出して、次々と香りの素材が入った小瓶にひたしていく。素材にはどれも、ヘディオン、イソ・E・スーパー、ガラクソライドなど、聞き慣れない名前、外来語っぽい名前がついている。いずれも化学的に合成したもので、新しい香水、人気のある香水、ロングセラーになる香水をうみだすためには、これらを何十種類、何百種類も組みあわせることもあるという。ローダミールはサンプルの紙片を一度に一枚ずつ手渡してくれて、嗅いでください、と言う。

「なんのにおいがしますか?」

においがすることはわかる――曖昧な、はかないにおいで、対応することばが見つからない。ローダミールが道案内をしてくれた、「これはジャスミンのにおいね。それからこっちはムスク」しかめ面をしながら開けたのは、汗ばんだ靴下のにおいのびんだった。次はかんきつ系の一種、次は白樺だった。「なんのにおいかな?」と、何度も何度も聞かれる。わたしは赤くなってきた。恥ずかしいことに、ほとんど答えられない。「えっと……なんか、甘いような」とは言うものの、それさえも自信がない。なにもかもが定義不可能で、残酷なくらいおぼろげに思える。この日は結局二〇種類のサンプルを試したが、終わったときには、希望などぺしゃんこになっていた。これじゃ落第だ、という気がした。

「ここからがスタートじゃないですか」とローダミールはやさしく笑った。もとはといえば化学者で、最初はフランス、続いてアメリカで化学を学んでから香水の世界に転じた彼は、においの科学にも、嗅覚の障害にも、人間の学習能力にもおおいに関心をもっていた。嗅覚研究所とも組んで、子どもたちににおいを教える講習会の教案開発にもかかわっているほどだった。

帰りがけにローダミールが、香り素材の小瓶のセットを持たせてくれた。これを毎日嗅いでくださいね。練習すれば鼻は鍛えられるんですよ、これをやれば嗅覚神経細胞が訓練されて、もっとわかるようになりますよとローダミールは言う。わたしだって信じたかった。でも、もらったセットには、ほとんどなんのにおいもしないものだってたくさんある。におわないものを嗅いで、どうやって救われるというんだろう。そう思わずにはいられなかった。

サックスのオフィスに着いたのは、二度めに会う約束の時間の一〇分前だった。サックスは一週間前に、新刊を宣伝する四か月のツアーから帰ってきたところだった。前にも一度は会っているのに、相手は有名人なのだと思うと自分に自信がなくなってきて、わたしはまたもや緊張してしまった。

サックスは枕二つをクッションにしたキャスターつきの椅子に座っていた。さまざまなおもちゃと本がぎっしりならぶオフィスは遊び心と学びの宝庫で、一般に知られているサックスのイメージそのままだった。いでたちは緑のセーターに折り目のついたチノパンツ、それに灰色のスニーカーだった。わたしの背後には、たくさんの枕で埋めつくされたカウチがひとつと、ダーウィンについての本が山と積まれた机があった。机はもうひとつ、ドアの近くにもっと大きいのがある。その上には有孔ハンガーボードがかけてあり、ごま塩頭のサックス自身と、友人たちの写真がたくさんはってあった。

彼は嗅覚がらみの仕事をまったくしていない。それはわかっている。その後も、なにひとつ変わってはいない。でも今回はそのことを、最初から承知のうえで来ている。ローダミールのオフィスで嗅いださまざまな香りはまだ鼻に残っているし、来週には嗅覚を研究する科学者、スチュアート・ファイアスタインとランチタイムに会う約束もとりつけてある。わたしはすでに、嗅覚についての研究を始めていたのだ。そして、サックスといえば研究を重視する人だとわたしは知っている。現に、著書のなかでもそう宣言している。

サックスは『妻を帽子とまちがえた男』のまえがきで、病歴を物語に変える大切さについて述べている。「人間を――悩み、苦しみ、たたかう人間をこそ中心に据えなければならないのであって、そのためにわれわれは、病歴を一段と掘りさげ、ひとりの患者の物語にする必要がある。そうしてこそはじめて、「何が？」だけでなく、「誰が？」ということをわれわれは知る。病気とつきあい、医者とつきあっている生身の人間、現実の患者個人というものを目の前にするのである」彼の仕事は、ひたすら脳に現れた欠落や過剰、ゆがみを調べるというものではない。さまざまな逸脱を介して、人の体のもつ意味を探っていくものだ。彼は物語を書きしるし、神経学という営みのもっとも大切な部分を追究する――それは、患者その人のアイデンティティだ。「高度の神経学や心理学においては、患者の人間としての存在そのものがひじょうに問題となる。患者の人間としてのありようが根本的に関係してくるからで、したがってこの分野では、病気の研究とその人のアイデンティティの研究とは分けることができない」コーネリア・ストリート・カフェの地下室でサックスとむかいあって座っていたときのわたしだって、話がわからなくて不安だったり、知りたいのか知りたくないのか葛藤したりで身もだえしながらも、自分のアイデンティティはどこへ行ってしまったのだろうかと思っていた。あの事故から数年は、何度となく「嗅覚がなかったら、わたしは何者なの？」自問したものだ。だから、この人のそばに座っているだけで、自信が出てくる気がした。この人は、さまざまにやりかたを変えながらも、あるときは自分のために、あるときはほかの人たちのために、この問いに答えることに生涯を捧げてきた人なのだから。

そのうえ、サックスはわたしの鼻をおもしろがってくれている。話をしていたら、最初に戻ってきたにおいの種類にも、においによって感じる強さに差がある理由にも、いたく気をひかれたようだった。彼はゆっくりと優雅に語り、科学の話と心の話を苦もなく結びつけていく。最初は照れてややぎくしゃくしていたものの、緊張がほぐれてくると、持ち前の奔放な、子どものような情熱が顔を出した。彼の熱中ぶりを見ていると、こちらまでつられてしまう。

においが少しずつ戻ってくるというわたしの話を聞きながら、サックスは「じつに興味ぶかい」を連発し、机にむかって黄色いレポート用紙にメモをとっていく。「きゅうりに関して、小さいときになにか印象的な記憶がありますか?」ひとつくらい思い出せたらいいのに、とがんばってはみた。がっかりさせたくなかったのだ。それから、実際はありもしないのにスカンクや香水、腐敗したごみなどのにおいを感じていた時期の話もした。一か月ほどのあいだ、自分の脳のにおいがわかると思っていた時期のことも聞かれた。

「どんなにおいでしたか?」

「土っぽかった。庭に似てました。ただし、花は抜きで」

「興味ぶかいことです、外界をほかのみんなと同じように処理する手段を失うと、世界が変わりうる、これほど別のものにもなりうるのだから」

わたしはうなずいた。その話は読んだことがあったのだ。わたしはしばらく前から図書館にこもり、においについての本を読みはじめていた——歴史、心理学、そして自然科学。毎日少しずつ、いまはどこまでわかっているのか、なにがまだわかっていないのかを知り、日を追うごとにその奥深さ、壮大さ、複雑さを思い知り、打たれるのだった。においという尺度から見た自分の「自分らしさ」を知ろうとするうち、わたしはたちまち悟ることになる。正常なんてものはどこにもない。わたしはけがをしないうちからもう、ほかの人たちとはちがうにおい世界を嗅ぎとっていたのだ。

その理由のひとつに性別がある。女性の方が男性よりも嗅覚が鋭いことはすでにわかっている。これには繁殖上の役割も関係している。女性の嗅覚能力は月経周期にしたがって変化し、とくに鋭くなる時期が決まっている。また、気づいたにおいを同定する能力も男性より高いし、血縁の子どものにおいを嗅ぎ分けるにもむいている。それに、妊娠中に奇妙なにおいの好き嫌いができたという話はあちこちで耳にする。

一方、加齢でも嗅覚は衰えていく。なにかがにおうと気づく力も下がるし、気づいたにおいがなんのにおいか判別する力も下がる。米国医師会の会報に掲載された二〇〇二年の調査結果によれば、五三歳から九七歳までの二四パーセント、八〇歳以上にかぎると六二・五パーセントに嗅覚の障害がみられた。つまり、わたしのただ一人健在の祖母、父の母であるルースは、わたしが事故に遭わなくても、世界のにおいをわたしと同じには感じていなかったことになる。

さらに後になって知ることだが、遺伝的なちがいもある。サックスとこの会話をした数か月後、わたしはチャールズ・ワサッキに会った。ワサッキは選択的アノスミアという現象を研究している。われわれのほぼ全員に、ほかの人にはわかるのに自分だけが感じないにおいがあるというのだ。理由のひとつは遺伝子の突然変異だ。どれか特定の嗅覚受容体の性能が下がったり、大事なタンパク質がひとつだけ先天的に作られなくなったりする。人間はそもそも遺伝的に、それぞれが世界をちがったにおいとして受けとめるようにできているのだ。典型的な例にアンドロステノンというステロイドがある。これはイノシシの唾液に含まれるフェロモンでもあるし、ヒトでは男女を問わず汗のなかに含まれている。これのにおいの感じ方は人によってちがい、「古くなった尿のにおい」という人と「花のような甘いにおい」という人の二種類がいて、その中間だと言う人は一人もいない。さらにそのほかに、いっこうになにもにおわないという人たちもいる。少数ながら一部の人は、アンドロステノンのにおいをまったく感じることができないのだ。

以前ニューヨークで開かれた、アートとデザインにおけるにおいの利用についての勉強会で、ロックフェラー大学の科学者、レスリー・ヴォシャールの発表を聞いたことがある。遺伝、認知、学習などによって、人の嗅覚の能力は一人ずつちがうという話で、アンドロステノンのほかに例として登場していたのはパクチー（香菜）とスカンクだ。どちらも反応が人によって大きくちがうものだが、もしかしたらこれも、遺伝的性質のせいかもしれないという。

この日の客席には、ニューヨークタイムズ紙の香水評論家、チャンドラー・バーが座っていた。ヴォシャールの発表が終わりにさしかかったとき、バーが手を挙げた。

「つまり、われわれが一人ずつちがうにおいを感じているのであれば」と言いかけて、いったん言葉を切る。そしてあらためてつづけた。「人がみんなちがう色を見ているのなら、絵みたいな芸術を理解することはできなくなるでしょう。音だって、みんなにちがって聞こえるなら、音楽はわからなくなる。先生にはシェーンベルグに聞こえるのに、わたしにはレディオヘッドに聞こえるとか。なのに先生は、人は全員、まったくちがうにおいを感じているかもしれないっておっしゃるんですか？ わたしにはミントに思えるにおいも、先生には馬糞に感じられることだってありうるわけですか？」

ヴォシャールはうなずいた。「それこそ、わたしどもが調べているところです。人によって答えがちがうにおいの例はたくさん見つかってるんです。これはいいにおいなのか、悪いにおいなのか。たしかに、なかには文化的なちがいによるものもあります。でもわたしは、全員がちがうにおいを感じているという可能性もあるんじゃないかと思っています」

しかしサックスとわたしは――あの二月の寒さがゆるんだ日の午後、サックスのオフィスに座っていたわたしたちは、人間に本来そなわった多様さの範囲で感覚世界を経験している、健康な身体のサンプルではなかった。ふたりとも内的な損傷の犠牲者であり、身体の衰えの犠牲者なのだった。

「わたしは目に問題があってね」とサックスは説明してくれた。ここ数年で、彼の視力は急激に低下していた。そのため奥行きの知覚はほとんど失われてしまったし、新聞でも本でも顔からぴったり半フィートのところへ持ってこないかぎり、焦点を合わせることができないという。

「ちょうど今朝もね」と言って、彼は笑い声をあげた。「毎日行ってるプールからあがって、ロッカー室にもどろうと歩きだしたんだ。ふと壁をみたら、新しく女性の肖像画がかかってるんでびっくりした。紺色を着た女性だよ。大きな絵だし、ついさっき吊ってたのなら、気がつかなかったのは変だなと思った。ところが、もっと近づいたところで、これは絵なんかじゃなかったってわかった。本物のご婦人が、ベンチに座ってたんだ。わたしにとっては、世界はもはや、本来あるべき世界じゃないんだよ」

しかし一方で、サックスは自分の幻視をおもしろがってもいる。幾何学模様が多いのだそうだが、小さな形がしょっちゅう目の前で揺れるのだという。「あるときは四角、あるときは三角――つねに動いてる。かすかにだけどね。風の強い野原で、ヒナギクが揺れるみたいな感じだ。お気に入りはミニチュアのパイナップルの集団だな。それか、ウニの群れ」

「パイナップルやウニが見えるのは、どうしてだとお考えですか?」わたしはふしぎに思ってたずねてみた。見えるにしたって、ずいぶん変わってるじゃないのと思ったのだ。この人の無意識について、なにがわかるのだろう。そして、脳のにおいを感じたわたしの無意識は、どうなっていたのだろう。「見当もつかんね。でも、来週、脳をスキャンしてもらうんでね。自分のことがわかったらいいなあ」

ちょっと間をおいて、わたしは言った。「わたしもです」

一時間と少しで、わたしはおいとまることにした。帰りがけに、サックスは机の上に身を乗りだし、上の棚にのせてあった石を二つ手にとった。ひとつは鮮やかな黄色、もうひとつは濃い紫色をしていた。

あちこちが結晶の形になってでこぼこしていて、これまで見たことのあるなににも似ていなかった。サックスはそのうちのひとつ、黄色いほうをつき出した。

「これ、なんだかご存じかな」

「いえ、知らないと思います」

「嗅いでごらん。においがするかな?」

わたしはサックスのさし出すてのひらの石に鼻を近づけた。大きく息を吸ってみる。鼻から吸っては吐いてみる。「いえ」わたしはため息をついた。「なにも」

「硫黄だよ。きついにおいがする。この石二つは、最初に目が悪くなりだしたときにあの棚に置いたんだ。まだ紫と黄色の区別はわかるぞって確認したかったんだね」

「で、いまはどうですか」わたしたちは玄関へむかって歩いているところだった。ふと目をあげると、ドアの後ろにかかった大きなホワイトボードに、黒いマーカーで斜めに「小さいウニ」となぐり書きしてあった。

「いや、わからない。でもいまは、鼻で区別すればいい。われわれはちょうど正反対のところにいるんだね。いまのわたしは、においで知るしかないんだよ」

ピンクレモネードとウイスキー
わたしたち、集まる

pink lemonade and whiskey : in which it starts to come together

6

わたしには待合室のにおいがわかった。ラベンダーのシャンプーのにおいがし、磨きこまれたタイルのにおいがし、寒い外から入ってきたばかりの人の体のにおいがしていた。かすかに混じるのは洗濯洗剤と、いたみかけたパン、そして、どこの病院にも共通の、塩素系漂白剤で殺菌された清潔さのにおいだった。そのにおいは、患者のだれかが動くたびに濃くなったり薄れたりをくり返し、おなじみの新聞の日曜版のにおいや、コピー機のインク臭い熱といっしょに揺らいでいた。やたらとばらが勝っている香水に、祖母を思いだす。オレンジの皮、ミントをまぜた紅茶。汗も少し——酸っぱくて、スポーツジムに似ている。これらさまざまのにおいは、パレットの上の絵の具のように混ざりあい、ごちゃまぜの暗い、濃い茶色となってキャンバスにぬりたくられていた。わたしは自分のコーヒーに、片手に持った発泡スチロールのカップからまっすぐ立ちのぼるヘーゼルナッツの香りに集中した。

わたしが座っているのは、ペンシルベニア大学の味覚嗅覚センターの待合室だった。大学病院のなかでは頭部と頸部の外科が集まる五階、耳鼻科の斜め向かいにあって、小さなラボやオフィスがいくつか一列にならんでいる。化学的感覚に不調をかかえた患者を診断することを目的として、一九八〇年、リチャード・ドーティによって開設された。ドーティは『嗅覚と味覚のハンドブック』の編者であるほか、『壮大なるフェロモン神話』など、著書も多い。熱意あふれる白髪まじりの科学者で、目のまわりには笑いじわが多く、力のこもった握手をする。スタッフはドーティ自身と数人のアシスタントだけで、月に三日か四日だけ開かれ、一日に一〇人までの患者を診断している。

わたしは、見学に来たのだ。

この日は朝の五時半に列車でニューヨークを立ち、コンピューターとノートを広げたはいいが、居眠りしながらここまでたどり着いた。ノートは半分くらい、鉛筆書きのメモで埋まっている。においについての勉強の第一歩を記したノートだ。駅から病院までは一マイル近くあったが、歩いてきた。ちょうど朝日がのぼっていくところで、ひと息吐くごとに白い雲がふき出した。

このクリニックに来るのは初めてだった——のちに何度も通うことになるのだが、この日がその第一回だった。サックスと会ってまだ日も浅いころにドーティの仕事について読み、Eメールを出したのだ。自分と同じような障害をもつ人がおおぜいいることは、頭ではわかっていた。でも、自分という例を、もっと大きな文脈のなかにおいてみたかった。お医者さんたちに会ってみたい。患者さんたちにも会ってみたい。治療法のない病気の手当てをするとは、どんな感じがするものだろう？　自分の喪失にこれほど囚われているのは、わたしだけなのだろうか？

ドーティはすぐさま返事をくれた。「一度、当センターの開室日においでになれば、いろいろと参考になるかもしれません」と書かれていた。

初めて見学に来たこの日、わたしは不安だった。自分に自信がもてないし、患者さんたちへの自己紹介も心配だった。この日の患者さんは六人。年は中年からティーンエイジャーまで。砂色の髪をした女性やら疲れた目をした男性やらが、ひとり、またひとりと集まってくる。窓のない待合室に椅子が九つ、半円形にならべてあり、わたしはそのひとつにちぢこまって、ドーティがオフィスの分厚いドアのむこうから姿を現すのを待っていた。

これからなにが起きるのかはよくわからないが、自分がなにを求めているかはわかっていた。自分と似たような喪失、目に見えない喪失なのに狭い世界へ押しこめられるような、生活のあらゆる面に影響してくるような喪失の目撃者になりたかった。嗅覚のことを気にしているのはわたしひとりではないことを知りたかった。自分と同じ経験をした人たちと出会いたかった。そんな人たちのそばにいたかった。

そして、この場所を選んだのは正解だった。その朝、待合室にいた患者は全員、嗅覚を失ったか、嗅覚がゆがんでしまった人だった。この種の障害があるのはアメリカの成人人口の一ないし二パーセント――ほぼ三〇〇万人――ともいわれるが、そのなかのほんのひとしずくにあたる人たちだったのだ。ほどなくわたしも知ることになるが、障害の原因は、ウイルス感染、アレルギー、頭部外傷、加齢とさまざまだった。最初から原因を知っていた人もいれば、理由がわからず、混乱している人もいた。クリニック側では初診を受け付ける前にかならず、自分たちの限界を明言している――事務職員が電話で「うちでは診断をするだけで、治療はしていませんよ」と言っているところも聞いた――にもかかわらず、だれもが答えを求めていた。そして、治りたがっていた。

一日が始まったのは七時半ちょうど、白衣にくまのプーさんのネクタイをしめたドーティがドアを開け、わたしを呼んでくれたときだった。みんなの視線を背中に感じながら入ると、そこはごちゃごちゃと散らかった作業スペースで、棚の上のガラス瓶からバニラ抽出物の香りがしている。わたしはドーティの机の近くにあった椅子に腰かけた。机は書類と本の山でほとんど埋まっている。ちらっと目を走らせて読みとれた題には『嗅覚と味Ⅲ』に『意識の進化』、それに『チーズはだれが切った?』などがあった。

クリニックのある日はいつも、問診から始まる。患者たちがひとりずつ順に入ってくる。たいていの障害の原因は、患者さんの話を聞くことでわかるものです、とドーティは説明してくれた。だから、患者の過去について語りあうにはたっぷり時間をとるのだという。頭部外傷なのかウイルスなのか、毒物のせいか化学療法のせいか、手術を受けたことはあるか、アレルギーはあるか、もれなく聞き出していく。過去の次は現在だ。患者のいまの状況に耳をかたむける。においがまったくない人、口の中につねに不快な味を感じる人、そこにないもののにおいを感じる人、同じもののにおいや味がなぜか前とは変わってしまった人。それから、その日の予定を説明する。ここでは一日がかりでたくさんの検査をすることになるからだ。舌に落とされた味を特定する力も、においを検知できる閾値も調べるし、空気が鼻腔を通る通路の幅も測定するし、スクラッチ式のサンプルを嗅いでなんのにおいか当てるテストもおこなう。「データを集めることがミッションなんですよ」と、ドーティは最初に話してくれた。

この日は一日、本人の同意が得られた場合にかぎり、ドーティと患者さんのやりとりを見学させてもらえることになった。部屋の片すみに座ってペンを構えているところへ、患者さんがひとりずつ入ってくる。CTスキャンやMRIの結果を持ってきた人も多く、たいていの人が緊張のせいだろう、ひざの上でハンドバッグや書類をしっかりつかんでいる。ドーティがわたしを紹介し、同席の許可をたのんでくれるたび、わたしは立ちあがってほほえんだ。そして、同意してもらえるたびに安心し、みんないやがるふうでもないのに驚くのだった。ほとんどの人は、自分の語る物語に立会人がふえるのを喜んでいるらしい。

わたしは耳をかたむけ、人びとは口ごもりながらも、希望にすがるような口調で、それぞれの喪失や異常について説明した。味覚や嗅覚の異常は、数か月前に始まった人もいれば、長い人だと数年前からだという。ドーティの診察が謎を解こうとする初めての試みという人が多かったが、一次医療機関や耳鼻科でろくに相手にしてもらえず、最後の望みをかけて来た人たちもいた。そして全員が、においがわからないために、日々の生活から手ざわりや質感を奪われていた。

ドーティは話を聞きながら、分厚い紙の束をめくっていく。既往歴が記された書類もあれば、あらかじめ記入してもらった問診票もある。見ていると、患者が喪失と混乱の物語を語る合間にも、ドーティはどんどん相手の気分をほぐし、気安い軽口を引きだすところまでもっていくし、じつに自然に余談をさしはさむ。アノスミアの話と古代の美術の話、味やにおいのゆがみと自動車レース、副鼻腔炎とベトナムの話を、むりなくつないでしまう。情緒の不安定になっている人には親身に共感をしめし、気おくれしている人にはジョークを言って雰囲気を明るくする。そして、全員に本気でむきあうのだった。

ひとり、またひとり、わたしは自分の障害に匹敵する喪失をかかえた人と出会った。ペーパーバックを一冊とバナナを一本持って現れた白髪まじりの中年女性は、嗅覚がおかしくなってしまったが、理由がわからないという。「排気ガスもコーヒーも洗濯用の洗剤も、みんなスカンクのにおいになっちゃったんですよ」

いまは引退している元教師は、つねに黒こげになったトーストのにおいにつきまとわれていたし、静かにほほえむ高齢の美術史学者は、にんにくはわかるのに香水は感じなくなった。彼女の場合は、単なる加齢による衰えかもしれないとドーティは言う。「われわれはふつうに生きているだけで、なにをしてもかすかなダメージを受けているのです。そんな小さな傷が知らずしらずのうちにくっつき合って大きくなっていく。そしてある日、それ自体は無害なはずの刺激がきっかけで、どっと崩れるんです。滝が流れだすように」

車に乗っていて事故に遭い、フロントガラスに顔から激突した一八歳の少年もいた。けがをしたのは二年前のことで、衝撃のために鼻はもう少しでとれてしまうところだった。下あごははずれ、上あごは何か所も骨折していた。眼窩をとりまく骨も、左右ともに骨折。では、副鼻腔は？「もう、ほとんどゴミ」という。それから数か月がすぎ、頭蓋骨は金属板で保護され、ようやく痛みなしに歩けるようになったとき、彼は初めて、ほかにもなにかおかしいぞと気づく。オーデコロンは単調な、無用の長物となった。牛乳の味は水と同じだった。花を見ても、色はきれいだがつまらない。「おい、どうなってんだこれ」と、ある日の午後、母親にたずねた。「においが全然しないんだよ」

話のとちゅうで突然涙を流しはじめ、かつて結婚していたころ、夫に一〇年も殴られつづけたと語る女性もいた。「いつも頭だったんです、髪の毛があればあざが人目につかないから」という。においはまったくわからない。ようやく離婚できたかと思うと、こんどは母親の看病に数年を送り、ついに自分自身のことをかまう余裕ができてドーティのもとを訪れたのだ。

ドーティの口調は親切で、温かだった。帰りは娘さんとの待ち合わせでダウンタウンまで行かなければならないと知ると、仕事帰りに車で送っていきましょうかとさえ申し出た。女性が待合室へ戻っていくと、ドーティはドアを閉め、口角の下がった表情でわたしを見た。「人間の脳の神経ってのは、〈のびる粘土〉みたいなものでね。しなやかなようでも、本気で衝撃を加えれば、ぷつんとちぎれてしまう」

こうした場でドーティは、原因について用心ぶかく自分の意見をのべていく。ウイルス、外傷、ポリープ、アレルギー、さまざまな薬の副作用。予後の説明もする。「においをまったく感じなくなった人のうち、わたしどもの経験では、回復する人は一一パーセント前後です。部分的な回復なら、二三パーセントほどになります」過度の期待をもたせないよう、気をつかっているのだ。

そして、かつて別の病院へ行ったときのわたしと同様に、それぞれの喪失という現実を日々痛感しながら来院した患者たちの話を聞いていると、悲しさとともに、かすかな申しわけなさを覚えるのだった。わたしの回復は若さと幸運の産物であって、標準とはかけはなれていた。待合室のにおいだって、ぼんやりとではあっても、鼻のなかにちゃんとある。

問診の時間がすむと、わたしはあちこちの検査室を見てまわった。患者たちは鼻孔や舌をつつかれ、刺され、いろいろな液体で濡らされていた。味覚嗅覚センターでは七つの検査をおこなっている。塩味、甘味、酸味、苦味の溶液を口に含むテストもあれば、「ペンシルベニア大学嗅覚同定テスト（UPSIT）」といって、スクラッチ式のサンプルを嗅ぐ検査もある。これは、センターができたばかりのころにドーティが開発したものだという。また、研修医たちが管を持って、患者の舌の決められた場所に少量の液をたらしていくところも見学したし、技師たちが磁気共鳴で鼻腔を調べるのに立ちあうため、機械がコオロギのようにちーんちーんと鳴るせまくて暗い部屋に、患者のひとりとくっつきあうようにして入れてもらった。におい記憶テストも、におい閾値テストも見学した。同定テストを受ける患者が、ひざ一面に広げたサンプルを次々とこすっては嗅ぎ、また嗅ぎなおすところも見た。

目まぐるしい検査ぜめの半日は夕方の四時には終わり、ドーティはまたもひとりずつを順に呼びだして話をしていく。そのころにはすっかり疲れてしまい、目をあけているのがやっとだった。今度もオフィスの片すみに座り、見学させてもらった。統計の話がある。検査の結果も出てくる。嗅覚がたしかに失われていることを、あるいは舌の状態を、アレルギーがよくならないことを、ドーティが正式に認めていく。嗅覚の障害には打つ手がほとんどないことくらい、来る前から知っていた。それなのに、ひとり、またひとり、治るでもなく、今後の通院を予約するでもなく帰っていくのを見ると、やはり驚かずにはいられない。

ちゃんと病院で診断がついたことに満足して帰っていく人もいる。まったくわからないから「アノスミア」、一部はわかるので「ハイポスミア」、ありもしないにおいが現れるから「幻臭」。自分のおかれた状態にかたちが与えられたことが、名前がついたことがうれしいのだ。そんな人たちは、ドーティに書いてもらった正式な結果説明と紹介状とを、大事そうにかばんにしまいこむ。

一方で、割りきれない思いのまま帰っていく人たちも見かけた。さらには、治療法がないことに、今後のプランがないことに腹をたてる人さえいた。

自動車事故にあった若者が最後の説明を聞きに入ってくると、ドーティは静かな口調で話しだした。「もう自分でもわかってるはずだよね、検査の結果からいっても、嗅覚機能は完全になくなってます。なにひとつ残ってない」

若者がうなずく。わたしは身じろぎした。

「われわれにできることもほとんどない」ドーティは続けた。「全体との比較でいうなら、頭のけがの場合、嗅覚が戻ってくる人は、だいたい一〇パーセントくらいいます。ただし、回復するとしたらふつうは、事故から一年以内にはじまる。気の毒だけども、あなたの場合、あまり望みはありません」

若者はうなだれて、自分の両手に目を落とした。

「ぼくもね、相手によっては、腫物にさわるような対応をすることもあるんですよ。『まだ希望はありますよ、きっとだいじょうぶ、いつだって希望はあるんですから』なんて言ってね。でもあなたの場合は、ちゃんと現実本位で話し合わないと。あなたは大変な大けがをして、それでも生きのびて元気になった。ちょっと全体像を考えてほしいんだ。この若さで、これだけの目にあって助かったんですよ。せっかく助かったんだから活かすことを考えないと。人生全体を考えてみましょうよ」

ドーティは真剣に、それでいて、敬意をもって語っていた――医者が少年に語るのではなく、男が男に語っていた。ふたりとも、しばらくひとことも発しなかった。わたしも、ペンをノートにおろせず、宙に浮かせて待った。部屋全体が、静電気みたいにちくちくしている気がした。

「泣いてくらすのもひとつの道だ」ドーティがようやく口を開いた。「それとも、妥協して、なんとかやっていく道もある。よく考えて、決めてもらわなきゃいけない」

少年が顔をあげた。一瞬、かすかな微笑が見えたような気がした。

「なんとかやってくよ」と少年は言った。


リチャード・ドーティの仕事は、マウスから始まった。

六〇年代の末にミシガン州立大学の博士課程で臨床心理学を学んでいたころ、指導教官が大量のネズミを飼育していた。マウスだけでも大型に小型、黒、灰色、白と五〇種類以上はいた。なかば冗談で「たいがいの人間よりは、動物とつき合うほうが好きでして」と言うほど動物好きのドーティは、たちまち夢中になった。

ある日の午後、場所はペンシルベニア大学病院。「動物って、種によってそれぞれ世界がちがう。そこに興味があったんです」と言うと、ドーティはデスクに積まれた書類の山のむこうでほほえんだ。「でも正直言うと、先生のマウスたちに恋をしちゃったんです」もっと重要なのは、マウスが自分の環境を感じる感じかた、人間とはちがう方式で情報を処理するさまに恋をしたことだった。それは、嗅覚に依存する方式なのだ。

「動物は、人間にはわからない世界を生きているんですよ。コウモリが周囲を見るのにソナーを使うのはどんな感じがするものか、われわれは身をもって知ることはできない。においに依存する動物たちの体験も、ほんとうには知ることができない」彼が理解したかったのは、この世界だった。

ミシガンからカリフォルニアへ移り、カリフォルニア大学バークレー校、サンフランシスコ州立大、サンフランシスコ大学で教えて生活費を稼ぎながら、最初はマウス、続いてイヌの求愛行動を研究した。そんな若い日の彼は、街を見おろす丘の上の部屋に住み、金はなくとも気は楽で、テラスで肉を焼いてはビールを飲んで楽しんでいた。

そんな彼は一九七三年、東へむかった。行き先はモネル化学感覚研究所。新しくスタートしたヒトの嗅覚に関するプログラムの責任者として、初めてヒトの鼻を対象にすることになったのだ。ヒトの嗅覚は当時――いまもそうだが――規模の小さい業界だった。一九八〇年、ドーティは仲間たちとともに国立衛生研究所の資金を得て、ペンシルベニア大学に味覚嗅覚センターを開設した。彼はここで、鼻の機能障害とその予後をさらに詳しく学ぶ。落としもの預かり窓口の門番、欠如のうえに築かれた世界の統括者となったのだ。

医学とにおいは古来、縁が深く、その関係は何百年にもわたって研究されてきた。それなのに、嗅覚障害を治す医学はまだ生まれたばかりだ。「嗅覚という感覚は孤児なんですよ。医学によってずっと忘れられてきたのです」

大昔の世界では、芳香は健康と強く結びついていた。衛生観念が普及する前の世界ではとくに、悪臭は病気にともなって発生するものだった。そして、体臭、腐敗臭、死臭などの悪臭はしばしば病気の結果ではなく原因だと考えられたため、病気を撃退するためには強い、快い香りが使われることになる。

だから、香草、香木や花が油に漬けこまれたのも、スパイスが国境を越えて取引されたのも、ひとつには健康のためでもあった。これらの素材は、具体的にどの成分に薬効があるのかはわからないまま――当時はともかく、現代でも賛否両論があるほどなのだ――広く使われた。大部の著作を残したローマの博物学者プリニウスは紀元七七年ごろ、『博物誌』のなかで治療薬としての香りの使用法にふれ、タイムはてんかんに効き、目草《めぐさ》はっかは暑さ寒さから身を守るうえに喉の渇きを抑えると記している。古代ギリシャの兵士は、没薬の香りをつけたオリーブ油を傷薬として戦場へ持参した。精油の蒸留法を完成させたのはペルシャ出身のアラブの医師、イブン・シーナー（別名アヴィセンナ。九八〇～一〇三七）だとされている。一方、中国でも、お香と生薬は紀元前以来とぎれることなく使われつづけている。

アロマセラピーは元来、単に気分を切りかえることを目的として発展したのではなかった。ヨーロッパで広く知られるようになったのは、フランスの化学者、ルネ＝モーリス・ガットフォセが腕のやけどをラベンダーの香油で治したのをきっかけに研究を始め、一九二八年に発表した論文で「アロマテラピー」という用語を選んでからのことだった。

ペストがヨーロッパを襲った一三〇〇年代末には、街という街が病ゆえの悪臭に覆われていた。膿、できもの、排泄物、腐敗していく肉体の臭いだ。アニック・ル・ゲレの『匂いの魔力　香りと臭いの文化誌』によれば、このとき、香りが防護や予防に使われたという。また、好ましい香りは、いたみやすい生鮮食品の汚染と腐敗を防ぐために使われた——とはいえ実際には、スパイスの香りで腐敗臭をおおい隠すだけだったが。お香やハーブは、身体や空気の汚染を防ぐ主要な武器だった。においとバクテリアと病気の関係が解明されるのは何百年も先の話だが、上流階級の人びとは健康を守ろうとして悪臭を避けた。病気は隔離し、食べ物には香辛料をすりこみ、人工的に香りをつけた空気を呼吸した。それしか助かる道はないと思っていたのだから。病気を撃退するためにはお香を焚き、「疫病水」——ハンカチにしみこませるための強い香水で、オーデコロンの元祖もそのひとつだ——を吸いこむ。一方貧しい人びとは、悪臭を避けたり、身体をきれいにしたりしようにも、材料も買えず、時間の余裕もないのが普通だったから、よい香りは健康のしるしに加え、上流階級のしるしにもなった。コンスタンス・クラッセンが『アローマ　匂いの文化史』で記したとおり、「腐敗の悪臭は感染力があり、さらに腐敗を生んだ」というわけだった。

香りとその効果はその後も長く謎のままだった。理由のひとつは、単に、鼻の機能がよくわかっていなかったことにある。古代ギリシャの医師、ガレノスの唱えた説が何百年も通用していたくらいなのだから。ガレノスもヒポクラテスの考えを踏襲し、人体は黒胆汁、胆汁、粘液、血液の四要素からなっていると信じていた。そんな彼は、鼻の粘液は脳の老廃物であり、頭蓋の最下部で濾されて鼻から捨てられるのだと考えた。一方、においの分子については、鼻の最上端の骨に空いた細かい穴を通って、脳へ直接入ると考えていた。鼻の粘液が腺で分泌されることがわかるのは一六〇〇年代半ばのことだし、嗅覚神経細胞の存在が広く受け入れられるには一八六〇年代を待たねばならなかった。

しかし、嗅覚のしくみはわからずとも、においは医療のなかで大切な役割をはたし、診断にも活用されていた。それは現代でも変わらない。神経学者のV・S・ラマチャンドランの『脳のなかの幽霊』には、においだけで病気の正体をつきとめるわざを著者に伝授してくれた教授が登場する。「糖尿病性のケトン症患者に独特のマニキュア液のような甘い息。焼きたてのパンのようなチフス患者のにおい。気のぬけたビールのような嫌なにおいがする腺病。むしったばかりのニワトリの羽のようなにおいの風疹《ふうしん》。肺膿瘍《のうよう》の腐敗臭。ガラス洗浄剤のようなアンモニア臭のある肝臓病患者。(最近の小児科医なら、シュードモナス感染のグレープジュースのようなにおいや、イソバレリアン酸血症の汗臭い足のようなにおいを、これにつけ加えるかもしれない。)」

ドーティによれば、アノスミアを初めて記載したのは、紀元前三世紀のギリシャの哲学者テオフラストスだった。「嗅覚がもっとも鋭い人は吸気の量がもっとも多いなどと主張するのは愚かである。(中略)(嗅覚の器官に)けがをしたためににおいをまったく感じなくなることだって多いのだから」ガレノスその人も、嗅覚を失う理由は、鼻の粘液の過多、脳へ通じる骨の目詰まり、鼻腔の病気という三つのうちのいずれかだと考えた。

嗅覚の障害にまじめにとりくむ人が現れたのは、一九世紀も末になってからのことだった。嗅覚の欠落というテーマに打ちこんだ最初の世代の一人に、ウィリアム・オーグルという医師がいた。彼は一八七〇年に「アノスミア、嗅覚の生理と病理を教えてくれる症例について」という論文を発表し、三人の患者の症例を詳しく報告している。「これらの例を取りあげるのは、単に比較的珍しいからではなく、これまで他の感覚にくらべて研究されてこなかった嗅覚の生理に、いくらかの光を当てることができるかもしれないと考えるからである」と彼は書いたが、医学の論文がほとんど視覚、聴覚、触覚ばかりで占められる状況はたいして変わらなかった。一八二二年に英国の作家ジョン・メイソン・グッドがうまくまとめているとおり、当時の科学では「不便があまりに些細なだけに、治療法をさがす人はめったにいない」と考えられていた。

現代でも、味覚や嗅覚を扱う診療施設といえば、アメリカ全土にもわずかしかない。ほとんどはペンシルベニアにあるドーティのセンターと同様に研究目的、情報収集と教育が中心で、治療につながるのが当たり前とはいえない。

だからといって、努力がなされていないわけではない。これまでさまざまな治療法が試され、いくつかは有効であることがわかった。ドーティはよく自分の患者に、チオクト酸など市販の薬を推薦している。チオクト酸は人体にも自然に存在する化合物だが、上気道の感染症で嗅覚を失った患者を対象とした複数の研究で、回復の助けになることが示されたものだ。亜鉛の有効性についても研究が重ねられてきたが、具体的かつ実現可能な結果は出ていない。ビタミンAは一時期有望かと思われていたが、のちにその仮説には根拠がないとわかった。また、副鼻腔炎やポリープなどがじゃまになっている患者なら、ほかの医師に紹介することもある。ステロイドの処方、ときには手術といった方法で詰まりをとり、炎症をしずめてもらうためだ。

もっと思いきった手段に出る臨床家もいる。ワシントンDCで開業するロバート・ヘンキンという医師は、この業界に論争の嵐をまきおこした。鼻の機能障害の多くは上皮組織の粘液腺が原因であって神経とは関係ないという信念のもと、ヘンキンは経頭蓋磁気刺激法やテオフィリンなどの薬剤に効果があるとする論文をいくつも発表した。テオフィリンは呼吸器疾患によく使われる薬だが、カフェインの摂りすぎとよく似た副作用がある。テオフィリンで完治も可能だとヘンキンは主張するのだが、追試をしても同じ結果が再現しないうえ、ＦＤＡ（米国食品医薬品局）はこの薬をアノスミア用としては承認していない。「彼のおかげで、この分野に注目が集まったという効果はありましたけどね」とドーティが語っていたことがある。「アイディアマンなのもたしかです。でも、ずいぶん議論をふっかけるのを好む方でしてね」

しかし、ヘンキンの治療を受けた後で回復したイギリスのアノスミア患者、ミック・オヘアはそんなことは意に介さない。二〇〇五年に『ニューサイエンティスト』誌に書いた記事の一節を借りれば、「自分が治ったのは偶然かもしれないということは承知のうえだ。それでもわたしは、天にも昇る気分なのだ。悪臭までふくめて、元どおりどんなにおいもわかるようになったのだから。どんなに平凡な食事でも、一食も欠かさずにおいがわかるのはありがたいことなのだ」という。

ヘンキンには電話で話を聞いた。彼は味覚や嗅覚を扱う諸施設の現在の運営には大きな問題があると考えている。「みんな研究ばかり重視しすぎなんですよ」という声は大きく、腹立たしげだった。いったん来院した患者をずっと継続して診ていることがヘンキンの誇りだ。「継続っていうコンセプト自体がすっぽり抜けてる——診察するにもシステムさえできてない。みんな、一回診察したら二度と診ない。あなたの嗅覚は消えてしまいました。神経がだめになってます。治りません、って言うだけだ」

だが、ドーティは希望を捨ててはいない。嗅覚の未来を信じているのだ。嗅覚だって科学なのだから征服は可能だし、解明がすめば、次の世代が治療法を研究する役にたつだろう。彼自身、パーキンソン病やアルツハイマー病と嗅覚の関連を発見してきた。統合失調症、てんかんとの関連はすでに見つかっている。また、がんや糖尿病などの診断に役だつ、コンピューターの「人工鼻」も開発された。さらには、嗅覚系に存在する「嗅神経被覆細胞」という特殊な細胞（嗅神経の軸索が再生するときに必要となるものだ）を利用して、脊髄損傷患者の治療に使えないか、研究している人たちさえいる。「こうした仕事のなかにこそ、未来はあるんです。成功するなら、こういう道ですよ」

事故に遭ったばかりのころの数年間、わたしの世界は、感覚がとらえた「いま」といういびつな領域に切り縮められていた。微細で目にも見えないものたち、自分の脳のなかで起きるかすかな手がかりに、そしてひとつひとつの神経細胞にふり回されていた。そんな自分も本当はもっと大きな物語の一部分を成していたなんて、考えもしなかった。鼻という器官も、その健康（ときに障害）の根底にあるシステムも、じつに壮大なテーマだったと知ったときは驚き、おののいた。イェール大学医学部の学部長を務め、『細胞から大宇宙へ　メッセージはバッハ』の著者としても名高いルイス・トマスがかつて語ったとおり、「数百年後の生物学がどれほど進みそうか予想したければ、嗅覚の完全な解明に何年かかるかを見積もるのがよさそうだ。別段、生命科学の頂点に立つようなテーマではないが、どこもかしこも謎でいっぱい」なのだから。

世界じゅうには、嗅覚がなくなったり、ゆがんだり、ひどく鈍くなったりした人が何百万人もいる。嗅覚の障害は、受診しない人が多いために把握しにくいが、じつはありふれている。

初めて見学に行ったあの日から、わたしは二年にわたって、断続的に味覚嗅覚センターを訪れた。そこで出会った患者たちは、じつは、法則の例外にあたる人たちばかりだ。この世界には、「大半の人は、手当てを受けようとしない」という法則がある。彼らがまっ先に言うひとことも、ほぼ共通している。「においくらいわからなくても、目が見えて、耳が聞こえるほうがいいですよ」

実際、患者のたいていが語ってくれたように、嗅覚がなくても外を歩き回るには不自由しない。土曜日の朝に子どものサッカーの試合に行って、スパイクシューズでかきまわされたばかりの土のにおいがわからなくても困らない。オーブンから出てきたばかりの誕生日ケーキの、バニラの粉っぽい香りを思い出せることは、必要不可欠ではない。しかし、あるべきにおいの不在は、時がたつにつれて深く潜航していく。わたしがドーティのところで学んだことは、においの不在は、ときに悲惨な影響もおよぼしうるということだった。そしてその害は、何年もかかって、静かにじわじわと進行していくのだ。

においが人のアイデンティティや体験の中心部分を占めていて、消えると世界の見えかたに大きな空洞を残しかねないことは知っていた。わたしの場合、においの欠如とは、たちの悪い単調さだった。ドーティのクリニックに通ううち、人によっては、抑うつや不安、食生活の異常、性欲の欠如などが起こりうるとわかってきた。思い出は風がふけばどこかへ飛んでしまい、親近感は根拠を失う。においを感じる力がなくなったときに失うのは、台所でローストチキンが焼き上がるときの塩のきいた脂の多い香りだけではなく、なにかもっと深いものなのだ。それは子ども時代の記憶かもしれないし、空腹に気づくきっかけかもしれないし、ここがわが家だという実感かもしれない。漠然とした、たいていはことばにもできない、それでいて自分自身を知り、自分のアイデンティティを把握するために欠かせない基準——その人の過去、現在、未来なのだ。

同じことで苦しんでいる人たちは、実際、どれくらいいるのだろう。そう思ったわたしは、病院以外の場所での出会いを探すことにした。そして、それが見つかった場所は、インターネットだった。フェイスブックにも「全世界のアノスミア当事者よ団結せよ」などといったグループがあり、五〇〇人をこえるメンバーがいた。ヤフーのメーリングリストにもアノスミアのグループがあり、嗅覚がなくなったりゆがんだりした人びとが世界じゅうから参加して、一日もとぎれずメールのやりとりがつづいていた。

仲間は何百人も、何千人もいた。わたしはひとりではなかったのだ。それなのに、仲間たちの大半は、自分はひとりであるかのような思いを味わっているのだ。

わたしは、落ちこんでいる人たちにも出会った。自分の知っていた世界の質感が消えてしまったからだ。南アフリカのタビソ・マシャープは、空気のにおいが恋しいという。「陶酔するほどの、命のすがすがしさを吸いこむだけでいいから」と書いてきた。ニューヨークのペンシルベニア駅から自宅まで歩いて帰るとちゅうで車にはねられたジョアン・コルデロは、自分はたよりなくて壊れやすいと感じ、孤立を感じていた。「うちの子どもたちのにおい、うちの犬のにおいが恋しいし、だれかをハグしたときに、命の温かさを吸いこめなくなったのが寂しい」と話してくれた。「気分、記憶、感情、結婚相手の選択。人間は知らないうちににおいを介してコミュニケーションをしてるんですよ。料理は燃えてしまうし、酔っぱらいのとなりに座ってしまうし、火や煙に気がつかなかったこともあったから不安で。外食なんてしません、味もわからないのにわかるふりなんてしたくないし、お金のむだでしょ」

落ちこみにつづいて浮かびあがった問題は、恐怖心だった。煙、火災、ガスもれ、排気ガスなどの危険に気づく手段がないため、気が休まらないという人がおおぜいいたのだ。「前はガスオーブンのついてる部屋に住んでたんですけどね」と電話で語ってくれたのは、ロサンジェルスで音楽家たちの宣伝を手がけるアンディ・フレンチだった。「ガスがもれていても気がつかないから、爆発事故になるんじゃないかと思って」また、服が臭くないか、ルームメイトに嗅いでもらうという。「ときどき、妄想っぽくなって、同じ日に三回もシャワーを浴びちゃうこともありますよ。だって、自分が臭くないかどうか、自分じゃわからないんですから。生活のすべてに、こうした手がかりがあるんですよね。それをすっかり取り上げられたわけですから。毎日のくらしがややこしくなる」

生まれつきアノスミアだった人たちにも会ってみた。なにか大切なものをなくしたような喪失感をおぼえ、見えない危険を気にする人もいれば、なんとも思っていない人もいた。「わたしにとっては、世界はこれで完璧なのです」と書いてくれたのはミシシッピ州ルイビルに住む三五歳のケイティー・バウチロンだった。「わたしがにおいを感じないと知ると、それで味がわかるのかときく人が多いのですが、味はちゃんとわかっています。生まれたときからにおいの感覚がなければ、食べかたは変わるでしょう。たしかに甘さや苦味、塩味も楽しんではいますが、わたしにとっては、食べものとはもっと複雑なものです。（中略）食べものの色、質感、音、風味だって大好きです。わたしはオクラスープも作りますし、トマトのグレービーソースも作ります。火が通るにつれてルーの色が濃くなっていくのを見るのも好きです。色を見ていれば、ほかの材料を足すのはいまだ、とわかるのです」

嗅覚を失ってから、適応できるようになった人たちにも出会った。メンフィスのジョン・プフンドは、においがわからなくなって一年後、食べることを再び楽しめるようになったという。「この料理はおいしいとかまずいとか、ほんとうに食感だけでもわかってしまうんですよ。（中略）嚙みごたえと舌ざわりとからできている、別の新たな感覚なんです。目の見えない人の聴覚が鋭くなるとか、そんな感じでしょうね」

そして、わたしはまだまだ飽き足りなかった――もっと聞きたいし、もっと会いたい。だれかと話すたび、また、メールのやりとりをするたび、これまでだれにも言わずに苦闘していた相手の人も、少しは「自分だけではなかった」と感じてくれるのだった。

一方、クリニックの見学もつづけていた。ここの待合室には五人か六人、ときに七人の患者さんが集まって、ここを拠点に八時間にわたる予定をこなす。そこには、ほかのどこでも見られない一体感があった。いつか、ドーティも自室のデスクで言っていたように、「この部屋よりも、待合室のほうが治療効果は高いんですよ」というわけだった。

わたしが通いはじめて数か月たった昼下がりのことだった。その日の待合室に集まっていたのは、歳も二七から五五まで、職業も企業の顧問弁護士から写真専門の著作権代理人までと多彩な顔ぶれだった。前の病院での記録やレントゲン写真の入ったファイルを危なっかしくひざにのせている人もいれば、クリップボードにはさんだ問診票に記入している人もいる。空席には上着が投げだされ、部屋の奥で事務職員の打つキーボードの音がやたらと響く。みんな無言で座って、部屋のすみにある重たい木造りの扉からドーティが顔を出すのを待っているのだ。

わたしのむかいの席に座っているのはボビー・スミス。陸軍の大佐で、バージニア州マナッサスにある陸軍の研究所にほど近い自宅から、はるばる車を運転してやってきた。軍服ではなくジーンズにブレザー姿で、いかにも覚悟ありげな固い目つきだ。八年あまり前にいっさいのにおいを感じなくなった。理由はわかっていないという。

わたしの右隣はマシュー・スマイス、二七歳になるフィラデルフィアの保険外交員で、八か月前に自動車事故で頭にけがをして嗅覚神経細胞が切断された。仕事を一日休んで来ており、緑色の丸首セーターにジーンズ、スニーカー姿だった。六歳になる娘のにおいがわからなくなったのがさびしいし、季節の行事がそれらしく感じられないという。はっかと松の木と七面鳥の香りがなくては、クリスマスはもはやクリスマスではないのだ。

そのむかいの女性はロビ・ロビンソン。弁護士をしていたが、前庭器官の病気で失業して数か月になる。立ち上がるたびにつんのめってはそばにあるファイル棚につかまり、「おっとー!」と言っている。

なぜにおいまで消えてしまったのかさっぱりわからず、ふしぎがっていた。

わたしの左隣のデビー・ボンデュリックはマンハッタンの著作権代理人で、車で来院するために朝早くに出発したという。髪は茶色のショートカット、まっ赤なフレームの眼鏡、膝には分厚い小説本を乗せている。ふだんは無臭の世界だが、数日に一度、前ぶれもなくにおいが押しよせ、それが一〇分だけ続く。せっかくにおいが戻ってくる時間なのに、楽しいどころか負担だという。おまえはこれだけのものを失ったんだぞと突きつけられるだけだからだ。「別に不幸せだとは言わないけど、バゲットのにおいがわからないんじゃ、フランスパンのお店に入ったってなんになります？　自分で自分を幸せにするだいじな手段をなくしちゃったんですよね」

待合室ではスクラッチ式テストをやっている人が多い。時間はのろのろと過ぎていく。検査の順番の都合もあり、合間には紙に記入する作業がはさまることもあり、どうしても待合室で座ってすごす時間が多くなるのだ。待合室はほぼいつも満員だった。わたしは居合わせた人と少しおしゃべりをした。それから席を立って、スマイスが舌に塩味、甘味、苦味、酸味の溶液を少しずつ垂らされて、味覚だけをたよりに名前を当てるようすを見学させてもらった。

一一時になるころには、だれもがいらいらしていた。

「お昼を食べにいく時間はあるのかしら。お腹すいちゃった」とロビンソンが言う。

「むりだね」スミス大佐がにやりと笑う。「この世の終りまでここに監禁されるんですよ」

「あらたいへん。テスト問題を食べて飢えをしのがなきゃ」

「ぱぱっと食堂行く時間ぐらいはくれるんじゃないかしら」とロビンソンが希望を口にする。

大佐が「スープがほしいんだけどなあ」と言った。後で聞いた話だが、スープはいまでも好きなのだそうだ。熱さと具の食感は楽しめるのだという。

「お昼は『病院風フルコース』がいいな」と、ボンデュリックがいたずらっぽく笑う。「こんなに待たされてるんだから、お詫びにおごってもらわないと。前菜はキャビアでしょ。次はフォアグラなんかどうでしょ。フランス風の極上オニオンスープでしょ……」

「続けてつづけて。すてきだねえ。次は?」と大佐が催促する。

ボンデュリックはちょっと考えた。「ロブスターかな。味つけは溶かしバター。バターならいまもよくわかるから」

大佐がうなずく。「ステーキはどうだろう」

「いいですよ。メインはステーキのほうがいいかしら」

「両方じゃだめ?」

「ま、食いしん坊。かしこまりました、ステーキとロブスター、ただいまお持ちいたします」

「ステーキ、いまでもお好きですか?」部屋の奥からスマイスが疑問をさしはさむ。彼は身をのり出して両ひざにほおづえをつくと、「前はステーキが好きだったんですけどねえ」とため息をもらした。「ステーキならなんでもあり。ハラミ、肩ロース、なんでも。ハーブバターなんか乗せたらもう極楽。網焼き、オーブン焼き、なんでもござれでした。それがいまは、ぱさぱさ、ざらざらするだけで味のしない繊維になっちゃった。もうむり」

「わたしはワインですね」とロビンソンが言う。「前は赤ワインを毎晩一杯ずつ飲んでたんです。でもいまは、タンニンの味しかしない。あとは酸味と」スマイスが話を続けた。「前は甘いものなんか好きじゃなかったんですけどね。でもいまはわかる味も少なくなっちゃったし、甘味はわかるもので。気がついたらデザートをいっぱい食べちゃってる。いっぱいどころか、どか食いって言っていいくらい。ショックでしたね。だって、一リットルサイズのアイスクリームが一回でなくなるんですよ。冷たさと甘味なんですね」

部屋じゅうで「わたしも」「わたしも」がこだまのように響く。一瞬の間をおいて、座は笑いに包まれた。

「みんな、同じ理由で来てるみたいですね」と言ったのはロビンソンだった。「どうでしょう、それぞれ身の上話といきません？　同じ悩みをもつ者ばっかり、こうして小ぢんまりと集まるチャンスなんてめったにないことだし」

「そうだね」とスマイスが言った。「ぼくは交通事故でにおいがわからなくなった」。ある朝、通勤途中に警官に車を止められたそうだ。「なにをやったのかな？」大佐がウインクをして見せる。「照れなくていいから。クスリでもやってた？　それとも盗難車？」

「さあ？　スピード違反だったかもしれないし、そうじゃなかったかも」ところが、パトカーがスマイスの後ろで車をとめたとたんに別の車がつっこんできて、二台ともぶつけられてしまった。スマイスはハンドルに頭をぶつけ、警官もかなりのけがを負った。

「違反切符、まだ有効なの？」とロビンソンはショックを受けた面持ちだ。

「いんや。あっさりと放免」とスマイスは笑う。

「あなたは？」とボンデュリックがわたしのひざをたたいた。

わたしは笑みをうかべた。「わたしも交通事故です」

「同じですね」と言うスマイスに、わたしはうなずいた。

「わたしは事故じゃない。八か月前に、ふっと消えてしまった。ドーティ先生に治してもらえると思ったんだがね。どうもそうはいかんらしい」と大佐が言う。

ボンデュリックが「わたしは副鼻腔の異常で消えたのね」と言った。「鼻中隔が彎曲してたのを直したら、味がわからなくなっちゃった。鼻先にコーヒーをつきつけられても、なにも感じない」

「そうそう」とロビンソンが言う。「ちょっと前からにおいを感じないんだけど、理由はわかってない。七月四日の独立記念日にはベイクドビーンズのにおいがわかったのに、誕生日の一五日にはなにもなくなってた」

「なんにも？」

「なんにも。おかげで誕生日のディナーがつまんなかったわ」

ボンデュリックは料理ができなくなったことをさびしがっていた。かつて自宅のマンションで開いたディナーパーティーがどんなものだったか、激しい身ぶりつきで描写してくれる。それがいまでは、だれかかわりに味見をしてくれる人がいないと、味つけがめちゃくちゃになってしまうという。「前はレシピを見て作るなんてことなかったんだけどね。これからはレシピ使ったほうがいいかもね」

いまではみんな、友人たちとのディナーで起きた話を披露しては笑い合っていた。「人に『おいしいですか？』ってきかれるのが最悪」とスマイスが文句を言う。「だからたいがい、『知ったことかよ』って言うことにしてる。だってさ、わっかるわけないだろ？　味がわかんないのに！」

ロビンソンが受けた。まるで酔っぱらったようなようすで、耳ざわりすれすれという大声で笑う。

「わたしなんか、ごみが腐っててもわかりゃしないし！」

「犬がおもらししてもわかんない」

「トースト焦げてもご存じない」
医師の一人がいったいなんの騒ぎだろうかと首だけ出してのぞいたが、みんなが笑っているのを見ると、にっこりと歩み去った。

ヴィート・リッツォと知り合ったのは五月のある朝、ドーティのクリニックでだった。リッツォはやせ型の六〇歳、コミュニケーションとコンピューターの専門家で、ニューヨーク大学に勤めている。この日ドーティの部屋に呼ばれたのはリッツォが最初で、静かに入ってくると、わたしのとなりの椅子に腰をおろした。ひざに置いたショルダーバッグがこぶのように盛り上がってみえた。

においの感覚がなくなったのは三か月前、理由は想像でしかないが、ひどい鼻かぜのせいだろうと言う。ところが、わたしの世界がぼやけていって退屈だが無害なモノクロ世界になったのとはちがい、リッツォの世界にはひとつのどぎつい色がつき、現実ばなれした異世界へと近づいていったのだった。

リッツォの場合、全部のにおいが消えたわけではない。残ったにおいがあった。ただし、ひとつだけ。そして、そのにおいがつねにつきまとっていた。奥さんのお得意のボロネーゼソースの鍋に鼻を近づけてもそのにおいになるし、なにもないところでもそのにおいがする。「ずっと一定なんですよね」口調はおだやかだが、ぴりぴりしているように見える。ドーティは医療記録をぱらぱらとめくっている。ほかの患者の記録はたいていインクで走り書きしてあるのに、リッツォのはタイプ打ちなのが目にとまった。

「ひとつだけになって初めてわかりましたよ、人間、じつにたくさんのにおいを感じているものなんですね」

「なんだかわかるにおいですか?」

「ええっと」リッツォはゆっくりと引きのばすように答えた。「わかります」

どうやら、ことばで描写するのに苦労しているようだ。

「じつを言いますと、母を思いだすんです」

わたしはノートから顔をあげた。お母さんですって? 自分の母のことを考えてみる。ローズマリーとミントのシャンプー。ティファニーのオードパルファム。コンロで煮える、きのこたっぷりの鶏のマルサラ酒煮。

「母は二〇〇四年に亡くなったのですが」と、リッツォは話をつづけた。「亡くなったのは姉の家で、朝の四時ごろでした。その日は朝のうちに姉の家へ行きまして」と言ったところで、リッツォはことばを切った。この話はどこへいくのだろうか、とわたしは思った。「わたしが気づいて、体をつかんだんです。すでに腐敗がはじまっていて、肌は冷たかった。緑色になりかけていました。そのとき、このにおいがしていました」

ドーティはなにも言わなかった。

「そのときのにおいが、いま、するんです。死んだ組織。肉。死のにおいです」

においははっきり感じるのに源は見当たらないという幻臭だが、無害なにおいを感じるケースがないでもない。たとえばわたしが事故のあとでしばらく感じていた「脳のにおい」は土や草のようなにおいで、だんだん愛着さえ感じるようになったものだ。しかし多くの場合、感じるのは悪臭だ。幻肢でも、切断後の手足はこむら返りや骨折の状態がつづいて激しく痛むように、幻の悪臭は息をひと息吸うたびに、なにかをひと口食べるたびに侵入してくる。

シチリアの生まれで、大人になっても昔の味を愛しつづけたリッツォだったが、奥さんのヴィータ（「そうなんですよ、ヴィートとヴィータなんです。よく言われますよ」と彼は笑った）が好物を作っているときには台所に入れなくなってしまった。

そんな思いをしているのは彼ひとりではない。ダイアン・ニブスはミシガン大学の食堂の厨房で働いている。幻臭に悩まされるようになったのは二〇〇八年、嗅覚を失ってすぐのことだった。彼女の幻臭はリッツォのようにコンスタントなものではない。六か月にわたって、次々と入れ替わったのだ。「むかむかするのもあれば、ほっとするのもありましたが、いずれも、これまで嗅いだどんなにおいにも似ていませんでした。熱さで強くなる（オーブンを開けたときなど）ものもあれば、湿気で強くなる（シャワーのなかなど）ものもありました。ただ、ずっと消えずにつづいているようでした」

四九歳になるヴァルディーン・ミンツマイアーはひどい風邪をひいてにおいを感じなくなった。何週間もたってにおいが戻りはじめたとき、最初に現れたのが幻臭だった。殺虫剤、腐ったりんご、それに「うんちガソリン」と名づけた、まさにそのとおりのにおいだった。彼女はベジタリアンだったが、肉が入っていないのに肉のにおいを感じることがよくあり、それは子ども時代の記憶がふしぎに戻ってきたようだった。「何か月かあとに感謝祭があったんですが、家族の集まる食事会にはどうしても行けませんでした。どうせ、みんなおいしいおいしいって言うのに、わたしには『うんちガソリン』の味しかしないってわかってますから。その年は、感謝祭はパスしちゃいました」

嗅覚系に損傷を受けると、いろいろな不具合が起こりうる。そして困ったことに、いろいろな不具合は実際、よく起こる。幻臭はどこにでもつきまとうし、感情に影響するし、人の存在の根源的な部分をおびやかすのだからとりわけやっかいだが、これだって数ある障害のひとつにすぎない。

ひと口に嗅覚の障害といっても、なにかで鼻孔がふさがれる、粘液が多すぎるなど、入り口近くのトラブルもある。少し奥へ進んで、嗅神経の切断もある。もっともっと先、脳での処理がおかしくなることもある。

基本的な知覚の道すじを考えてみよう。鼻に入ったにおいの分子は鼻孔を進み、鼻腔の天井のてっぺんで小さな受容体に捕えられる。これがスイッチとなり、スタッカートの信号が脳へ向けて送りだされる。神経細胞――わたしの事故のとき切断されたのと同じ、再生が可能な神経細胞――を伝わって運ばれた信号のひとつひとつは、ちょうど楽譜にならぶ音譜に似ている。どの神経細胞から届くどの信号も、ひとつの全体像を作り上げるためには大切な要素だ。汗臭い靴下とパルメザンチーズのにおいを分けるのは、たった一個の炭素原子なのだから。

ところが、再生の途上ではさまざまなトラブルが起こりうる。神経細胞がもつれることもあれば、どこかで引っかかることもある。うまく脳までたどり着くものもある一方、袋小路に入るものもある。瘢痕組織にじゃまされても、骨にじゃまされても、上皮組織内部の損傷にじゃまされても通れなくなる。こうしてパターンが乱されると、できあがりはひどくゆがんでしまう。

文献をみても、幻臭の原因については十分に研究が進んでいない。可能性としては、神経細胞が脳にまちがった信号を送っているのかもしれない。脳の側で、届いてもいない信号を読みとっている可能性もある。このようにありもしないにおいが出現する現象は、よく幻肢と比較される。切断されて、ないはずの腕や脚の感覚を、鮮明に、強く感じてしまうという現象だ。幻の手足はむりな角度に曲がったりして痛むことも多いが、こうなってしまうと痛みから逃れることもできない。幻肢の解明にはたいへんな時間とエネルギーがついやされ、いまでは、体性感覚皮質（脳のなかで、身体の動きの情報を処理する部分）の配線まちがい、再組織化が原因だという考え方が主流となっている。

ところがにおいの場合、まったくないところに一からにおいを作ってしまうというトラブルは、数あるトラブルのひとつにすぎない。再生の過程で、全部の神経細胞が嗅球までたどり着けず、数が間引かれてしまったら、それだけでも高次の脳へ送られる信号は変わってしまいかねない。結果として感じられるにおいが、奇妙なものや不快なものになることはしばしばだし、ひどい悪臭になるかもしれない。以前はなじんでいた、ありふれたにおいが脳のなかでゆがみ、別のにおいに変わってしまうのだ。

たとえば、かつてアノスミア患者だったリンダ・ウダードはこんな経験をしている。彼女は一九九〇年代のはじめに呼吸器の病気で嗅覚を失った。最初、においが戻りはじめたときは楽しみだった。神経が再生した、幸運な患者のひとりだったのだから。初めて復活したにおいはにんにくだった。ところが、彼女はほどなく気づく。どうも同じにおいが多くないか。にんにくにしては登場回数が多すぎる。ほとんどなにを嗅いでもにんにくになっているではないか。身のまわりのすべてが、にんにくの強いにおいに変わっていたのだ。「最悪だったのは夏、よく熟れた桃を食べようとしたときね。口に近づけたら、にんにくのにおいしかしないんですよ。食べられなかった」

では、どんな対策があるのだろう？　四肢切断患者の幻肢については、脳の可塑性の専門家V・S・ラマチャンドランが実験を重ねた末、ちょうどいい角度に調節した鏡を使って脳をだまし、痛みをとりのぞく方法を発見した。二〇〇五年に発表された「神経学における可塑性と機能回復」という論文には「脳は、それぞれに独立したモジュールが階層的に組織され、出力は次のレベルへ届けるのだと考えるのではなく、外界との間にも動的な平衡を保ちつつ、複雑に相互作用するネットワーク群と考えるべきである」と記されている。しかしにおいについては、このやりかたはまだ使えない。

ネブラスカ大学医療センターのドナルド・レオポルドが以前、ひとつの解決となる処置を施していたことがある。これはかなりの荒療治で、嗅神経も嗅粘膜も外科的に切除して、すべての嗅覚を消してしまうというものだった。いまでは「リスクがベネフィットを上回るから」とおこなっていない。いまは少しちがった、リスクのより少ない方法に変更しているが、同時に、なにもせずにしばらく待ってみることも勧めている。幻臭は時間とともに薄れていくことがわかっているからだ。それでも、シュールレアリズム的な苦痛と共存するよりは手術のほうが魅力的だという患者もいる。リッキ・ワーズンは一度は嗅覚を完全に失ったが、子どもたちの髪の毛のにおいが日ごとに焦げたコーヒーのにおいへと変わっていくのが怖いと言う。「こんなことなら全然におわないほうがましじゃないかと思わずにはいられません。においも味もねじれてしまった世界で生きるのは、気持ちの面でまだまだつらいんです。いつか慣れることができたらいいんですけどね」

大半の人にとっては、治療の望みはほとんどない。リッツォがクリニックで過ごす一日が終わろうというとき、わたしはしめくくりの面談に同席させてもらった。ドーティが検査結果を説明する。味はわかるが、においはほとんど感じていない。幻臭は？ 待ってみませんと、とドーティが答える。

「でも、どうすればいいんです？」

ドーティはいつもどおりの方法を勧める。チオクト酸。スパイスの瓶を嗅いで練習する。「まだたったの四か月です。トンネルのむこうにはまだ光が見えていますよ」

「なにも変わらなかったら、なにをたよりにすればいいんですか？」

「これから一年でなにも変わらなかったら、変わらないということです。嗅覚というのは比較的元気なものですが、一般的にいって、一年、場合によっては一年半たつと死ぬんです」ドーティの最後の一語が、部屋のなかにこだましているようだった。「うまくいけば、これから一〇年のあいだに、こういう症状の治しかたがもっとよくわかるかもしれません」

八か月後、わたしはリッツォをマンハッタンのオフィスにたずねた。

一二月の最初の週の夕方だったので、デスクの横には小さなクリスマスツリーが立ててあった。ツリーにはニューヨーク・ヤンキーズ関連グッズの飾りものが吊るされ、色とりどりの豆電球が点滅していた。壁には一等曹長として陸軍を退役した証明書を額装したものがかけられ、リッツォの頭の近くのキャビネットには、家族の出身地であるシチリア島はパレルモの小さな絵はがきがテープではってある。高校に通うふたりの娘さんの写真が机の上に飾ってあった。「ふたりともいい子でね」とリッツォは誇らしげに言った。「できるだけのことをしてやりたいですよ」

「においはどうですか」わたしはおそるおそるたずねた。もしやあのまま変わっていなかったらと思い、朝も髪を洗うのはやめようかと思ったほどだった。わたしのシャンプーが、体が腐っていくにおいに感じられたら困るではないか。それでも勇気をふるって質問し、息をつめて、いい返事でありますようにと祈った。

リッツォはかすかな笑みをうかべた。「進歩はしてますよ。例のにおいのことでしょ?」わたしはうなずく。「あれなら消えた」

死の幻はどこかへ消えていった。だからといって自由の身になれたわけではない。彼の感覚世界はあいかわらずゆがんだ、シュールなものだった。

悪臭にはまだつきまとわれている。前と同じにおいではない。こんどのは「なんとも説明できない、不快な」ものだそうだ。ただし、状況と関係なくつねにただよっているのとはちがい、今度のにおいは、以前によく知っていたたくさんのにおいに取ってかわったのだった。ジャージーショアの別荘で焼くバーベキューのにおい。職場の外の通りでケバブを売る屋台の煙のにおい。「犬の糞とホットドッグが同じにおいなんですよ」リッツォはため息をついた。「ほんとうに困ってしまう」ポップコーンやオーデコロンのにおいには耐えられない。「エレベーターに乗ったら、いっしょに乗っていた人がきっと香水をつけてたんでしょうね。吐き気がしました」以前は毎晩の習慣だったパイプ煙草もやめてしまった。

そして、嗅覚のゆがみや幻臭にくらべれば目だたないが、まったく感じないにおいがある点も変わっていない。ニュージャージーの自宅の近くには製油所があり、車でよく近くを通る。その臭いはかつて、陸軍でサウジアラビアに配備されていたときのことを生々しく思いださせるものだった。それがいまでは、気がつきもしない。ケープメイにある自宅近くで、海のにおいを吸いこもうと水面ぎりぎりに顔を近づけてみても、むりだった。

クリニックを受診して以来、ドーティに勧められたことはつづけている。チオクト酸も二〇〇ミリグラムを一日二回のんでいるし、スパイスの瓶を嗅ぐ練習もつづけている。「ただ、効いているかどうかはわかりません」

この後、わたしたちはすぐ近くのイタリア料理店で夕食をともにした。上等のレストランで、襟の白いシャツに黒いエプロンをつけたウエイターたちのことばにはイタリアなまりがあった。

感覚のゆがみとぽっかり空いた穴とのせいで、食事にも支障が出ていた。料理のにおいで気分が悪くなることもあるため、ディナーパーティーには行けなくなった。妻の料理のにおいに耐えられず、自分用の夕食を自分で作る日も多い。「家族はわかってくれますが、楽じゃありません」いまだにウォッカもアマレットもサンブーカも区別がつかないのは、元バーテンダーにとっては気のめいることだった。チョコレートには、大好物だったハーシーの板チョコでさえ手をつけることができない。「なにかの罰だろうかって気がしてきます。呪いでもかけられた気分ですよ」

さまざまな食べものの前のにおいははっきり覚えている。味も覚えている。いくつかは正常に感じられるものも出てきて、大喜びしているところだ。トマト、緑色の梨、それに、ある日のピクニックでためしに飲んでみたピンクレモネード（「ところが、ふつうのレモネードはだめなんですよね」とリッツォは肩をすくめた）。妻のボロネーゼソースは数か月ぶりにようやく食べられるようになった。「以前はあのソースのなかで泳いでるようなものでしたからね。食べられるようになったときは、家内がそれは喜んでました」

「でもね、わたしの人生は変わってしまったんです。そういうものだと思うようになりました」

こってりした肉詰めマッシュルームを食べ（「パン粉の味はわかるし、オリーブ油もわかるけど、マッシュルームは味がしません」）、白ワインを飲みながら（「いい味だ」と彼はほっとしたように笑った。「ただ、ワインとは似ても似つかないけどね」）、わたしたちは以前の幻臭の話をした。あのときの記憶には、リッツォはいまも苦しんでいる。

「恐怖でした。ほんとうに怖かった。死んだ組織、死んだ肉の臭い。自分の手まで」と言うと、彼は両のてのひらを鼻にあて、ゆっくりと嗅いだ。「あの臭いがしたものです」

かかりつけの医者には、心因性のものではとも言われたそうだ。体の問題ではなく、精神的なトラウマのせいだって？　信じませんでしたよと首を横にふる。それでも、やはり気になってしまう。「母が呼んでいるんだろうか？」とも思った。ある日曜の朝早く、腐敗臭にたえかねた彼はベッドを抜けだして母親の埋葬されている墓地まで車を走らせた。母親の墓前に立ってみたが、答えはそこにはなかった。

答えはどこにもありませんでしたとリッツォは言う。いつもの耳鼻科では、望みはありませんと言われただけだった。インターネットにも答えはなかった。ドーティさえ、いろいろと勧めるだけではっきりしたことは言ってくれず、孤独な思いをかかえて帰ることになった。

まあなんとかやっていますよ、とリッツォは話してくれた。辛抱はきくほうだし、生きていることはうれしい。ちゃんと生活できることには感謝している。それでも、この不在と、このしつこい存在とがもたらす痛みと苦しみを、ないことにはできなかった。

「この手の問題にもっと世間の注目が集まってほしいものです」とリッツォのことばに力がこもった。情報がほしい。認知もしてほしい。「そりゃ、死ぬような病気じゃないですよ。がんとは話がちがう。でも人生が変わってしまうんだ。だれかに、これもひとつの病気ですと言ってほしいんですよ」

別れぎわに、わたしたちはレストランの入り口で立ちどまり、握手を交わした。わたしがお礼を言うと、反対に、わたしと知り合えてとても感謝していると言われて驚いてしまった。わたしは赤くなった。「あなたは回復した人だもの。おかげでどれだけ希望がもらえたか」

でも、わたしはほんとうに回復したといえるのだろうか？　クリニックを三日連続で見学するためフィラデルフィアに宿泊していたある晩、わたしはドーティの検査、ＵＰＳＩＴを自分でも受けてみようと思いたった。

このスクラッチ式のにおい同定テストは、身近なにおいに気づき、なんのにおいか判断する能力を測る方法として現在では広く使われているが、もとは一九八四年にドーティが開発したものだ。テストは四〇ページあり、一ページごとに色がちがい、問題が一問ずつ書かれている。問題は、こするとはがれる被膜でおおわれたにおいがひとつと、四つの選択肢からなっている。目標は、それぞれのにおいに正しい名前をつけることだ。

わたしが冊子を開いたのは夜の九時半、クリニックでの長い一日を終えた後だった。消しゴムのついていない鉛筆の後ろで被膜をはがしては、一ページずつ、かがみこんで嗅いでいった。

そのすべてににおいを感じた。四〇問全部だ。ところが、感じたにおいと、それを表すことばとを結びつけようとしたとたん、困ってしまった。それも、おおいに困ってしまった。

くんくんと嗅いでは、選択肢を見る。ひたすら見つめているうちに、目がどんよりとしてくる。どのにおいも、正体はほとんどわからない。知覚はしている。においはどれも感じている。なのに、以前は知っていたことばが、意識からふわふわと逃げだしていく。

さくらんぼかはちみつか？　スカンクかクローブか？

革はわかった。強いにおいで、特徴もわかりやすかった。ガソリンはにおい以外の部分で感じた。やはり三叉神経はたよりになる、と思った。まちがいようのないにおいも、ないわけではない。すいかとチョコレートだ。でもほとんどはずっとややこしかった。サリチル酸メチル？　ウイスキー？　ムスク？　何度も当てずっぽうで答えることになった。

どうしてできないのよ？　わたしはかっとなった。

終えてしまうと、わたしはベッドにあおむけになった。これはどういうこと？　においはわかると思っていたのに。

翌朝七時にセンターに着くと、ドーティの秘書にできた答案を渡す。彼女が採点するあいだもじっと見ていた。一分しかかからなかった。

「どうでした？」

彼女はばつの悪そうな顔で結果を渡してくれた。

四〇問中二八点だった。

わたしはきっとおかしな表情になっていたのだろう。秘書はすぐに力いっぱいほほえんだから。「少しはわかるじゃないですか」と明るい声で言われた。

わたしは弁解しようとした。「でも、においは全部感じたのに！」

「その話は先生にお願いしますね」と秘書は手を振った。

数分後、ドーティの部屋に入るとわたしはテストの結果を渡した。ドーティはいつものあの表情でわたしを見た。患者に接するときによく使う表情、辛抱づよさに満ち、かすかな悲しさのまざった表情だった。

「つまり、完全には戻っていないということですね」

キーライムとラベンダー
わたし、味わう
key lime and lavender: in which I taste

7

マットとわたしは二〇〇九年の冬に、マンハッタンはイーストヴィレッジの薄暗い一DKに引っ越した。エレベーターなしのビルの六階で、ブーツを引きずって階段をのぼらなくてはたどり着けない。がちゃがちゃと鍵を鍵穴につっこむころには、すっかり息が切れてしまう。留守中の人から又借りした部屋で、期限は三か月だったが、ほんとうのわが家を探すあいだの仮住まいには十分だった。

マットはちょうどハドソン川のむこう側、ニュージャージーで新聞記者として就職したばかりで、わたしは家でフリーランスの仕事をしていた。寝室の窓から見えるのは公立学校のコンクリートの校庭で、二〇分休憩の時間になるたびに、子どもたちの楽しそうな叫び声がむかいの建物からもはね返ってくる。

狭くて暗いこの部屋は光が足りないぶん、香りの楽しみが埋めあわせになっていた。強い香りもほのかな香りもあるが、いずれも古い香りで、休みなくスチームをふき出すラジエーターのかび臭く湿ったにおいとセットで入ってくるのだった。

他人の部屋に住むのはふしぎな気分だった。引きだしは知らない人の香水が香る服でいっぱいで、クローゼットにはサイズの合わない革靴が積んである。パチュリーとレモンの香りのする布がかけられたコーナーがそこここにあり、いつもとちがう食器洗い洗剤があり、わたしなら読もうと思わない本がある。わたしたちはどこかずっと住めるところ、自分たちの家を作れるところを求めて、インターネットで空き部屋情報を調べた。

寒いけれどもスチームに守られていたあの冬、マットはブレザーにネクタイ姿で毎朝早く出勤し、夜は遅く、疲れきって、お腹をすかせて帰ってきた。わたしは彼の留守中に、薄暗い台所で仕事をした。すぐ横は窓で、ゆっくりと冷めるにまかせているコーヒーのマグのむこうには鳩が見えたし、突風に吹きちらされるにわか雪も見えた。ときおり、ひとりでいるのが落ちつかなくなると近所の混雑したコーヒーショップへ行き、食事を作る時間がくるまでそこで過ごすこともあった。マットとわたしの夕食は九時だったり一〇時だったり、ときには寝ぼけまなこで一一時に食べる日もあった。

わたしは鶏肉とじゃが芋をローストした。しっとりと、塩をきかせ、皮はぱりっとブロンズ色に焼き上げる。鮭のレンズ豆添えを作り、松の実とパルメザンチーズの入ったサラダも作った。焼き色をつけたショートリブは、辛いトマトソースで肉がほろほろと骨からはずれるまで煮こみ、濃く練りあげたコーンミールのお粥にかけて出した。豚肉にパン粉とパセリとディジョンマスタードの衣をつけてオーブンで焼き、カリフラワーを添えて食べた。豚は厚切りで、キャラメルのような茶色になるまでじっくり焼き上げた。単純で、お腹にたまる料理ばかり、ふたりを暖めてくれる料理ばかりだ。

週末には友人たちとチャイナタウンで肉まんや餃子を食べ、ブルックリンでのパーティーで深煎りライ麦のビールを楽しんだ。ふたりで近所のポーランド料理店に通い、バターの香るチーズたっぷりのピロシキと、熟成が進んだうえに酢とキャラウェイの種のきいたザワークラウトを分けあった。朝早く、凍ったイーストリバーのほとりをジョギングすれば、ボートと海水のにおいのなか、前後にならんだふたりの足は心地よいリズムを刻むのだった。雪の街を散歩すれば、暖房とコーヒーが香るカフェの前も通り、ごみが臭う路地も横ぎった。わたしは五感で感じるニューヨークという街の細部に意識を集中した。そのすべてが近しく、濃く感じられた。ディーゼルの排気と甘い焼きナッツのどちらも、混雑し、遅れてばかりのQ列車の暑さも、そして、夜明け前の舗道から空き瓶が回収される固い音のこだまも。

そして、そのあいだもずっと不安だった。

街のにおいは感じても、なんのにおいかわからないことはしょっちゅうだった。フィラデルフィアでの検査でこのことを思い知らされて以来、わたしは何度となく自分を試した。出先でなにかのにおいに気づくたび、どんなかすかなにおいでも、名づけを試みた。よく知っているところを歩き回るときは、休みなく嗅ぎ、覚え、思い出すことを自分に課した。タイムズスクエアの近くの屋台から漂う、べたついた甘い香り（やわらかいプレッツェル）。チェルシーの市場の強烈なかんきつ系の香り（グレープフルーツ）。肉屋さんで感じた、木のような埃っぽいにおい（床のシダーのチップ）。でも、地下鉄の駅を出たところで感じたおいしそうな料理のにおいはなんだかわからなかった。家の近くの酸っぱいにおいも。冬に似合わず暖かかったある朝、窓辺に座って本を読んでいたときに感じた、涼しげで湿ったにおいもわからなかった。さまざまなにおいが、ぎりぎりわたしの手が届かないところでくるくると踊り、身をひるがえす。「あれはなに？」ときくと、マットは考えるまでもなく答えてくれる。あのケバブ屋の肉だよ。あの収集容器のごみだよ。雨のにおいだよ。

逃げこむ先は台所だった。指先にバジルのにおいをしみつかせたかったし、髪の毛に揚げ油のにおいをくっつけていたかった。ラザニアを生地から手作りしてほうれん草とリコッタチーズを入れて焼き、台所をトマトとにんにくの陽気な香りで満たした。鶏肉を炒め煮にし、豆腐をオーブンで焼き、子羊をステーキにした。赤さび色のチリを煮こむときには香りづけにわずかなダークチョコレートを入れ、鍋の上にかがみこんでは、わかるかわからないかくらいのほろ苦い湯気を吸いこんだ。どれも正体のわかるにおいばかりだ。においのもとが目で見える。名前を言えるにおいの存在に、わたしはほっとするのだった。

パンやお菓子も焼いた。バナナブレッド、ズッキーニのマフィン、スパイスをしのばせた生姜クッキー。古い友人が夏に結婚するので、四段重ねのウェディングケーキを焼く約束をして、練習のためにスポンジを何十と焼いた。オーブンから出てくるスポンジはやわらかくて湿気があり、少しのアーモンドと、さらに少しのレモンの香りが立ちのぼった。バニラ味のバタークリームも、数ガロンはホイップした。バターと砂糖の香りに、一時はなくしていたものを思い出した。何年も前、ボストン近くの街のベーカリーで同じミキサーの音を聞いていたあのときには、この香りはわからなかったのだ。

台所では無理なく動くことができた。ここ数年でいまがいちばん、台所を居ごこちよく感じた。ようやく、コンロの前でも自分の勘を信じられるようになってきた。実験することも自分に許した——いまも温度や質感、色に注意をはらうことはやめないが、味と香りも参考にするようになった。失敗がなくなったわけではない。ただ、心のなかのこんなささやきに耳をかたむけられるようにはなった。もしかしたら、自分なりの試行錯誤、自分なりの練習をして、自分に特有の落とし穴に気をつければ、わたしだってまだ、料理ができるかもしれない。

そのあいだも、わたしはすでに知っている味と香りの安心感で身を守っていた。一日じゅう、夕食のしたくを心待ちにして過ごした。玉ねぎとにんにくを刻みはじめる時間、コンロの上で、塩を加えた水をわかしはじめる時間が待ち遠しかった。知覚の細部に集中した。吸う息、吐く息。ハーブやスパイスのニュアンス。わたしは強迫的なまでに香味に凝るようになった。もとからその気《け》はあったが、いまはそれ以上だった。

においと味の関係はよく知っていた。舌でわかるのは、パスタの塩、ケーキの甘味だ。紅茶にレモンを入れたら、酸味は舌が感じるし、コーヒーの苦味もわかる。しかし、においがあって初めて、風味は生まれる。

食べものを咀嚼しているときに喉のほうから上がってくる香りを文字どおり「口中香」といって、トマトソースの野菜らしい甘味や、ケーキの台に混ざった粉末アーモンドに気づくことができるのも、この口中香のおかげなのだ。お茶がジャスミン茶になるのも、ラテにバニラが入っているのがわかるのも、においのはたらきだ。このときにはもう、モネル化学感覚研究所のマーシャ・ペルチャット、ゼリービーンと呼吸の実験で、味と香りの基本をデモンストレーションしている心理学者には会っていた。「味を感じるのに鼻がかかわっていることは、ほとんどの人が知らないんですよ」とペルチャットからも聞いていた。「知らないから、風邪で味がわからないよなんて言うんです。でも、そんなときに砂糖や塩を舌に乗せたら、ちゃんとわかる。わかんなくなってるのは、食品の嗅覚的な部分なんですよね」

毎週土曜日には、ユニオンスクエアのファーマーズマーケットまで歩いた。厳しい寒さのさなかでも新鮮な卵があり、小さな新じゃがが出ているからだ。好きなだけ時間をかけたいから、ひとりで行く。

ひとつひとつのブースの前で足をとめて、泥つきのビーツに触れ、地元の人が手作りしたオクラのピクルスを味見する。ビニールに入ったクッキーや真空パックの肉は素通りした。カセットコンロの上で鍋から湯気をたてているホットアップルサイダーのにおいを、つづいて、実家を思い出す緑茶のにおいを嗅ぐために立ち止まる。

二月のある雪の午後、わたしはりんごの店ばかりが集まるブロックで足をとめた。小さなテントの下に一列にならんだテーブルは、どれもりんごの箱でいっぱいだった。緑の、赤いの、凹凸があって大きな黄色いの。その場の空気にはかすかに、りんごらしい酸っぱい香りがしていた。いくつかの品種は試食用に薄く刻んだサンプルが皿にならべられ、近くでだれかが吸っているたばこから煙がたちのぼっていた。わたしは透明なビニール袋にりんごを入れた。ひとつ、またひとつ、どんどん詰めていく。使いみちは決めてある。

その日は家を出るときに、声高らかに宣言してきたのだ。今日はアップルパイを焼くからね、と。いろんな品種のりんごを少しずつとり合わせ、ちがう色、ちがう質感を集めてみよう。シナモンと、レモンだけでなくオレンジの汁もちらっとしのばせよう。バターとショートニングで練った生地を、型にきっちり敷きつめよう。焼き上がった皮は、薄い層を重ねたようなブロンズ色になるだろう。オーブンから出したら、湯気とともに秋の香りがふき出すだろう。

帰り道、戦利品の重みで体を斜めにして歩きながら、わたしは〈旭〉を一個とり出してひと口かじってみた。きりっと酸っぱくて甘く、汁が手をつたって流れた。手袋なしの指はたちまちかじかんでいく。りんごは果樹園のにおいがして、大学時代にひたすらパイを焼きつづけた台所と同じにおいがした。味は、子ども時代のすべての秋をひとつに集めたような味だった。

ところが、歩いていくうち、なにか別のにおいもしているのに気がついた。覚えのあるにおいなのに正体がわからない。ひりひりするようなにおいで、かすかに金属っぽい。もしかしたら、舗道の上で中身があふれている、ブリキのごみ容器かもしれない。あるいは、スピードを上げて通りすぎたタクシーの排気ガスかもしれない。新しいにおいはたいていそうだが――そこにあるのにないにおい、存在には気づくのに正体不明のにおい、つねに喉元まで出かかっているのに思いだせないにおい――どうしてもわからなかった。わたしは思った。もしかしたらこれ、ただ単に、〈寒さ〉のにおいなのかもね。

シトロマックス社の着香料開発主任、エレイン・ケルマン＝グロージンガーに初めて会ったのは、ある朝のことだった。アッパーウエストサイドにある彼女の自宅マンションのロビーで、出勤前に待ち合わせたのだ。シトロマックス社は家族経営の小さな会社で、何世代にもわたってアルゼンチンのレモンからレモンオイルを作ってきた。この日は一日、グロージンガーに密着させてもらえることになったのだ。彼女の職場は、ニュージャージーの高速道路のわきに建つ、近寄りがたい倉庫のような建物のなかにある。

グロージンガーはフレーバリスト、食品用着香料の開発者だ。発明家でもあり科学者でもあり、味の生みの親でもあり、流行の生みの親でもある。「チャーリーとチョコレート工場」のウィリー・ウォンカがもしほんとうにいたとしたら、そのイメージがいちばん近いだろう。彼女のような化学者たちの創りだす香料は、世界じゅうの人びとが毎日食べる無数の加工食品に添加されている。天然に存在する香りを再現するものもあれば、独自に考案する香りもある。買い手を誘惑し、口を魅了し、舌をだますのが仕事だ。二〇〇九年に『ニューヨーカー』誌に掲載された「味の仕掛け人」という記事で、ラフィ・

ハチャドゥリアンは「食品用着香料の消費は、現代にみられる幻影への一斉服従としては、もっとも根深いもののひとつといえるかもしれない」と書いている。

グロージンガーの正式な肩書きは「研究開発部長」。その日彼女は、朝の八時三〇分にエレベーターを降りてきた。黒のパンツにハイヒール、青いアイシャドウ、明るい紫の上着は人工のワニ革のようだ。プラチナブロンドの髪を肩まで垂らした姿は、わたしが想像していたのとはまったくちがっていた。「モリーさん?」と満面の笑顔で聞かれ、わたしたちは握手をかわした。

「エリーって呼んでくださいね」という口調もあたたかい。わたしたちは階段で地下駐車場へ行き、彼女の車に乗りこんで西へむかった。目的地はハドソン川の向こう、ニュージャージー州にある小さな町、カールスタットだ。そう、エリック・シュローサーの『ファーストフードが世界を食いつくす』にも出てきた話だが、ニュージャージー州ではアメリカの食品用着香料の三分の二が生産されている。

グロージンガーのような化学者たちが作りだす香料には天然のものもあれば合成のものもあり、ヨーグルトやゼリー菓子、アイシング、ある種のジュース類、そのほかたくさんの食品に添加されている。ダイエット・ソーダやバニラ味の豆乳、わたしの母が愛用している銘柄のマーガリンなども、香料なしには成りたたない。だれもが知っている有名メーカーの製品にも使われているが、食品メーカーが自力で開発することはめったにない。

これらの香料は、いくつもの揮発性物質と、数式と、ビーカーやピペットを使って作られる。「ベンズアルデヒド」だとか「シス-3-ヘキセノール」「リナロール」などといった耳なれない名前の化合物をいくつもとり合わせた、複雑な混合物から生まれる。測定にはコンピュータや計器も使われるが、まずは人の鼻で測られる。グロージンガーはシェフと調香師、化学者と芸術家を分ける細い線の上で仕事をしている。そうして生まれるのは、味と香りの中間の領域に属する製品たちだ。

業界の規模は小さく、アメリカ全土でもフレーバリストは五〇〇人にも満たない。その数少ない同業者の多くがそうであるように、グロージンガーも最初から香料化学者を目ざしたわけではなかった。「たまたま飛びこんだんですよ」リンカーントンネルを抜けながら、彼女は快活に笑った。科学を専攻し、大学院では遺伝学を学びだしたものの長続きしなかった。「情熱がもてなかったんですね」と言って、笑いながらつけ加えた。「ショウジョウバエをいじるのも大きらいだった」

一九八一年、グロージンガーはニューヨークで臨時雇いの職を探しはじめた。次になにをするか決めるまで、食いつながなくてはならない。そこで、全米でも有数の大手香料会社、インターナショナル・フレーバー・アンド・フレグランス（ＩＦＦ）社の面接を受けにいったところ、一目惚れしてしまった。「どのラボもちがうにおいがするんですよ。あんなおもしろい業界はなかった」本格的に訓練を受けて一人前の香料化学者になってみる気はないかとたずねられ、彼女は「やります」と答えたのだった。

ＩＦＦでは、天然、合成あわせて数えきれないほどの物質を味わい、においを嗅いだ。桃やクローブのような香りもあれば、消毒用アルコールのようなにおい、砂糖が液体になったようなにおいもあった。同じにおいをくり返し嗅ぎ、暗記し、ノートを取り、フラッシュカードで覚えた用語を使って形容した。そうするしかなかった。ひとつの着香料は、どうかすると数百もの別々の材料からできていることもある。それを作ろうというのだから、成分をひとつ残らず把握するしかない。何年もかかった。

しかし、学び終えた彼女が仕事を始めたそのとき、業界は爆発的な拡大期にあった。いまや、既成の加工食品を食べる消費者全員の味の好みをしっかり握っているのは、香料産業なのだ。二〇一〇年にニューヨークタイムズに掲載された報告によれば、アメリカ人は加工食品を生鮮食品よりも平均三一パーセント多く食べるし、ひとりあたりの加工食品消費量は世界で一番だという。

シトロマックス社の裏手にある駐車場で車から降りたのは朝の九時だった。

「あのにおい、わかります？」入り口まで歩いていく途中でグロージンガーが言った。わかる。春まだ早い時期の、刈りたての芝生の鮮やかなにおいだ。「あれはいいにおいです。草のにおい。うちのラボでも使ってますよ」

いったいどんなことに使うのか、想像がつかなかった。

食品に香料を加えるという習慣は、何千年も前に始まった。中東でスパイス交易が始まったのは紀元前二〇〇〇年。スパイスは腐敗対策として、また、味を良くするために使われた。原料は木の皮もあれば花のつぼみも、果実や根、種、茎もあった。中世には、アジアやアフリカから輸入されたスパイスは、中東を経てローマに伝わり、法外な高値で売りさばかれた。ジャック・ターナーの『スパイス　誘惑の歴史』という本によれば、ローマではスパイスは高価な味だった。もっともありふれたスパイス、そして、大半の庶民にも手が届く数少ないスパイスのひとつが黒コショウだった。反面、シナモン一ポンドの値段は、庶民の六年分の稼ぎに相当した。その結果、スパイスは――つまり、香りは――富と権力の象徴となった。「その歴史のほとんどの期間、スパイスとは、使う者の高尚さと特権と富を声高に語る存在だった」とターナーは記している。

スパイス以外の香味成分も、世界の各地から集まってきた。アジア原産のレモンを、古代ローマ人は知らなかった。バニラやチョコレートは新世界の植物から採れるから、ヨーロッパに伝わるのはさらに後のことになる。砂糖がヨーロッパの食生活に持ちこまれるには一七世紀を待たねばならなかったが、『過去を探る　歴史にあらわれた視覚、嗅覚、味覚、触覚』の著者、マーク・M・スミスによれば、これが重大な転換点であり、「人びとがなにを味わうかを変えただけでなく、どのように味わうかをも変えた」のだという。

今日のアメリカでは、ほとんどの家の台所に、世界じゅうから集められたスパイスの小瓶がならんでいる。しかし、着香料の化学、現在知られている産業の誕生は、早くても一七世紀だった。最初は、果物や野菜、草木の根、香草類を油に漬けこんだり、煎じたり、蒸留したりすることから始まった。これらの香料はいずれも既知の材料から作られた天然香料で、そのほとんどは薬屋によって、飲みにくい薬の後味をごまかし、トローチやシロップを作るために使われた。近代的な香料化学が始まるには、一九世紀の到来と、有機化学の誕生を待たねばならなかった。一八三二年に、もっとも単純な芳香族アルデヒドでアーモンドの香りがするベンズアルデヒドをはじめ、いくつかの揮発性の分子が香りの成分として初めて特定された。一八七四年には、ドイツの科学者たちが針葉樹から抽出した物質からバニリンを化学的に合成し、これが初めての合成香料となった。ジョアン・チェンの『甘みという味』によると、それ以降、着香料はゼリーやソフトドリンク、それに、当時まだ商業的な生産が始まったばかりのアイスクリームなどに添加されるようになったという。「それからの数年で新しい合成香料が次々と登場し、アメリカ人はそれらを、珍しくてお洒落なものとして受け入れ、風船ガム、コーラ、フルーツミックスといった独自の新製品になったのだった」

香料産業は二〇世紀の半ば、新技術の登場によって大きく変わる。ガスクロマトグラフィーといって、混合物である香料をガラスや金属の管に通し、成分ごとに蒸気の形で分離する機械ができたのだ。フレーバリストたちはこれで、香料全体に含まれる揮発性成分をひとつずつ別々に嗅ぐことができるようになった。おかげで、それまでは組成がわからず、コピーも試行錯誤でしかできなかった香料の成分を、具体的に特定することが容易になった。自然界に存在する香りを、あるいは現代なら既存の商品の香りをコピーするのは、フレーバリストの仕事のなかで重要な位置を占めている。ガスクロマトグラフィーが登場する前は、勘をたよりに化学物質を組みあわせては失敗する過程を、ひとつずつ踏んでいかなくてはならなかった。しかも、それでゴールにたどり着く保証はない。なかには難問もあった。たとえば本物のいちご——蔓についたままほどよく熟したいちごには、三〇〇種類をこえる揮発性の分子が含まれている。人間の鼻にはそれだけの種類を嗅ぎあてることはできない。三〇〇どころか、しろうとだろうと訓練を受けたプロだろうと、全体としてまとまった香りのなかから、五種類以上の成分を嗅ぎあてるのはまず不可能だとわかっている。

一九七〇年代になって、ガスクロマトグラフィーを補完するもうひとつの機械、質量分析計が登場して、香料開発の手順はまたしても変わった。香りに含まれるそれぞれの香気成分の量までがグラフになって、コンピューターから印刷することができるのだ。ひたすら鼻だけにたよるのではなく、成分の化学式のリストを手にできることになった。といっても、リストは万能ではない。「質量分析計は、人間の鼻ほどには正確じゃないんです」とグロージンガーは言う。それでも、これがひとつの出発点ではあった。のちにはヘッドスペース法という技術も開発される。小型の装置で対象物の周囲の空気中にただよう揮発性分子を分析するもので、においを時間という尺度のなかでもとらえることができる。たとえば、わたしのアップルパイがオーブンから出された瞬間の香りだってわかるわけだ。

シトロマックス社に入ると、わたしはグロージンガーの後についてロビーを抜け、階段をのぼった。二階にある大きな四角い部屋、香料ラボに通される。目張りのしてあるガラスのドアを開けて一歩なかへ入ったとたん、なにかのにおいが押し寄せてきた。甘くて、お腹がいっぱいになりそうな、キャラメルのようなにおいだ。グロージンガーがふり返って笑みを浮かべる。

室内を見ると、長いカウンターが二つ、部屋のまん中へむかって伸びている。いずれもたくさんの棚が据えつけてあって、茶色い小瓶が何十としまわれている。カウンターの天板にはガラスのビーカーや小さいピペット、金属製の秤、プラスチックスの壺などが乗っている。壁ぎわには流しがひとつ、コンロがひとつ、そして冷蔵庫がひとつ。室内では白衣を着た女の人が数人、作業をしている。

「あれが着香料を作るのに使う化学物質です」と、グロージンガーが棚にならんだ瓶を指差した。あの容器には、フレーバーの世界で使われる原材料が詰まっている――三〇〇〇種類をこえるといわれる成分の一部だ。液体もあれば粉末もあり、溶剤もあれば甘味料もあり、コーラに添加するのに必要なカラメル色素もある。どれも不透明の容器で光から守られ、ふたはしっかりと密閉されている。「フレーバー」なんていえば千差万別のはずなのに、しかも、いかにもそれぞれに個性が強そうな印象があるのに、こんなに画一的な、こんなに地味な容器から生まれてくるなんて、ふしぎな気もしてくる。

部屋を見回すと、大手メーカーの商品もいろいろ目についた。どれも、箱単位で棚に乗せられている。たいていはソーダや紅茶、ジュース、水など、おなじみの清涼飲料水――ペットボトルや缶で売っていて、わたし自身もデスクで、台所で、自宅で食事のときに、これまで数えきれないほど飲んできたものだ。

グロージンガー率いる少人数のチームは、こうした多くの清涼飲料水のフレーバーを開発する仕事を請け負ってきた。開発するほかに、再現という仕事もある。他社がすでに売り出している製品を分析して、複製してみるのだ。シトロマックス社では甘味系の着香料しか作っていない。最大の理由は、ニュージャージーの施設は小さすぎるからだという。「プラントごとに分離しなきゃいけませんからね。レモン風味のはずが、味見したらガーリック味になっては困るでしょ」

ただし、まだ建物にも入らないうちから、目にしたブランド名はいっさい口外しないと約束させられた。着香料業界は、厳重な秘密主義の世界なのだ。謎を謎のままにしておくのは、ひとつには、大半のフレーバーは特許の対象にならないせいもある。それぞれの香料会社の内部でさえ、フレーバーの処方はほとんどの従業員に隠されているという。しかしわたしは思わずにはいられなかった。こうまで秘密にするのは、一般の消費者の意識から現実をさらに一歩、遠ざけるためもあるのではないか。身近な商品を生産している大手の食品会社、飲料会社にしてみたら、自分たちのスポーツドリンクに、グラノーラバーに、ヨーグルトに、どこかの実験室で開発され、化学薬品から機械で生産された着香料が入っているなんて、消費者に知られたいはずがない。謎は謎のままにしておきたいだろう。「消費者には、ゴーストライターがいるなんて知らせないものです。わたしみたいな人間が実験室に座ってるなんて手がかりを与えちゃだめなんです」

グロージンガーは香りの素材の説明に移った。ひとつ、またひとつと瓶を開けては、わたしの鼻の下でふたをゆすってくれる。「フレーバー開発は一にも二にも香りなんですよ」と彼女は言う。ひとつのフレーバーに使う材料は少ないときで数種類、多いときは一〇〇種類にもなるが、グロージンガーはそれを、過去の知識と自分の嗅覚で選んでいく。味見をするのはもっと後、すべての素材を組み合わせた後だという。「場合によっては、鼻だけのほうがよくわかることもあるんですよ」

しかし、味と香りとでは作用のしかたがちがうし、両者をとり合わせるたび、二つとない組み合わせができる。新しいフレーバーを作るたび、毎回気を使わなくてはならない部分だ。よいフレーバーを作るには、まず、食品を口に入れる前の香りを計算しなくてはならない。舌の上ではどんな味がするかも知っておかなくてはならないし、喉の奥で香りとどう組み合わさるかも考えなくてはならない。味と香りは組み合わせとしても大切だし、それぞれ単体でも大切なのだ。個別にも、コンビでも、どちらも重要なフィードバックを提供するのだから。その証拠に、味を知覚したときと香りを知覚したときでは脳のなかで活動する場所がちがうのだが、両者を同時に感じると――チョコレートの香りと舌先の甘味が合わさると――新たに第三の部位に火がつく。「この現象が発見されたことで、香味というのは独立の感覚だ、第六の感覚だと考えるようになった人もいます」と、モネル化学感覚研究所のヨハン・ルンドストロムから聞いたことがある。

同様に、同じにおいでも、鼻から息を吸いこむときに入るにおいと口から息を吐くときに入るにおいとでは、脳における処理のしかたがちがうこともわかっている。カップに入ったコーヒーに鼻を近づけて嗅ごうと、ピザを咀嚼しながら口から息を吐こうと、においの分子は鼻の奥で同じ受容体にとらえられるはずだろう。それなのに、実際には脳のはたらく場所がちがうのだ。どうやら、外界のにおいを嗅ぐのと、自分の食べつつある食品のにおいを嗅ぐのとは、別々のことであるらしい。オーブンのなかで焼き上がるチキンの香りを嗅ぐことは、口のなかで同じチキンの香味を味わうのと同じ経験ではないのだ。

わたしはグロージンガーの素材をひとつずつ嗅いでいった。最初に出されたのはベンズアルデヒド、広く使われるビターアーモンドオイルを構成する要素のひとつだ。嗅いでみると甘くて、覚えのあるにおいなのに、名前が出てこない。

「なにを思いだしますか?」ときかれるが、わたしはぽかんとして相手の顔を見るばかりだ。フィラデルフィアで受けたスクラッチテストのときと同じで、単語のひとつも思い浮かばない。あのときと同じ、パニックが忍び寄ってくる。呼吸を努めてゆっくりと、普通にしてみる。

「さくらんぼとかは？」

もう一度吸ってみる。

「ほんとだ！」

ひとつの記憶が形になった。たしかにさくらんぼのにおいだ。種をてのひらに吐きだしながら食べた、よく熟れた、夏のさくらんぼ。それから、ニューオーリンズで食べた、さくらんぼシロップのかき氷。そして、一時期、あの曲がり角の店でよく買ったチェリーコーラ。気が抜けて、ぬるくなったのを飲むのが好きだった。

「ほかには？」

また、凍りついてしまう。

「えっと……」なにかのにおいはする。よく知っているなにか。意識の縁まで来ているのに。歯がゆさがつのってくる。

「たとえば、なにかのお菓子とか」と刺激される。

浮かんでくることばはひとつだけ。傷ついたレコードのように、さくらんぼ、さくらんぼ、さくらんぼ、さくらんぼ。

「ええっと……」

「マジパンは？」

ああ、そうか。たしかに。ねっとりしたアーモンドペーストの香りだ。あの年の冬に何度も何度も焼いた、濃厚なナッツケーキに使ったマジパンだ。オーブンから出すと、アーモンドとレモンの香りが広がったっけ。ベンズアルデヒドは焼き菓子の、デザートのにおいがする。わたしは笑顔になった。

「言われたとたんに、そのにおいがするんです」

「暗示の力は絶大ですからね」

次は酢酸イソアミルだ。嗅いでみる。

「甘いです」と言うと、グロージンガーは首をふる。「もっとあるはずです」

一瞬、ほんのつかの間、瓶を放り投げてやろうかと思った。いくつもの棚を越えて、部屋の反対側まで飛ばしてやったら、ちょっとは通じてくれるんじゃないか。それでもわたしはただ嗅いだ。やはり空っぽだ。

「どうすればそんな簡単に当てられるんですか」

「練習ですよ。何年も練習したんです」

酢酸イソアミルはバナナのにおいですよと言われる。言われてもう一度嗅いでみる。ほんとだ、そのとおりだ。またしても、ことばを聞いたとたんに正体がわかるようになった。バナナ。それしかない。

「あと、綿あめも少し」

綿あめのにおいですって？　あらためて嗅いでみると、南国風の、べたつくような感じが見つかる。粉っぽい、砂糖の細い糸。ほんとだ。ある年の夏、縁日で食べたふわふわの綿あめが、口のなかで溶けていった。ペンシルベニアにあるおばの別荘の近所でのことだった。

次に彼女が開けた瓶は酢酸エチルで、どこかきついにおいに思えた。消毒用アルコールとか、マニキュアの除光液のように角がある。「これは、フレーバーにジューシーさをプラスするのに使うんです」単体では不快なにおいだが、既存の組み合わせにほんのわずか加えると、フルーツ系のフレーバーが少し熟れた感じになるという。「なかには、それ自体のにおいや味が目的じゃない物質もあるんですよ」そう言って渡してくれた容器には、白い粉が入っていた。「マルトールです。これも、ほかのものの味を、熟成の進んだ感じに変えます」嗅いでみるとお菓子のような香りで、クッキーの入った壺のにおいを嗅いでいるようだった。

グロージンガーは説明のため、ひき出しから小さなプラスチックのカップを二つとり出し、台の上にならべた。そして、部屋の反対側の棚から、液体の入った大きな瓶を出してくる。「これはいちご香料です」これだけですでに二五種類の素材が混ざっており、いちごに似た香りを再現してある。それを二つのカップに半インチずつ注ぐ。水のように無色透明だった。ひとつずつ取って、味見してみる。たしかにいちご味だ。よくヨーグルトなどにつけてあるような、どぎつくて、ちょっとゆがんだいちご味だ。わたしがよく、朝にグラノーラを混ぜて食べるヨーグルトもこんな味がする。

グロージンガーがそのカップにマルトールの粉末を少量足し、かき混ぜてから返してくれた。すすってみる。さっきより甘く、深い味になった。いちごの収穫を数日遅らせて、熟すのを待ったような感じだ。

次に出てきたのはシス-3-ヘキセノールの瓶だった。鼻の下で振られて、吸いこんでみる。これははっきりと覚えのあるにおいだし、甘くないのはたしかだ。どう考えてもいいにおいではない。鼻にしわを寄せ、もういちど嗅いでみる。わたしは笑いだした。これは芝刈りの後のにおいじゃないの。ついさっき、この建物に入ってくるときにも嗅いだばかりだ。とはいっても、ぴったり同じというわけではない。こちらのほうが角がある。薬品っぽいきつさだ。それでも、やはりそれとわかる。

シス-3-ヘキセノールはグリーン系の香りに分類されるのだという。カテゴリーの一覧を見せてもらった。これらの単語を使って、食品香料に使う何百という化学的な香りを残らず描写していくのだ。こうしたことばを使うと、なんのにおいか判断するのも、説明するのも簡単になるという。カテゴリー名は一五以上もあったが、そのなかにはたとえば、爽やか、汁っぽい、酸味の、べたつく、甘い、クリーミーな、ナッツ系の、シトラス系の、煙のような、花の、カラメル、などがあった。一方、リストには色彩の名前も見える。「茶色」は熟しすぎ、非常に甘いというカテゴリーで、加熱したものの香りでもある。わたしがアップルパイに入れる、甘く煮たりんごなどがそうだ。グリーンはその逆、生で、青くさい。りんご香料に足せば、レッドデリシャスではなく、グラニースミスに近い味になる。われわれの舌は時間をさかのぼり、熟れてやわらかかったいちごも未熟な味に変わる。

音を立てて瓶を棚に返すと、グロージンガーは実験室の奥にある味見用ブースへと案内してくれた。いくつもならんだブースは、反対側の会議室からドアで出入りするようになっていて、実験室の側には木製の引き戸式の小窓があるにすぎない。ブースのなかは照明も調節できるようになっている。赤にしたり紫にしたり、明るさを変えたりできるのだ。

「照明も調整するのは、複数の感覚がいっしょに作用するからなんですよ」ブースは防音かつ防臭になっている。ブースだけでなく建物全体が陰圧でコントロールされて、空気の流れは部屋ごとに独立しており、ある部屋のにおいは別の部屋へは出ていかない。新しいフレーバーは予備知識なしに味見してもらうのだから、ほかの影響があっては困るのだ。食物の風味は、信じがたいほどにほかの感覚と結びついている。暗示にも弱い。文脈を示す手がかり、なかでも視覚的な手がかりが大きく物を言う。二〇〇一年、フレデリック・ブロシェは博士論文（「テイスティング　化学的特徴のある対象物を意識の領域で描写する」）のために数々の実験をおこなったが、そのなかには、スキャンダラスな結果になったものもある。何人ものワイン専門家にある白ワインをテイスティングしてもらい、その味をことばで表現してもらった。ここで出てきたのは、「フレッシュな、辛口の、蜂蜜のような、活気のある」といった単語だった。ところが彼は同じ専門家たちに、同じ白ワインを食用着色料で赤く染めてテイスティングさせ、まったくちがった反応を引き出したのだ。今度は、「濃厚な、スパイシーな、しなやかな、深みのある」といった単語が並ぶことになった。テイスティングとは、想起の一形態なのだとブロシェは記している。「われわれの脳が『同定』や『理解』といった課題を遂行するときに、脳が実際に操作しているのは想起されたものなのだ。現実には、ワインの味は認知による表象である。なぜならそれは、意識と現実の相互作用を明らかにするものなのだから」

グロージンガー自身も、お子さんたちがまだ子どもだったころ、理科の自由研究を手伝ってやった話をしてくれた。名前がついていない黒褐色の炭酸水をプラスチックのコップに注いで人びとに飲ませると、みんなは「コカコーラ」とか「ペプシだ」などと言う。次に、香料はまったく同じだが、特徴的なコーラ色のカラメルで着色していないものを出す。すると答えは、「スプライト」や「マウンテンデュー」など、もっとかんきつ系の強い商品名になる。「絶対成功するんですよ」とグロージンガーは言う。香味を分析するうえでは、視覚はじつに大きな役割をはたすのだ。

見た目どころか、音までが影響することがある。二〇一〇年、『ニューロサイエンス』誌に、ラットにおける騒音とにおい認知の関係を探る研究の成果が発表された。ニューヨークのネイサン・S・クライン研究所でともに働くダニエル・ウェッソンとドナルド・ウィルソンが「におい《スメル》」と「音《サウンド》」を合わせて「スマウンド」と名づけた概念は、どうやら実在するらしい。ラットににおいを呈示するとき、ある音とセットにすると、脳の反応が変化することがわかったのだ。ということは人間だって、どこか自分でもまったく気づかない部分で、感覚と感覚の混線を経験していないともかぎらない。「脳のどこを見ても、純粋にひとつの感覚だけ、別の感覚にはいっさいかかわっていない、なんて部分はなかなか見つからないものです」とウィルソンは語ってくれた。「ぼくらの仕事の結果、純粋な嗅覚と純粋な聴覚の境目はぼやけてきました。困ったことに、脳ってやつは、これまで思っていたよりはるかに複雑なんです」

わたしたちは続いて、壁づけのガラスの吊り戸棚の前で立ち止まった。ここには材料のよりも大きな瓶がならんでいる。「フレーバー・ライブラリー」といって、すでにできあがったフレーバーが何十もストックしてある。出番がくれば、ここから持ちだすしくみだ。いずれもグロージンガーの作品であり、部屋の反対側に置いてあった化学物質を何十ととり合わせたものだ。その配合比率はコンピューターのなかでロックがかけられ、かぎられた数人しかアクセスできない。瓶に貼られたラベルの文字は、「マンゴー」「フルーツパンチ」「オレンジアイスキャンディー」「ホワイトチョコレート」など、身近なことばばかりだ。

グロージンガーはジャスミンの瓶を取り出し、ふたをわたしの鼻の下でゆすった。なじみのある香りだ――ジャスミン茶のにおいでもあり、花の香りでもある。続いて棚から下ろしてきたのはパラミツ（ジャックフルーツ）のフレーバーで、個人的なお気に入りなのだという。パラミツはでんぷん質の多い大型の果実で、ブラジル支社へ出張したおりに初めて食べたそうだ。ふたのにおいを嗅いでみる。南国風。甘い。

「パラミツってのは、どういう味なんですか」

彼女は一瞬、考えた。

「カスタード系で、バナナに似ている。微妙にスパイシーで、フルーティー。シナモンの雰囲気が少し。感じようによっては、かすかに硫黄っぽさも。とても甘い」味やにおいをこんなに言語化できるなんて、驚くばかりだった。

グロージンガーは旅行すると、いろいろなものを味見してみる。知らないもの、珍しいものほどうれしいという。ドラゴンフルーツ、パラミツ、スターフルーツ、そしてブラジルのスーパーフルーツ、クプアスも食べてきた。別名をスリナムのさくらんぼというピタンガも、鮮やかなオレンジ色をした円錐形で、硫黄臭のあるカシューアップル（カシューナッツの本体だ）も食べてきた。味見したものは残らず、後で再現できるように詳しく書きとめる。こうした熱帯の果物は、帰国後、いくつものフレーバーの着想の源になってきた。「だれもが次の新しいフレーバーをほしがってますから」と彼女は言う。新しければ、実在の味でなくてもいいのだそうだ。「バナナやいちごはもうたくさんありますしね」

グロージンガーは架空《ファンタジー》フレーバーについて説明してくれた。たとえ果物など実在の香りの名前がついていても、味は少しも本物と似ていないものだ。別名「ホワイトスペース」フレーバーともいって、普通に食品として流通しているが、対応する風味は天然に存在しない。マンゴー＝アサイやジャックフルーツ＝グアバがそうだし、レッドブル、コカコーラ、スプライト、フルーツパンチもそうだ。おなじみのストロベリー＝キウイさえ架空フレーバーだという。最初に売り出したのはスナップルで、発売当初は最先端だった。ふだん食べているヨーグルトのいちご味、グレープソーダや粉末ジュース、ぶどうジャムのぶどう味など、ありふれたフレーバーにさえ、どこかに架空の要素がある。子どものころに食べていたこれらの製品がどれほど本物の果物とちがっているか、あらためて考えたことはなかったが、同じことはたくさんのフレーバーに当てはまる。ペパーミント味の飴は生のミントには似ていないし、キーライム味のアイスクリームにも、キーライム果汁に似たところはほとんどない。「アメリカ人は、お菓子のライム味をそれらしく思うようにプログラムされてるんです」と、ガスクロマトグラフと質量分析計を操作していた技術者が言った。「本物のライムの味がする飴を食べたら、『なんか変』って言うでしょうね」

架空の香りの追求をもっと押し進めている人もいる。グロージンガーと最初に会った日から一か月後、わたしはインターナショナル・フレーバー・アンド・フレグランス社の化学者、マリー・ライトにインタビューした。ライトはシンプルで優雅な香り作りで知られる一方、これまでに何度も破天荒なプロジェクトに取り組んできた人だ。たとえば、画家や彫刻家、シェフなど、何人ものアーティストと組んでコラボレーションをおこなったこともある。このイベントのために彼女は、「オルガスム」のフレーバーを考案した。チョコレートの味に、刺激的なムスク系の香りを合わせたものだった。このプロジェクトを終えて、ライトは「まだまだいける」と思ったそうだ。「いま、だれかが来て『電気の味ってどんなものかしら?』なんて言われても、なにかしら考え出せるでしょうね」

「実際、電気ってどんな味になるんですか」

彼女は一瞬の間をおいて、答えた。「たぶん、口のなかがチクチク感じるように、なにかぴりっとくるものは入れるでしょうね。わたしの感覚だと、電気の感じを出すのはかんきつ類の皮になるかしら。あと、もしかしたらちょっと金属っぽさも。電気ってなると、相当の意外性が必要じゃない?」

とはいえ、フレーバリストのスタイルは人それぞれだ。芸術家がそうであるように、素材の扱い方もちがえば目的意識もちがう。だからひと口に架空のフレーバーといっても、おとなしいものから奔放なものまで幅がある。グロージンガーにとってのファンタジーとは、現実をもとにしたフレーバーの微調整なのかもしれない――たとえば、アサイベリーのざらつきを少し減らすような。一度、グロージンガーに聞いてみたことがある。なにか空想で作るとしたら、なにをお作りになりますか。ピンクグレープフルーツ、というのが答えだった。もしピンクグレープフルーツを手がけることになったら、ちょっとブラックペッパーの要素を足すかも、という。「いいですよね？　おかしくないと思う。グレープフルーツにはもともと、スパイシーな雰囲気もあるんだし」

一日がかりの取材も終わりに近づいたころ、わたしはグロージンガーのオフィスの小さなテーブルにつき、大きく分厚い、黒いバインダーを広げた。折れ目がついているところもあれば、ページがとれそうになっているところもある。紙は古くて、ぼろぼろになっている。グロージンガーが読んでみてくださいと渡してくれたものだ。それは彼女が、何百という化学物質について、ひとつひとつ、丹念に書きこんだものだった。何十年も前、IFFに勤めはじめたころの彼女が、細いボールペンで、一ページにつき一種類ずつ書いていったのだ。どのページにも、その物質を初めてテイスティングしたときに思いうかんだ形容詞が、ありったけならべられ、なにに使えそうだと思ったかも書いてある。

たとえばオイゲノールメチルエーテルのページなら、そのにおいは「繊細なスパイス、クローブに似るが、クローブほど濃くもシャープでもない。泥っぽい、土っぽい感じ（もしかしたら微妙にサッサフラス木、木炭っぽいか）」とある。味については、甘味をつけない水に溶かすと「スパイシー、活気のある、かびっぽいクローブの気配、ただしわかりにくい、温かみがある」と書かれている。

この本は訓練マニュアルだった。グロージンガーはこうやってにおいを学んだのだ。わたしはわれを忘れ、一ページ、また一ページとめくっていった。彼女がこんなにも細部に注意を払っていることに、こうした目に見えないものを内面化するために使われたテクニックに、すっかり夢中になってしまった。

読みながら、ローダミールのことを思った。もう何か月も前にもらった、香水の原料が入った箱のことを思い、あの箱をデスクの頭上の棚にずっと置きっぱなしにしていることを思った。何度も取り出しながらも、不甲斐なさゆえに正直に試してみる気になれずにいることを思った。そして、自分が次になにをなすべきかを思った。

二

ニューヨークに帰ってからも、料理をしようとコンロの前に立つと、マルトールやベンズアルデヒドのことが意識に割りこんできた。最初にシトロマックス社を訪ねてからしばらくは、まわりの人が食べている製品をいちいち見るようになった。これまでの自分の生活にも、グロージンガーの製品がどれほどかかわっていたのかを実感した。一枚のガム、一杯分の小袋入りココア、ジョギングの後の冷たくて元気の出るクランベリージュース。どれにも天然や人工のフレーバーが入っている。

グロージンガーが科学を操る腕は尊敬するし、フレーバーの調合の複雑さには頭も下がるが、自分の台所はシンプルにしたくなった。だれでも知っている、でも良質の材料をほんの少数だけ組み合わせて、だれもが喜ぶ料理になったときがいちばんうれしかった。それにはただ、鶏肉とバターと塩があればいい。気が向いたら卵やグリュエールチーズ、ひとつまみ程度のハーブは足してもいい。お菓子ならチョコレートと砂糖と卵黄。わたしはひとつひとつの材料を、はっきりと独り立ちさせて扱った。イタリア産のオリーブ油の瓶がまっすぐ立つように。伏せたリコッタチーズがざるの形を保って立つように。そして、台所では落ちついた気分になった。テーブルに着いて、マットとふたりで簡素な手作りの食事をとるのは大きな喜びだった。

マットはチーズトーストを作るのがやっとだったが、食べることは大好きだった。それも、おいしいものを食べることが大好きだった。でも、おしゃれなレストランにも、職人の手になるバターにも、鴨の骨を抜く技術にも興味はない。ニューヨークにはハンバーガーひとつが二〇ドルする店もあるが、そんな話には信じられないと首をふるのだった。育ったのはニューオリンズで、お母さんは夕食に鯰《なまず》を揚げ、毎年春には友人たちが集まって、じゃが芋ととうもろこしといっしょに茹でたスパイスたっぷりのざりがにを、バケツに何杯もむさぼったという。陸軍では士官として五年過ごし、ドイツでもイラクでも食事は同僚の集まる食堂で、いつも友人たちといっしょにとっていた。彼はみんなで仲よく食べることを尊び、なんでも喜んで食べようとする人だ――缶詰のミニウインナーなどという、わたしには理解できないものさえ喜んで食べる。そんなときわたしは、ただ見ている。彼は手でウインナーを食べ終えると、汁でぬれた指を満足げになめてきれいにする。彼のそんなところが、わたしは大好きだった。

ふたりで素朴な、愛情こめた食事をともにしているうちに、そもそも自分はなぜ食べ物が好きだったのか、その原点に立ち返ることになった。わたしは何年も料理に没頭してきたし、極上の店での食事に憧れ、トリュフの味に溺れ、ボストンのビストロではアンズタケと豚のコンフィに肘まで浸かってすごした。カリスマシェフを追いかけ、自分には買えない材料を使うレシピが売り物の料理本を買いこんだ。でもふたりの食卓では、そんな面は抑えた。肩の力を抜いた。数少ない材料に集中した。レシピを選ぶにも、味だけでなく簡単さも考えた。ふたりが結びつきを感じられて、後片づけも楽で、お腹いっぱいになれるようにというわけだ。

ビーフシチューを作っては、バター味の麺に添えて出した。シス-3-ヘキセノールなど出てこない。ただのにんじん、玉ねぎ、じゃが芋があるだけだ。そしてにんにくとトマト、赤ワインをひとふり、自分でトリミングして角切りにしたシチュー肉。

鶏肉を炒め煮にし、豚肉をローストにした。緑葉キャベツを炒めて、あめ色玉ねぎを添えて出した。サラダ菜にはこんがり焼いたペカンナッツをトッピングし、レモンのヴィネグレットソースをかけた。見ただけで正体のわかる材料を、指で数えられる種類だけ調理した。わたしの台所は、家庭のにおいがする場所にしたかったのだ。

二月の凍えるようなある日の夕方、仕事を終えて地下鉄の駅を出ると、ちょうどあたりが薄暗くなる時分になっていた。わたしはのろのろと階段をのぼった。たっぷりの食料品で重くなった紙袋のひもが、ひじの内側にくいこむ。その日はアップタウンの市場で豚と牛のひき肉を半ポンド、にんにく、それにトマトの缶詰を買いこんできたのだ。今夜はバジルとオレガノと、かくし味に赤ワインも足して、スパイスのきいたパスタソースを作るつもりだった。

わたしは笑顔で東へむかって歩いていた。足どりもかすかに弾んでいる。この週はちょうど、マットの職場のすぐ近くに、明るくて広いアパートメントを見つけたばかりだった。引っ越しは来月。カウチはリビングのどこに置こうかと想像するとわくわくしてくる。引っ越して最初に開くディナーパーティーのメニューも、もう考えていた。まずは子羊——ローストにして、上にぬるつや出しにはローズマリーとマスタードを混ぜよう——それから新じゃがを茹でて、バターとディルを添えて出そう。そして、最高のりんごタルト。ふたりとも、春を心待ちにしていた。

ユニオンスクエアを通りすぎたとき、聞きなれた音が聞こえた。携帯にメールが届いた音だ。マットだった。

「すぐ電話して」と書いてある。

おかしいなと思った。電話をかけられるよう、荷物を持ちなおす。呼び出し音は一回しか鳴らなかった。電話に出たマットの声は、わたしの耳に低く響いた。

「大変なんだ」

「なんなの？」ときいたが、マットは答えてくれなかった。ようすがおかしい。

「とにかく帰ってきて」

恐怖のオーラを雲みたいに背負って、わたしは速足で街を通り抜けた。会社をくびになったのかしら。新居の契約がだめになったのかしら。身内に不幸があったのかしら。

マットは建物のエントランスの階段に腰をおろしていた。薄いボタンダウンのシャツ姿で、手袋もしていない。その姿は一ブロック離れていてもわかった。

「どうしたの」わたしはまだ近くにも寄らないうちから声をかけた。そんなつもりはないのに高い声になってしまう。マットはわたしを見たが、しばらくなにも言わなかった。氷点下の二月の空気のなか、唇が紫色になっている。

「これだけは忘れないで。愛してる」

わたしは彼の目の前に立ちつくした。買い物袋の角が、急にわき腹に刺さってくる。

「怖いわ」

「母さんから電話があって……」マットは話しだした。「書類がきてたって」その日の午後、ニューオリンズの実家にフェデックスの封筒が届いた。なかにはマットに宛てた手紙が入っていた。差出人は陸軍だった。

マットがウエストポイントの士官学校の最終学年に在学していたときにハドソン川の五〇マイル下流で世界貿易センタービルが倒壊して、卒業したら平時の士官として勤務できるだろうという見通しは崩れ去った。卒業生には八年間の任官義務がある。そのうち、最初の五年は現役士官として服役しなくてはならないが、これはわたしと知り合う前に、ドイツとイラクですませていた。残りの三年は予備役だから、軍隊を離れ、民間人として生活することもできる——ただし、召集されないかぎりは。

マットのお母さんが受けとった陸軍からの書類には、命令書が入っていた。マットは現役に戻ることになったのだ。

そんな可能性があるなんて、わたしは考えたことさえなかった。その日はオバマ大統領が就任して、まだ二三日しかたっていなかった。その朝、新聞を買った曲がり角の店のおじさんだって、楽観的な気分を口にしていたではないか。だがアフガニスタンでの紛争は拡大しつつあるし、イラクからも兵力は引き揚げられそうにない。陸軍は人員を必要としていた。それも、すぐに。

「四月には集合しなきゃいけない」彼はわたしの顔からショックの表情を見てとって、ゆっくりと説明した。二か月後だ。

「そしたら、イラクに戻るかも。アフガニスタンになるかも。まだわからない」

「期間は？」

「四〇〇日」

わたしはマットとならんで階段に腰をおろした。彼の腕がわたしの肩をきつく抱くのを感じ、わき腹に伝わってくるふるえを感じた。通りすぎる女性ふたりの話し声が聞こえ、少し離れたところにトラックが止まる、低くうなるような音が聞こえた。冬用コートにくるまり、帽子をかぶって手袋をはめた男女が、目の前をひとり、またひとりと通ってゆく。携帯電話で話しながら行く人。小さな犬を散歩させる人。わたしはマットの紺色のスニーカーをじっと見た。仕事から帰って、わたしを待つために外へ出るときにこの靴にはきかえたんだろうか。それとも、出勤するときからこれをはいてたんだろうか。なぜ、そんなことが気になるんだろうか。マットにはわたしの恐怖が、においでわかるのだろうか。わたしたちは声もなく座っていた。

「とにかく忘れないで。愛してるって」と彼は言った。またしても。

わたしはマットのほうを見た――茶色っぽい金髪の坊主頭、失望に暗く沈んだ目。今日の彼は、二九歳にしては幼く見えた。またもや死の可能性に向き合うには、あまりにも幼く見えた。

「わたしも愛してる」

彼がキスしてくれた。感覚のなくなっていた顔に、暖かさを感じた。

「なかに入ろう」

その晩、ベッドのなかで彼に身をすり寄せて、マットのにおいを――汗のにおいを、皮膚のにおいを、シャンプーのにおいを――吸いこんだ。記憶に刻みこみ、あとあとのため、いつか必要になったときのため、しまっておきたかった。

朝になると、わたしたちは家族や友人たちに電話をした。やることは山ほどある。マットは会社を辞めなくてはならない。わたしも別の部屋を探さなくてはならない。もっと小さくて、自分ひとりの収入でも払える部屋を見つけなくては。なにから手をつけたらいいのかわからない。だから、台所へ行った。食事を作ろう。それならわたしにもできるから。

わたしはフライパンとバター、そして卵のパックをとり出した。朝食用に、卵四つを目玉焼きにした。白身の縁はちりちりで、黄身は鮮やかな黄色だった。バターのにおい、農場のにおい、何年も前のアフリカの朝のにおいがした。ふたりで、トーストとコーヒーといっしょに食べた。奇妙に落ちついた気分だった。

マットの一大事を知ってからの毎日は大忙しだった。そのさなか、わたしは突然、ありとあらゆるにおいを感じるようになった。といっても、新しいにおいが登場したわけではない。以前、ニューヨークのにおいが爆発したあのときとはちがう。あのときは古いにおいに加えて、新しいにおいが次々と戻った。こんどは、変わったのはどぎつさだった。マットが行ってしまうのをおそれ、彼が軍隊に戻り、戦地に行くことをおそれるほど、においがわかるようになってきた——それも、無差別に。

ブロードウェイでは焼き栗の、ストランド書店では女の人がつけているパチュリーの香りを感じた。地下鉄では悪臭を、ジムでは体臭を感じた。冷蔵庫はバターのにおいがしたが、となりの部屋でマットが食べている残りもののワンタンスープはもっときつかった。スチームの熱にも、凍結したコンクリートにも、よどんだたまり水にもにおいがあり、知らない人のコロンもわかった。

わたしはブラウン大学教授のレイチェル・ハーツを思いだし、においと情動の関係について話をしたことを思い出した。あのときの嗅覚の回復には、幸福感がひと役買っていた。では、不安はどうだろう？　今回は不安のせいという可能性はないだろうか？

少し調べてみたところ、二〇〇五年の研究で、パーソナリティや感情の状態がにおいの知覚に与える影響を調べたものが見つかった。著者はモネル化学感覚研究所で嗅覚とＰＴＳＤの話をしてくれたパメラ・ダルトンと、その同僚のデニーズ・チェン。男性はポジティブにせよネガティブにせよ、いずれかの感情をいだいているときにはにおいを強く感じることがわかったという。ダルトンはまた、パーソナリティのテストで不安のスコアが高かった女性のほうが、においを激しく知覚することも発見している。

わたしはハーツに電話をしてみた。わたしの場合はどうでしょうか？

「そうですねえ。これはまだ理屈のうえで考えただけですけど、抑うつと嗅覚のループは、反対の方向にも作用する可能性はありますね」ハーツの説明によれば、不安とは情緒の昂ぶった状態のひとつで、ドーパミンとセロトニンの濃度がともに高まって辺縁系の活動を高める。辺縁系といえば感情と記憶を担当する部位だが、もちろん、嗅覚にもかかわる場所だ。

「それで、においの能力が高まった、なんて可能性はあるでしょうか？」

「理屈はあってますね」

マットに命令書が届いて一週間後、そして、あわてて新しい部屋を探しはじめてほんの数日後の夕方、わたしはアッパーウエストサイドのとあるガレージに来ていた。フリーランス記者としての仕事で、ロボットを作る高校生グループのひとつを追いかけることになっていた。わたしは先生と生徒と配線とでごった返すなか、ノートとペンを持って取材していた。

ゆっくりと息を吸い、吐いていると、湿ったコンクリートのにおいを背景に、ほのかなコロン、かすかな汗、それに潤滑油のきついにおいを感じた。左のほうにいるだれかがココアのカップについていたプラスチックのふたをはずし、その香り——濃厚で甘い香り——が数フィート離れたところから襲ってきた。その直後、今度はペパーミントの息だ。インタビューの相手がガムを噛んでいたのだ。だれかがオレンジジュースを飲んでいる。教師のひとりが手にしている容器が目に入らないうちから、刺激的なかんきつ系のにおいはわかっていた。これほどたくさんのにおいがあっては、なかなか集中できない。ひどく疲れているのに、目は冴えていた。不安と、カフェインと、こんなにたくさんのにおいがわかる興奮とでぴりぴりしていた。ここは暗くて寒い駐車場だというのに、すべてのものにこれほどの躍動感を感じたのは、ほんとうに久しぶりのことだった。

マットの出発をひかえたこの時期、わたしはもう一度オリヴァー・サックスに会いにいった。ウエストヴィレッジにあるサックスのオフィスまで歩いていると、ガラス張りの高級レストランには髪をびしっとセットしたビジネスマンたちが見えた。「ソイ」というパン屋のカフェでは、新しもの好きの人びとがパソコンのキーボードを叩いていた。濡れた舗道を歩いていると、小学生たちが走ってわたしを追いこしていく。わたしは灰色の半袖のワンピースを着ていた。丈はちょうど、いまも左脚に白く光る傷あとが隠れる長さだった。軽い緊張のせいもあって落ちつかず、まるで周囲のすべての動きが微妙に速すぎるようだった。

　緑の日よけのついた角のビルに入り、サックスのオフィス目ざしてのぼっていく。おもちゃと知恵の物語がつまったその空間に、いまでは親しみを感じるようになっていた。

　わたしたちはキャスターつきの椅子に腰かけ、嗅覚について扱った最近の本のあれこれについて語った。ダーウィンについて語り、フィラデルフィアと嫌悪感について語った。日記とノートと図解について語った。視力が衰え、立体視ができなくなったサックスの苦闘については、たっぷり語った。サックスはいま、視覚を失う自分を題材に本を書いているという。患者としての自分と医師としての自分を、どうすれば同じ本のなかで共存させることができるのかという話もした。

　そろそろおいとましようとしていると、サックスは自分の机のところへ行って、鮮やかな黄色の石を手にとった。それはいまでも、わたしが初めてここへ来た一年前とまったく同じ場所に置かれていた。わたしが前回もその石のにおいを嗅いでみたことを、サックスは覚えていないようだった。また嗅ぐのは気が進まなかった。前もわからなかったのだし、何度も現実を突きつけられるのはいやだった。でも、顔の前に石をつき出されても、そんなことは言わなかった。小さな結晶を集めたような塊は、もう少しで鼻の頭につきそうだった。わたしはゆっくりと吸いこみ、吸った空気が鼻の内部で暖まるのを待った。

不意打ちだった。

「なんのにおいがするかな」

最初は、甘さだった。砂糖のような、でも液体のようなにおいが鼻の裏側にはりついた。次に、刺激のある悪臭もあった。腐りかけの卵に似ている。家族でハワイのおばの家の近くで過ごした午後。黒い溶岩の上で休憩したこと。

「硫黄ですね」とわたしは言った。

そう口にすると、にわかにもうひとつの記憶が見えた。おぼろげな、淡い記憶だ。家族とわたしとで、ハワイとは別の国立公園にいた。あれより数年あと。そうだ、イエローストーンだ。「西部の間欠泉みたいですね」とつけ加えた。

「そう」サックスは笑顔で言った。「火山とかね」

マットとわたしは三月の大半をアルゼンチンへ逃れて過ごした。ニューヨークという街の目まぐるしいペースも、戦争について考えることも、荷造りも避けたかった。

ふたりでブエノスアイレスの街を歩きまわった。広い道路、世界のさまざまな国の文化、そして、ところどころにフランス風の建物が続く区域もあって、わたしたちはよくパリを思い出した。ふたりで厚切りのステーキを食べ、グリルしたての汁気たっぷりのソーセージを食べた。車で砂利道を何百マイルも北上してサルタに着くと、自転車でぶどう畑のあいだを走りまわり、陽ざしのなかでワイン味のアイスクリームを食べた。深夜のディナーでほろ酔いかげんになり、アンデスのふもとの丘陵地帯をふちどるでこぼこの田舎道を走り回っているあいだは、ほんのつかの間、これからのことを忘れていられた。

アメリカに帰ると、テネシーにあるマットの家族の別荘に一週間滞在して、マットはここで一年の任務にそなえて荷造りをすることにしていた。わたしたちはふたりきりで、スケジュールなどなにもなかった。昼はテニスシューズでアパラチアの山々を歩きまわり、夜はカウチで映画をみた。ウォルマートで買いものをして、幹線道路ぞいのだれもいないレストランで豚のほぐし身のサンドイッチを食べ、必死で雨からのがれた。わたしはしょっちゅう料理をしていた。

ライスアンドビーンズは何度も作った。味つけはマットの故郷、ルイジアナのクレオール風の香辛料を使ってスパイシーに仕上げた。チョコレートチップクッキーを焼き、バニラ風味のライスプディングを作った。ある日の夕食には、どろりとした肉のラグーのスパゲティを作った。これはマットの好物で、彼が機会さえあればリクエストする料理だ。ソースはまず、玉ねぎとにんじんとセロリのみじん切りをゆっくり炒め、豚や子牛、牛のひき肉をたっぷり加える。そこににんにく、トマト、白ワインを足す。タイムは乾燥のを使い、月桂樹の葉を一枚入れた。それを鶏のだし汁で何時間も煮つめていく。できあがってから、生クリームを少し垂らす。香りは濃厚で、にんにくの香り、肉の香りがする。イタリアの香りでもあり、マットの香りでもある。ふたりで残さずたいらげてしまった。

民間人としてのマットとわたしがいっしょに過ごせる最後の夜。日が沈んで円天井の影がしだいに濃くなり、あたりが薄暗くなってくると、マットは濃い緑色の深いリュックサックに制服や半長靴を詰めはじめた。わたしはなにかで気を散らさずにはいられなかった。手は小麦粉にまみれ、頭はレシピと首っ引きでいたかった。

アルゼンチンにいるあいだ、エンパナーダがおおいに気に入って、ほとんど毎日食べていた。元来はスペイン起源の二つ折りパイで、ポケット状のサクサクした生地に、脂っこくてスパイスのきいた具がつまっている。牛肉あんのも食べたし、鶏肉あんのも、チーズのも食べた。オーブンで焼いたものは、カフェのテーブルで、金属のトレイにどっさり積まれたのを食べた。揚げたものは、ブエノスアイレスの骨董市を歩きながら、指先を油でぬるぬるにして食べた。

あの暖かい春の夜も更けてから、わたしはエンパナーダを作りはじめた。午後はハイキングに行っていたので、準備も遅くなったのだ。あすの朝には、ベージュ色のバラックが立ちならぶサウスカロライナの陸軍基地で、マットを車から降ろすのだ。そのことがずっと、胃の底に冷たく居座っていた。

台所では、包丁の動き、オーブンの温度、バターの香りに注意を集中した。まずは生地の材料を合わせる。べとべとしてやわらかい混合物は、すぐに冷蔵庫で冷やす。玉ねぎとにんにくを炒め、ピンク色だった牛のくず肉が白茶けていくのを見守った。それからオリーブと固ゆで卵も加え、台の上でさめるのを待った。

「いいにおいがするなあ」居間からマットの声が聞こえた。服の入った箱や、積み重ねた本に囲まれて荷造りをしているのだ。

わたしは生地をのばし、小さな円形にして粉をふる。中身をのせてふちをつまみ、盛り上がったまん中に溶き卵をぬった。焼き上がりをオーブンからとり出すと、ぱりっと茶色く仕上がっていた。わたしたちはカウチに腰をおろし、手で食べた。

味は期待はずれだった。おとなしくて、退屈なのだ。皮と中身の比率も計算がはずれた。スパイスも少なかった。世界から離れてこのカウチに閉じこもったら、アルゼンチンからもかけ離れてしまった。ラードを使うべきところを、バターで代用してしまった。マルベック種を使ったワインではなく、サミュエル・アダムスのビールになってしまった。味も香りも、たった二週間前の記憶にくらべたら、さびしいものだった。おいしくないのは、昔のようには嗅覚がはたらかないせいで失敗したのだろうか。それとも、マットがアフガニスタンへ行ってしまい、わたしはとり残されるという恐怖のせいで、なにを食べてもおいしくないのだろうか。

最後の食事だったのにごめんね、と謝ったが、声はふるえ、かすれてしまった。マットはただにっこり笑うだけだった。「ばかなこと言わないの」と言うと、自分の皿にお代わりをどっさり盛りつけた。

翌日、マットは行ってしまった。

二

ユーヨークに帰ったわたしは、ブルックリンのワンルームに引っ越した。せまいが陽当たりのいい部屋だ。昼間の大半は机にむかって過ごした。爪がキーボードに当たってかちかちいう音が伴奏だった。夜は友人たちと過ごし、カップルと三人で過ごしてもじゃまにならないふるまいかたがうまくなった。散歩にも時間をかけるようになった。とくに、不安で肩がこわばり、頭のなかの独り言が甲高い悲鳴になってしまうような朝にはひたすら歩いた。自分のためにオムレツやサラダを作った。白ワインもひとりで飲んだ。

覚悟はできているつもりだった。ひとりで眠り、ひとりで目覚めた経験だってあるのだから。ひとりで食べることも、ひとりの食事を作ることも、自分の都合しか考えなくていい気楽さも、知っているはずだった。フリーも遠距離恋愛も経験ずみだった。会えないさびしさも、会える日の待ち遠しさも、不安のあまり夜中の三時に目がさめたときの寒気も知っていた。わたしの辞書のなかでは、「孤独」という文字は古株のはずだった。

ところが、戦争と向き合ったとたん、「孤独」の定義は変わってしまった。今度の戦争はもう八年も続いているのに、わたしの友人や親族とはほとんど接点がなかったのだ。ひとりの時間は、いままでとはちがう痛みとして登場した。

そして、においの強烈さも相変わらずだった。なにを食べても味と香りがいっぱいで、過去最高の濃さだった。

その春も終わりに近づくころ、わたしはシカゴを訪れた。近郊に住む旧友のベッカに会うためだ。彼女とはもう長く会っていないし、こんなときは親しい友になぐさめてほしかった。再会する週末の計画は、ふたりで綿密にたてた。共通の趣味でもあり、親しくなるきっかけでもあった〈美食〉を中心に、一日一日のスケジュールを組み立てた。

その土曜日の夜、シカゴきっての前衛的なレストラン「アリニア」の前で、わたしたちはほんとうにここでいいのかと迷っていた。

アリニアといえば、味と香りの限界に果敢に挑戦することで有名な若いシェフ、グラント・アケッツの店だ。アケッツの仕事は何年も前からずっと気になっていた。その翌年にはS・ペレグリーノの「世界の名店五〇選」で七位にランクされるアリニアは小さな店で客も少ししか入れないのだが、アケッツはわたしたちのために席を用意してくれたのだった。

重たい鋼鉄のドアがはめこまれた黒っぽいれんがの建物には、なんの装飾もなかった。日よけテントもなければ、店の名前も見あたらない。人の動きも、物音も、生命の徴候さえない。手がかりは住所だけ。側壁を見ると、番地と同じ1723という数字が縦に四文字ならんでいる。わたしたちは顔を見合わせ、肩をすくめた。

「ここでいいんだと思うよ」ベッカはそう言いながらドアを引いた。

わたしたちはおそるおそるなかへ入り、せまい通路を進んでいった。通路は長くて薄暗く、淡いピンクの照明でぼんやり照らされて、まっ暗な外から入ってくるとふしぎな感じがした。影のせいで奥行きの感覚がゆがんでしまい、行き止まりになったのも突然に思えた。ふたりでならんだまま、どうしたものかと立ち尽くしていると、しゅーっ、と左側で自動ドアが開いた。いきなり視界が開け、明るい店内が目に入った。

どういう空間なのだろうかと目を走らせる。正面は階段、左には小さな客席スペースがある。そして厨房は、わたしたちの右側にむき出しになっていた。広くて開放的な空間で、つやのある銀色の金属で統一されている。ふたりとも思わずその場に釘づけになり、しばらくは物も言わずに見入ってしまった。その静かさと清潔さは、息をのむほどだった。床はじゅうたんで覆われ、すぐ目の前では、シンプルな白衣を着たおおぜいの料理人たちが、まるですべるようななめらかさで動きまわっている。「まるで瞑想でもしてるみたい」とベッカが言い、わたしたちはホストの案内に従って二階の小ぢんまりした空間へ移動し、テーブルについた。

シトロマックス社のラボを見学して以来、アリニアに来たいと思っていた。香味というものについて、もうひとつ別の次元を体験してみたくなったのだ。グロージンガーとそのチームは、既製品、パッケージ食品のために香料を開発している。その香味は、味とにおいの組み合わせで作られる。たしかに感動的だったし、長年の訓練のたまものだ。彼女たちだって新しい味、香りで冒険もするし、ときには限界に挑戦して領域を広げることもある。でもそれには限度がある。最終的な目標は単純明快、「製品をおいしくすること」なのだから。

しかし、味覚と嗅覚の結びつきは、もっと押し進めることもできるはずだ。もっと凝縮し、強烈なものも作れるはずだ。操作し、誘導し、衝撃を与え、感情をゆり動かすことだってできるはずだ。嗅覚と味覚と香味の関係を、科学から芸術に変貌させることのできるシェフがいる。それがアケッツだと聞いていたのだ。

アケッツが育ったのはミシガン州のセントクレア。毎年、秋には近所の人たちが庭先で落ち葉を燃やすにおいに包まれる、そんな土地だった。家族も親戚も地元でそれぞれにレストランを経営する一族に生まれた。初の仕事は五歳のとき、両親の「アケッツファミリー・レストラン」での皿洗い。そこから少しずつ本格的な仕事をまかされるようになり、部門シェフにまで進む。わたしがかつてあれほど憧れたカリナリー・インスティテュート・オブ・アメリカを一九九四年に卒業してからは、有名店の名人たちのもとで修業を積む。最初はシカゴのチャーリー・トロッターにつき、次がカリフォルニア州ヨントビル市はナパバレーの高級ビストロ「フレンチ・ランドリー」に移って、仕上げの完璧さで名高いトマス・ケラーについて学んだ。ケラーの指導のもと、その代表作である「牡蠣の真珠添え《オイスターズ・アンド・パールズ》」——真珠のようなタピオカの入ったサバイヨンソースにマルピーク湾の牡蠣とオセトラ種のキャビアを盛りつけたもの——を習得した彼は、あるとき、スペインの片田舎にあるエル・ブジを訪れた。分子ガストロノミーの父、フェラン・アドリアの仕事場として尊ばれている店だ。わたしはアリニアでの食事の翌日に取材した折に知ったのだが、アケッツが初めて嗅覚の力を目の当たりにしたのは、エル・ブジでのことだったという。アドリアはアケッツの手にさやのままのバニラを一本持たせ、においを嗅がせた直後に、甘味をつけた裏ごしじゃが芋を食べさせたのだ。じゃが芋はバニラの味がした。それ自体にはバニラは入っていないのにである。手に残っていたバニラの油、鼻に残っていたバニラの香りが、じゃが芋に香りをつけたのだ。「ぼくの知るかぎり、料理に香りをつけるのに、においを単独で使うなんて、このときが初めてでした。ぼくにとっては決定的瞬間だったんです」

二〇〇五年、三一歳でアリニアを開店すると、アケッツは伝統を離れた遊びを工夫しはじめる。おなじみのものを一から作り直す。視覚の役割を逆転させる。人びとの期待をあらぬ方向へ誘導する。暗示の力で予測をねじ曲げる。店は開業から一年もたたないうちに『シカゴ・トリビューン』でも『シカゴ・マガジン』でも四つ星を獲得した。『グルメ』誌のルース・ライチルはアリニアを「アメリカ一のレストラン」と称した。

前々から好奇心をいだいていたアケッツの仕事だが、事故に遭ってからはその関心がどんどんふくれあがっていった。さまざまな記事によると、アケッツは五感の支配者だというから。すぐれたシェフの例にもれず、アケッツも色や食感、温度、においの重要さをよく知っている。だが彼のにおいの使いかたは斬新で、人を陶酔にみちびくものだった。においを使って感情や記憶を呼びさまし、だまし、じらし、盛り上げ、満足させるのだ。

二〇〇八年に出版されたアリニアの料理書でも、アケッツは自身の料理ににおいがはたす役割にページを割いている。香りが彼に与えてくれる可能性には、二種類あるというのだ。「ひとつはにおいによって料理に風味をつけること、もうひとつは、身近なにおいに対する感情の反応をひき起こすことで、コンセプトに複雑な層を加えられること」これらのテクニックは「わたしたちの料理にとっては非常に大切なものとなり、香りのアイディアはそれ自体でも創造の舞台となったのだった」

アケッツの仕事を気にしているのはわたしばかりではなかった。彼の香りの使いかたが勢いに乗り、評判になりはじめたのはアリニア開店以前のことだった。最初はロブスターから始まった。二六歳のときから料理長を務めているシカゴの「トリオ」という店で、彼はロブスターを二重の深鉢で供した。内側の小さな鉢にはシンプルに調理したロブスター、外側の大きな鉢には生のローズマリーの枝を盛りつける。そして、給仕人がローズマリーに熱湯を注ぐと鮮烈な香りの湯気が立ちのぼり、客はロブスターを食べながらそれを吸いこむことになる。二〇〇五年、ピート・ウェルズは『フード・アンド・ワイン』誌でこう書いている。「すぐれたシェフならだれでも、香りが味にはたす役割の大きさを理解しているだろう。しかしアケッツはそれだけにとどまらない。狙った効果のため、嗅覚を操作し、利用するのだ」

インタビューに応じてくれたアケッツは、モップのような赤茶色の髪に、痩せて彫りの深い顔だちだった。わたしがにおいの使いかたについて質問すると、「トリオ」にいたときにロブスターと同じテクニックを応用したもうひとつの料理の話をしてくれた。秋の香りを添えた雉《きじ》の料理だという。外側の大きい器に、干し草、粉末シナモン、りんご、枯れ葉、かぼちゃの種を入れた。そこに熱湯を注ぎ、客が蒸気を吸いこむと、「器のなかは秋になったんですよ」という。

「みんな大騒ぎでね」とアケッツは笑った。「テーブルで大声をあげる人もいましたよ——いい意味で、ですけど。秋の香りって、思い入れのある人が多いですからね。ぼくらはその人の思い出にアクセスすることになるんですよ」

「ぼくらはお客さんの五感を、いろんな次元で刺激しようとしてるんです。感情にはたらきかけたり、脳にはたらきかけたり。ひとつの劇のような体験にしたい。お客さん自身が参加する体験にしたい。そのために大事なのが、においなんです」

それで、いまの仕事があるというわけだった。わたしがアリニアに来たのは、アケッツならにおいの力を知っているからだ。だがそれだけではない。アケッツはまた、欠落の怖さも知っている。感覚のひとつを失って生活するとはどんなことかを知っている。経験者だから。

二〇〇七年、彼は進行した舌がんと診断された。病院で提案された根治術は、舌の一部を切除して、腕の組織を移植するというものだった。しかしこれでは、口全体がほぼ役にたたなくなってしまう。二〇〇八年、D・T・マックスが『ニューヨーカー』誌の人物紹介記事でアケッツを取り上げているが、それによると、アケッツのビジネスパートナーであるニック・ココナスは「きみだったら、舌がなくなったって天才に変わりはないさ！」と言ったという。それに対しアケッツは「このまま死んだほうがいいよ」と答えたのだった。

結局、手術は断った。ほかの治療法はないかといろいろ探すうち、シカゴ大学で行なわれている臨床試験に参加することになり、放射線治療と化学療法が始まった。

アケッツは幸運だった。腫瘍は小さくなっていき、ついにはがんのない体になれたのだ。しかも、そのあいだもずっと仕事はつづけていた。

「治療中もアリニアにかかわりつづけることは、わたしにとってはどうしても大切なことでした。ですから、休んだのは一四回だけでした」と、自身の回復のニュースがグルメ評論界を揺るがしたあとのプレスリリースにアケッツは書いている。新しいプロトコルは「化学療法と放射線療法による過酷なものでしたが、おかげで侵襲的な手術の必要なしに完全寛解にいたることができました。（中略）これからも前へ進みます」

ところが、アケッツの舌は無傷ではなかった。わたしが嗅覚を失ったように、味覚がだんだん薄れていき、その味蕾はなにひとつ感じなくなってしまった。医師たちには、この症状は少なくとも一年はつづくと言われたという。塩味が、甘味が、苦味が、酸味が、ひとつずつ順に消えていった。「放射線の一週めはなんともなかったんですよ。二週めには舌がひりひりしだしたけど、味覚には影響しなかった。で、三週めのある日、病院にいくとちゅうで炭酸飲料の缶を開けたんですね。ドクターペッパーだったんだけど、ひと口飲んで、『あれ、このコカコーラ、味が変だ』と思ったんですよ」コーラとドクターペッパーの区別がつかなかったのだ。とんでもない話だった。話しながら彼は力なく笑い、肩をすくめた。「缶を見て、思いましたね。くそっ、始まったか、って」彼にはひたすら動きつづけるしかできなかった。風味がしだいに消えていくあいだも、ただ傍観し、料理を作りつづけ、病気はないが機能もしない舌をもつ世界的に有名なシェフになっていくしかなかった。それから二週間で、彼の味覚は消えてしまった。「ほとんど、嗅覚と視覚がたよりの作業になってしまいましたね」

甘さ、塩気、苦さ、酸っぱさを測るには、スーシェフたちの舌もたよりにしている。その多くは、長年いっしょに仕事をしてきて、「みんなの味覚がぼくと同じになるように、さんざん洗脳してきたようなものだから」という相手だ。アケッツ自身ではもはや、スプーン一杯の塩を舌の上でゆっくり溶かしても、なにひとつ感じないのだから。

これでは食事さえとる気になれなかった。極端に香りの強いものに引きつけられた。牛乳も、アイスクリームとブレンドし、バニラビーンズの種を二本ぶんも入れて飲んだ。彼はのちにこのときの体験を『アトランティック』誌に書いているが、「ぼくの舌と喉の表面は、包装紙をはがすみたいにはがれ落ちました。そのときに、味蕾もいっしょにはがれ落ちたのです。あらゆる副作用のなかでも、いちばんおそれていたものでした。味もわからないのに、ほんとうにシェフといえるでしょうか？」

わたしはそれをたしかめにきたのだった。香りをつけた空気を満たしたクッションだとか、燃える薮だとか、火をつけられてくすぶるシナモンスティックだとか、うわさだけはさんざん聞いている。あとは自分で嗅いでみたい。わたしにもわかるだろうか。

ここアリニアのダイニングルームの壁は特徴のない中間色で、モダンな油絵がまばらにかかっているだけ。テーブルは黒のマホガニー。わたしは期待で浮かれていた。それでいて緊張してもいる。食事をするのにここまで緊張するのは初めてだった。

「全然におわなかったらどうしよう」

「じきにわかるわよ」

それからの四時間あまりもかけて、わたしたちの前には小さな料理が次々と、平たい皿にのせられ、深い鉢に入れられ、針金につるされ、フォークにのせられて運ばれてきた。もったいをつけて並べられ、食べ終われば優雅な動きで下げられる。おおぜいいる給仕人の大半は男性で、たいていはハンサムで、最新の派手な髪型にしている者も多い。

料理は一度にひとつずつ運ばれてくる。これをひとかじり、こちらをひとすすり、好奇心はとぎれることがなかった。ひと口ひと口を、火星の食べもののように分析していく。まるでなにかのパフォーマンスを見ているような気分だった。こちらの感覚のすべてに勝負をいどんでくるような、質感と色と味と香りの結びつきを——ときに解離を——強調するパフォーマンスだ。マットが見たらなんと言うやら、とも思った。

なかには、ひと口にも満たないほど小さいものもあった。たとえば、緑のアーモンドがひと粒、四角く固めた杜松《ねず》の実のゼリーに包まれたもの。強烈な味のするそれを、口のなかにそっと置いたまま鼻からゆっくりと息を吐いてみる。目をつぶって、子どものときの家の裏庭を思いうかべてみる。杜松の木があって、わたしはその実を指でつぶしてにおいを嗅いだものだった。

しっかりした量で出てくるものもあった。たとえば、くぼ地あり谷間ありと風景のミニチュアのような細長い皿にのってきた一品は、給仕人の説明によれば「バターとよく合うものたちの特集」だという。ポップコーンを裏ごしにしたものが真一文字に垂らされ、ところどころに、口のなかで粉々に崩れるように乾燥させたとうもろこしの粒が散らされている。溶かしバターが丸い透明のカプセルに詰めてあり、フォークで穴をあけて、自分でバターの川を作るしくみだ。そのほか、小さくて繊細なマッシュルームあり、チーズを薄焼きにしたチップスあり、ほんのわずかのカレーあり、小さなタラゴンの葉があり、四角いマンゴーゼリーに細い赤唐辛子の棒を旗みたいにつき刺したものがあった。なにかの裏ごしがあり、なにかの輪っかがあり、はちみつとチャイブを合わせた味のものがあった。口に入れるものの半分は正体がわからない。口に入れようにも、入れ方さえはっきりしないものが多い。でも、気にならなかった。近代美術館にいくのと似ている気がする。近代美術館でなら、単色のしみみたいな絵の前で、わけがわからないなりにうっとりと何時間も立ちつくしていられる。ここの料理は理解はできないが美しくて、終わりがきてほしくなかった。ベッカもカレーの蒸気を吸いこみながら噛むタラゴンの味に首をひねり、「これはすごいわ」と言うのだった。

わたしたちはひな鶏のタルトを食べ、レモンの泡を食べ、ベーコンのせんべいを食べ、ふんわりしたライラックの寄せものを食べた。小さな円板状の、香り高いシャーベットもあった。半分はマスタードで半分がパッションフルーツ、うっすらとしたナツメグの線で飾られ、ぽつんと大豆がひと粒飾ってある。それをひと口で食べるよう、ピンを刺して出されるのだ。「不協和音」と、わたしは椅子のわきに置いたノートに走り書きした。苦味と甘味のこんな組み合わせは初めてだった。不愉快なのに、それでいて引きこまれる。「マスタードとパッションフルーツが口のなかで素手の決闘をしてるみたい」とベッカが言った。

「勝ったのはマスタードじゃないかな」暴れまわる二つの味を仲裁できず、わたしは顔をゆがめた。

アケッツの名作といわれる「熱いポテトと冷たいポテト」もあった。冷たいじゃが芋のスープが蝋で作った小さなボウルに入れられ、いっしょに出された長い金属の串には、湯気のたつユーコン・ゴールド種のじゃが芋にトリュフをトッピングしたものが刺さっている。串にはそのほかに小さなサイコロ状のパルメザン、アサツキが少々、それにバターの角切りも刺してあった。給仕人の説明にしたがって串を抜くと、具が一度にスープのなかへすべり落ちる。わたしたちはひと口で飲んでしまった。その温度のコントラストはショッキングで、華麗といえるほどだった。

しかし、描写しようにもことばに困る思いをさせられたのは、やはり香りの使いかただった。料理のパレードのようなコースの中盤に近づくころ、サツマイモの天ぷらに赤砂糖とバーボンで風味をつけた球体が出された。天ぷらには、火が消えてくすぶっている長いシナモンスティックがつき刺してあり、けむたくてスパイシーな香りがまっすぐ鼻へ送られてくる。勢いよくひと口で食べると、甘くてとろとろだった。あたためた台座から取り上げるときも、遊び心を刺激されて、縁日のおやつのようだった。その香りはしばらく残り、キャンプファイアやクリスマス、前の冬の休暇にドイツでマットといっしょに飲んだホットワインなどをかすかに連想する。たったひと口に、全感覚が動員されてしまう。思わずとびだした「なんじゃこら!」という声が大きすぎて、人に聞かれはしなかったかとあたりを見まわすはめになった。係の人が器を下げていったあとには、小さな灰の山が残っていた。

デザートのひとつでは——デザートもたくさん出てきて、もう入らないのではないかと心配だった——小さな布製の枕がわたしの目の前に置かれた。ベッカの前にも置かれる。わたしたちは面食らって顔を見合わせた。どうしていいかわからず、ひざに置いた手をもじもじと動かす。ところが、給仕人が枕の上に食べものの乗った大きな白い皿を置き、息をひと吸い、ひと吐きしたところで理由がわかった。皿の重さによって枕がゆっくりとしぼみ、なかの空気が押し出されるのだ。その空気に香りがついている。覚えのある、波がうねるような香り。薬草のような香り。プロバンスの庭のような香り。ラベンダーだ。皿に並んでいたのは、さまざまな食感と温度のとり合わせだった。いずれもひと口サイズの綿あめ、ルバーブのアイスクリーム、クリスプ、メレンゲ。山羊乳チーズケーキもあり、甘い玉ねぎの織切りもあった。ひと品味見するたび、いちいち自分の感覚を疑わずにはいられなかった。わたしたちはその全部を、香りのついた空気の上で食べた。

翌日の取材で語ってくれたことだが、アケッツには、出勤して仕事をするうちに、味覚のない身で料理を作る仕事に大変なやりがいを感じた日が何度もあったという。「だってずっと、すごいよなあって思ってたんだもの。いや、ぼくがすごいってんじゃなくてね。人間って、味覚以外の感覚でものすごくたくさんのことがわかるものなんだなあって。食材に触るでしょ、においも嗅ぐ。目で見る、加熱中の音を聞く。びっくりですよ」

コース終盤の一品としてアケッツは、鉢にナプキンを詰めた上にガラスの筒を一本寝かせたものを、わたしとベッカの前に置いた。筒のなかには、風船ガム味のタピオカ、クレムフレイシェチーズ、そしてハイビスカスのジャムが順番に詰めてある。風船ガムですって？　わたしはシトロマックス社の実験室を思い出した。アケッツの仕事はいくつかの点で、グロージンガーの仕事の鏡像だといえる。ばらばらのパーツを組み合わせて、複雑でニュアンスのある風味を作りだす仕事だし、訓練をつんだうえに独創的な思考があって初めて組み合わせは成功するのだから。

「二、三週間前にぼくたち、この裏を歩いてたんですけどね」と、アケッツは語ってくれた。「みんなでふしぎがってたんです。風船ガムの本質ってなんだ？　そもそも風船ガムの正体は？　人が『おい、これ、風船ガムみたいな味だよな』って言うとき、それはどういう味なんだろう？　つまり、ほんとに文字どおり、風船ガムってなにってことですよ。それで、みんなでガムをならべて、においを嗅いでみた。そしたら、いちごのにおいがするってやつもいれば、ぼくはバニラを感じるしさ」彼は風船ガムから香りをとり出して、自分なりの新しい全体を作りあげたのだった。

ガム成分の混合物を味わうには、ガラスの筒を口に当てて、ストローでも吸うように思いきり吸いこんでくださいと説明された。言われたとおりに吸ってみると、ゼラチンでふさがれた反対側の端が、大きくずぽっという音をたてた。まるでおならみたいな音で、空間の雰囲気にはまったく似つかわしくない。意外で、遊び心があって、ちょっぴり下品だった。ずずずずするるっ。ベッカが笑いだし、わたしも笑いだした。あんまり笑ったので、涙が出てきた。もう一度吸うと、またもやいかがわしい音がして、もうひと笑い。わたしたちとほぼ同じペースで進んでいたとなりのテーブルの四人連れも、すぐにつづけて風船ガム抽出エキスを食べはじめた。ベッカとわたしがようすをうかがっていると、むこうでも笑いの発作がはじまった。時は土曜の晩、そろそろ午前一時も近く、なんだかシカゴの街じゅうが大笑いしているような気がしてきたのだった。

オポポナックスとヒマラヤ杉

わたし、自分の感覚に立ち返る

opoponax and cedarwood: in which I return to my senses

8

マットがまだアフガニスタンに配属されたばかりのころ、パキスタン国境近くの設備も劣る基地へ移るまでのあいだは、何度も電話で話をすることができた。そのたびにふたりとも、なんとかふつうさを装おうとしていた。わたしは彼の一日についてたずね、彼もわたしの一日をたずねる。わたしも明るい調子を保とうとはするのだが、マットがパトロールで目にした光景を話に聞くと、肌にひりひりするものを感じてしまう。散弾で皮膚をはぎとられた子どもたち。道ですれちがった老人の、ぼんやりと生気のない目。自分の心配ごとなど、どう言ったらいいやらわからなかった。彼の現実とくらべたら、嗅覚なんてささいなことに思えてくる。

後頭部であのフォードのフロントガラスを砕いてから、四年がたっていた。においの存在に気づく力の大半はゆっくり、じわじわと回復していて、これはひとえに幸運のおかげだった。でも、すべてのにおいがわかっているだろうか？　シンディのアップルクリスプの香りは、前と同じだろうか？　同じかどうか、知るすべはあるのだろうか？　そんな疑問がここ何か月も、意識の奥でうごめいている。ブルックリンに帰り、ひとりで悩みつづけたあげく、よし、ちゃんとたしかめてやると心が決まった。わたしはフランス行きの航空券を買った。

七

月のある日の昼近く、わたしはフランス南西部の小さな町、グラースに着いた。ニューヨークからの夜行便では眠れなかったので、ニースの空港からバスで移動するあいだは、目を開けているのもたいへんだった。バスは赤や黄色にぬられた家々を通りすぎ、丸い石で舗装されたコートダジュールの道をがたごとと進んでいく。

グラースは丘の上の静かな町だ。一軒家も低層の集合住宅もブドウの木に彩られ、窓からは何マイルもむこうに青くかすんだ地中海が見える。花の栽培に適した土地でもあり、町の周辺部は点在するジャスミン畑やラベンダー畑の深い紫や青に彩られている。そのため、香水の歴史においては古くから重要な町だった。わたしが来たのも、香水ゆえだった。

パトリック・ジュースキントの小説『香水　ある人殺しの物語』の主人公にして悪役、グルヌイユもそうだった。自分の求めてやまず、そのためには殺人まで犯した、長年の憧れである香り、若い処女の香りを香水にする新しいテクニックを求めてグルヌイユがグラースにやってきたのは、一八世紀の後半のことだった。彼は徒歩でこの町に現れた。そのときのことを、ジュースキントはこう書いている。

大きな皿の一方の端、目測で二マイルほどはなれたあたりに一つの町が広がっていた。あるいはむしろ、山の背にへばりついていると言うべきだろうか。遠くから見たところでは、とりたてて華やいだ印象も与えない。家並みを圧する聖堂がそびえているわけでもない。小さな塔の先端がのぞいているだけ。豪壮な城があるというのでもない。めだって立派な建物もない。(中略)あらためて飾りたてる必要がない。足下に匂い香ばしい大皿をそなえており、これで十分、と言わんばかり。

それからの二〇〇年で、町はたいして変わっていなかった。わたしがバスを降りて暑い田舎の空気のなかに立ったときも、グラースは小さくてみすぼらしい町に見えた。スーツケースを引きずりながら、カフェや商店の点在する町を歩いていく。ほとんどが香水や石鹸を売る店だが、日曜日はどこも閉まっている。人影はほとんどなく、なにしに来たのだろうという気になってしまう。

でも、ハンドバッグにはちゃんと書類が入っている。目的地にインクで丸をつけた地図だって持っている。グルヌイユと同様、わたしもグラースに——香水会社が集中し、それゆえ調香師学校も集中する町に——香りを作るテクニックを学びにきたのだ。これまで何百年も、前途有望な調香師たちが何千人も集まってきたこの町に、わたしも自分の鼻を訓練しにきた。においの嗅ぎかたを習いにきた。

グラースは昔から、香水業界の中心地だったと聞いていた。何百年も前から香水の開発と生産の中心地で、セリア・リッテルトンは『パルファム紀行　香りの源泉を求めて』のなかで、グラースのことを「香水揺籃の地」と呼んでいるし、ジュースキントは「(ジュゼッペ・パルディーニは)匂いの聖地だと言った。香水調合師にとって約束の地であって、ここで名を成してこそ押しも押されもしない名手たるもの」と書いている。

最初から香りの町だったわけではない。もとは革産業の町として発展した。中世には、丘の斜面に広がるこの町には優秀な皮なめし工場が密集し、繁昌していた。当然ながら、その原料の臭いもひどかった。悪臭対策のため、また、当時は悪臭がもたらすと信じられていたさまざまな凶事をも防ぐため、町の人びとは自分たちの製品に――なかでも、特産品である手袋にはとくに――惜しみなく香水をふりかけた。香りつきの手袋はたいへんな流行となった。一六世紀にはオクスフォード伯爵もエリザベス一世にこの手袋を贈ったと伝えられている。

しかし、グラースの真のパトロンはフランス王妃、カトリーヌ・ド・メディシスだった。リッテルトンによれば、彼女はグラースの手袋と香水を愛するあまり、一五五三年に香水専門の研究所を設立したという。「当時ファッショナブルだったアラブの香水に張り合えるような香水をフランスでもつくらせようとしたのだ。その結果、手袋商兼香水商は名を上げ、薬局がいたる所にできた。地元の農夫は銅製の蒸留器をロバにくくりつけて運び、野生のハーブや花を摘むとその場で蒸留したという。アルプスの山の住民たちはラベンダーなど野生の芳香植物を集め、グラースの手袋商兼香水商に売りに来るようになった」

ほどなく、グラース産の香水は、土台となった製品をしのぐほどの評判となった。息がつまるほど暑いカンヌやニースから一二マイルも離れているうえ、標高も高いグラースの局地的気候は、ジャスミン、ばら、ラベンダーといった香り高い花の栽培に最適だったのだ。現在でも、フランス産の天然香料の三分の二はグラースの工場で生産され、世界じゅうに出荷されている。ガリマール、フラゴナール、モリナールなど、老舗の香料会社もまだいくつかがこの地で操業をつづけている。

わたしは町の中心部にあるホテルにチェックインした。おんぼろの安宿で、鏡張りの部屋には、銀紙に包んだキャンディーが壺に入れて置いてあった。その晩は、にんにくソースが香ばしいムール貝と、油がしみないように硫酸紙の上に盛られた、あつあつで塩からいフレンチフライポテトを食べた。わたしは夕方の空気を吸いこんだ——ニューヨークの空気よりも新鮮で、涼しかった。においを嗅ぐ準備はできている。

グラース調香師養成学校が開校したのは二〇〇二年、香水関係者の全国組織であるプロダロームの会長、ハンポール・ボディフィの発案だった。大手の香水会社と無関係に香水作りの技術と科学を教える数少ない学校のひとつだ。調香師の卵のための九か月のコースは人気が高く、毎年、おおぜいの応募者のなかから選ばれた一二人だけが入学を許される。それ以外にも天然香料を用いた化粧品のワークショップを開催するほか、毎年夏には、香水の基礎を学べる二週間の集中コースも開いている。わたしが参加するのはこれだった。

学校はグラースの町はずれ、丘の上に建つ優雅な建物だった。わたしはその一階にある明るい実験室で、丸テーブルにむかって座っていた。実験室といっても堅苦しい感じではなく、シトロマックス社で見学した部屋よりずっと小さい。茶色い小瓶がならんだ棚がいくつもあり、作業台には勉強中の調香師たちが小さなしずくを計量するための秤が備えつけられている。なんだかはっきり思い出せない、強い香りがしていた。甘いことはわかるが、奥行きのある香りだ。

わたしはテーブルを囲むほかの八人をそっと観察した。多様で国際色ゆたかなグループだ。イギリスのアロマセラピストがひとり、インドからは生化学を学ぶ学生がふたり、テキサス州の石鹸製造業者、アルゼンチンの化学者、韓国の大学生、オーストリアからは出版業界で働く女性がひとり。この人たちの会話は香水を商品化している会社や、有名な香水についてのもので、資生堂、レールデュタン、トレゾアといった名前がぽんぽん飛びかう。わたしにとってはまったく意味をなさない名前ばかりだ。

講師のローレンス・フォーヴェルは口調のやわらかい女性の調香師だった。ラベンダー色の麻のシャツを着て上座に着席する。「香水業界の公用語は英語なのです」と言って、みごとな発音で英語を話した。

授業内容はシンプルです、とフォーヴェルは説明した。においを嗅ぐこと。調香師を目ざす者ならだれでも、最初にすべきことは同じ。暗記だ。暗記といっても、数学の公式でもなければ、単語カードでもない。香りを暗記するのだ。

世界じゅうのすべての養成校のすべての生徒が、まずは原料の暗記から始める。入学の段階では、においの存在に気づき、ちがうにおいを弁別する力に多少の個人差があるものの、香りを記憶する力には遺伝的性質の影響はほとんどない。調香師ならみんな、訓練で学んでいく。答えを見なくても合成ジャスミンの酢酸ベンジルを嗅ぎ分ける力を持って生まれてきた人などいない。素材を理解する唯一の道は、嗅いで嗅いで嗅ぐことなのだ。

ちゃんと商品化できる香水を作るには、調香師はすべての素材を知っていなくてはならない。つまり、それぞれの香りをしっかり記憶し、考えなくてもネロリやリナリルやトリプラールを瞬時に当てられる状態だ。そして、かすかなばらとミント、干し草と木、それにほのかなかんきつ系の香りを嗅いで、ただちにゼラニウムとわかる状態だ。たいがいの調香師なら、ベルガモットの香りを造作もなく思いうかべることができる。わたしたちが「ハッピーバースデー」の歌をすぐに思いだし、頭のなかで歌えるのと変わらない。

その素材というのがじつに多く、二〇〇〇種類をこえる。天然の物質から抽出したものもあるが、多くは実験室で合成される。それぞれに香りがちがうばかりでなく、人へのはたらきかけかたもちがう。

すばやく鼻に飛びこむかわり、たちまち消えてしまうものもあれば、動きがのろく、肌のまわりにいつまでもぼんやりと香りの雲を残すものもある。

製品化されている香水にはいずれも、こうした材料がだいたい二〇種類から数百種類ふくまれている。世界じゅうで何十万人もが愛用する名作、複雑なアルデヒドのシャネルの五番や、キャラメルとバニラが香るエンジェルなどの開発だって、やはり素材から始まった。素材は正確に混合され、数値として公式化される。香水も着香料と同様、芸術でありながら同時に科学でもあるし、出発点は実験室の小瓶たちなのだ。本職の調香師がそれなりの頻度で使う素材は、だいたい五〇〇種類程度だ。こんなにたくさんあるなか、わたしたちの持ち時間では、三桁に達するのはまずむりだろう。それでも、できるところまでやってみようというわけだ。

最初は天然素材から始める。原料は果物や花、葉や根だったり、動物の腺、木の皮だったりで、オポポナックス、ネロリ、トンカ豆といった名前がついている。製法も、圧搾、煎じだし、蒸留といろいろだ。一九〇〇年代の中ごろまでは、グラースを中心に、アンフルラージュという製法もおこなわれていた。これは、花や樹皮、葉などを固形の——たいていは豚か牛の——脂肪に押しこみ、何日も放置して香りをしみ出させるというものだ。製品そのままの形状で出荷することもあれば、アルコールに香りを移すこともあった。

天然素材の次は合成素材、人工の香りに進む。ダマスコーン、ガラクソライド、ヘリオトロピンといった名前がついている。人工といっても、もともと自然界に存在した香りのコピーで、天然製品より安定しているうえに安価なことから香水作りに使われているものが多い。酢酸セドリルはヒマラヤ杉に似ているし、オイゲノールはクローブのような香りがする。一方、まったく新しい香り、自然界には類のない香りを作りだしたものもある。

同じ柏槙《びゃくしん》の木にも種類がいろいろあるが、専門家はそれらを区別できる。モロッコ産のばらとグラース産のばらのちがいもわかる。これらすべての素材を区別し、名前を言い当てられるようになるには、たいへんな時間がかかる。数か月必要だと言う人もいれば、数年はかかるよと言う人もいる。フォーヴェルに言わせれば、名人になるためには何十年もかかるそうだ。わたしたちには二週間しかない。

わたしは、背後にある小瓶のならんだ棚にさっと目を走らせた。瓶は何百もあって、そのラベルを見ていると自信がなくなってくる。覚えるとかいう以前に、においが感じられないものだってあるかもしれない。もしもフォーヴェルが開けた瓶がなにか強烈なにおい、基本的なにおい、全員が最初から知っているにおいなのに、わたしひとりがわけもわからず座っていることになったらどうしよう？

「とにかく練習することです」とフォーヴェルはわたしたちを前に言った。

わたしの不安げな表情に気づいたのだろう。「きっと楽しいから」と言った。「数学の勉強じゃあるまいし。これは芸術なのよ」

グラースへ行った目的は鼻の訓練だと言ったものの、厳密にいうと、訓練したかったのはにおいの分子をキャッチする受容体ではない。鼻そのものでもない。検出するだけなら、いいにおい、いやなにおいを問わず、なんでもわかるのだから。

グラースへ行ったのはもっと大きな問題、もっと高次の部分で起きている問題のためだった。ペンシルベニア大学で検査を受けて気がついたことだが、周囲の世界に感じたにおいがなんのにおいかわからない状態は、その後もつづいていた。問題は、解釈、同定、名づけができない点にある。グラースに来たのは、脳のためなのだ。

だって脳には可塑性があるはずではないか。変わる力があるはずだ。

「変われる」といえば単純に聞こえるが、そのことがわかったのは比較的最近のことだ。科学者たちは何百年もの間、頭蓋骨のなかのシワのある物体は変わらない、動かないと信じていた。平衡状態にある一個の機械だと考えていたのだ。

そんななか、ポール・バキリタという科学者が、脳は変化するのではないかという可能性に興味をいだいた。六八歳になる父親がひどい脳卒中にみまわれながら、機能を回復していくさまをまのあたりにしたからだ。ところが、何年もたってその父親が亡くなり、脳を解剖してみると、卒中のときにできた巨大な損傷がそのまま残っているではないか。傷は治ってはいなかったのだ。それを見たバキリタは、脳には自分で仕事の分担を変更する力があると気づく。

この経験にヒントを得て研究した成果を、彼は一九六九年に『ネイチャー』誌に発表する。そのなかには、生まれつき目の見えない人びとを助けようと彼が発明した装置も紹介されている。それはカメラとコンピュータを使って視覚的世界を複雑な振動刺激に変換し、皮膚に伝えるという装置だった。実験に参加した盲人たちは、練習の結果、触覚情報を変換して周囲の視覚的な条件を理解できるようになった。つまり、「見る」ことを学べたことになる。

ノーマン・ドイジの『脳は奇跡を起こす』には、「いままでは忘れ去られているが、この装置は、神経可塑性を、ごく初期の段階で大胆に応用したものである。つまり、ある感覚をべつの感覚の代用として使い、成功している」と書かれている。

バキリタに続いて、ますます多くの科学者たちが気づくことになる――脳は機械ではない。みずから変化する力がある。それも、大幅に。壊れた箇所を迂回してまだ使える部分を活用することもできるし、失った感覚を別の感覚で代替することさえやってのける。障害からの回復だけではない。たとえば訓練でなにかを習得するだけでも、もっと細かいレベルで同様のことが起きる。アメリカ人の子どもがフランス語を話せるようになっても、定期的にピアノを練習するようになっても、脳の構造に変化が起きる。「脳は、思考と行動により、その構造と機能を変化させることができる。わたしたちは、脳についての考えを、大きく変更することを迫られているのだ。それは、わたしたちが初めて、脳の基本的な構造と、基本的な単位であるニューロンの働きを知って以来の大きな変化だろう」とドイジは述べている。

ほかのアノスミア患者たちの話を聞いていても、バキリタの装置で盲人たちが「見えた」ように、自分も別の感覚でにおいがわかるんですよと言う人はいた。でもわたしとしては、目が見えないほどの不自由でもなし、代替手段までは必要ないと思っていた。

かといって、気づいたにおいがなんだかわからない状態が、このままだとも思わなかった。けがの結果なのか、においが入ってこない時期に使わなかったせいなのかはわからないが、訓練で回復するだろう。グロージンガーがしたように、アケッツやローダミール、フォーヴェルがしたように訓練すればいい。

見通しはついている。嗅覚は感覚のなかでもとくに可塑性が高い。とりわけ、においの認知という部分は——二つのにおいを区別する力、においに名前をつける力、個々のにおいの好き嫌いなどは——感情や記憶の影響を受けやすい。暗示や言語の影響も受けやすい。でもそれ以上に経験、学習の影響を受けやすい。

だから、グラースなのだ。

においの感覚というのは、多分に学習された能力なんですよ、と話してくれたのは、ノースウェスタン大学の神経学の准教授で、嗅覚を専門とするジェイ・ゴットフリートだ。人間がその存在を検知できるにおいの数は、数万種類が普通なのだそうだ。でも、検知したにおいを区別し、記憶するのは、訓練によるものだという。

ゴットフリートらが大学の自身の実験室でおこなった実験では、三分半にわたってミントの抽出物を嗅いでもらった被験者は、その後二四時間にわたって、同じミント類に属する別々のにおい（たとえばスペアミントとペパーミントなど）を区別する能力が高まった。このように判断力が高まる現象をゴットフリートは「熟練によるものである」と考え、時間とともに進むとしている。

においを感じない人でさえ、訓練の効果が出ることはある。ドイツのドレスデン医科大学嗅覚味覚クリニックに所属する科学者でもあり医師でもあるトマス・フンメルが二〇〇九年、まさにそのとおりの実験をしている。アノスミア患者を集めて二グループに分け、一方には四種類の強烈な香り（合成のばら、ユーカリ、レモン、クローブ）を一日に二回ずつ、一二週間にわたって嗅いでもらった。もう一グループの患者はなにもしない。訓練期間の前と後に嗅覚をテストしたところ、練習したグループではにおいを感じる能力が明らかに上がっていた。なにもしなかった人たちは、前とまったく変わらなかった。

しかし、こうしてただ嗅ぐ以外にも、嗅ぎ分けと同定の力を伸ばせる方法はある。言語もそのひとつだ。初めてのにおいに名前をつけると、学習能力が飛躍的に高まることがわかっている。

ネイサン・S・クライン研究所のシニア研究員、ドナルド・ウィルソンに話をきいてみた。ウィルソンは、人がにおいを感じる、かつてのわたしや、いまのわたしがにおいを感じるときに脳がはたす役割を探り、「スマウンド」という概念を提唱している人だ。

ウィルソンの説明は、基本から始まった。ピーナツバターのにおいは、何千という分子からできている。これらの分子が嗅覚神経細胞と出会うと、そのひとつひとつが脳へむけて信号を発することになる。脳はたくさんの信号を、それぞれに個別の要素として解釈するのではなく、全部をひとまとまりとして解釈する。「その分子を一個だけ嗅いだら、もしかするとパイナップルのにおいがするかもしれません。でも人間は決して、ピーナツバターはパイナップルのにおいがすると言ったりはしない」

脳はこの知覚の束を受け取ると、まとめて処理し、組み立てて全体像にする。人はわずかな分子からでも（異質なはずのパイナップル臭からも）全体像を推測することができるが、この全体像は、経験、学習、訓練によって得られるのだ。

わたしはウィルソンに、まわりで感じたにおいを処理できず、なんのにおいか思い出せないという自分の状態について質問してみた。事故に遭われた後で、嗅覚神経細胞の大半は再生したのでしょうけど、配線までは完全にもとどおりにならなかった可能性がありますね、というのがその答えだった。もしかしたら、すき間があいているのかもしれません。これまでの年月で覚えたさまざまなにおい——海、バナナ、夏のバーベキューの炭火——は、もう以前と同じようには呼び起こされない。脳へ送られる信号がわずかに変わってしまったため、覚えたとおりのパターンではなくなってしまった。ピーナツバターも、もう以前のピーナツバターではない。なにもかも、一から学習しなくてはならないだろうというのだ。

「嗅覚系は訓練できます。だれかにまったく新しいにおい、いままで嗅いだことのないにおいを嗅がせたら、その人はすぐにそのにおいを覚えて、なんらかの名前をつけてしまいました」注意を払うことでそれぞれのにおいへの感受性は高まるし、感知できる閾値も、時間と練習によって下がっていくという。

「嗅覚系は非常に可塑性が高いのです。学習もいたって速い。この性質は、どうやら生涯つづくようなのです」

グラースに着くと、わたしはフォーヴェルに意見をきいてみた。口癖どおり、「いんじゃない?」というのが答えだった。

グラース調香師養成学校の授業は、ラベンダーから始まった。フォーヴェルはテーブルの端に立ち、手のなかに鳥の雛のようにすっぽりおさまっていた茶色い小瓶のふたを取る。そして、白い紙片の束を――この世界では「ブロッター」という――注意ぶかく、ほんの先端だけしか液に触れないように入れていく。それを瓶から抜くと軽く振り、テーブルを囲むわたしたちにひとり一枚ずつ回していく。ブロッターを手にするとすぐ、額には早くも汗がにじみはじめた。仲間たちはすぐに嗅ぎはじめている。鼻の下に紙を横向きに当てて、まるで口ひげみたいだ。みんな、気軽に嗅いでいるようだった。だれもが目をつぶり、それぞれの頭のなかで聞こえているらしい声に、うんうんとうなずいている。部屋のあちこちから呼吸の音が聞こえる。

わたしはブロッターをとり上げ、息を吸いこんだ。

なにかの香りはあった。わかりにくいうえに、かすかではあるが、あるにはある。小さな青い花の映像がまぶたの裏をちらっとかすめる。もう一度深く吸い、ゆっくりと吐く。先は長いのだ。どんなペースで進めばいいのかわからない。なるべく正常なふりをしていたい。

このラベンダー精油は天然の製品だが、最初の週にとり組むのは全部、天然の香りだという。これは花と茎を蒸留してとったものです、とフォーヴェルが説明した。

「どんなにおいですか」と、フォーヴェルは自分のブロッターを鼻の下に近づけたり遠ざけたりをくり返しながら、小刻みに呼吸している。フォーヴェルが部屋を見回す。形容することばを答えさせようというのだ。ラベルに書いてあるひとこと、「ラベンダー」以外ならなんでもいいですよという。わたしにわかるのは「ラベンダー」だけなのに。

わたしは片方の鼻の穴の下で紙片をゆすり、もう片方からあらためて吸ってみた。

思いうかぶのは父の家にある淡い紫色の固形石鹸、わたしの継母にあたるシンディが集めているものだ。数か月前、アリニアでゆっくりとしぼんでいった枕も思いだした。交響曲のような食事の最後に添えられた科学的なコーダ、脱構築されたルバーブの皿に敷かれていた枕だ。

でも、いま、ここにあるこのにおいを描写する単語なんて、ひとつも見つからない。形容詞もない、副詞もない、手がかりさえない。うつろな目でテーブルを見まわしてみる。舌は口のなかにでろんと寝そべっているばかりで、ほかの生きものでも入っているみたいだ。ほかの生徒たちの答えが次々と出てくるなか、わたしはうろたえはじめた。

「花っぽいとか?」

「薬草っぽい?」

「暖かいかな」

「ちょっとぴりっとするかな。ちょっと青くさいかも」

「干し草みたい。男性むけコロンっぽい。プロヴァンスの野原みたい……」

わたしは背中を丸め、黙って座っていた。

「ラベンダーには田園風の、樟脳臭がありますと、フォーヴェルは事前に配ってあった「基本の天然素材」という分類図を指さして言った。この紙には六〇種類の素材がリストアップされ、「スパイス」「フローラル」「オレンジ」「ばら」「樹脂」などといったおおざっぱな系統に分類してある。

わたしはそれぞれの用語を思いうかべながら、リストをくり返し読んだ。調香師だって着香料開発者だって、種類はちがえどこういった分類を昔から使ってきたのだ。プロに対しても、わたしのようにちょっと覗いてみただけの者に対しても、具体的な語彙を与えることで想起、記憶、描写を助けるのは、分類と名づけなのだ。

ラベンダーを描写する単語群を教えられ、副詞や形容詞が頭に入ったとたん、わたしはすぐにそのことばが示すにおいを嗅ぎとれるようになっていた。フォーヴェルがなにを言っているのかも理解できた。以前にも目の当たりにしたように、文脈が与えられたことで、あらゆるにおいの理解のしかたが変わったのだ。ただ問題は、「わたしはこれらの単語を自力で思いつけるようになるのだろうか?」という点だった。

何分かたってから、わたしたちはもう一度ラベンダーのブロッターを嗅いでみた。意外にも、さっきとは変わっているではないか。「ほとんどの素材が時間をおくことで変わるのです」との説明だった。香りのなかには、すぐに鼻に飛びこんでくるが、消えるのも早いものもある。レモン、オレンジ、生姜などがそうで、これらを「トップノート」と呼ぶそうだ。ミドルノートといえばゼラニウムやばらなどで、ある程度は残るが、そう長続きはしない。白檀や麝香《じゃこう》などのベースノートはしばらく残る。香りで作曲するみたいね、と思った。

ラベンダーはミドルノートだ。別名をハートノートともいい、天然香料の調香師、マンディ・アフテルも、その著書『エッセンスと錬金術』ではこちらを使っている。「フローラル系のハートノートを組み合わせれば、淫らな、あか抜けた、晴れやかな、麻薬的な、異国的な、官能的な和音を作りあげることができる。深くて重いベースノートと軽くて鋭いトップノートはそのままだと遠すぎるが、ハートノートがそこに橋をかけ、角のとがったところを丸めることで、香水全体を統一感のあるひとまとまりに仕上げてくれる」

フォーヴェルの考えるラベンダーは、最初は新鮮だが、すぐに変化するという。「ちょっと暖かみが増すんです」わたしは息を吸い、吐き、いったいなんの話だろうと思っていた。フォーヴェルは、ハーブっぽい要素が出てきたのに注目してくださいと言う。「かすかに干し草っぽいような」ところが、今度もまた、そのことばとともに出てきた。ひと吸いごとに、前よりも軽い、明るいオーラが見えたのだ。グロージンガーが言っていた、暗示の力だ。

わたしたちは白檀も嗅いだ。暖かくて木の要素があり、わたしの頭のなかでは、ベージュ色の木の皮を細くはぎとったようなイメージだった。最初にブロッターを鼻へ持っていったときは、なにもないと思った。紙のはしっこにちょっと液体がついているだけじゃないかと思った。ところが、フォーヴェルがヒントをくれた。「白檀はベースノートですよ。スタンダードジャズでいえば、静かにリズムを刻むドラムのようなもので、感じるまでに時間がかかることもあるんですよ」はたして、もう一度吸いこんでみたら、今度はゆっくりと鼻に入ってきた。

「白檀は一直線な香りです」ずっと変化しないのだ。「多彩だけどもよく調和のとれた混合物で、だから豊かさが出るのです」フォーヴェルは笑顔になった。「魔法だと思ってます」

インドから来たふたり――この部屋で男性は彼らだけだ。もの静かなふたりはいとこどうしで、科学畑から香り業界へ転身したがっているのだ――は、そうだそうだという顔でうなずいている。彼らの国では、白檀はどこにでもあるという。ふたりにとっては、その香りは故郷と同じくらい親しいものだったのだ。

わたしたちはレモンオイルも嗅いだ。これは皮を冷圧法で搾って作る。そのにおいは、子どものときにしゃぶるのが好きだった飴に似ていた。薄黄色の堅い飴で、小さな銀色の缶に入っていて、指先に粉を残す飴だった。

次がクローブ油（丁字油）。スパイシーで複雑で、喉の奥でぶうんとうなるような感じがした。わたしはとても気に入って、クリスマスに母といっしょにお菓子を焼いたことを思い出すのだが、それはわたしだけだとわかったのが意外だった。フォーヴェルの話だと、フランスでは歯科医院でクローブ油を使うので、このにおいはいやでもドリルや虫歯の記憶と結びついてしまうのだという。

その日の昼休みは、受講生全員そろって町の小さなビストロで食事をした。わたしはすべすべした帆立貝をつつきながら、みんなの会話を聞いていた。会話は英語、世界各地の発音だった。午前中の授業であれだけ鮮烈な香りを嗅いだのとくらべると、料理の風味はなんだかおとなしく感じられた。ロゼワインをひと口――白っぽい、ベビーピンクだ――慎重にすすってみると、かすかにではあるが、華やかなラベンダーの味が隠れているのを感じた。いまや、ラベンダーの香りはあらゆるところに隠れているように思えてくる。

かすかに陶器のぶつかる音、くぐもったフランス語のおしゃべりを背景に、わたしたちのテーブルではだれもがにおいの話をしていた。香水への愛を語り、初めて買った商品名を打ち明けあう。手作り石鹸について語る人、プロヴァンスの香料工場を見学した体験を語る人。大物芸能人も使っていますという広告手法の話が出たと思えば、この近くの丘陵地に住んでいる有名調香師――この業界では、名人たちは「鼻《ネ》」とよばれるそうだが、そのひとり——のうわさも出た。わたしはにこにこしてうなずいていた。ときおり感想も言った。ただわたしは、自分ではほとんど香水はつけない。事故に遭う前のわたしにとって、においといえばひたすら食べもの、風味のためにあるものだった。当時でさえ、香料の歴史の中心地で調香師学校に参加していたら、みんなのこれほどのこだわりに首をひねっていただろう。「香りだけ？　中身は？」というわけだ。香水は食事とはちがう。みんなを食卓のまわりに集める力はない。いまだってわたしたちが集まっているのは食事のためではないか。香水はひとりで楽しむ行為だし、目にも見えない。わたしにとっては、香水と料理には少しも共通するところがないのだ。

それでも、みんなのおしゃべりを聞いていると、笑顔にならずにはいられなかった。においにこだわり、とらわれているのはわたしだけだと思っていたのに。仕事でもないのにわたしみたいに鼻のことばかり考えている人なんて、一般社会にはまずいないと思っていたのに。それが思い過ごしだったとわかったのだ。ロンドンからきた受講生仲間、髪はプラチナブロンドでマスカラは紫というアロマセラピストの女性は、香りのふるさとの近くで過ごしたい一心で、夫と共同でグラースにマンションを買ったそうだ。「ずっとあこがれてたんだ」と話してくれた。

それからの毎日——昼が長く、陽ざしの明るい実験室でテーブルを囲んで過ごした毎日だった——わたしたちはフォーヴェルの専門的な指導のもと、八時間にわたって次々と新しい素材を嗅ぎつづけた。ブロッターの上に鼻を浮かせ、ひとつずつ、ゆっくり念入りに嗅いでいった。一日に何十も嗅いだ。それはやがて何百にもなった。においを嗅ぎ、論じ合い、ふたたび嗅ぐ。ノートには香りの名前を書き、分類名を書き、形容する用語を書いた。これらのことばを頭に叩きこもうとした。ちょうど、グラースへ出発する前の数週間、一度は試みてあきらめたフランス語の暗記カードのように、暗記しようとした。

記憶は大変だったし、頭がひどく疲れた。これほど厳密に、これほど集中してにおいを嗅ぐことで、まるで脳のちがう領域、長年使っていなかった部分にアクセスしているようだった。この部分にエネルギーが吸いとられ、夜はただベッドに横たわるしかできず、日が沈むとまもなく眠ってしまうのだった。

わたしたちはばらを嗅ぎ、ベルガモットを嗅ぎ、ラヴァンディンを嗅いだ。これはラベンダーのハイブリッド品種で、精油の産量が多いためにもとのラベンダーよりよく使われている。わたしたちはシスタスを嗅ぎ、チューベローズを嗅ぎ、没薬を嗅いだ。ジャスミンの抽出液は軽くて花のようで、鼻いっぱいに広がった。ジャスミンにはインドールが含まれるのだ、底には麝香にも通じるセクシャルなニュアンスもひそんでいるのだとフォーヴェルに指摘されると、それもわかった。どのにおいを出されても感じとれた。全部、感じることができた。アフガニスタン時間が就寝中でなければ、いますぐマットに電話したいところだった。「においがわかるよ!」と言いたかった。でもわたしは、簡単に喜ばないように気をつけていた。まだ早い。

なんのにおいか判断するという課題には、あいかわらず手を焼いていた。においのもとを見ずに正体を当てる力は、完全に失われていたからだ。この欠落には、何度となく平手打ちをくらっていた。予想はしていたが、それでも歯がゆいことに変わりはない。テストのときはなおさらだった。テストとなるとすっかり度を失ってしまうのだった。

そして、そのテストが四六時中ある。毎日、しかも日に何度も、みんなにはラベルが見えないように数本の小瓶を選び、順にブロッターを浸して配る。みんなはなにも言わずに嗅ぐ。考える。また嗅ぐ。名前を見ずになんの香りか当てるのだ。答えは紙に書き、全員が書き終わると答え合わせをする。

わたしにはうまくできなかった。

初めてのテストがあったのは初日だった。その日の午前中に嗅いだ素材、六種類が配られた。わたしはひとつずつ順に嗅いでいった。どれも、においがすることはわかる。なのに、いざ名前を書く段になると困ってしまった。最初はスパイシーで、次に暖かくなり、もしかしたらハッカっぽいかもしれないやつは？　それとも、もしかして木の要素が混ざってる？　カテゴリー、形容する用語、香りのリストが書かれた紙をじっと見つめる。こんなものがどうやって記憶の役にたつってわけ？

息を吸い、吐き、目を閉じて、香りがふわふわと脳までただよっていくにまかせようとした。パニックが認識をじゃまするのを許すまいとした。なのに思いどおりにならない。わからない香りをひと吸いするたびに、白檀かもしれないしジャスミンかもしれないしラベンダーかもしれないものを嗅ぐたびに、自分がじわじわと取り乱していくのが、自分を抑えられなくなっていくのがわかった。

ことばによるヒントがなかったら、案内と指示がなかったら、ほんの数分前にはあんなに優秀だったわたしの嗅覚は、たちまち力を失い、なまくらになってしまうのだった。わたしは目を開き、仲間たちの顔にヒントはないか、先生の持っている瓶の大きさが手がかりにならないかと観察した。正体不明の香りをひと嗅ぎするごとに、パニックがつのる。「あんたなんかにはどうせ覚えられやしないわよ！」という心の叫びのほか、なにも考えられなくなる。

フォーヴェルが正解を発表するあいだ、わたしは固くなってちぢこまっていた。白檀とするはずのところを、ゼラニウムと書いていた。チューベローズはばらとまちがえた。プチグレン油はジャスミン、ラベンダーをプチグレンかと思った。不合格だった。

フランス語で「嗅ぐ」は〈sentir〉という。「サンティール」と読むが、最後の「ル」では軟口蓋がぶるぶるとふるえる。この単語には二つの意味があり、「感じる」という意味でもある。嗅ぐと感じるが同じ単語だっていうのは大切なことなんですよ、と、短期講座も終わりに近づいたある日の夕方、フォーヴェルは語ってくれた。わたしたちはグラースの町を見晴らすポーチに座り、暑さにかまわず熱い緑茶を飲んでいた。

「香水の世界では、ことばは使いません。でも、においはコミュニケーションの手段のひとつです」

フォーヴェルは若いうちに香水の仕事をはじめた。わたしが出会った調香師たちには子ども時代に鮮明なにおいの記憶を持っている人が多かったが、グラース育ちの彼女もそのひとりだった。庭の香り、母親の香水の香り、学校の先生がつけていたフローラル系のローションの香り。父親は地元にある超大手の香水会社で働いており、彼女も幼いころからよく父について歩いていた。

フランスでは昔から、香水関係の仕事といえば家の商売であり、息子が父のあとを継ぐ。フォーヴェルは娘なので、男の子のように家業を継ぐことを勧められはしなかった。「どんな仕事なのかってことは父が説明してくれましたが、あとは、こういうのは男の仕事じゃないかなって言われましたね」と、彼女は慎重な口調で語る。それでも決意は固かった。「それくらい平気よ、って答えました」

業界に入ってからは、ほかのみんなと同じように階段をのぼっていった——つまり、ゆっくり、じわじわと。必死でトレーニングを積んだ。四六時中、休むことなく香りを嗅ぎつづけた。素材について学び、素材どうしの相性について学んだ。既存の処方を暗記し、その組み合わせを研究した。基本の香りをとり合わせてひとつの全体像ができるところを再現し、模倣した。先輩の調香師が一から新しい香りを作り上げるところを見学した。価格について、法的規制について、色彩について、大量販売の技法について勉強した。化粧品やシャンプーについても学び、ほかの物質が加わることで化学的にどんな変化が起きるかを学んだ。グロージンガーが食品用着香料の世界でそうしたように、小さな一歩をひたすらくり返した。

しかし、すべては素材を暗記することから始まったという。それには大変な時間がかかる。考えようによっては、一生終わらない勉強だともいえる。

「ある程度の自信がつくにはどれくらいかかりましたか?」

「五年くらいですかねえ。でもね、一〇年もたつと、遊べるようになりますよ」

彼女はこの業界の序列のなかではまだ比較的若い方だが、ばらとニオイアヤメ、針葉樹、白檀、アンブロクサンを使って遊ぶのが好きだという。バランスと調和を好み、着想のもとは食べもの、旅行、色、音楽だ。「自分の気分をコントロールして、体調も整え、感性を磨くことですね」

そういう努力をしているのはフォーヴェルだけではない。調香師のクリストフ・ローダミールも、ふと意識をよぎった一瞬の印象をつかまえて香水作りに役だてることは多いという。詩のなかの数行から、あるいは、女性のつけていたネックレスの金の色調から、香りを作りあげることもある。映画『パフューム　ある人殺しの物語』に合わせた香りを作る仕事には何年もたずさわっていた。ローダミールが以前、話してくれたことだが、なんであれ、気分を盛り上げてくれる効果はすべて、自分にしか通じないものなのだという。「香りを作るときって、気分もよくて、元気にあふれてなきゃむりです。できれば浮き浮きしてるくらいのほうがいい。でもそのやりかたは、自分であみ出すしかない。自分はなにがあれば陽気になれるのかってね」ローダミールにとっては、それはかんきつ系の香りであり、気分が一新されて活力が湧いてくるのだという。あるいは、アールグレイ紅茶に使われるハーブ、ベルガモットなら、甘すぎもせず、「ジャムみたいにべたべた」もせず、ほがらかになれるという。

一方、これといった具体的な香りとは関係ないイメージから着想を得ている調香師たちもいる。天然の植物を使うカリフォルニアの調香師リサ・カマージは、不死鳥についての詩だとか、緑という色だとか、抽象的な概念からスタートすることが多いそうだ。ニュージャージーのアロマセラピスト兼調香師、ゲイル・エイドリアンの場合は、依頼人ひとりひとりに感じた性格や雰囲気などのエッセンスをもとに、その人向けの香りを設計している。エイドリアンの話では、ひとたび香りのもつ力に気づくと、他者や外界に対する見かたに奥行きが出てくるという。「ふつうよりもはるかに直観的な感覚ですからね。しかも、感情面での背景、文脈もたっぷりついてきますから」

その一方で、香水の世界には商売という面もあり、こちらは金銭、マーケティング、広告など、ありきたりな動機によって決定される。この業界はここ一〇年ほど苦戦を強いられてきた。有名人の言動にばかり影響される消費者に翻弄されて、また、発売する新作の数がどんどんふえてしまった負担から、崩壊寸前なのだ。

かつてニューヨークタイムズ紙に香水評を執筆していた香水評論家のチャンドラー・バーには、香りに関する著作もある。その一冊、『完璧な香り　パリとニューヨークの香水会社の一年』のなかでバーは、女優のサラ・ジェシカ・パーカーのための香水の開発を追い、また、フランスのエルメス社から発売される新作香水の開発も追っている。バーは業界の現実、美しい香りという魔法の裏側にひそむ思わぬ弱点を描く。「香水業界にいちばん似ている業界といえば、そんなものは一個の芸術ではないと否定されがちな点も、異常なまでに利益にこだわるという点も、ささやかながらニッチ的市場で成功する佳作と、巨大市場を狙いながら失敗する安っぽい大作との比率の面でも、失敗した場合の損失額の大きさからも、夢やビジョンと採算を一致させなくてはならないという点からいっても、それはハリウッドだろう」

商業主義というホワイトノイズのかげで、香水は昔から秘密主義によって隠されてきた。ひとつには、食品用の着香料と同様、盗作から身を守るすべがないせいもある。既存の香水を模倣することは、修業の一環に入っているほどだ。せっかく創意工夫しても、配合のレシピを秘密にしておかなかったら、簡単に他人のものにされてしまうだろう。それでも、とわたしは思わずにはいられなかった。秘密にするのは、芸術っぽい雰囲気を維持するためでもあるのだろうか。一般の人たちが化学を知っていたら、天然素材や合成素材を知っていたら、数式を理解できたら、それでもなお、香りの美にありがたみを感じてくれるだろうか？

それはちがいますね、と、バーはEメールで答えてくれた。「わたしは無神論者です。神様なりなんなりの『神秘』がないと世界の美しさに感じ入ることもできないなんて、そんなばかな話があるか、というのが無神論者の発想です。真にすばらしく、真に畏れるべきなのは、美しいものそれ自体であり、美を理解しようとする人間の努力です。香水はこの百年、売らんがためのごまかしゆえに、ほんとうの姿が見えなくなっていました。おかしな話です。芸術はありのままに受け止め、理解するようにすれば、その美はいや増すばかりなのに」

バーはニューヨークタイムズに執筆する初の（そして唯一の）香水評論家と称されるようになったときに、ほうぼうから批判を浴びた。つまり、一般の人は（あるいは、少なくともマスコミは）、においの芸術など、ほかの芸術にくらべて価値が低いと考えているのだろう。「意外に思われましたか？」とわたしは質問してみた。

「香水は営利事業として、それも巨大産業として作られますから、そんなものは芸術の一形態じゃないと考える人が多いのはわかります。大半の人にとっては、香水が芸術だなんて、まったく新しい発想でした。でも、香水が芸術のメディアでないと言うのは、映画はふつう商業的に発表されるから芸術ではないと言うのと同じで、単なる誤解です」

その証拠に、においを扱う芸術家たちが、主流派の芸術家たちがよく使う一般的な会場で作品を発表する例はふえつつある。ジェイムズ・オージェの遊び心あふれる作品「スメルト」には男女が実際に顔を合わせる前にたがいのにおいを嗅ぎあえる装置がふくまれているが、これは二〇〇八年にニューヨークの近代美術館に展示された。ベルリンに本拠地をおくノルウェーのシセル・トラースは何十年も前からにおいのアートにとりくんでいるが、とくに有名なのは、マサチューセッツ工科大学で展示された「においの恐怖、恐怖のにおい（The Fear of Smell —— the Smell of Fear）」だろう。九人の男性が不安を感じているときにわきの下から採集した九種類の汗のにおい成分をそれぞれ人工的に合成し、ペンキに混ぜて、展示室の壁に順番にぬったもので、観客は壁をそっとこすることでこのにおいを吸いこむことができるしくみだ。

イギリスはサンダーランド市で二〇〇八年に開かれた「においの展覧会　もしもこんな香りがあったら（If There Ever Was, An Exhibition of Extinct and Impossible Smells.）」という企画展に参加していた、オランダ在住の上田麻希にも話を聞いた。この展覧会には世界じゅうから選ばれた調香師や芸術家が参加して、広島の爆風のにおい、女性の美貌を永遠に保つ香水などをイメージしたにおい作品を出展していた。そんななか、上田が作ったにおいは、政治犯の疑いのある人物を警察犬で追跡できるよう、東ドイツ国家公安局《シュタージ》が採集して瓶にたくわえていた体臭という設定のものだった。「においを組み立てていくという作業は、作曲に似ています」と上田は語ってくれた。この企画展については、チャンドラー・バーがニューヨークタイムズのスタイルマガジンで取り上げている。書きだしは「嗅覚アート――絵の具や粘土ではなく、においを媒体にするアーティストたちが作ったにおい作品――についてまず知っておくべきことは、そのたぐいまれな、内臓にこたえる美しさだ」と始まる。そして、「いつの日かニューヨーク近代美術館も、まったく新しいカテゴリーの芸術を認めることになるだろう」として、「人間が経験できる芸術形態のなかでも、もっとも内臓に響き、もっとも本能に与える影響力が強いものなのだから」と結んでいる。

一方、『芸術本能』の著者、デニス・ダットンは、人間は元来、においを音や視覚のように芸術と考えるようにはできていないと考えている。人間には頭のなかでまとまりを考える能力があるし、また、考えたがる性質があるからだ。ことばや音声、映像は記憶できる。小説ならストーリーにそって、歌ならメロディーにそって、頭のなかで、論理的にまとまりをつける。なのに、五〇種類のにおいのサンプルが相手では、意味を作りだすことができない。わたしもいやというほど思い知ることになったが、においと意味を結びつけるのはたいへんなことだ。においというものにはどこか系統化を拒むところがある一方、音声はいかにも系統化を誘う。ダットンは哲学者のモンロー・ビアズレーのこんなことばを引用している。「味の交響曲や香りのソナタが書かれないのはそのせいであって、味覚や嗅覚が『低次の』感覚だと見なされているせいではないように思われる」

とはいえ、香りのオペラがまったく存在しないわけではない。二〇〇九年の晩春、わたしはマンハッタンのアッパーイーストサイドにあるグッゲンハイム美術館の一階から傾斜廊下をくだり、ぼんやりと緑色に照らされた地下の小劇場で席に着いた。座席のひとつひとつに、なにか細いマイクロフォンのようなものがそなえつけられている。ただしこれは、音を拾うマイクではない。香りを発する装置なのだ。

わたしが訪れたのは、ステュワート・マシュー台本、ニコ・マンリー、ヴァルゲイル・シーグルソン作曲「緑のアリア　香りオペラ（Green Aria: A Scent Opera）」の三度めの公演だった。オペラといっても、人の声は入らない。歌詞もせりふもない。あるのはにおいだ。開演前に赤いエナメル革のスニーカーに鋲《びょう》のついたベルトといういでたちで舞台の上に座っていたローダミールが、三五種類のにおいをデザインした。これが三五種類のキャラクターを示す固有のにおいであり、事実上、においが歌詞のかわりになる。四〇分にわたる演奏のあいだ、さまざまなキャラクターが登場するたび、対応するにおいが、座席にしつらえられたマイクのようなパイプから放出される。

パフォーマンスが始まると、わたしは、少しでもにおいが鼻に届きやすいようにと身をのり出した。でも、そんな心配は必要なかった。どのにおいも、音楽とぴったりタイミングを合わせて送りだされてくる。それらが登場人物となって、もうひとつわかりにくいアリアを奏でていく。テーマは「科学技術の勃興」らしく、そのことはプロローグのときに文字でスクリーンに映写された。音楽はところどころ美しく、わたしが親しみを感じたのは、「水」という塩気の濃い香りとかならずセットで流される、低音でメロディアスな音だった。わたしは目をつぶって、わたしには見えない色彩が攻め寄せてくるなか、においと音だけに意識を集中しようと努めた。

いくつかのにおいにはグリーン系の香りが混ざっていた。熟しているけれどさっぱりして、草を思わせる。同じ緑でも、「新鮮な空気」というキャラクターは明るく淡いのに対し、いつも陽気なジャズ風のリフといっしょに流れる「ファンキーな緑のぺてん師」は甘くてじめじめしていて、くすんだモスグリーンのようだ。そのほか、「卑金属」や「光沢のある鋼」、「風」「土」「火」といったキャラクターもあった。においを嗅ぐと、画像が思いうかぶ。青、深緑、茶色といった色彩。木々や雲。あるとき、なにかがきっかけで父を思い出した。あとになって、空中に浮かぶ口ひげが見えた。

ショーが終わると、観客は拍手をした。どこか熱の入らない拍手だなと思い、周囲を見回してみる。だれもが、どうリアクションしたものかわからずにいるようだった。

会場を出ると、わたしは家へ帰る地下鉄に乗ろうと、五番街を南へ歩いた。急ぐことはない。セントラルパークの眺望が自慢の高級マンションの大きな窓を見上げたり、ブティックのショーウィンドウを見たりしながら、ゆっくり歩いた。野菜を売る屋台の横を通れば湿ったプラスチックのにおいを吸いこみ、信号が赤になれば、停止したトラックの排気ガスを吸いこんだ。曲がり角のところで葉巻を吸っている男の人のそばを通りすぎると、葉巻の香りのふちにアルミニウムのような角が感じられて、さっきのオペラの、がんこな「金属」のキャラクターを思いだした。なおも歩きながらわたしは、まわりのにおいにさっきのオペラで出てきた要素を探しつづけた。それはいたるところに見つかることがわかった。地下鉄のトンネルには「風」の香りがあったし、セントラルパークには「土」のにおいが見つかるのだった。


グラースの調香師学校で五日めが終わると、わたしは香りで飽和状態になってしまった。鼻は抗議の叫び声をあげる。もうやめてしまいたい。

前半の一週間は、素材、素材、素材の毎日だった。においを嗅ぐ。さらに嗅ぐ。ブロッターを一枚、また一枚、強烈な香りを一度にひとつずつ学んでいく。まずは嗅ぎ、テストし、もう一度嗅いでみる。ひたすら嗅ぎつづけるうちに脳が痛みだし、額がとけだしてあごまで流れるのではないかと思った。わたししたちはみんな、香りが抽象観念となるまで嗅ぎつづけた。

夕方の六時ともなると、針葉樹の香りの合成品である酢酸セドリルと、粉っぽいピンクを思わせるいちごの香りのアルデヒドC16の区別さえつかなくなる。まるで空中をただよっているような気分だ。その日は部屋に戻るとすぐ、ベッドに倒れこんだ。ところがそのとき、静かな呼び出し音が聞こえた。インターネットのテレビ電話システム、スカイプの着信を知らせる音だ。マットはいま、パキスタンとの国境に近い山岳地帯の町、ガルデスに駐留しているが、たまにこうしてスカイプで話ができる。とりあえずいまのところ、マットのいる基地では比較的安定したインターネット接続環境が確保できていた。スカイプで見る彼は、砂漠で汚れた制服を着て、自分のオフィスの蛍光灯の光のなかにぼんやりと浮かび、その背後にはライフルがラックに立てかけてあるのが見える。

戦地に行っている恋人がいるなんて、一週間近くたつまで、だれにも打ち明けることはできなかった。ことばの壁が大きかったこともあるし、おたがい、戦争や政治、新聞や本、家族や友人などの話題を避けていたというのもある。みんな、ひたすら香りのことだけに集中していたのだ。

ところが、その日の昼休みに例のアロマセラピストと立ち話をしていたら、この日はなぜか彼女の仕事の話になったのだった。ショックや苦痛をかかえたクライアントも来るのだといって、そんなときにはどんな香りが使えるか教えてくれた。彼女が以前、ロンドンのデパートに勤めていたとき、ある男性が香りつきマッサージを求めて来店した。腹部を精油でマッサージしてほしいという依頼だった。

「どうしておなかだったんでしょう」

「おなかにけがをしたんですって」そのお客はアメリカ人で、陸軍の兵士で、アフガニスタンでの戦争から帰ってきた人だった。彼女はネロリの精油を使ったそうだ。「ネロリは外傷にいいから」

そこでわたしは、ちょっとどぎまぎしながらも、自分の恋人もアフガニスタンに行っているのだと話した。

「どうしましょう、それなのにわたしったら、あんな話しちゃって」彼女はひどくショックを受けたようだった。

わたしは「全然かまいませんよ」と答えた。戦争という現実からも、その結果からも、逃げ隠れする気はない。ただ、そのくせ、香水という浮き世ばなれした異世界のことや、自分がそこで苦労していることを、マットに隠しておきたいという気はある。マットはガルデスにいて、灼けつく砂と屎尿のにおいから逃げだすこともできないのだ。フランスに着いてからは一度も話をしていなかった。わたしの出発前、彼はわたしに腹をたてていた。その怒りは彼の嫉妬とわたしの罪悪感から生まれたもので、彼自身にも、そしてわたしにも、どうすることもできなかった。マットは囚われの身で、わたしは自由だ。そんな現実と折り合いをつけるすべを、ふたりとも知らなかった。

そんないきさつはあっても、見なれた彼の顔を見ると、たちまち元気がわいてきた。これがわたしの愛する男性だ。アルデヒドとオポポナックスの区別もつかず、イブ・サンローランとフレデリック・マルの区別もつかない人だ。ふたりのコンピューターを結ぶ非力でトラブルだらけの接続を介して、わたしはベチベル草の根っこの話をした。バルサム樹脂のような、深く、森林っぽい香りの根っこだ。すみれの話もした。すみれの香りには、吸って、吐きだすときだけかすかにきゅうりの気配がある。自分はいくら練習しても上達しないのではないか、回復する日はついに来ないのではないかと案じていることも話した。

「自信をもって台所に立てることなんて、二度とないだろうな」ということばが勝手にとび出した。台所のことなど、考えていなかったのに。でもそのとき、にわかに話がつながった。「だいじょうぶだって」と言いながら、マットはカメラに近づくように身をのり出した。「料理だってできる。においも感じてる。あとはリラックスすればいいだけだよ」彼の背後の壁に、アフガニスタンの地図がはってあるのが見えた。この人はいま、地球でも有数の危険な場所にいて、わたしは有数のすてきな町にいる――それなのに、その彼に恐怖をなだめられているなんて。

その日の夕食は、勉強仲間のひとりとダウンタウンのレストランで待ち合わせた。わたしが頼んだのはニソワーズサラダ。とれたてのレタス、固ゆで卵、ツナ、さやいんげん、ラディッシュ、トマト、それにアンチョビ。みずみずしくて香り高く、いっしょに飲んだ白ワインははちみつと果物の甘味があって、口に残った料理の香りをひと口ごとに洗い流してくれる。わたしたちは行きかう観光客や地元の人たちをながめ、静かに中空をただようかすかな煙草の煙をながめていた。食後には浮き島《イル・フロッタント》といって、ゆるいカスタードクリームにふわふわのメレンゲを浮かせたデザートを半分ずつ分けあった。空気はレモンと塩のにおいがしていた。その晩はぐっすり、夢も見ずに眠った。

月曜の朝がくると、わたしは生まれ変わったような気分で町から学校までの道のりを――しっくい仕上げの家々が点在する長い坂をのぼり、エスプレッソと暖かいバタークロワッサンが香るパン屋の前を通って――歩いた。教室に着くと、腰をおろしてノートを見直した。もう一度、あらためてにおいを嗅ぐ用意はできていた。新たにとり戻した情熱をもって、今日の素材を詰めこみにかかった。単独の原料の香りを嗅ぎに嗅ぎ、反復練習の力とよみがえった学習意欲との力をもって頭にたたきこんだ。

力みすぎるのはやめよう。調香師学校で過ごすのはたった二週間なのだ。たった二週間のことでアンバランスなまでに思いつめるのはやめよう。香りと名前を結びつけられなかったときも、パニックに身を任せるのではなく、意識して両肩の力を抜き、目を閉じた。そして自分に言い聞かせる。「においに名前がついてないのはあたりまえ。ことばにこだわるのはやめよう」

その日の昼休み、食事を終えたわたしたちが教室の外で午後の授業を待っていたとき、仲間のひとり——化粧品の仕事をしている艶めかしい女性で、さわったら指のあとがつくかと思うほどメイクが濃い——が、「トリガー」を使って考えたら楽になるわよ、と教えてくれた。

「トリガー?」

「そう」と、彼女は不自由な英語でゆっくりと話してくれた。においを記憶するのにトリガーを活用するというのは、彼女が美容部員としてのトレーニングで使ってきたテクニックだった。「覚えるのに使うの。トリガーのなかには、においと関係あるやつもある」

「歯医者さんとクローブ、みたいな?」

「それ」と言うと彼女は、ことばを探すように空中で手を動かした。「でも、関係ないやつもある。イランイランは、わたしのなかではソーセージ。ジャスミンはバター」彼女は肩をすくめ、笑った。「やってみて」

やってみた。新しい香りが出てくるたび、連想する対象を意図的に選ぶようにした。使ったのは色と音だ。呼びさまされた記憶はおぼろげでかぼそいものだったが、それを、きっかけになった香りの担当に任命することにした。そして、そのイメージを何度も何度も思い浮かべては、脳に信号を発したにおい分子と結びついてくれることを祈った。その全部がつながったわけではないが、ペアが成立することもあった。そして、ひとたびこの作業を始めてしまうと、やめられなくなった。

こうしてにおいを嗅ぎながら、共感覚のことを何度も思い出した。本来は別々の感覚による知覚が、たがいに結びついてしまうという現象だ。ウラジーミル・ナボコフの場合、アルファベットの文字にそれぞれ固有の色がついていたそうで、『ナボコフ自伝　記憶よ、語れ』でもそのことにふれている。「たとえば英語のアルファベット（以後断り書きがなければ英語のアルファベットのことだが）のaの字は、長い風雪に耐えた森の持つ黒々とした色をしているが、フランス語のaの字はつややかな黒檀の色を思わせる。この黒のグループには、他に無声音のg（たとえばタイヤの色）や、r（煤でよごれたぼろの切れはし）などがある。白の仲間には、オートミール色のnや、ゆでたヌードルのような色のlや、象牙の背のついた手鏡といった感じのoなどがある。そしてフランス語のon（「人」の意）に出くわすたびに、小さなグラスになみなみと注がれ、表面張力でやっと持ちこたえている酒が目の前にちらついて、われながら狼狽する」ほかにも、味に形を感じる人もいれば、音が見える人、色ににおいを感じる人といろいろな種類があるし、強さも人によってちがう。たとえば、マットは数字とアルファベットのほか、曜日に色がついているらしい。初めてこの話を聞いたのは、セントラルパークを散歩していたときだった。「曜日に色なんてあるの？」わたしは仰天した。「あるよ。いつでも色つき。小さいときからずっとついてた。これがふつうじゃないなんて、十代になるまで知らなかったね」月曜は青だそうだ。「火曜は山吹色っぽい茶色か、茶色っぽい山吹色なんだけど、うまく言えないなあ。水曜日ははっきり、緑。木曜がうす茶色で、金曜は紫がかった色。土曜日はつや消しの金。日曜が赤。暗い赤」共感覚のある人たちでは、感覚と感覚をへだてる仕切りが目だって低いのだと考えられている。よく考えてみたら、調香師学校でのわたしがしていることも、香りを記憶する助けにするため、感覚と感覚の仕切りを——身体的な条件が許す範囲で精いっぱい——下げようという努力なのだった。

ゼラニウムはフローラルで酸味があり、はっか風味も入って、さわやかな香りだ。わたしのなかでは、ちらちらと光る緑青色の水泳プールになった。ネロリはまぶたの裏側で宙に浮く長い灰色の線で、線の上には、ぽつんぽつんと針の先で突いたような金色の光が数粒浮いている。ヒマラヤ杉は小さいころ住んでいた家の地下のクローゼットになった。わたしがときどき隠れにいったクローゼットだ。中身は虫よけ玉とプラスチックスの衣裳ケースばかりだったが、内壁が板張りで、板は鉛筆の削りくずと同じにおいがしたのだった。イランイランという繊細な南国の花は、フィリピン原産で高木に咲き、香りは強烈なフローラル系のかげに、かすかな動物性の刺激がひそんでいる。これを嗅ぐと、子どものころ何度もおばを訪ねていったハワイを思い出すようになった。落ちついたバルサム質の香りがするゴジアオイは、父が毎年連れていってくれたボストン・フラワー&ガーデン・ショー、大規模な植物の展覧会だ。会場は巨大な倉庫で、土と草木、緑と茶色のにおいがした。一度、小さな焼き物の鉢に植えたミニチュアのサボテンを父が買ってくれたことがある。台所のカウンターに置いておくとサボテンはしだいに太陽のほうへと伸びていくのを、わたしはずっと見ていたものだった。

わたしたちは引きつづき、毎日八時間嗅ぎつづけた。天然素材も嗅いだ。ベルガモット、プチグレン油、ガルバヌム。合成素材も嗅いだ。安息香、酢酸セドリル、アンブロクサン、オイゲノール、フェニルエチルアルデヒド。パチューリやナツメグのようによく知っている香りもあれば、麝香、イソブチルキノリンなど、なじみのないものもあった。でも、どれもすてきだ、と感じた。帰り道では、習った名前を詩のように唱えながら歩いた。オポポナックス、クマリン、ラブダナム。

二週めのある日のテストで、名前の書かれていないブロッターを嗅ぎながら目を閉じると、クローゼットのような、鉛筆を削るような夢が浮かび、それでヒマラヤ杉だと気づいた。イランイランのハワイも見つかったし、五時葵《ごじあおい》の花々にも気づいた。みかんとオレンジが区別できたのは、意識の奥のどこかで、片方がよりピンクっぽく、もう片方が黄色っぽく見えたおかげだった。もちろん、満点でクリアしていく仲間たちと同じようにはできなかったが、わたしなりに進歩はしていた。

ある日のこと、すみれの素材のなかにはかすかなきゅうりの気配がひそんでいるのに気づいた。没薬のなかのマッシュルーム香をつかまえた。実習も終わりに近づくこの一週間の、この作業台の前での時間ほど、さまざまなにおいを生き生きと感じたことはなかった。感じかたは一日ごとに、いや、香りの一種類ごとに変化し、発展したし、ひと息ごとに色や音、感情が呼びこまれるようになった。香水に夢中になる人がこんなに多いのは、もしかしてこのせいなんだろうか？　これが、香水の効果なんだろうか？　香りが芸術だとみなされる理由も、これなんだろうか？

最終日を迎えるころには、長い灰色の横線の上に日光の斑点が浮かぶネロリの香りのなかに、オレンジの皮のような苦味を探りあてたことがきっかけで、自分が、もう長いあいだ忘れていたなにかにしっかりと支えられているのを感じた――それは、自信だった。

二

ニューヨークに帰ると、わたしはインターナショナル・フレーバー・アンド・フレグランス（ＩＦＦ）社の社員を対象とした調香師学校の校長、ロン・ウィネグラッドに会う約束をとりつけた。もうひとつ、別の学校の活動ぶりを見てみたかった。サマースクールとはちがって、プロが対象の学校。フランスではなく、アメリカにある学校。着香料と同様に秘密に包まれたこの世界を、うわさばかり多くて実像のみえない業界を、ちらりとでも覗いてみたかった。

八月のある日の朝、わたしはＩＦＦ社の広報部員につき添われてウィネグラッドのオフィスに入った。握手した相手のウィネグラッドは長身で痩せていて、銀髪をくしゃくしゃに逆立て、両耳には銀色の小さな輪っか形イヤリングをひとつずつつけていた。わたしはどぎまぎして、しばらくことばにつまってしまった。両腕をびっしりと覆うたくさんの木製ブレスレット、けばけばしいネクタイ、ズボンの裾からちらちらのぞく左右で色ちがいの原色のソックスに、どうしても目を奪われてしまうのだ。それに、テディーベア。このオフィスは大小さまざま、茶色や紫や青の熊のぬいぐるみでいっぱいなのだ。広い部屋のあちこちにある棚にもテーブルにも、何十という熊がならんでいる。

わたしたちは、窓ぎわのテーブルについた。わたしとウィネグラッドのあいだには、グリズ――「グリズリーの略だよ」とウィネグラッドが教えてくれた――という熊が、びっしりとピンバッジで埋まったベストを着て座っていた。

「で、どういうお話かな」椅子に深く腰かけ、こちらへ身をのり出してこないそのようすは、ほとんど、はにかんでいるのかと思えるほどだった。

まずは学校について質問してみた。ウィネグラッドが二〇〇二年に開設して以来、七年でわずか一六人しか卒業していない学校だ。だが、あまり答えてはもらえなかった。答えるわけにいかないのだ。この業界全体のほとんどを覆っている秘密主義はすさまじいものがあるうえ、調香師たちにはメディアを警戒する人が多い。それに、彼にとっては指導法は財産なのだ。答えられることは、数えるほどしかなかった。

それでも話してくれたのは、香水作りで使用頻度の高い素材はだいたい五〇〇種類なのに、彼の授業では三〇〇しか扱わないということだった。グラースのフォーヴェルの方針にくらべたら、これはかなり少ない。また、記憶を強化するのにトリガーはあまり使わせず、それよりもひたすら嗅ぐ、嗅ぐ、嗅ぐ、という反復にたよっていることも話してくれた。

生徒たちのなかに、人より嗅覚がすぐれている人はいますか、ともきいてみた。「それとも、練習だけで全部が決まるんでしょうか?」

「それはね、情熱ですよ」と、彼はあっさり答えた。情熱と訓練。それだけ。「ものすごい情熱があっても、基礎スキルがなかったらやりたいことはできないでしょ。逆も同じ。腕がよくても情熱がなかったら……」と、最後は言わなかった。

「情熱はずっととぎれたことがないのですか?」

「うん、自分じゃそのつもりだけどね」と、前より大きな声になった。「いまもなくしちゃいない」

後進の養成に専念するようになる前のウィネグラッドは、大手ブランドのために香水を作り、華々しく活躍してきた。教えを受けたのは、いまでは伝説となっているジーン゠クロード・エレナ。エルメスのトップ調香師で、グラース近くの丘陵地に住んでいる人物だ。

ブルックリン育ちのウィネグラッドは、人を教えるのは楽しくてたまらないという。ある香りや概念が把握できた瞬間、生徒たちの目がにわかに輝くさまが大好きなのだ。教室には遊びの要素をもちこむことを好む。訓練には嗅覚以外の感覚も動員するため、たとえば水彩画などの課題もとり入れている。彼にとっては、色彩は大切な存在なのだという。そのことは、額装してオフィスのあちこちに飾られた自作の絵——描かれているのはおもに熊だ——からも見てとれる。感情も大切な要素だ。といっても、当たりがやわらかいわけではない。彼は笑いながら言った。生徒のことがよほど気に入ると、「このクソ袋め、って言ってやるんです。ぼくからの最高の讃辞はそれなんですよ」

指導に共感覚的な方法をとり入れているという点に興味をひかれたので、ウィネグラッド自身が香水を作るとき、嗅覚以外の感覚はどのようにかかわってくるのかをたずねてみた。すると、ひとつの実例を教えてくれた。

あるとき、オリジナルの香水を求める顧客がいた。こういうものがほしいというはっきりした希望があって、それを短いながらもきちんと書いたメモを、やってみようという調香師にはだれにでも配った。ある意味、コンペのようなかっこうだ。ところが、この顧客はウィネグラッドだけを知っていた。この人はことばでは仕事をしないとわかっていたから、ウィネグラッドをわきへ呼びだした。


「いろいろ言ったけど、さっきのは忘れてね。わたしがほしいのはこれ。大理石のかけらをにぎったら、冷たいでしょ」

彼は、冷たいね、と答えた。

「それが体温でだんだん暖まるのはわかるでしょ」

ウィネグラッドはうなずいた。

「その途中経過がほしいの。それを作って」

彼はにっこり笑って言ったという。「ぼくには、どんなことばよりもその説明のほうがよほどよくわかりましたよ」

その、だんだん暖まる石の香水のサンプルを、ウィネグラッドは助手に持ってこさせた。ブロッターを浸けて、わたしに渡してくれる。吸いこんでみた。においがする――最初はさわやかで涼しい。わたしはうなずき、吸っては吐いてをくり返した。柏槙の木と胡椒を中心に、いろいろ足したんですよ、との説明だった。ここでいったんブロッターを置いて、休ませる。数分待って、あらためて嗅いでみた。なんと、ほんとうに暖かい。フォーヴェルがよく言っていたが、変化は魔法だ。

「石が見えます」とわたしは言った。

ウィネグラッドは好奇心をのぞかせてわたしをじっと見た。「においはどれくらいわかるのかな」わたしの喪失と回復については、あらかじめ話してあったのだ。

「えっと、どうなんでしょう」わたしはにわかに緊張して、早口になってしまった。「においがある、ってことはわかってると思います。全部かどうか、ですか。ええ、感じるのは全部、感じます。ただ、それがなんのにおいなのか認識するとなると、まだつまずいていまして」

彼は背筋を伸ばして座りなおし、うなずいた。

「そうですか、じゃあ調べてみよう」

ウィネグラッドはテーブルの上の箱から茶色い小瓶をひとつ、つづいて、近くの壺からブロッターを一枚とりあげる。心臓がどきどきしてきた。グラースから帰って、ゆうに一か月はたっている。もはや現役の生徒とはいえない。失敗したらどうしよう？　ひとつもわからなかったら？　そっと椅子から逃げだして、とけて床の水たまりにでもなってしまいたかった。

ウィネグラッドが白い紙片を渡してくれた。「なんのにおいだか言ってごらん」

紙片を嗅いでみた。頭のなかをさまざまな思いがかけめぐる。なにかのにおいはしている。なじみのあるにおいだ。なのに、たちまちことばが出なくなってしまった。

「あー、ええっと……」声が小さくなる。「あの……わかりません」

「この部屋じゃ、それは禁句だ」ウィネグラッドの声がいきなり荒くなった。「わかりませんは禁止」

「わかりました」恥ずかしくて、顔が赤くほてってくる。

「もう一度。目をつぶって」もとどおり、穏やかな声だ。わたしはあらかじめ何度か深呼吸をしてから、あらためてブロッターを鼻の下へ持っていった。ほら、力を抜くのよ。そして、吸って、吐いて、を三回くり返した。

「干し草がわかります」とゆっくり答えはじめた。「木の材がほんの少し。かんきつ系がどこかに。樹皮と、草原も」

「なにか涼しい要素は？　つんとくるものは？」

「あります」

吸う。吐く。

「刺激の候補を三つ言うから、そこから選んで。……樟脳、はっか、冬緑油」

行き止まりだ。樟脳とはどんなだったか、思い出せない。それでも、当てずっぽうで樟脳を選んでみた。

「ちがうね。いまのはハッカ。あと、花も一種類」

「すみれですか？」どこかわきのほうに、きゅうりっぽい要素があったからだ。

「はずれ。頭で考えすぎてるね。すみれだったらいいなっていう願望のせいだよ。正解はばら」

そのとき、すべてがすっきり解けた。「ゼラニウムだったんですね」

「いいぞ」とウィネグラッドが言った。わたしはほっとして笑顔になったが、胸はあいかわらずどきどきしている。

「においはわかってるんだ」と、ウィネグラッドはテーブルのほうへと身をのり出し、グリズを少しわきへどかした。「気の持ちようですね」そう言うと、声をあげて笑った。温かい、包みこむような笑い声だった。そして、ふっと笑うのをやめ、大きく息を吸った。「入学できないレベルではないけど、生徒になったらちょっとばかりしごかなきゃいけないでしょうね。まちがうことを怖がりすぎてる。あと、頭で考えすぎ」

わたしはうなずいた。自分は取材に来ているのだということも忘れていた。あの瞬間のこと以外はすべて忘れ、ただゼラニウムの香りだけがいつまでも残っていた。

「においがわからないってことを言い訳にはできませんね」と言い足して、ほほえんだ。「それから、あんたはクソ袋だ」

帰りがけ、ウィネグラッドがテディーベアをひとつ、手渡してくれた。小さくて、うす茶色で、わたしのてのひらくらいの大きさ。首に巻いたオレンジのリボンが蝶むすびになっている。「これをさしあげます。どこか目につく場所に置いてください。自分にはにおいがわかるんだって思い出せるようにね」

グラースの調香師学校は金曜日で終わったので、フランス滞在の最終日はカンヌへ行ってみた。列車でたった三〇分の距離なのだ。商店もカフェも、ビキニ姿の観光客でいっぱいだった。わたしは旧市街を歩き、ビーチでは酸っぱいヨーグルト風味のジェラートを食べた。お昼ごろには、フォーヴェルに勧められていた「タイゾー」という香水店に入って、しばらく店員と話をした。ここは、少量生産の独立系メーカーの香水を大量に集めている専門店なのだ。店員は若くてハンサムなフランス人で、しばらくロンドンに留学していたことがあるという。

その店員に、なんの香りが好きですかとたずねられた。言われて思いつくのはローズマリー。ネロリ。ヒマラヤ杉。クローブ。それで、ウッディでスパイシーな香りが好きだと答えた。

すると彼は、わたしたちのまわりに巧みに配置された棚からいくつかのサンプルを出してきてブロッターに吹きつけ、嗅がせてくれた。その香りの複雑さには、思わずはっとしてしまった。ここしばらく、実験室では単品の素材ばかりに首まで浸かっていたのだから。でもこの店では、完成品をたくさん嗅いだ——その豊かさに、とり憑かれたように嗅いだ。冴えた香りも、くすんだ香りもあった。花と果物を合わせた、繊細なのもあった。三〇分後、候補は二つにしぼられた。ミラー・ハリスのレール・ドゥ・リアンと、フレデリック・マルのノワール・エピス。ひとつを右、もうひとつを左の腕にスプレーした。「二、三時間したらまた来てください」と言われた。「それくらいあればわかりますから」

わたしは左右の腕を交互に嗅ぎながら、海のほうへと歩いていった。ビーチは夏休みを過ごす人たちでいっぱいだった。砂の上で全身を焼く人びと、お城をつくる子どもたち。コパトーンのローションのにおいと、近くの路上で売っている、ヘーゼルナッツチョコクリームを包んだクレープのにおいがただよっていた。そのあいだもずっと、熱い手首に鼻を押しつけては、くり返しくり返し吸いこんだ。ノワール・エピスは燃えたつようなスパイスが、レール・ドゥ・リアンはおぼろげな琥珀色が気に入った。たよりないフランス語の知識で、レール・ドゥ・リアンっていったら「無の空気」よね、と訳しては笑顔になった。無の香りなら、わたしはもう知っている。

どちらの香りも、時間がたつにつれてじわじわと変化していった。自分がだんだんノワールの暗さに傾いていくのがわかり、こちらを買おうと決めた。いま、この瞬間のことを記憶にとどめたい。こんなに満たされた気分のいまを、あとでも思い出したい。

日も長けて、日焼けでピンク色になりはじめた頬で店に戻ったとき、ふと母のことを思い出した。以前の母は、毎日かかさず香水をつけていた。あの、わたしがイタリア土産に買って帰ったライラックの香りだった。それが、わたしが事故に遭ってから、香りはいっさいやめてしまった。「連帯の表明ってやつよ」との話だったが、わたしにはそのことを何年も隠していた。自分の負った障害が家族にまで深い傷を残したと知ったら、娘が負い目を感じると思ったのだ。右腕のレール・ドゥ・リアン、その薄衣のようなふんわりした質感は、母にぴったりだという気がした。

とどのつまり、わたしは二つとも買うことになったのだった。

エピローグ

epilogue

マットがアフガニスタンから帰ってきたのは、二〇一〇年三月の、とある木曜の早朝のことだった。わたしはジョージア州アトランタの空港で、もう何時間も前から、そう多くはない陸軍関係者の妻たち、恋人たちにまじって待っていた。「おかえりなさい」といった看板を用意している人たちが目立つ。わたしたちは、制服姿の兵士がひとり、またひとりとターミナルを出て、笑顔で待つ自分たちのほうへ近づいてくるのを見守った。ひとり出てくるたびに、みんながいっせいに拍手をする。ようやくマットがエスカレーターのてっぺんに着くと――疲れた表情で、戦場で傷んだ作業服を着ていた――わたしは降機客とゲートをへだてるロープをくぐって、彼の胸に飛びこんだ。

肌や布地のやわらかな暖かさ、鼻と鼻のぶつかる感触に、恐怖がほどけていくのがわかった。あんなに長いあいだ待ちつづけた再会が、こんなに急に現実になるなんて、なんだかふしぎな感じがした。

マットは前と変わったように見えた。顔はやせたのに、肩や胸には筋肉がついていた。軍隊式の短髪のせいで頭皮にしわが寄っているのが目立つし、長靴はほこりまみれだった。でも、カブールからの長いフライトでしみついた再循環空気のにおいの下には、前と同じジレットの消臭剤、前と同じダヴの石鹸を嗅ぎあてることができた。わたしは彼の首に顔をうずめ、息を吸っては吐いた。汗のにおいと、息のにおいと、キャラメルのような皮膚のにおいがした。キスはシナモンガムのにおい。前と同じだ。

それから一週間はジョージアで過ごした。戦地からの帰還にあたって、仕上げなくてはならない書類仕事が山ほどあったのだ。わたしたちはサバナとフォートスチュアートのちょうどまん中あたり、幹線道路沿いの特徴のないホテルに宿泊した。マットも夜は自由だったので、プラスチック臭のするレンタカーで街に出ては、南部の夕暮れの甘い光のなか、あちこち歩き回った。アンティークの店をひやかし、画廊をみて回った。街のまん中を流れる川のほとりを散歩した。彼と手をつなぐ感触にも、彼の低い声にも、ゆっくりした寝息にも、少しずつ慣れていった。それでも、家に帰るのが待ちどおしかった。料理をするのが待ちきれなかった。

ここのところ、コンロのことを考えることが多くなっていたのだ。嗅覚がだんだん戻ってきたことで、料理の腕もまちがいなく上がっていた。マットがアフガニスタンに行っているあいだも、家族や友人に何度も食事をふるまっていた。歴史に残る大成功もあれば、平凡なできばえのときもあったが、びくびくしながら作ることはなくなった。みんなでおいしく、そしてなにより、楽しく食べた。モロッコ産ミントやレモンタイムの微妙な香りがわかるようになると同時に、感覚で作業する力、状況に応じて変更する力、その場で工夫をしても混乱しない力が戻ってきた。

クレイギーストリート・ビストロですごした短い日々のことを、よく思い出すようになった。摘みたてのマジョラムの茎から、野生の酸葉から、オランダ吾亦紅《われもこう》から、刺激の強いブラックバジルから、ひたすら花や葉っぱをむしった時間。ソースに使う小さなきゅうりのピクルスを、顕微鏡サイズにみじん切りした時間。涙がほほを伝うのもかまわず、にんにくや玉ねぎをむきつづけた時間。作りはじめからできあがりまで、さまざまな段階にある子牛の煮出し汁のことも思い出した。あの香り高い寸胴鍋は、厨房の奥のコンロの上で休みなくふつふつと煮こまれ、濾され、その風味がじゅうぶんに深まるまで煮つめられるのだった。重くて油まみれの皿を洗うときの、お湯と洗剤のリズムも思い出した。両手の関節痛を思い出した。でもなによりも、思い出すのは当時の自分、五年前のわたしのことだった。あのころは、将来にもやたらと自信をもっていた。夢中になれるものを見つけた、天職を見つけた、自分を見つけたと信じて疑わなかった。

マットの帰国を目前に控えて、「料理学校には行くの？」と何度となく聞かれるようになった。においはわかるんでしょう、味もわかるんでしょう、行けない理由があるの、というわけだ。

自分でもそのことはよく考えた。そもそも料理を学ぼうと思ったのは、もっといろいろ知りたいと思ったからだった。その思いはいまも変わってはいない。でもブルックリンに住むいまのわたしは、あのころよりもうろたえているし、行き当たりばったりになっている。かつてはわかったつもりになっていたことについても、いまではすべてにおいて、前ほどの確信はもてない。ただし例外はある。自分には料理ができるという一点は、ちゃんとわかっている。かつて志していた「料理」とは、あるいは別ものかもしれないけれども。重量三〇ポンドのまぐろをさばくのも、にんじんを繊切りにするのも、豚のバラ肉を塩漬けするのも、正しいやりかたでできるかどうか心もとない。でも、あの喪失と、回復の歩みのじれったさゆえに、わたしは集中し、練習するしかなかった。そして、そのおかげで学んだ。ありふれた日常にも集中する機会を得た。わたしたちの豊かな感覚世界の、みずみずしい細部に目をむけることができた。それは同じ食卓を囲んだ人びとを結びつけるものでもあり、文化のちがいや時代を問わず、人ならだれもが経験するものといえる。そんなひとつひとつの感覚に、かつてのわたしはこれほどていねいに接していただろうか。もしかしたらわたしは、まさに自分がなりたかったとおりの自分になれたのかもしれない。

マットが帰ってきて、ブルックリンのわたしのワンルームで初めていっしょに過ごせる晩、わたしはソテー鍋と包丁をとり出した。この日のことは、何か月も前から考えていたのだ。レシピ本を読み、料理雑誌を読んでは、マットをうならせるためのメニューを組んでみた。訓練の成果があったと気づいてほしいし、こんなによくなったとわかってほしい。細かいところまでていねいに仕上げたのを見てもらおう。微妙なスパイスの使いかたを味わってもらおう。マットにはわたしの料理を食べて、「すごいや！」と思ってもらいたい。

天然帆立はどうだろう。網獲りじゃなくて、人がもぐって採集したやつだ。すべすべした身を、表面だけ焦がそう。ソースは、タラゴンをつけこんでおいたバターソース。レモン入りのリゾットは、白ワインと塩のきいたチーズで香りよくこってりと仕上げよう。サラダはフェンネルの茎の薄切りと青りんごとルッコラ、それにレモンオイル。チョコレートスフレも焼こう。極上の帆立貝、最高の野菜はどこで買えるかを調べた。ところが、かんじんのマットに山羊のチーズが食べたいかどうかきいてみても、ブリーチーズにフランス製いちじくペーストをトッピングするのはどうかときいてみても、答えに困ってぽかんとしている。それを見てわたしは考え直した。

マットはここ一年以上、陸軍の契約業者が大量に作った、愛のない料理を食べていた。雑に煮てびしょびしょになったブロッコリー、油で焼きすぎてかたくなった鶏肉、その日一日の汗にひたったような牛肉、そんなものが保温装置つきのカウンターに並べられる。アルコールは禁止だったから、食事といっしょに、お気に入りの銘柄のドイツビールの深い苦味を味わえないのがさびしいという。しかもアフガニスタンに行ってからは、ひとりで食べることが多かった。

そういえば前の冬に、ふと思いたってズッキーニのパウンドケーキを焼いたときのことを思い出した。使ったのは父の新しい奥さん、シンディのレシピ。作りかたは簡単なのに、しっとりして風味がいい。マットは父の家へいっしょに行ったときに初めて食べて、それ以来、何度もこのケーキのことを口にしていたのだ。

わたしはズッキーニをチーズおろし器で繊切りにした。たっぷりの緑色の山を粉と砂糖と卵と混ぜる。焼き上がると黄褐色になって、ほのかに菜園のような甘い香りがした。さめたところを何重にもラップとホイルで包み、箱につめこんで郵便局へ持っていった。二週間後にアフガニスタンの陸軍基地に届いたときには、かびの斑点がいくつかできていたそうだ。でもマットは、かびなんか平気だったと言っていた。友人たちと分けあって、その日のうちに食べつくしてしまった。みんな、こんなおいしいものは食べたことがなかったという。

「かびが生えてるのに食べちゃったの?」わたしには少々、気持ちが悪い話に聞こえたのだ。「よっぽどひどいとこはほじったよ」

ブルックリンに帰ると、いままでメニューの候補を書きちらしていた紙を丸めて捨てた。早まって高い材料を買いこまなくて助かった、と思った。少し前にローリー・コルウィンの名著、『わたしの陽気なキッチン』を読んだところだったのだが、そのなかのことばが突然、意識におどりこんできたのだ。「神経を擦り減らして過ごした長い一日の終わりにとる理想的な食事は、香り高く芳醇なソースがたっぷり添えられたフルコースのディナーではなく、おいしくて消化のいい、おなかといっしょに心まで慰められる――つかの間ではあっても、心からほっとできる――ような食事です」

さつま芋を焼こう、と思った。フォークで皮に穴をあけ、アルミホイルを敷いてオーブンに入れればいい。アスパラガスを蒸して、皿に盛ってからバターを乗せて、パルメザンチーズとレモン汁をかけよう。鶏の胸肉を二枚のラップではさみ、たたいて薄くのばしたところに粉をふって、きつね色になるまでソテーしよう。ソースも凝りすぎず、マッシュルームと甘いマルサラワインだけにしぼろう。

計画では、これで完璧なはずだった。大地のオレンジ、鮮やかな緑、それに黄金色。視覚的にも美しく、触覚には暖かい。シンプルだけれど、きちんと作りさえすればごちそうになるはず。味だって、バランスがとれていながら、はっきりしたところもある。べつだん凝ったことをしなくても、料理でやすやすと愛情表現ができちゃうところを見せてやるんだ。

ことは計算どおりにはいかなかった。

木槌がないのでかわりにワインの空き瓶で肉をたたいたら、持ちにくくて加減がうまくいかなかった。鶏肉は筋っぽく、薄すぎになってしまった。薄っぺらいパイ型のなかで肉に小麦粉をつけているさいちゅうにテーブルにぶつかったら、粉がどっとまい上がり、まるで雨みたいに降ってきた。騒ぎに気をとられてオリーブ油の入ったソテー鍋を長く火にかけすぎ、鶏肉を入れたとたんにもうもうと煙があがった。換気の悪い台所は火山灰の雲にでも入ったように視界がきかない。火災報知器が鳴りだした。

耳をつんざく警報音を止めようと、マットは靴を脱いでベッドにのぼってタオルであおぎ、わたしは窓をあけてほうきをふり回した。数分で火災報知器は鳴りやんだ。ところが、今度は肉を裏返すのが早すぎて、焼き色は中途半端な茶色にしかならなかった。

わたしはあわててソース作りにかかった。かすかに苔の汚れがついていた、深い土の香りがするマッシュルームを薄く刻む。鶏がらスープの紙パックを開封して——「ほんとは自分で作るつもりだったんだけど、」マットにとってはどっちでもいいことだと知っているのに、つい言い訳してしまう。「時間がなかったんだもん！」——鍋に残った粉や肉汁をこそげていく。背後のカウンターに置いてあるマルサラ酒を取ろうと一歩さがったところで、足が小麦粉の積もった床ですべるのを感じた。片足が、続いてもう片足が、空中高く舞うのがわかった。全身が浮き、胴体が床面と平行になった。そして着地した。したたかに。

「んもう！」

マットがとんできて助け起こしてくれた。「だいじょうぶ？　ずいぶん派手だったけど」

わたしはこっくりとうなずいた。右の腰には早くもあざができはじめている感触があった——それから数週間、わたしの右半身をけばけばしい紫と青に染めてくれることになるあざだった。

ようやく食卓についたときには、脚は痛み、アスパラガスは冷えきっていた。Tシャツは汗のせいでウエストにぺったりとはりついていた。台所のほうをふり返ると、カウンターは油まみれで、流しには汚れた鍋が盛り上がっていた。

それでもわたしたちは赤ワインを注ぎ、自分たちのために乾杯した。「わが家に」とマットはグラスを持ち上げ、わたしのグラスとふれ合わせた。ひと口すすってみる。おなじみの味だ。バーガンディのブロンズ色の味だ。いらだちは意志の力で押しやった。料理は味気ないし台所はめちゃくちゃだが、マットは帰国したし、わたしは料理をしているではないか。わたしたちは食べはじめた。

ソースにバターを入れるのは忘れたし、パルメザンチーズは手つかずのまま、思い出されることもなく冷蔵庫に残っていた。アスパラガスはやや固く、さつま芋は大味だった。それでも、アスパラガスの緑の味はわかったし、つんとくるかんきつ系の刺激もわかった。マッシュルームの土の味もわかるし、マルサラワインの甘味の奥行きもわかる。さつま芋の熱さは心地よく、オレンジ色の中身に乗せたバターはきらきらと光る。このときばかりはわたしも、自分に感じとれない味のことも、その不在がなにを意味するかも考えてはいなかった。このひと皿、このひと口、このひと息は――ここという場、「いま」という時は、頭でわからなくてもいいのだ。わたしはマットを見た。わたしの目の前で、くつろいで座っている。上きげんで、すぐそばにいる。ふたりは食べながら笑った。ワインのおかわりを注ぎ、二度めの乾杯をした。そしてふたりとも、ソース一滴さえ残さずたいらげたのだった。

謝辞

この本が芽吹いたのはもう何年も前のことで、最初は、自分の嗅覚になにが起きたのか理解したい、嗅覚なしに生きるとはどんなことなのか知りたいという、やむにやまれぬ足掻きとして始まりました。報道や執筆の道に進んだのも、ただ待っているより恐怖が薄らぐからでした。当時はとにかく待ちなさいと言われるばかりだったのです。

助けてくれる人がいなかったら、それも、たくさんいなかったら、ちょっと書きとめただけで終わっていたでしょう。手伝ってくれた人、興味をもってくれた人、メールをくれた人、お金を使ってくれた人、そしてなにより、励ましてくれたみなさん、ありがとう。わたしはこの本を書いているときほど、自分の小ささを感じ、また、自分が恵まれていると痛感したことはありません。

最初にお礼を申し上げるのは、わたしのために時間を割いてインタビューに応じてくださった科学者の方がたです。なかでもリチャード・ドーティ、スチュアート・ファイアスタイン、レイチェル・ハーツ、それにモネル化学感覚研究所のみなさんは、それぞれのお仕事について長時間、しかも何度も説明して（ときには同じ説明をやり直して）くださいました。

ご自分の業界、お仕事を垣間見ることを許してくださったすべての専門家のみなさんにも感謝しています。オリヴァー・サックスの知識には境界線などないのだと思わされました。ロン・ウィネグラッドの親切には、この本の準備という枠組みにとどまらない影響を受けました。クリストフ・ローダミール、ロバート・ピンスキー、エリー・ケルマン＝グロージンガーとそのラボのスタッフ、ローレンス・フォーヴェルをはじめ、グラース調香師養成学校で出会ったみなさん、ありがとうございました。そしてグラント・アケッツの、あの日の料理は生涯忘れません。

それからもちろん、対面で、あるいは電子メールでご自分の人生について打ち明けてくださり、本に書くことを許してくださったすべてのアノスミア当事者のみなさんに感謝しています。みなさんが登場してくださったことで、たくさんの人たちの孤立感がいくらか薄らぐことでしょう。デビーにロビ、マシューにボビー、ありがとう。そして、忘れてはならないヴィート。うれしいことに、いまでは正常な嗅覚がほぼ完全に戻っているそうです。

わたしの文章が本にできるレベルにまで成長したのは、すばらしい教育者であるサム・フリードマンとケリー・マクマスターズの二人が厳しく目を光らせてくれたおかげです。二人はどんどん無理な課題をくれて、当のわたしができないと思っていたことまでできるようにしてくださいました。それから、これは本になると信じてくれたアナ・シュタインと、ほとんど人間ばなれした情熱で、疲れひとつみせずに編集してくれたマット・ヴァイラントがいなければ、この本は形にならなかったでしょう。ダン・ハルペン、レイチェル・ブレスラー、アリソン・ザルツマンをはじめ、エッコ社のスタッフ全員にお世話になりました。ジャネット・ヒルはすばらしい作品を表紙に使わせてくれましたし、スエット・イー・チョンが本文をデザインしてくれました。

科学ライティング・グループ「ニューライト」の仲間たちにも、一人残らずお礼をいいます。なかでもエリン・サウヴナーは、神経科学の専門知識と照らし合わせて、原稿をていねいにチェックしてくれました。それからテレーズ・レイガンは、わたしがにおいの話ばかりだらだらとまとまりなくしゃべるのを、何年間もがまんしてくれたのです。

そして、わたしが煮詰まっていたときに、いっしょに料理をしたり、食事をともにしたりして気分転換をさせてくれた友人たち、みんなありがとう。ベッカ、カチャ、ベン、フィリッサ、セアラ、エミリー、アシュリー、ジョン、デイヴィッド、そのほかにもおおぜいいます。アレックスもありがとう。あなたのように心も広く、情熱あふれる人といっしょにすごせたおかげで、わたしもよりよい人間にならなくてはと思わされたものです。それは、出会ったその日からずっと変わりません。

最後になりましたが、母さん、父さん、ベン、シンディ、チャーリーに感謝しています。わたしを最悪の状態から救い出してくれたうえ、混乱の極致だったときにもずっとそばにいてくれました。そして、マットもありがとう。この本を一ページ残らず、何度も何度も、アフガニスタンの山奥にいるときにさえ、読んでくれました。みんながいてくれなかったら、わたしは道を見失っていたことでしょう。

文献案内（初出時のみ記載）

1

『マギーキッチンサイエンス　食材から食卓まで』ハロルド・マギー著、香西みどり監訳、北山薫・北山雅彦訳、共立出版、二〇〇八年（原題：Harold McGee, "On Food and Cooking: The Science and Lore of the Kitchen"）

2

「嗅覚障害者の生活の質」トーマス・ハメル、スティーヴン・ノーディン著（未邦訳・原題：Thomas Hummel and Steven Nordin, "Quality of Life in Olfac-tory Dysfunc-tion", the Sense of Smell Institute, 2003）

『「感覚」の博物誌』ダイアン・アッカーマン著、岩崎徹・原田大介訳、河出書房新社、一九九六年（原題：Diane Ackerman, "A Natural History of the Senses"）

『痛む身体』エレイン・スカリー著（未邦訳・原題：Elaine Scarry, "The Body in Pain"）

『病むことについて』ヴァージニア・ウルフ著、川本静子編訳、みすず書房、二〇〇二年（原題：Virginia Woolf, "On Being Ill"）

『作家をさがすソネット』ウィリアム・カルロス・ウィリアムズ著（未邦訳・原題：William Carlos Williams, "Sonnet in Search of an Author"）

『あなたはなぜあの人の「におい」に魅かれるのか』レイチェル・ハーツ著、前田久仁子訳、原書房、二〇〇八年（原題：Rachel Herz, "The Scent of Desire"）

『左足をとりもどすまで』オリバー・サックス著、金沢泰子訳、晶文社、一九九四年（原題：Oliver Sacks, "A Leg to Stand On"）

3

『失われた時を求めて』マルセル・プルースト著、鈴木道彦訳、集英社文庫、二〇〇六年、一〇八頁・一一三頁（原題：Marcel Proust, "A la recherche du temps perdu"）

『あなたの物語をとり戻す』アーノルド・ウェインステイン著（未邦訳・原題：Arnold Weinstein, "Recovering Your Story"）

「感覚と感性」ヘレン・ケラー著（未邦訳・原題：Helen Keller, "Sense and Sensibility"）

『匂いの人類学――鼻は知っている』エイヴリー・ギルバ

ート著、勅使河原まゆみ訳、ランダムハウス講談社、二〇〇九年（原題：Avery Gilbert, "What the Nose Knows"）

4

『流れよ、川』ジョーン・ディディオン著（未邦訳・原題：Joan Didion, "Run River"）

『完訳　ファーブル昆虫記　第7巻　下』ジャン＝アンリ・ファーブル著、奥本大三郎訳、集英社、二〇〇九年（原題：Jean-Henri Fabre, "Souvenirs entomologiques"）

「フェロモン――生物に反応をひき起こす物質群の新しい名称」（未邦訳・原題：Peter Karlson and Martin Lüscher, "'Pheromones': A New Term for a Class of Biologically Active Substances"）

「どんな主張があり、どこまで裏づけられているのか」チャールズ・ウィソツキ、ジョージ・プレーティ著（未邦訳・原題：Charles J. Wysocki and George Preti, "Human Pheromones: What's Purported, What's Supported," the Sense of Smell Institute, 2009）

『フェロモンと動物行動』トリストラム・ワイアット著（未邦訳・原題：Tristram D. Wyatt, "Pheromones and Animal Behaviour"）

「フェロモンの五〇年」トリストラム・ワイアット著（未邦訳・原題：Tristram D. Wyatt, "Fifty Years of Pheromones," Nature digest, 2009）

『壮大なるフェロモン神話』リチャード・ドーティ著（未邦訳・原題：Richard L. Doty, "The Great Pheromone Myth"）

『香りの愉しみ、匂いの秘密』ルカ・トゥリン著、山下篤子訳、河出書房新社、二〇〇八年（原題：Luca Turin, "The Secret of Scent"）

「ヒトにおけるＭＨＣに依存した配偶者選択」クラウス・ヴェデキント他著（未邦訳・原題：Claus Wedekind, "MHC-Dependent Mate Preferences in Humans"）

5

『妻を帽子とまちがえた男』オリヴァー・サックス著、高見幸郎、金沢泰子訳、ハヤカワ文庫、二〇〇九年（原題：Oliver Sacks, "The Man Who Mistook His Wife for a Hat"）

『香水　ある人殺しの物語』パトリック・ジュースキント著、池内紀訳、文春文庫、二〇〇三年（原題：Patrick Süskind, "Das Parfum"）

『アロマテラピー事典』パトリシア・デービス著、高山林太郎訳、フレグランスジャーナル社、一九九一年（原題：Patricia Davis, “Aromatherapy: An A-Z”）
「大うつ病患者における嗅覚能力の減退現象」ベッティーナ・パウゼ著（未邦訳・原題：Bettina Pause, “Reduced Olfactory Performance in Patients with Major Depression”）

6

『嗅覚と味覚のハンドブック』リチャード・ドーティ編（未邦訳・原題：Richard Doty, “Handbook of Olfaction and Gustation”）
『匂いの魔力　香りと臭いの文化誌』アニック・ル・ゲレ著、今泉敦子訳、工作舎、二〇〇〇年（原題：Annick Le Guérer, “Les Pouvoirs de Podeur”）
『アローマ　匂いの文化史』コンスタンス・クラッセン著、時田正博訳、筑摩書房一九九七年（原題：Constance Classen, “Aroma: The Cultural History of Smell”）
『脳のなかの幽霊』V・S・ラマチャンドラン、サンドラ・ブレイクスリー著、山下篤子訳、角川書店、一九九九年（原題：V. S.Ramachandran, Sandra Blakeslee, “Phantoms in the Brain”）
「アノスミア、嗅覚の生理と病理を教えてくれる症例について」ウィリアム・オーグル著（未邦訳・原題：William Ogle, “Anosmia, or Cases Illustrating the Physiology and Pathology of the Sense of Smell”）
『細胞から大宇宙へ　メッセージはバッハ』ルイス・トマス著、橋口稔・石川統訳、平凡社、一九七六年（原題：Lewis Thomas, “The Lives of a Cell”）
「神経学における可塑性と機能回復」V・S・ラマチャンドラン著（未邦訳・原題：V. S. Ramachandran, “Plasticity and Functional Recovery in Neurology”）

7

『ファーストフードが世界を食いつくす』エリック・シュローサー著、楡井浩一訳、草思社、二〇〇一年（原題：Eric Schlosser, “Fast Food Nation”）
『スパイス　誘惑の歴史』ジャック・ターナー著（未邦訳・原題：Jack Turner, “Spice: The History of a Temptation”）
『過去を探る　歴史にあらわれた視覚、嗅覚、聴覚、味覚、触覚』マーク・M・スミス著（未邦訳・原題：

Mark M. Smith, "Sensing the Past: Seeing, Hearing, Smelling, Tasting and Touching in History")
『甘みという味』ジョアン・チェン著（未邦訳・原題：Joanne Chen, "The Taste of Sweet")
「テイスティング　化学的特徴のある対象物を意識の領域で描写する」フレデリック・ブロシェ著（未邦訳・原題：Frédéric Brochet, "Tasting: A Chemical Object Representation in the Field of Consciousness")

8

『パルファム紀行　香りの源泉を求めて』セリア・リッテルトン著、田中樹里訳、原書房、二〇〇八年（原題：Celia Lyttelton, "The Scent Trail")
『脳は奇跡を起こす』ノーマン・ドイジ著、竹迫仁子訳、講談社インターナショナル、二〇〇八年（原題：Norman Doidge, "The Brain That Changes Itself")
『エッセンスと錬金術』マンディ・アフテル著（未邦訳・原題：Mandy Aftel, "Essence & Alchemy")
『完璧な香り　パリとニューヨークの香水会社の一年』チャンドラー・バー著（未邦訳・原題：Chandler Burr, "The Perfect Scent: A Year Inside the Perfume Industry in Paris and New York")
『芸術本能』デニス・ダットン著（未邦訳・原題：Denis Dutton, "The Art Instinct")
『ナボコフ自伝　記憶よ、語れ』ウラジミール・ナボコフ著、大津栄一郎訳、晶文社、一九七九年（原題：Vladimir V. Nabokov, "Speak Memory")

エピローグ

『わたしの陽気なキッチン』ローリー・コルウィン著、飛田野裕子訳、晶文社、一九九七年（原題：Laurie Colwin, "Home Cooking")

解説

小林剛史

著者モリー・バーンバウムの嗅覚機能の回復には驚嘆するばかりである。

私たちの脳は少し硬い豆腐のようなもので、頭蓋骨をみたす脳脊髄液の中に浮かんでいる。交通事故で、モリーの脳には大きな衝撃が加わった。嗅覚系の神経のうち、嗅上皮から嗅球にいたる経路は、途中、篩骨孔《しこつこう》という細い穴を通る。おそらく事故の衝撃でここを通るモリーの神経路は断裂したのだろう。さらに、事故直後の記憶障害を含む彼女の症状は、ほかのいろいろな神経細胞、すなわち酸素量低下や衝撃に弱い海馬の神経細胞や、前頭葉の下あたりにある高次嗅覚野が傷ついている様子もうかがわせる。

こうした広範な脳損傷は、多くのケースで高次脳機能障害へとつながる。その点でモリーはやはり「ラッキー」だったのかもしれない。嗅覚の回復に不可欠な神経の再生には、可能なかぎり早いタイミングでのステロイド剤の投与が有効であるらしい。推測の域を出ないが、体中に負った外傷の治療に、彼女は抗炎症剤としてステロイド剤を投与されていた可能性がある。おそらくさまざまな幸運が重なり、モリーの嗅覚はめざましい回復を示した。だが、頭部外傷によって嗅覚を失ったケースでは、通常これほどの回復を見込みにくいという事実は忘れてはならず、過剰な希望を世に喚起するのは適切ではない。

以上のように前置きしつつ、しかしあえてここでは脳損傷に伴う機能回復に少々希望的な内容を展開したい。というのも、モリーのケースは嗅覚回復、あるいは脳損傷に伴う機能障害からの回復に有益な情報を豊富に提供しているからである。

その主軸は、神経科学の世界における「可塑性」である。一九四九年、カナダの心理学者ドナルド・ヘッブは、複数の神経細胞（ニューロン）がつながり、細胞間の情報伝達の効率が促進されるしくみをはじめて提案した。「同時に発火するニューロンはつながる」という神経可塑性のモデルの誕生である。向精神薬も、神経科学という名の領域も生まれる以前に提唱されたこのモデルの妥当性は、はたして一九七三年にうなぎの脳を用いて実際にたしかめられることになる。現在、この可塑性は神経科学の常識ともいえる重要な基盤的概念となった。あるタイミングで同期して活動する複数の神経細胞群が存在するとき、この同期的活動が繰り返されると、これらの神経細胞群どうしはシナプスを介してつながり、相互の伝達効率を上げていく。これが学習、記憶の基礎である。

皮肉にも、モリーのケースではまず神経細胞の損傷が可塑性を刺激したのだろう。ある女性は、三歳のときにてんかん治療のために大脳皮質の右半分を全摘出されたが、驚くことに手術一〇日後には歩いて病院を退院したという。右半球の全摘という荒療治が、左半球の可塑性のスイッチを入れたのだ。モリーも、嗅覚を一時的にせよ完全に失うほど、重篤な脳損傷を被った。その後の回復過程における彼女の、「においは突然現れ、そして数週間で消えて」いったという体験は、可塑性のプロセスを連想させる。神経細胞は、ほかの神経細胞とのつながりをつくる際、長期増強という可塑性の特性がはたらき、まず過剰に、いわばむだともいえるほどのシナプスでつないでいく。さらに、過剰な接続の一部は長期抑圧という特性によって、間引かれていく。一度は過剰につくられた神経接続が失われると、結果的に学習を促すのである。においが現れ、消える。モリーが克明に記した、些細にみえる主観的体験の記述は、嗅覚の可塑的機能が現れるさまを繊細に表現している。

可塑性はまた、「適度な」ストレスによって高まるという研究も本書と密接な関係をもつだろう。ストレスがかかると、私たちは自律神経系と神経内分泌系という二種類のストレス反応経路を活性化させる。このうち、神経内分泌系は視床下部、脳下垂体を介して副腎皮質という内臓から糖質コルチコイドを分泌させる。これが一般にいうストレス・ホルモンである。通常、ストレス・ホルモンの血中濃度が高いままになると、体内で炎症が引き起こされ、腎臓は肥大し、ひいては元に戻らない身体疾患や脳の萎縮につながる。すなわち可塑性が抑制されるのである。しかし、「適度な」ストレスならば、神経細胞は間接的に神経繊維を伸ばし、ほかの神経細胞との接続を促すメカニズムを発動させる。この「適度」には多様な要因が絡んでおり、一概に定義することは不可能だ。モリーは、大学院に進んで過密なスケジュールに苦しんでいた二〇〇七年の秋、「くたくたに疲れる」状態ながらも、「やりがいも感じ、やる気も刺激された」状態だった。恋人のマットに兵役復帰命令が下った後という大変な時期でもあった。しかしモリーは「ありとあらゆる」においを感じるようになってゆく。これが「適度な」ストレス環境というにはあまりにも厳しい状況だと感じるかもしれない。だが新たな、厳しい環境への適応が要求される場面で、神経細胞は新たに生まれ、相互のつながりを強めたであろうことを、彼女の体験は雄弁に物語っている。精神的危機が、たしかに可塑性のチャンスでもあることを改めて教えてくれるのである。

モリーの「感情」的機能に起因するさまざまな経験は、本書に伸びやかな空間的広がりともいえる魅力を与えている。傷つきやすく繊細で、一方で大胆なモリーの感情世界。この「感情」は可塑性と並んで嗅覚回復の鍵となる機能である。ただし、一般的な「感情」についての誤解を解いておこう。私たちはまず、「悲しい」と意識してから、「涙が出る」などの身体変化が起こると思いがちである。しかし、そうではない。まず視覚、聴覚、触覚、味覚、嗅覚など、感覚受容器に刺激が入力され、この情報が大脳辺縁系の扁桃体に届き、さらに脳幹部が刺激される。すると自律神経系の覚醒を含むもろもろの身体変化、たとえば「頭に血がのぼる」「手に汗を握る」と表現されるような無意識の身体変化が、その感覚入力に伴う体験に特異的に引き起こされる。この身体変化が再び大脳にフィードバックされて、はじめて感情を「意識的に」体験する。すなわち私たちは、「恐ろしい」から「泣く」のではなく、「泣く」から「悲しい」という感情を生起するのだ。

こうした感情の生起過程は、米国の神経科学者アントニオ・ダマシオによるソマティック・マーカー仮説で広く知られたが、この源流ともいえる考えは、一九世紀後半のジェームズ・ランゲ説に遡る。米国の心理学者ウィリアム・ジェームズは、身体的変化の知覚が「悲しい」など主観的感情体験を生じさせるというモデルを提唱した。後に多くの論争を経て現在、こうした感情の生起過程があらためて注目されている。

私たちは、意識的に感じ、意志決定し、その後に行動するという、誤った直感的解釈にどうしても拘泥してしまう。ダマシオらがいう感情が起こるメカニズムの理解になかなか辿りつけないのは、意識を行動の因果のおおもとに据えたいからであろう。意識的活動が後発的に生じるという事実は、「意識的な自分自身」が希薄にされかねない。しかし本書には、感覚の受容、それに伴う無意識の身体変化によって、私たちが鮮やかで意識的な感情体験を「経験させられている」という事実に気づかされる場面がちりばめられている。モリーが嗅覚を回復していく初期に用いた「においの観念」や「においをとりまくオーラ」、さらには「記述もできず、定義もできない」という表現は、においの受容に伴って扁桃体を介して引き起こされる身体変化、すなわち無意識に引き起こされる変化が、依然として回復の中途にあり、不完全であることを、的確に表現しているとも捉えられよう。

嗅覚は、ほかの感覚と比較して、系統発生的に原始的であるとして注目する研究者も多い。それは、嗅覚以外の感覚が、視床を介して大脳新皮質のそれぞれの感覚野で処理されたあとに、系統発生的に古い部位である大脳辺縁系へと神経路が伸びているのに対し、嗅覚系のみ、嗅球からの入力が、視床、大脳新皮質を介さずに大脳辺縁系に届くことや、嗅上皮の感覚細胞の形が原始的であることなどによるのだろう。こうした嗅覚系の特異性をことさらにとりあげ、特別扱いする態度は、多様な感覚入力によって知覚世界を形成する人間の心理学的理解を歪めるおそれもあり、注意が必要だ。

同時に、モリーの生々しい体験や、レイチェル・ハーツの強調する嗅覚と感情との深遠な関係性については、もっと検討を深めていかなければならないこともまたたしかだろう。モリーは、自身の感情状態と嗅覚との関係に敏感に気づき、嗅覚の鈍麻と感情・認知の機能の減退との関係性についても詳細に調べている。認知症の予防的治療に嗅覚検査が有効であることを示唆する研究も見られるようになった。嗅覚がこうした特性をもつのか、ほかの感覚とのちがいが存在するのかについていまだ結論は得られていない。今後、研究が進めば、より興味深い関係性がわかるかもしれない。

モリーは、嗅覚の回復過程でさまざまなにおいを感じるようになるが、そのにおいが何のにおいであるのかがわからない、つまりにおいの「同定」の困難に直面する。この経験は、においが言語を介する同定とは切り離された表象としても存在しうることを示唆している。嗅覚受容器におけるにおい分子の受容、それに伴う身体変化、引き続いて生じる意識的な感情体験、さらにはにおいの同定という、多様な異なる過程を経てにおいの知覚・認知の全体像はようやくその輪郭を描くのだろう。おそらくモリーの嗅覚の回復過程は、いったん分断された（と考えられる）嗅上皮から嗅球への接続が、新たに細胞の新生によって再構築され（これも以前とまったく同じ接続ではないだろう）、たとえば「きゅうり」を構成する嗅覚受容体の反応の様式が新たに再構成されることから始まった。その後、より高次な脳の領野、すなわち扁桃体以降の経路に存在する、前頭眼窩皮質や側頭葉との再接続が生じたと考えられる。参照するにおいの記憶はある。過去に触れたにおいに対するあらゆる反応の片鱗をつぶさに辿りながら、モリーは自身の嗅覚世界を新たに構築していったのだろう。

この、「においの同定」という最終段階は、じつは健康な人間でもたいへん難しい。日常的なにおいでさえ、私たちの同定率はまぐれ当たりとかわらないともいわれる。においの学習はだれにとっても、もっぱら人間特有の高次な学習、すなわち言葉ラベルと結びつけて覚えていくことなのかもしれない。しかし、フランスのグラースで言葉と結びつけてにおいを捉えることに行き詰まったモリーは、調香師学校の校長ロン・ウィネグラッドを尋ね、ここで、「頭で考えすぎ」と指摘される。それから、新たなにおいの入力と既存の記憶とを無理矢理結びつけるのではなく、とにかく嗅ぐこと、感じること、楽しむことに気持ちを切り替えたように見受けられる。嗅いでいるにおいについてイメージしながら、とにかく嗅ぐことは、入力される末梢と刺激が届く中枢の同期的活動を導き、相互の接続に役立つ。いくつもの感覚が呼び起こされる多感覚性の経験をするとき、嗅覚の入力の欠落によって、モリーはそれまでと同じ身体変化を経験できず、感情反応にも、同定の能力にも問題が生じていた。視覚野と扁桃体との接続の問題で生じるカプグラ症候群でも、眼の前の母親に扁桃体を介する無意識の身体反応、ひいては意識的な感情体験が生じず、母親が宇宙人に乗っ取られたと思うことさえあるという。眼の前にいるボーイフレンドにも同じ感覚が生じなかったというモリーの体験は、まさに嗅覚を含む多感覚性の情報の受容が、その情報をまるごと受けとめることで特異的な無意識の身体変化を生じさせ、意識的な感情や記憶の経験を誘発して、対象の同定を導くことを示していると思われる。さまざまな香りを嗅ぎ続けること、末梢から信号を送り続けること、扁桃体を介してそのにおいに特異的な身体変化が生じること、それが中枢にフィードバックされることで感情喚起が促されること、それがやがてにおいの同定へと結びつくこと。モリーは自身の体験を通して回復への道筋に自ら明かりを灯していくのである。

本書は、モリーの嗅覚回復を主軸として、彼女の主観的世界や人間関係の変遷、嗅覚研究を含む神経科学、心理学研究にいたるまで、欲張りなまでに情報が詰め込まれている。さまざまな研究、研究者についての記述は、彼女の興味の偏重がやや見受けられるものの、きわめて広範な領域に及ぶ。においの世界に興味をもつ読者には最新の研究も含む貴重で興味深い情報が凝縮されているばかりか、嗅覚研究者にも刺激的な内容が満載である。モリーが嗅覚研究の最前線で活躍する多くの研究者に果敢にアプローチするエピソードには、彼女の新たな目標であるジャーナリストとしての才能の一端を感じとることができる。個人的には、嗅覚心理学者パメラ・ダルトンとのエピソードは印象的だ。ダルトン自身が、じつはエレベーターで襲われた経験をもち、そのことでPTSDを発症したこと、シンナーのにおいをトリガーとする無意識の恐怖反応を自ら系統的脱感作法を用いて治療したことを知る嗅覚研究者は少ないだろう。本書ではこのように、個性的な研究者との出会いがじつに生き生きと描かれ、さらに彼らのより人間的な一面を垣間見ることができる。ときに彼らの個人史を、ときに仮説の域を出ないストーリーを、モリーは著者として見事に炙り出す。論文や学会では決して見られない、一人間としての研究者の記述は、本書の魅力に鮮やかな彩りを添えている。

彼女が繰り返し描く「無」の世界について、ふだん我々は考えることはない。においの存在しない世界を想像することもない。「死」について考えることも希だ。おそらく考えること自体が不快や恐怖を伴うこうした思考は、それを避ける無意識の機能を脳が備えているのだろう。しかし、死、そして嗅覚損失といった、我々にとっての「無」について、それを現実に体験したり、強い現実感をもって想像したりすることが、いかにその後の人生を豊かにしてくれるのかを、本書はまざまざと見せつけてくれる。喪失は体験したものにしかわからない壮絶さや悲哀で描かれ、彼女が再びそれを取り戻すさまは、形容しがたい豊穣な世界観で読者に迫り、訴えかけてくる。我々には嗅覚がある。はてしない広がりと奥行きをもつこの感覚世界を、本書は我々に再認識させ、再探索させるのである。モリーの希有なる嗅覚回復への希求性、貪欲な学習、豊かな感受性が、今後の彼女にもたらす新たな嗅覚世界の地平を、続編でぜひとも拝読したい。

（こばやしたけふみ／生理・認知心理学）

著者　モリー・バーンバウム（Molly Birnbaum）　1982年、米ボストン生まれ。コロンビア大学ジャーナリズム大学院卒業。「ニューヨークタイムズ」「アートニュース」等に執筆。

訳者　ニキ リンコ　翻訳家。訳書にタッターソル＋デサール『ビールの自然誌』（共訳、勁草書房）、ソルデン『片づけられない女たち』（WAVE出版）、アースキン『モッキンバード』（明石書店）、ワイズ『奇跡の生還を科学する』（青土社）など。

解説　小林剛史　筑波大学大学院心理学研究科博士課程修了。博士（心理学）。現在、文京学院大学大学院人間学研究科教授。専門は生理心理学、認知心理学、神経科学。主な研究テーマは、嗅覚を介した情報処理、情動の記憶、認知的活動の脳イメージングなど。

アノスミア　わたしが嗅覚を失ってから
とり戻すまでの物語

2013年9月20日　第1版第1刷発行
2020年9月20日　第1版第2刷発行

著　者　モリー・バーンバウム
訳　者　ニ　キ　リ　ン　コ
発行者　井　村　寿　人

発行所　株式会社　勁《けい》　草《そう》　書　房

112-0005　東京都文京区水道2-1-1　振替　00150-2-175253
（編集）電話　03-3815-5277／FAX　03-3814-6968
（営業）電話　03-3814-6861／FAX　03-3814-6854
本文組版　プログレス・港北出版印刷・松岳社

ISBN978-4-326-75051-1　　Printed in Japan

http://www.keisoshobo.co.jp